Śmierć w klasztorze

ADRIANNA EWA STAWSKA

Śmierć w klasztorze

Wydawnictwo Otwarte
Kraków 2007

Projekt okładki: **PHOTO DESIGN – Lesław Sławiński**

Fotografia na okładce dzięki uprzejmości **Ośrodka Pracy Twórczej w Wigrach**. Autor: **Jerzy Czyżyński**

Opieka redakcyjna: **Katarzyna Wydra**

Redakcja tekstu: **Jacek Olczyk**

Opracowanie typograficzne książki: **Daniel Malak**

Adiustacja, korekta i łamanie: **Zespół – Wydawnictwo PLUS**

Opracowanie *Planu sytuacyjnego* ze strony 311:
Adrianna Ewa Stawska-Ostaszewska

ISBN 978-83-7515-022-3

www.otwarte.eu

Zamówienia: Dział Handlowy, ul. Kościuszki 37, 30-105 Kraków
Bezpłatna infolinia: 0800-130-082
Zapraszamy do księgarni internetowej Wydawnictwa Znak,
w której można kupić książki Wydawnictwa Otwartego: www.znak.com.pl

ROZDZIAŁ 1

Stalowa winda mknęła bezszelestnie na ósme piętro. Jedną ze ścian wypełniało złociste lustro, przejrzała się w nim – widok pozostawiał wiele do życzenia. Trudno było ukryć sine worki pod oczami. Drobinki tuszu w kształcie ponurych półksiężyców pogłębiały cienie. Napluła na chusteczkę i spróbowała je wytrzeć, tusz ustępował jednak opornie. „Nie ma co się oszukiwać – przemknęło jej przez głowę – kobieto, dawno stuknęła ci czterdziestka i najwyższy czas zacząć dbać o siebie, a przede wszystkim nie zarywać nocy".

Kilka zręcznych ruchów pudrowym puszkiem i twarz w ciepłym blasku lustra przestała świecić zaczerwienionymi plackami. Uśmiechnęła się do swojego odbicia.

W jej głowie wciąż huczał klubowy gwar, nie pamiętała już, kiedy tak dobrze się bawiła. Pożegnanie przyjaciela przeciągnęło się do białego rana. Kiedyś tworzyli nierozłączną paczkę, teraz jednak z czterech par przetrwała tylko jedna, ona i Marek wciąż są razem, inni to już tylko przeszłość. I chociaż życie skutecznie rozdzieliło przyjaciół, to wciąż starali się utrzymywać kontakt i spotykać się, gdy tylko nadarzała się ku temu okazja.

Wyjęła szminkę, starannie poprawiła kontur górnej wargi. Brakowało jej tych wspólnych studenckich wypadów do kina i na koncerty, przeciągających się do rana gorących dyskusji o polityce, miłości, życiu. Wtedy wszystko wydawało się takie proste. Czarno-białe, wyraźne podziały i jasne sytuacje, jak w slapstickowym filmie. Byli wówczas święcie przekonani, że ich przyszłe życie nigdy nie będzie nudne, a już na pewno nie takie jak życie ich rodziców. A teraz jeden z paczki, ten najbardziej stateczny i poukładany, rozwiódł się i wyjeżdża do Irlandii zacząć nowe życie. „Co za ironia losu – pomyślała – ile to lat minęło...? Dwadzieścia? Może mniej?"

Wczoraj bawili się jak dawniej, wcześnie porzucili zaciszny pub i pognali do „Siedemdziesiątki", gdzie zdążyli na darmową lekcję *boogie*. Potem była dyskoteka w stylu filmu *Grease*, gdzie Olivia, przy słodkim wtórze Travolty, ckliwie łkała o urokach letnich nocy. Ale zabawa na dobre rozkręciła się później. Czy ktoś jeszcze pamięta bujnie obdarzoną przez naturę Sabrinę czy Limahla ze słynnymi „piórami"?

Łagodny gong obwieścił wybrane piętro i drzwi windy się otworzyły. Jednym pociągnięciem dokończyła malowanie ust i wrzuciła szminkę do małej wieczorowej torebki.

Przed drzwiami jednego z mieszkań stał policjant w mundurze. Odruchowo machnęła blachą. Wymienili zdawkowe uśmiechy. Policjant spojrzał na jej szpilki i wystającą spod płaszcza kolorową falbanę spódnicy. Mrugnął porozumiewawczo i przepuścił ją, szeroko otwierając drzwi.

Hol apartamentu numer 8 C wypełniali mrukliwi mężczyźni w szarych mundurach. Wyglądali obco i ponuro na tle wyrafinowanej elegancji, z jaką urządzono obszerny przedpokój. Bambusowa tapeta na ścianach, kamienna podłoga i pozłacany Budda na prostej konsoli z egzotycznego drewna dyskretnie sugerowały przybyszowi, że oto wkracza do zacisza domowego, świętego schronienia człowieka zmęczonego współczesną cywilizacją. Wejścia strzegły czarne lwy z kamienia, które według chińskiej tradycji chronią dom przed złą energią, jednak dzisiaj egzotyczni strażnicy ponieśli sromotną klęskę.

Drogę zaszedł jej młody mężczyzna w cywilu.

– Kto tu panią wpuścił? Proszę wyjść, tu nie wolno wchodzić! – powiedział twardo, przyglądając się podejrzliwie resztkom wieczorowego makijażu i włosom obsypanym brokatem. Zreflektował się, że być może nieopatrznie wygania ważnego świadka, i spytał nerwowo:

– Kim pani jest? Proszę okazać dowód!

– Podinspektor Ewa Lewicka – klapnęły skórzane okładki legitymacji.

Policjant zbladł i wyprężył się jak struna.

– Najmocniej przepraszam. Młodszy aspirant Krystian Adamczyk melduje się na służbie.

– Spocznij. Niech się pan nie wygłupia – machnęła lekceważąco dłonią zakończoną krwistoczerwonymi paznokciami pomalowanymi na taki sam kolor co usta. – Gdzie Czesio?

– W sypialni denata – młodszy aspirant nadal prężył pierś, nie mając już odwagi spojrzeć na swoją szefową.

– Prowadź – rozkazała. – I witaj w naszym zespole – podała mu dłoń w oschłym, krótkim uścisku.

Pokój na końcu korytarza rozświetlały błyski fleszy. Snopy światła odbite i zwielokrotnione przez lustrzane szafy raziły oczy zgromadzonych. Wszystko z wyjątkiem satynowej pościeli w kolorze zakrzepłej krwi tonęło w oślepiającej bieli.

Lewicka zatrzymała się w progu.

Na środku wielkiego łóżka leżał nagi mężczyzna. Woskowy odcień jego skóry wyraźnie kłócił się z głębokim burgundem prześcieradła. Był niski, bujnie owłosione nogi nie sięgały nawet do krawędzi materaca, a obfity brzuch rozlewał się na boki miękkimi fałdami. Rozkrzyżowane ręce tkwiły nieruchomo w obszytych różowym futerkiem kajdankach. Na kostki bezwstydnie rozrzuconych nóg ktoś założył pętle z pończoch i przywiązał ich końce do szczebli pod materacem. Sine usta nadal obejmowały różową kulkę, skórzane paski knebla ściskały zwiotczałe policzki. Facet został skutecznie unieruchomiony.

Można by pomyśleć, że to sam środek wartkiej akcji podrzędnego erotycznego filmu, gdyby nie dziwna obojętność głównego bohatera. Z korytarza, gdzie stała Lewicka, nie było widać żadnych śladów walki, jeśli nie liczyć skotłowanej i zmiętej pościeli, na której spoczywała ofiara.

– Co ty tu robisz? – potężny mężczyzna odwrócił się zaskoczony. Na jego skroniach srebrzyły się krótko ostrzyżone włosy. Rozwodnione alkoholem niebieskie oczka spoglądały na świat spod na wpół przymkniętych powiek dobrotliwie i nieco sennie. Mężczyzna poruszał się powoli, ale zdecydowanie, jak ktoś świadomy niezwykłej siły swych mięśni, z pozoru misiowaty i niezgrabny, lecz w chwilach zagrożenia zaskakująco szybki.

Czesia Witułę poznała na początku swojej służby w policji. Był jednym z tych facetów, którzy zawsze traktowali ją normalnie. Nie poklepywał po plecach, nie zapraszał na piwo, nie komentował krótkich spódnic. Był najlepszym wywiadowcą, z jakim miała okazję pracować, a potem najlepszym śledczym. Skrupulatny i dociekliwy, zawsze świetnie wywiązywał się ze swoich obowiązków. Gdy awansowała i kompletowała grupę dochodzeniową, Czesio był jednym z pierwszych, którzy się w niej znaleźli. Zawsze mogła na niego liczyć.

– Wydawało mi się, że masz wolny dzień. A może się mylę?

– Mam. Ale dyżurny z przyzwyczajenia zawiadomił mnie pierwszą. Wpadłam na chwilkę zobaczyć, jak sobie radzicie.

– Można już wejść – powiedział technik znad metalowej walizki. – To były ostatnie fotki.

Mężczyźni rozstąpili się, robiąc miejsce dla nowo przybyłej.

– Poznałaś już naszą nową siłę fachową, czyli tak zwane posiłki – Czesio kwaśno uśmiechnął się pod nosem, wskazując brodą młodego.

– Wszyscy kiedyś zaczynaliśmy – spojrzała pogodnie na Adamczyka.

– Widzę, że pani prosto z balu, panno Lalu, a tu mamy ładny klops – Czesio potarł dłonią niedogolony podbródek. – Dziany facio w średnim wieku. Viagra na stoliku nocnym. Różowy balecik miał w planie, ale zdaje się, że serducho nie wytrzymało.

Pochyliła się nad ciałem i przyjrzała skórze denata. Tam gdzie wypełniał ją tłuszcz, była napięta i gładka, w zgięciach sfałdowana i pomarszczona jak niewyprasowany jedwab. Żadnych widocznych zmian, żadnych siniaków, żadnych otarć. Zresztą one nie interesowały Lewickiej, to była działka patologa, który na ich temat powie jej więcej, niż mogłaby sama zobaczyć. Ważniejsze było przyjrzeć się ofierze, zrozumieć, kim była i jak żyła, w tym tkwił sposób rozwiązania zagadki – odnalezienia mordercy.

Ciemne włosy gęsto pokrywające klatkę piersiową były starannie przycięte przy linii szyi, dzięki czemu nie wystawały ponad kołnierzyk. Dłonie – pulchne, zadbane, z krótkimi paznokciami, na serdecznym palcu widniał nieco zatarty ślad po szerokiej obrączce, być może po sygnecie. Stopy nie sprawiały najlepszego wrażenia, żółte, zmienione grzybicą paznokcie, zgrubiałe i spękane pięty, jak u ludzi spędzających całe dnie w butach i niewiele dbających o higienę miejsc, których nie widać.

– To nie uduszenie?

– Lekarz mówi, że nie. Według niego – zajrzał do małego notatnika – przyczyną był ostry zespół wieńcowy wywołany spożyciem – podniósł pomazaną karteczkę bliżej oczu – jednej z pochodnych piperazyny, czyli viagry lub czegoś o podobnym działaniu. Facet prawdopodobnie cierpiał na... niedokrwienność mięśnia sercowego. Znaczy się, pikawka odmawiała posłuszeństwa. I to by się zgadzało, w łazience znaleźliśmy odpowiednie leki. Tego niebieskiego gówna na pewno nie przepisał mu żaden normalny lekarz. Laboratorium sprawdzi, czy to oryginał, czy podróba i czy nie było w tym czegoś jeszcze. Ale w jego stanie wystarczyłaby jedna tabletka, by go usztywnić raz na zawsze. – Zamilkł na chwilę, wsunął notatnik do tylnej kieszeni dżinsów i dodał obojętnie: – Aha, reszta jak zwykle po sekcji.

– Nieszczęśliwy wypadek? Jakieś ślady?

– Nic. Mieszkanko wyczyszczone do cna. Nie ma butelki po winie, ale jest korek za koszem na śmieci. Kieliszki umyte i ustawione na półce. Brak portfela, dokumentów. Powinien być sprzęt grający, ale go nie ma, zostały tylko ślady w kurzu. Ktoś niezbyt starannie sprzątał ten skromniutki – nie krył ironii – przybytek rozpusty, dzięki temu wiemy, że coś takiego tu było. W salonie powinien wisieć obraz, ale zniknął. Jest komputer, ale nie ma w nim twardego dysku, są resztki bebechów. Po laptopie została tylko torba. W domu praktycznie nie ma teraz niczego cennego, a zdaje się, że było. Nie ma też kluczyków do auta ani samochodu, który denat zawsze parkował w podziemnym garażu.

– Skąd takie przypuszczenie?

– Powtarzam za sąsiadką. Trochę znała denata. To ona zawiadomiła policję. Wydawało się jej dziwne, że mieszkanie jest otwarte. Wyprowadzała koło pierwszej psa i zobaczyła światło w niedomkniętych drzwiach. Wchodź, kto chcesz, bierz, co chcesz. Uchyliła drzwi i zawołała sąsiada. Nie odpowiedział. Weszła dalej i wtedy go zobaczyła. Teraz jest u siebie. Nadal nie może wyjść z szoku po tym, co widziała. Według jej zeznań to był spokojny facet. Jak się tylko wprowadził, zorganizował coś w rodzaju parapetówy, ale goście wyszli przed północą. Chyba koledzy z pracy. Kobiet nigdy nie widziała. Wszyscy lokatorzy mieszkają tu od niedawna.

Budynek oddano do użytku zaledwie sześć miesięcy temu. I to by było na tyle.

Przesunęli się na korytarz, by nie przeszkadzać ekipie zabierającej ciało.

– Łazienka i kuchnia już załatwiona.

– W takim razie rozejrzę się po mieszkaniu.

Łazienka wyłożona płytkami z trawertynu robiła wrażenie. Ogromne lustro nad podwójną umywalką kryło przepastną szafkę na kosmetyki. Nie było ich zbyt wiele. Dobra woda kolońska, popularny krem do golenia, jednorazowe maszynki. Najwięcej miejsca zajmowały buteleczki i słoiczki pełne kolorowych drażetek. Większości z nich trudno było przypisać jakieś konkretne działanie lecznicze: witaminy, wyciągi z ziół, mikroelementy, tabletki przeciwbólowe, wszystko to, co można kupić bez recepty. Na najwyższej półce stały leki, o których mówił Czesio. Tylko te miały jakieś znaczenie. Reszta to „panacea" dla pacanów, jak mawiał znajomy lekarz. Widać, właściciel mieszkania święcie wierzył w uzdrawiającą moc pigułek.

Kuchnia znajdowała się zaraz przy wejściu. Wszystko było tu drogie i na wysoki połysk. Pośrodku stała wyspa tworząca z barkiem stylową całość. Z tyłu świetnie zorganizowana przestrzeń do pracy pod imponujących rozmiarów stalowym wyciągiem. Wnękę w głębi wypełniała wielka lodówka o podwójnych drzwiach obudowana szafkami. W jej przestronnym wnętrzu samotnie królowały dwie butelki wina; był jeszcze ser pleśniowy, suszona kiełbasa, kilka puszek rybnych sałatek z długim okresem przydatności do spożycia i nieco przywiędłe liście nieokreślonego warzywa, zawinięte w foliowy woreczek. Wino nie było drogie, ale całkiem dobrej jakości. W zamrażarce pojemniki z kostkami lodu, steki z kangura i mrożona pizza. „Interesujące zestawienie" – pomyślała Lewicka.

Ciemne szafki wykładane egzotycznym fornirem kryły jedynie szkło i porcelanę. W głębokich szufladach lśniły nowiutkie rondle. Niektóre nadal miały metki. Z głuchym puknięciem Lewicka zamknęła szufladę. W rogu na blacie stał ekspres do kawy z resztką brązowawego płynu na dnie dzbanka. Zajrzała do pojemnika na filtr. Albo facet usiłował dbać o swoje serce, albo był cholernym sknerą, bo fusów było tyle co kot napłakał. „No cóż – pomyślała – bogaci bogacą się siłą swej oszczędności". Na szklanym blacie, lśniącym pistacjową zielenią, nadal leżał korkociąg, jedyny dowód na to, że ktoś tu jednak żył i mieszkał. Takie kuchnie urządza się dla prestiżu, na wszelki wypadek, gdyby przyszło przyjąć w domowych pieleszach bardzo ważne osoby z korporacji lub branży albo zaimponować nowym znajomym. Kuchnia jak z żurnala, w którym pod zdjęciem można przeczytać: „zapewni ci wiele miłych chwil spędzonych na wspólnym gotowaniu". Tylko że w takich wnętrzach nikt nie gotuje, co najwyżej parzy kawę i rozmraża gotowe dania.

Usiadła na obitym skórą barowym hokerze i rozejrzała się uważnie. Kim był denat? Nie zdążył się tu jeszcze zadomowić. Lubił otaczać się luksusem, ale miał stare przyzwyczajenia. Nie dbał o siebie specjalnie. Rano wypijał filiżankę lurowatej kawy i pędził do pracy. Pewnie dopiero tam koło jedenastej zjadał szybkie śniadanie, a potem jakiś „obiad domowy", czyli dużo ziemniaków, kawałek mięsa i ociupinę czegoś zielonego. Wieczorem pizza i kieliszek wina, po którym pewnie czuł się jeszcze gorzej.

Zsunęła się z wysokiego stołka i podeszła do lśniącej nowością kuchenki mikrofalowej. Na górnej listwie spostrzegła ledwie widoczny cień. Dotknęła go ostrożnie. Czyżby to była sadza? Tłusta czerń rozmazała się na palcu, tworząc miękką smugę. Zwolnione drzwiczki otworzyły się płynnie, w środku czerniało małe pudełko. Srebrne zaokrąglone rogi błysnęły w świetle żarówki. Postrzępiona dziura pośrodku wieczka zionęła pustką. Potężna eksplozja wyrwała krzemowe trzewia i rozsypała je wokół.

– Czesiu! – zawołała. – Chodź tu na chwilę.

– O kurde! – zaklął tuż za nią. – Ktoś tu miał profesjonalne zacięcie.

– To chyba dysk z jego komputera. Sprawdź to – odsunęła się, robiąc miejsce dla techników.

– Dlatego go zabili? – spojrzał na nią z niedowierzaniem.

– Myślę, że nie – zmarszczyła nos, jak zawsze gdy się nad czymś zastanawiała. – Raczej zacierali ślady. Może tylko kontaktowali się z nim przez sieć.

– Oni?

– Dziewczyna na wabia i sprytny chłopak, a może nawet dwóch chłopaków. Myślę też, że to był kolejny wypadek przy pracy.

– Jak ten tłuścioch sprzed miesiąca?

– Tak. Wszystko wygląda bardzo podobnie. Ale mogę się mylić – ziewnęła przeraźliwie. Mimo dawki adrenaliny, jakiej dostarczała jej praca, zmęczenie zaczynało dawać się we znaki. Zresztą widziała już wszystko, co chciała zobaczyć. – Sprawdź jeszcze służbowego kompa denata. Tam może być jakiś ślad.

Adamczyk stanął niepewnie w drzwiach.

– Sprawdźcie też, czy nie było zgłoszeń kradzieży. Szukajcie facetów w średnim wieku. Dzianych i na stanowiskach. Mogą być samotni lub tylko słomiani wdowcy. Zwróćcie uwagę na te zgłoszenia, które później zostały wycofane. W porywie rozpaczy mogli się zgłosić na policję, a potem przyszło otrzeźwienie, że wyjdą na głupków. Popytajcie na komisariatach w tej dzielnicy i w podobnych, tam gdzie stoją bloki z ekskluzywnymi apartamentami – wymieniała jednym tchem.

– Słyszysz, młody, to zadanie dla ciebie – zwrócił się Czesio do Adamczyka. – Zrobimy, co się da – przytaknął i zaraz zapytał: – Dokąd wyjeżdżasz?

– Nad Wigry – uśmiechnęła się blado.

– Dziko i pięknie. Znam jedną fajną knajpę. Jadłem tam najlepsze golonki w moim życiu – oblizał pełne wargi i mlasnął z uznaniem.

– Jadę do klasztoru, więc nie wiem, czy będą tam takie smakołyki.

– No nie?! Naprawdę?! Właśnie miałem ci powiedzieć, że ta knajpa jest w tym klasztorze. W nieczynnym klasztorze! I to chyba od dwustu już lat nieczynnym. Ach, cudowne miejsce – Czesio znowu się rozmarzył.

– Podobno cicho i spokojnie, w sam raz dla zmęczonych mieszczuchów. – Szła już w stronę wyjścia. – Przynajmniej tak twierdzi Marek. Mamy tam odpocząć i wsłuchać się w rytm naszych serc. Do zobaczenia, chłopaki, we wtorek. Cześć!

Zjechała windą na dół, na zewnątrz objął ją chłodny powiew wiatru. Zadrżała, podniosła kołnierz i szczelnie okryła się płaszczem. Poczuła się nagle bardzo zmęczona i okropnie głodna. Wsiadła do czekającego na nią służbowego samochodu i pomyślała z ulgą: „Na szczęście blisko do domu".

Jadąc przez senne miasto, wciąż wracała myślami do wydarzeń tej nocy. O trzeciej nad ranem telefon oficera dyżurnego wyrwał ją z tanecznego transu. Zostawiła męża bujającego się w ramionach obcej kobiety, wychudzonej mimozy w nieokreślonym wieku.

– Wychodzisz? – spytał kwaśno i demonstracyjnie przytulił się do kościstego ramienia tancerki.

– Przecież wiesz. – Mogła sobie darować wyjazd na drugi koniec miasta, miała w końcu wolny dzień i pełne zaufanie do swoich współpracowników, nie chciała jednak zrezygnować, a może nie umiała, z kolejnego wezwania. Jeśli odniosła w życiu sukces, to dlatego że zawsze chciała zobaczyć miejsce zdarzeń na własne oczy i wyrobić sobie zdanie o tym, co zaszło. To nie była zwykła praca, ale sposób na życie, świadomy wybór, dzięki któremu mogła się realizować, podążać za swoim przeznaczeniem.

„Jedni stworzeni są do rutyny, zaczynania pracy o ósmej, kończenia o osiemnastej, inni do łamania prawa, ja z kolei – do węszenia. Zbieranie okruchów i odtwarzanie zdarzeń jest moim żywiołem. Gdybym nie została policjantką, pewnie byłabym dzisiaj archeologiem" – powtarzała sobie w myślach.

– Nie chcę nic wiedzieć – przytknął usta do cienkiej szyi partnerki i okręcając się w tańcu, powirował w głąb sali.

Lewicka zacisnęła powieki, natrętna wizja Marka w objęciach tamtej kobiety sprawiała jej ból.

Ten weekend mieli spędzić razem, tylko ona i Marek, po raz pierwszy od wielu lat. Zawsze pozostawiali sobie dużo swobody. Wystarczało, że wracali do wspólnego mieszkania i łóżka. Ostatnio jednak jej praca zaczęła być tematem coraz częstszych porannych kłótni, a także nocnych gorzkich rozmów. Bank, w którym pracował Marek, był równie zaborczy jak jej służba w policji, pochłaniał wszystkie wolne popołudnia, soboty i niedziele. Nigdy nie miała o to pretensji, uważając, że są małżeństwem prawie idealnym: inteligentni i ambitni, pracowici i absolutnie zaangażowani w to, co robią, pełni wyrozumiałości dla siebie nawzajem, nie wchodzili sobie nigdy w drogę... „Do teraz" – pomyślała.

Samochód cicho mknął przez wciąż wyludnione ulice. Uśpione miasto powoli budziło się do życia. Krótka nocna przerwa na wielkomiejski sen dobiegała końca, tak jak podróż z miejsca przestępstwa do mieszkania inspektorki.

Marek ubrany w garnitur, gotowy do wyjścia, siedział przy stole w kuchni. Między talerzykiem z okruchami grzanki a filiżanką kawy leżały papiery zapisane drobnymi cyframi.

– Wychodzisz? Mieliśmy przecież jechać – oparła głowę o framugę drzwi. – Zapomniałeś?

Spojrzał na nią znad filiżanki. Ściągnął usta jak ktoś, kto ma do zakomunikowania niezbyt przyjemną prawdę. Kiedyś zachwycała ją zmysłowa linia jego warg, jakby zawsze złożonych do pocałunku, z kpiącym uśmieszkiem wyginającym kąciki ust w niepokornym grymasie. Była jednak zbyt zmęczona, by się domyślać, o co chodzi tym razem, a może zbyt dobrze wiedziała, dokąd to wszystko prowadzi.

– Zostawiłaś mnie samego i jak zwykle pognałaś do swoich trupów. Zawsze one są najważniejsze – nie krył urazy. W rozdrażnieniu pogładził tył głowy, starając się nie potargać zaczesanych w górę włosów, maskujących pojawiające się z wiekiem przerzedzenia w czuprynie. „Idealna fryzura idealnego mężczyzny na stanowisku" – pomyślała Lewicka.

– Ty też o czymś zapomniałaś – napastliwy ton wkradł się w ciepły baryton Marka. Nie lubiła tego dźwięku, przypominał jej zrzędzenie matki, które wyganiało ojca na coraz dłuższe delegacje i zjazdy, aż któregoś dnia spakował walizkę i oświadczył, że nigdy nie wróci. Poczuła zimne ukłucie w żołądku. – Oboje coś sobie obiecaliśmy, prawda?

– Nie kłóćmy się teraz. Miałeś mieć wolny piątek. Co się stało? – spytała łagodnie.

– Muszę iść do pracy, przyjechał ktoś ważny z centrali. Mamy coś w rodzaju kontroli. Dobrze by było, gdybym pojawił się tam na kilka godzin. – Włożył szybko okulary. Nie podobał się jej ten kłamliwy gest, nie podobały się oprawki: czarne ramki z szerokimi zausznikami kryjące spojrzenie ciemnych oczu. Przecież oczy nigdy nie kłamią. Wyglądał w nich pretensjonalnie, jak podstarzały kandydat na człowieka sukcesu. A przecież był człowiekiem sukcesu. Kto jak kto, ale właśnie Marek nie musiał udawać kogoś innego, kogoś młodszego... Zmarszczyła brwi. Tak, od jakiegoś czasu na siłę chce się odmłodzić.

– To zemsta? – spytała.

– Nie wygłupiaj się. To tylko praca.

– Twoja praca, moje hobby. Wracamy do punktu wyjścia. – Niemiły gość ukryty w jej wnętrzu znowu przeszył żołądek długą igłą. Sprawiało mu wyraźną radość przedłużanie tej tortury.

– Możesz przecież na mnie zaczekać. Weekend nam nie ucieknie – zaczął ugodowo. – Jeśli tylko chcesz.

Czekał na odpowiedź. Nie zareagowała. Stała tam nadal z przymkniętymi oczami i ściągniętą bólem twarzą. Podszedł do niej. Rozwiązał pasek płaszcza i objął ją w talii. Ciepło uścisku zwilżyło jej oczy. Wciągnęła łapczywie zapach Marka.

– Potrzebujesz odpoczynku – dodał miękko. – Jedź sama, przyjadę do ciebie, jak tylko będę mógł. Dobrze?

– Dobrze – westchnęła, starając się nie wycierać resztek makijażu w granatową klapę marynarki męża. Łzy płynęły mimowolnie.

– Płaczesz? – w jego głosie przyczaiła się złość. Nie lubił zakrapianych łzami scen małżeńskich.

– Jestem po prostu zmęczona – powiedziała szybko. – Nie będę brała samochodu. Pojadę pociągiem. I zaczekam na ciebie. Idź już, bo się spóźnisz.

Na krótką chwilę jego usta przywarły do jej gładkiego czoła pokrytego drobnymi kropelkami zimnego potu.

– Jutro rano zjemy wspólnie śniadanie, dobrze? – zatrzymał się jeszcze w progu.

– Oczywiście, kochanie. – Łomot rozklekotanej windy zawtórował zatrzaśniętym z rozmachem drzwiom. Wzdrygnęła się. „Wszystko kiedyś mija lub minąć musi. Tylko dlaczego teraz?" – spytała samą siebie.

Pod gorącym strumieniem wody ustąpiło napięcie ramion i pleców, grzanka z konfiturą ukoiła ból żołądka, jednak wciąż nie opuszczało jej dręczące poczucie, że od jakiegoś czasu w swoim małżeństwie drepcze w miejscu. „Wszyscy się zmieniają, to normalne – pomyślała – ale niemożliwe, że aż tak. W tym tkwiło coś, a raczej ktoś".

Usiadła przed komputerem i tępo wpatrywała się w mrugający ekran. Instynkt podpowiadał, żeby zajrzeć do poczty i potwierdzić złe przeczucia. Rozsądek mówił: „Lepiej tego nie rób". Resztka godności krzyczała: „Nie zniżaj się do poziomu bohaterki taniego melodramatu". Jeśli coś jest jeszcze do uratowania, lepiej nie dociekać, lepiej nie wiedzieć wszystkiego, prawda bywa zabójcza – Lewicka dobrze o tym wiedziała. Jej małżeństwo wisiało na włosku tak cienkim, że w każdej chwili mogło się zerwać na zawsze i pogrążyć w otchłani spraw minionych.

Wygrał jednak instynkt, który jak zwykle jej nie zawiódł. Zawartość poczty nie stanowiła już tajemnicy. Lewicka stwierdziła ze zdziwieniem, że prawda zabolała ją mniej, niż przypuszczała.

Otworzyła szafę i zastanowiła się, co wziąć ze sobą na długi wiosenny weekend.

ROZDZIAŁ 2

Pociąg powoli wjeżdżał na stację końcową. Lewicka poskładała porozrzucane gazety i kolorowe magazyny, do których, zajęta oglądaniem zmieniających się za oknem pejzaży, nawet nie zajrzała. Wiosna poza Warszawą wyglądała całkiem inaczej.

Za małym budynkiem stacji stał hotelowy busik z napisem „Klasztor Wigry". Wysoki, pryszczaty kierowca wyskoczył z samochodu i sprawnie przejął bagaż. Oprócz Lewickiej nie było innych gości hotelowych. Szybko wyjechali z Suwałk i podążyli pustą szosą przez las. Promienie popołudniowego słońca z trudem przedzierały się przez świerkowe gałęzie. Śnieg stopniał, odkrywając zrudziałą ściółkę. Zwinięte, pokurczone jak nadpalony papier dębowe liście dopiero teraz opadły i zasłały wilgotną ziemię. Na ich tle farbkowym błękitem jaśniały nisko rozrośnięte kępy kwiatów. W ślad za drobnymi kwiatami chwiejącymi się na cienkich łodyżkach podążały delikatne zielone listki. Miejscami kwietne pola ciągnęły się daleko po horyzont, tworząc fantastyczne, wijące się między czarnymi pniami drzew, gęste dywany.

– Czy to przylaszczki? – spytała kierowcę.

– Ludzie mówią u nas, że to łzy zakochanej Wiły – potwierdził skinieniem głowy.

– Wiły? To jakieś podanie ludowe?

– Wiła to piękna rusałka o skrzydłach ważki, która kiedyś pomagała ludziom. Za złe uczynki mamiła niegodziwców, pod jej urokiem sami się topili. Pewnego razu na prośbę zdradzonej dziewczyny miała ukarać niewiernego rybaka. Ale on, piękny i młody, rozkochał w sobie Wiłę do szaleństwa. Sprzeniewierzyła się więc woli bogów i pozostawiła go przy życiu. To był błąd. Rybak jej także nie był wierny. Odkryła jego zdradę i zabiła go w gniewie. Od tamtej pory zawsze wiosną Wiła opłakuje go rzęsiście, snując się bez celu po lasach i łąkach, a z łez wyrastają te właśnie kwiatki.

– Piękna historia. Skąd pan ją zna? – spytała.

– Babcia mi opowiadała.

– Pracuje pan w hotelu? – pytała zaciekawiona.

– Tylko w weekendy.

– A w tygodniu?

– Studiuję antropologię – uśmiechnął się szeroko.

Wyjechali z lasu i skręcili w wąską asfaltową drogę. Półwysep głęboko wcinał się w jezioro.

– Widać już klasztor – kierowca wskazał przed siebie.

Na tle zachodzącego słońca opuszczony przez kamedułów obronny erem wyglądał imponująco. Wysoki kopiec górujący nad pomarszczoną taflą jeziora był zwieńczony szeregiem ciasno zbitych domków pokrytych czerwoną dachówką. Strzeliste wieże dotykały nieba. Mury przypominającego twierdzę klasztoru opasywały wzgórze białą wstążką. Różowe ściany kościoła płonęły w czerwonym świetle zapadającego zmierzchu niczym pochodnie.

– Nocą jest równie piękny. Oświetlony wygląda jak zamek z bajki – powiedział chłopak z dumą w głosie.

– Rzeczywiście jest tak piękny, że wręcz nierealny – odparła Lewicka, której również udzieliła się atmosfera tego miejsca. Spytała nagle: – Czy kameduli wciąż mieszkają w klasztorze?

Kierowca zaprzeczył, kręcąc głową z łagodnym uśmiechem, i wyjaśnił:

– W roku pańskim 1796, po trzecim rozbiorze Rzeczypospolitej, rząd pruski skonfiskował rozległe dobra kamedulskie. Pozostawiono zakonnikom tylko sam koniec Półwyspu Wigierskiego. Cztery lata później nastąpiła kasata klasztoru, a zakonników przeniesiono do warszawskich Bielan. Tam, gdzie pustelnię wybrał pułkownik Wołodyjowski z Sienkiewiczowskiej Trylogii. Pamięta pani słynne *memento mori* – „pamiętaj o śmierci"? Ustanowiono tu wtedy siedzibę nowego biskupstwa wigierskiego. Funkcję pałacu biskupiego pełnił Dom Królewski, o, tam, widzi pani – wskazał dłonią na budynek w południowo-zachodnim narożu. Objechali klasztor z prawej strony i skręcili pod ostrym kątem w lewo. Tutaj droga się kończyła.

– W dawnej foresterii, czyli domu noclegowym dla gości klasztoru, obok którego właśnie przejeżdżamy, kiedyś zwanej Kaplicą Kanclerską, a obecnie Papieską, ulokowano szpital oraz mieszkanie dla proboszcza. Ale to wszystko stare dzieje – zakończył, wskazując budynek z jednokondygnacyjną wieżą zwieńczoną potężnym hełmem.

Samochód przejechał przez wąską, sklepioną bramę przyklejoną do muru kaplicy, minął okna budyneczku przyczajonego po lewej stronie wielkich wrót i zaparkował przy murze okalającym klasztor.

– Recepcja jest tam – kierowca wskazał dłonią drzwi, które właśnie minęli – w Domu Furtiana. Zaczekać na panią?

Otworzyła torebkę, ale przez długi czas nie mogła w niej nic znaleźć. Chłopak czekał cierpliwie. Pięciozłotowa moneta błysnęła w dłoni i uderzyła o drugą, równie błyszczącą.

– Nie trzeba napiwku – żachnął się kierowca. – I bez tego odprowadzę panią do eremu.

Podziękowała mu uśmiechem i pobiegła w stronę recepcji. Niebo zaciągnęło się sinymi chmurami. Wielkie krople deszczu uderzyły o brukowany podjazd.

Recepcja robiła imponujące wrażenie. Ciemna, stylowa zabudowa przypominała najlepsze brytyjskie hotele. Za pierwsze naprawdę duże pieniądze zarobione przez Marka pojechali do Szkocji. Jeździli od zamku do zamku, nie omijając dworów obronnych, i prawie wszędzie recepcja witała ich mrocznym klimatem gotyckich lub neogotyckich mebli. Strzeliste wieżyczki i ostre łuki przypominały Lewickiej złożone dłonie skierowane wprost do nieba, jakby w dziękczynnej modlitwie za bogactwa i dobrobyt zesłane przez los właścicielom latyfundiów i zamków. Wpółobjęci błądzili krużgankami, podziwiali widoki z wież widokowych, jadali w jadalniach, bawili się w bawialniach, sypiali w zimnych sypialniach. Wtedy wydawało im się to szalenie romantyczne, jakby znowu byli narzeczeństwem. Zaciskając palce, dawali sobie tajemne znaki, czy lepiej wracać do pokoju i zanurkować w biel pościeli, czy może jednak skoczyć do pubu na szklankę ciepłego piwa. To było zaledwie osiem lat temu. A może aż osiem lat temu. Dzisiaj rzadko splatali razem swoje dłonie.

– Nazwisko pani? – śpiewny akcent młodej kobiety za kontuarem wyrwał inspektorkę z zamyślenia. Wysoki ton głosu dziewczyny przechodził momentami w przykry dla uszu falset.

– Lewicka – odpowiedziała. Próbowała wyciągnąć dowód osobisty, ale ten nie chciał się odkleić od folii wyścielającej skórzany portfel.

– Pani da dowód. – Ciemne oczy patrzyły na nią obojętnie. Nie zdawała sobie sprawy, że niegrzeczny zwrot nie przystoi recepcjonistce eleganckiego hotelu. Lewicka, rozbawiona bezpośredniością pannicy za kontuarem, bez słowa podała dowód. – Tak. Jest rezerwacja. Pani sama czy z kimś, bo mam tu zapisane, że dwie osoby... – dociekała dziewczyna.

Na tle ciemnych szaf jej okrągła, płaska twarz, okolona jasnymi włosami wyglądała na jeszcze bardziej wybieloną. Mocno podkreślone tuszem oczy wydawały się czarne i przepastne niczym otchłań. Obłe ciało dziewczyny, podobne do pękatego ogórka, w którym mierny rzeźbiarz dokonał kilku niedbałych wcięć, opinał sweterek, a kusa spódnica odsłaniała walcowate nogi. Czarne źrenice ze znawstwem taksowały gościa. Należała do tego typu ekspedientek, urzędniczek czy też recepcjonistek, które oceniały klientów według własnej hierarchii wartości, a ta uzależniona była od tego, co klient miał na sobie. Lewicka została oceniona nisko. Nie miała drogiego skórzanego płaszcza ani modnej wytłaczanej torebki na łańcuszku, jej buty nie były dość wystrzałowe, co pozwalało sądzić, że daleka była od tego wyzywającego szyku, jakiemu hołdują prowincjonalne modnisie.

– Druga osoba dojedzie jutro – wyjaśniła szybko Lewicka.

– Aha – przytaknęła wcielona biel za kontuarem. Nie wstając z krzesła, odepchnęła się od blatu i przejechała ze straszliwym turkotem niewielką przestrzeń dzielącą ją od szafki z kluczami, z której wygrzebała klucz z wielkim drewnianym brelokiem, i ponownie odpychając się od mebli, powróciła na swoje miejsce.

– Erem szesnasty, na górnym tarasie. Pójdzie pani teraz w lewo, przez bramę pod plebanią, potem skręci w prawo, po schodkach, i w lewo przez bramę, co to nad nią są te dwie figury. Rozumie pani?

Lewicka skwapliwie przytaknęła. Dziewczyna nadal nie wypuszczała klucza z dłoni.

– Zgodnie z pani życzeniem zimną kolację zostawiliśmy w pokoju. Czajnik i filiżanki też tam są. W eremie są dwa pokoje, pani ma ten z oknem na jezioro – wyjaśniła. – To jest klucz uniwersalny. Otwiera drzwi zewnętrzne do patio, drzwi eremu, drzwi pani pokoju, ale nie da się nim otworzyć drzwi drugiego pokoju. Klucz otwiera wejście na Wieżę Zegarową, to ta obok pani eremu, Wieżę Ogrodową, ale nie ma po co tam chodzić, to znaczy nie teraz, na przednówku, Wieżę Schodową, gdyby chciała pani iść na błonia, i otwiera jeszcze tę furtkę, tu obok, przy biurze, gdyby chciała pani iść na skróty do wsi. Ten klucz umożliwia także dostęp do siłowni i kawiarenki internetowej w Domu Papieskim. Tam też jest apartament Ojca Świętego, ale można go zwiedzić dopiero w niedzielę. Restauracja jest w Domu Królewskim. Jak wyjdzie pani przez tę bramę ze świętymi, to trzeba iść lewą stroną kościoła i zaraz go pani zobaczy, a potem schodami w dół, są po prawej stronie. Śniadania od ósmej do jedenastej. To by było wszystko.

Podała klucz z rozmachem, trzaskając brelokiem o kontuar. Lewicka zacisnęła w dłoni cenny kawałek metalu, którym mogła otworzyć wszystkie tutejsze atrakcje. Marzyła o gorącej kąpieli i filiżance zielonej herbaty.

Wtem otworzyły się drzwi i wraz z silnym podmuchem wiatru do recepcji wtargnął tęgi mężczyzna w średnim wieku. Otrzepał buty i zamknął drzwi z takim trzaskiem, że aż zabrzęczały szyby.

– Panie Geniu, co się pan tak rozbija? – zaświergotała wybielona pannica.

– Przepraszam, ale ten wiatr daje nam dziś do wiwatu – zdjął czapkę i strzepnął ją o kolano, krople deszczu spadły na szachownicę podłogi. – Najważniejsze: dach załatany – obwieścił radośnie. Na widok Lewickiej uśmiech zamarł mu na ustach, by po chwili rozjaśnić twarz na nowo.

Był krępym mężczyzną i jak wszyscy niewysocy ludzie trzymał się prosto. Wigoru mógł mu pozazdrościć niejeden pięćdziesięciolatek. Tylko poorana zmarszczkami twarz świadczyła o przeżytych wzlotach i upadkach, o jego niełatwym i pracowitym życiu.

– Witam pana dyrektora – Lewicka również nie kryła zdziwienia. Minęło tyle lat od tamtej sprawy, która ich zetknęła, a tu teraz, nagle niespodziewane spotkanie.

– Ćśśśś – zażartował – nie tak głośno. Dawne czasy – machnął lekceważąco ręką – teraz nie dyrektoruję, ale kierownikuję. Witam panią inspektor – mężczyzna rozciągnął usta w uśmiechu. Podszedł do niej i zamknął jej dłoń w potężnym uścisku. – Kopę lat – zaśmiał się szczerze i głośno. Spotkanie sprawiło mu wyraźną przyjemność.

– Pani tu na wypoczynek? – Nie przestawał się uśmiechać. – Koniecznie musimy iść razem na kawę i pogadać o starych czasach. Na weekend czy też zostaje pani dłużej?

– Na dłuższy weekend, w poniedziałek wieczorem chcę wracać do Warszawy.

– Wspaniale – nowa porcja radości zatrzęsła jej drobną dłonią. – Co prawda wyjeżdżam na sobotę do domu, ale wracam w niedzielę wieczorem, więc pewnie będzie okazja pogadać. Jestem tu kierownikiem administracyjnym – puścił wreszcie jej dłoń i kreślił ramionami szerokie koła, mające zobrazować zakres jego panowania. – Emerytura to nie dla mnie. Ogrzewanie, woda, klimatyzacja, wentylacja, park maszynowy, dziurawe dachy, kapiące rynny, wieczne remonty – wyliczał, zginając demonstracyjnie palce – to wszystko na mojej głowie. Utrzymanie ruchu, że tak powiem, to jak zwykle moja domena. Zamieniłem jedynie fabrykę na hotel, ale on bardziej przypomina zakład produkcyjny niż cichą przystań dla znękanego trudami życia emeryta. – Zaśmiał się jak z udanego dowcipu. – A co u pani? Słyszałem o awansie, słyszałem. Pani dawny szef to teraz mój sąsiad, wybudował dom obok mnie i tak się jakoś polubiliśmy.

– Zawsze był pan człowiekiem energicznym. I widzę, że czas pana nie utemperował. Cieszę się, że pana spotkałam. Ale czemu tak daleko od domu?

– Ach, w domu żona, dzieci, wnuki. Wie pani, dziadkiem zostałem, i to poczwórnym. – Dla podkreślenia wagi tego faktu uniósł do góry wskazujący palec. – Straszne z nich urwisy. Wszystko kotłuje się u nas, rozbudowaliśmy z żoną dom, dzieciom trzeba pomóc, dlatego tutaj jestem. A w Wigrach klimat sympatyczny, spokój, cisza, dobre łowiska. Skusili mnie, że będę mógł wędkować do woli, ale przyznam się pani – tu zniżył konfidencjonalnie głos – że jak na razie na rybach byłem tylko jeden jedyny raz, a minęły już trzy lata, odkąd tu jestem.

Roześmiali się razem. Lewicka znała Eugeniusza Sołtysika z czasów, gdy był dyrektorem w zakładach w Pile i zapamiętała go jako człowieka tryskającego energią. Gdy inni padali ze zmęczenia, on nadal był nie do zdarcia, jakby przez dwadzieścia cztery godziny na dobę korzystał z najwyższego stopnia zasilania. Miał cudowny dar zjednywania sobie ludzi i radzenia sobie tam, gdzie inni ponosili klęski.

– Znając pana, wierzę, że tak jest – roześmiała się. – Ma pan tu pewnie duże pole do popisu.

– A żeby pani wiedziała.

Przysłuchująca się rozmowie recepcjonistka podparła brodę na rękach i pochłaniała ich wzrokiem, każde słowo wsiąkało w nią jak woda w gąbkę. Nagle oderwała się od krzesła i wyprężyła z szerokim, jakby przyklejonym do twarzy uśmiechem. W drzwiach stanął wysoki blondyn.

Niedbałym ruchem zaczesał do tyłu mokre od deszczu półdługie włosy. Fryzura z postrzępioną, spadającą na oczy grzywką i wąskimi baczkami odsłaniała mocne szczęki. Miodowy odcień bujnych włosów rozjaśniały starannie tlenione pasemka, w których ginęły pierwsze oznaki siwizny. Brąz welwetowej marynarki podkreślał złocistą opaleniznę. Szerokie plecy przy szczupłych i długich nogach wydawały się jeszcze szersze. Efekt psuł zaokrąglony, nieco beczkowaty brzuch, który Lewicka oceniła jako efekt zbytniego folgowania przyjemnościom butelki. Mężczyzna roztaczał wokół siebie aurę władzy i tego kociego uroku, który deprymował mężczyzn i zniewalał kobiety. Zdawał sobie z tego sprawę i skwapliwie to wykorzystywał.

Szybko zlustrował wnętrze. Na krótką chwilę zatrzymał wzrok na recepcjonistce, biały sweterek zafalował pospiesznie, plakietka z napisem „Kasia" uniosła się i opadła rozczarowana. Uwagę wyniosłego blondyna skupiła kobieta w czerni. Objął ją łakomym spojrzeniem drapieżnika, który ujrzał przed sobą intrygujący kąsek.

– Panie dyrektorze, melduję uroczyście, że wiata nad bindugą zabezpieczona – z udawaną służbistością powiedział Sołtysik.

– Czy zabezpieczony oznacza zreperowany? – Dyrektor nie miał dziś ochoty do żartów, nie patrzył na Sołtysika, a jego wzrok nadal skupiony był na nogach i biodrach gościa.

– Zreperowany.

– I nie będziemy wracać więcej do tego tematu? – w męski, doskonale opanowany głos wkradł się obcy zgrzyt.

– Nie będziemy.

– W takim razie do poniedziałku, panie Sołtysik – dopiero teraz zaszczycił go swoim spojrzeniem.

– Jak tak, to ja się pożegnam – kierownik jeszcze raz ujął dłoń Lewickiej i potrząsnął nią ze szczerą radością. – Mam nadzieję, że znajdzie pani chwilkę dla starego zrzędy na wspominki. Do zobaczenia.

– Państwo się znają? – Dyrektor nie spuszczał wzroku z policjantki.

– Z dawnych czasów. Pani inspektor Lewicka z Komendy Głównej w Warszawie – Sołtysik dokonał prezentacji. – Pan dyrektor Marciniak.

Dyrektor zmrużył oczy i pochylił się z przesadną kurtuazją. Lewicka podała mu dłoń na powitanie. Ten chwycił ją obiema rękami i głośno ucałował.

– Policjantka i do tego piękna. – Grzywa blond włosów wróciła na miejsce, odsłaniając wysokie czoło przecięte gęstymi czarnymi brwiami. – Jerzy jestem, ale proszę mi mówić Jurek. Jesteśmy, ja i mój zespół – wskazał na pozostałych – do pani dyspozycji przez całą dobę. Szczególnie na mnie może pani liczyć – dźwięczny baryton przeszedł w niskie rejestry.

– Dziękuję – odwzajemniła uśmiech i uprzejmie, lecz stanowczo oswobodziła dłoń z rąk Marciniaka. – Przepraszam, ale miałam długą i męczącą podróż. Dobranoc.

Na zewnątrz wciąż czekał na nią kierowca z bagażem. Poszli wybrukowaną drogą łagodnie wznoszącą się do góry. Minęli kolejną bramę i skręcili w prawo. Pokonali kilka kamiennych stopni i stanęli przed murem oddzielającym eremy od reszty świata. Wejścia na prostokątne podwórko strzegła kuta furta z obu stron flankowana figurami świętych. Północną i południową pierzeję podworca stanowił szereg małych domków z ogródkami odseparowanych od siebie wysokimi murami. Od wschodu dziedziniec zamykała wysoka Wieża Zegarowa.

ROZDZIAŁ 3

Poranek powitał ją słońcem i radosnym świergotem ptaków. Smukłe pliszki goniły się między labiryntami niskich bukszpanowych szpalerów, uciekając na nieliczne drzewka skryte w zacisznych patiach przy domkach-eremach. W taki dzień wszystko wydawało się lepsze i piękniejsze.

Przy wejściu do restauracji siedziała kierowniczka sali. Mogła mieć najwyżej dwadzieścia pięć, może dwadzieścia sześć lat. Gruby, krzykliwy makijaż w kolorze brzoskwini kończył się na linii podbródka, poniżej której biała, poprzecinana niebieskimi naczyniami skóra była wręcz przezroczysta. Makijaż miał zapewne ukryć zmęczenie i niezdrowy wygląd, na górnych powiekach widoczne były drobne niczym gwiazdki, czerwone wybroczyny świadczące o porannych wymiotach. „Pewnie jest w ciąży i wcale jej to nie służy" – odnotowała w pamięci Lewicka.

Dziewczyna wskazała jej stolik i umęczonym głosem zachęciła do korzystania z uginającego się od przysmaków bufetu śniadaniowego. Po chwili pojawiła się uśmiechnięta kelnerka.

– Co na ciepło? Jajecznica na maśle czy jajko na miękko? – spytała z lekkim zaśpiewem mieszkańców okolic Hajnówki.

– Jajecznica.

– Podam za kilka minut – oddaliła się w stronę kuchni, pozostawiając po sobie zapach lawendowego mydła.

Sala była prawie pusta. Nieliczni wiosenni goście siedzieli samotnie przy oknach wychodzących na jezioro. Brodacz w czarnym swetrze zatopiony w lekturze gazety, korpulentna rudowłosa kobieta w bajecznie kolorowym wdzianku i szczupły młodzieniec pochłaniający wielki kawał drożdżowego ciasta.

Lewicka podeszła do bufetu. Kawa pachniała upajająco. Pociągnęła niewielki łyk. Była mocna i łagodna zarazem, w doskonałym gatunku. Półmiski kusiły wyborem wędlin i pasztetów. Na talerzach piętrzyły się bułeczki, babeczki i placuszki. Zdecydowała się na bułeczkę z ziołami i plaster domowej pieczeni. Bułeczka z tymiankiem i kawałkami smażonego boczku przypominała smak lata, rozgrzaną słońcem łąkę i słodkie lenistwo.

Przy stoliku obok siedział dyrektor Marciniak. Gdy wchodziła na salę, ukłonił się jej i wskazał gestem krzesło obok siebie, ale Lewicka wolała usiąść dalej i nie wdawać się w żadne rozmowy. Uprzejmie odpowiedziała mu skinieniem głowy i usiadła w bezpiecznej, jak się jej wydawało, odległości.

Towarzyszył mu niski, szczupły mężczyzna w ciemnym ubraniu. Wciąż mrugał nerwowo powiekami i poprawiał okulary. Miał kobiece dłonie, którymi oszczędnie gestykulował, jakby w obawie, że zdradzi go nadmierny ruch. Nienaturalnie przyciśnięte do siebie palce otwartych dłoni czyniły z tych gestów coś w rodzaju magicznych znaków zaklinających rzeczywistość; zachowywał się niczym celebrans, w ruchach i zachowaniu przypominał księdza.

„Musi mieć wiele do ukrycia. Stara się stłumić emocje i prawdziwe myśli, ale zdaje się, że łatwo go wyprowadzić z równowagi. Moim zdaniem jest podszyty fałszem, ale zawsze mogę się mylić" – oceniła go Lewicka.

Kelnerka zręcznie postawiła przed nią żółtą jak szafran jajecznicę.

– Jajka prosto od kur – uprzedziła pytanie Lewickiej. – Czy podać coś jeszcze?

Do białej bluzeczki kelnerki przyszpilona była wizytówka, na której zamaszystym pismem wypisano: „Gośka".

– Mało gości o tej porze roku, pani Małgosiu – odezwała się inspektorka. W myślach nazwała dziewczynę Małgorzatką, bo taka forma imienia najbardziej do niej pasowała.

– Mało – skwapliwie przytaknęła pachnąca lawendą dziewczyna. Jej czysta, lekko zarumieniona twarz o regularnych rysach była więcej niż ładna, żywa mimika i błyszczące oczy dodawały jej naturalnego uroku. – Zawsze tak jest o tej porze, z wiosną goście, jak ptaki, zlatują się, aż wreszcie nie ma gdzie palca wściubić. I tak do jesieni.

– Duża sala, to i pewnie wielu gości w sezonie tu bywa.

– O, to dobrze, proszę pani, że taka duża – nachyliła się, poprawiając serwetki i wygładzając nieistniejące fałdki na obrusie. – Bo my tu konferencje różne mamy i przyjęcia. I wesela. A na Wielkanoc to pan dyrektor się żeni i przyjęcie będzie u nas właśnie.

Powiedziała to z taką miną, jakby miała w tym swój udział. Widać uznała, że ekscytująca wszystkich pracowników wiadomość zainteresuje również gościa. Demonstracyjne gesty powitania Marciniaka z Lewicką nie uszły uwadze bystrej Małgorzatki.

– A to ciekawe! – inspektorka obejrzała się na dyrektora. – Ale chyba nie z panią? Pani jest za młoda.

– A skąd – dziewczyna oblała się rumieńcem – żeni się z naszą instruktorką fitness. Nie ma jej dzisiaj. Studiuje w Białymstoku.

Lewicka wyraziła jeszcze kilka zachwytów nad wystrojem stylowego wnętrza i doskonałym gatunkiem kawy, a potem zajęła się jajecznicą.

Rozmówca dyrektora mówił coraz głośniej:

– To czysta pragmatyka – powiedział, ciemniejąc na twarzy. Potrząsał energicznie głową, a misternie zaczesane „na pożyczkę" włosy opadały na potylicę, odsłaniając coraz wyższe czoło. – To kwestia kompetencji, podstawowych zasad hierarchii służbowej. – Nabrał powietrza i szybko wyrzucił z siebie: – To bardzo ważne zagadnienie praw i obowiązków, powtarzam, obowiązków pracownika...

– Czy mógłbyś nie psuć mi śniadania? – dyrektor przerwał mu zniecierpliwiony. – Pragmatyka nakazuje, byśmy o pracy rozmawiali w biurze, a nie przy kawie.

– Ale ja przecież... – Złote oprawki nagle zsunęły się na czubek nosa, co sprawiło, że mężczyzna wyglądał wyjątkowo żałośnie. Wbił je wskazującym palcem na poprzednie miejsce, aż skóra na policzkach uniosła się i raptownie opadła. Wyglądał na starszego od dyrektora, ale prawdopodobnie byli równolatkami.

– Bogusiu, obaj dobrze wiemy, o co chodzi – dyrektor nie patrzył na niego, zręcznie kroił na małe kawałki różową szynkę z wąskim paskiem tłuszczyku i zachłannie łykał ją, nie przestając mówić. – Rozsądek nakazuje, byś się zamknął i pamiętał o swoim miejscu w hierarchii. Zaczynasz mnie nudzić.

Spojrzał w kierunku Lewickiej, uśmiechnął się bardziej do swoich myśli niż do niej, jak chłopak, któremu właśnie przyszła do głowy nowa psota.

– Czy wiesz, Bogusiu, kogo goszczą nasze niskie, aczkolwiek dumne ze swej historii progi? – Odchylił się na krześle, przynosząc ulgę żołądkowi wypełnionemu po brzegi chrupiącymi bułeczkami i delikatną wędliną, po czym spojrzał kpiąco na swego sąsiada.

– Nie miała pani okazji poznać mej prawej ręki – rozpoczął prezentację – lewa jak zwykle jeszcze śpi. Ale bądźmy wyrozumiali, mamy przecież sobotę.

Okularnik z rozwianą „pożyczką" nie wyglądał na zadowolonego, był wyraźnie rozdrażniony lekceważeniem jego osoby.

– Bogusław Sobieraj, nasz marketingowiec, mój przyjaciel i kolega ze studiów – Marciniak szczerzył w uśmiechu idealne zęby – gdzie ja, tam i on, gdzie on, tam i ja. – Roześmiał się jak sztubak. W tej chwili nie wyglądał na swoje niespełna pięćdziesiąt lat, bo na tyle oceniła go Lewicka, ale przypominał urwisa z blond grzywką przesłaniającą jedno oko, co czyniło go podobnym do młodego adepta korsarskiego fachu. Jeszcze nie kapitan, a już oślepiony w walce.

– Pozwól, Bogusiu – droczył się z opornym Sobierajem, który jedynie zdawkowo kiwnął głową – pani Ewa Lewicka, inspektor śledczy z Komendy Głównej w Warszawie.

– Podinspektor – wyjaśniła.

– Dla nas, szaraczków, to żadna różnica! Policjant to policjant – wybielone zęby błysnęły w ironicznym uśmiechu. – Możemy się przysiąść?

Nie zdążyła nawet odpowiedzieć, a już przekręcił krzesło i usiadł na nim okrakiem, kładąc ramiona na oparciu. Ja tu rządzę – mówiła jego postać. Skrzyżowane ramiona odgradzały go od Lewickiej jak mur obronny, wyrażając brak strachu i być może odrobinę pogardy.

– Bogusiu, nie opuszczaj nas jeszcze – od niechcenia rzucił przez ramię. – Będzie nam miło, jeśli dołączysz do nas – mrugnął porozumiewawczo do Lewickiej.

Boguś z ociąganiem usiadł obok. Dyrektor po przyjacielsku chciał go poklepać po plecach, ale dłoń, czy to specjalnie, czy ze względu na to, że nie patrzył w kierunku Sobieraja, obsunęła się i musnęła pośladki marketingowca. Filiżanka w jego dłoni zadrżała i kawa splamiła spodeczek. Sobieraj wyprostował plecy i sztywno wsunął nogi pod blat. Marciniak przytrzymał jego dłoń i spytał:

– Co to, ręce ci drżą? – chybiony żart jeszcze bardziej zjeżył Sobieraja.

Dłoń dyrektora czule pogłaskała palce zaciśnięte na krawędzi spodka:

– Przepraszam, nie chciałem. – Po tych słowach Boguś Sobieraj jakby zmiękł i nieco się rozluźnił.

„Jaką to dziwną grę prowadzą" – zastanowiła się Lewicka.

– A pani, pani Ewo, nic, tylko zagadkowo się uśmiecha – zwrócił się do niej.

– Jestem na urlopie – wyjaśniła.

– A gdy pani nie jest na urlopie? – pytanie zawisło nad nową porcją gorącej kawy.

– Też się uśmiecham. – Brunatny cukier doskonale podkreślał łagodny i miękki smak smolistego napoju. – Patrzę, słucham i się uśmiecham. Taka praca.

– Sprytnie. – Odgarnął opadające na oczy włosy i przyjrzał się czujnie jej twarzy. – Myślałem, że pani przede wszystkim pyta, wręcz zamęcza ludzi pytaniami. Ale pani jest sprytniejsza. Pani patrzy tymi mądrymi oczami, uśmiecha się, udaje, że ją interesują ludzkie problemy, i czeka, aż ktoś się sam wsypie.

Zaśmiał się chrapliwie.

– Nie udaję. Ludzkie problemy naprawdę mnie interesują.

– Niczym pająk plecie pani lepką pajęczynę zrozumienia i czeka, aż zadrży fałszywa struna, czy tak?

– Jest pan bardzo blisko – odwzajemniła uśmiech. Jeśli chciał ją obrazić, to źle trafił, sama często porównywała swój zawód do pracy łowcy zakładającego przemyślną pułapkę.

– W tej sukni jest pani nawet podobna do czarnej wdowy. Piękna, kusząca i niebezpieczna.

Sobieraj niecierpliwie wiercił się na krześle, jakby go parzyło, wciąż poprawiał okulary, prawie wbijając je w czoło.

– Tak na marginesie – dyrektor powoli kreślił łyżeczką kółka w filiżance – prywatnie zajmuje mnie sposób, w jaki ludzie posługują się mową, jak rozumieją i interpretują cudze słowa w zależności od kontekstu. Może się mylę, ale panią to chyba najbardziej interesuje. Mechanizmy niejawnego przekazywania i uzyskiwania informacji. Prawda?

– Na tym polega moja praca.

– Czyli na szukaniu podtekstów, niedopowiedzianych sensów? Czegoś, co się wyłamuje z reguł?

– Proszę, proszę, czyżby studiował pan teorię Paula Grice'a? – zapytała z uznaniem.

Rozciągnął usta w uśmiechu.

– Zatem zajmuje się pani wyszukiwaniem znaczeń niewypowiedzianych lub niedopowiedzianych. Czegoś niezwykłego w zwykle zakłamanych wypowiedziach maluczkich. To musi być fascynujące.

– Dlaczego zaraz zakłamanych? Ludzie nie zawsze kłamią, czasem tylko nie mówią wprost.

– Myśli pani, że odkrywają się nieświadomie?

– Nie myślę, ja to wiem. Najczęściej jednak robią to specjalnie. Mówią w sposób zawoalowany, bo z różnych powodów nie mogą lub nie chcą mówić szczerze i otwarcie, a może inaczej nie potrafią. – Zawiesiła głos, szukając przez chwilę odpowiednich słów. – Jeśli wypowiedź jest wyraźnie aluzyjna i taka była intencja mojego rozmówcy, a nie jest to wynik pomyłki bądź nieporozumienia, to dla mnie ma to szczególne znaczenie, które powinnam umieć rozszyfrować. Ludzie robią to z pełną premedytacją. Jakby prosili o pomoc, ale okrężną drogą. Moim zadaniem jest właśnie wyłapać te zgrzyty i szumy.

– Na przykład?

– Pytam kobietę o jej relacje z mężem, a ona mi odpowiada: „Nie kłócimy się zbyt często". To znaczy, że jest źle, ale jeszcze nie beznadziejnie. Nieraz przecież słyszymy: „Szukamy porozumienia", co należy odczytać: „Nadal brak porozumienia". Przykłady można by mnożyć.

– Coś w stylu: „Oficjalne źródła podają"?

– Sugestia jest wtedy wyraźna – istnieją także nieoficjalne źródła.

– We wszystkim, co pani usłyszy, jest drugie dno?

– Dodatkowych sensów nie należy mnożyć ponad konieczność, nieprawdaż? Nadinterpretacja nie jest wskazana, nawet, a może szczególnie, w moim zawodzie.

– Zmodyfikowana brzytwa Ockhama. – Gdy się nie kontrolował, jego śmiech przechodził w chrapliwy rechot. – Zastanawiam się jednak...

Wcale się nie zastanawiał, dobrze wiedziała, że ten mężczyzna podjął niebezpieczną grę i teraz bawi się, wciągając w to także ją.

– Skąd pani zna Sołtysika?

– Z bardzo dawnych czasów.

– W rejestrze skazanych nie figuruje. – Czekał na jakiś znak, mimowolne mrugnięcie oka, grymas potwierdzający jego przypuszczenia. – Sprawdziliśmy.

Zdziwiona Lewicka uniosła brwi.

– Był zamieszany w jakieś śledztwo? – dopytywał się Marciniak.

– Sam panu odpowie na to pytanie.

– No tak, proszę wybaczyć, obowiązuje panią tajemnica służbowa – zaniósł się chrapliwym śmiechem, który odbił się echem od krzyżowego sklepienia. – Tak. Brak należytej kontroli rodzi bezkarność.

Bezsensowne słowa Marciniaka zawisły nad stołem, Sobieraj poprawił się nerwowo i zastrzygł uszami. Czyżby do niego była adresowana ta lakoniczna uwaga?

Nagle obok stolika wyrosła wymizerowana postać kierowniczki sali. Żakiet był na nią za luźny, w ciągu ostatnich tygodni musiała sporo schudnąć. Ściśnięte źle dopasowanym stanikiem piersi łączyły się, tworząc groteskową „dupkę"; wyglądała, jakby długo stała na głowie, a teraz mimo zmiany pozycji biust nadal nie chciał opaść.

– Panie dyrektorze... – zaczęła niepewnie.

– Teraz jestem zajęty – nawet nie odwrócił w jej stronę głowy. – Zresztą we wszystkich sprawach proszę zwracać się do pana Sobieraja. Taka jest kolejność służbowa.

– Nawet w osobistych? – spytała drżącym głosem. Jej oczy z sekundy na sekundę stawały się coraz bardziej wilgotne.

– W tych szczególnie – odwrócił się w jej stronę, ale wzrok miał skierowany w dół, jak właściciel karcący psa za niestosowne zachowanie.

– Ale ja... – łzy popłynęły strumyczkami, żłobiąc w grubej warstwie pudru kręte ścieżki. Zaszlochała spazmatycznie i wybiegła z sali.

Zapanowało nieprzyjemne milczenie. Nerwowy marketingowiec wbił jeszcze głębiej na nos niesforne oprawki, a dyrektor patrzył w zalane blaskiem słońca okna. Wreszcie się odezwał.

– Pewnie pani nie wie, że w tym roku minęło trzysta czterdzieści lat od ufundowania w tym miejscu klasztoru. Dokładnie szóstego stycznia 1667 roku nasz dobroczyńca Jan Kazimierz, król Polski, dokonał fundacji Eremus Insulae Wigrensis, czyli Eremu Wyspy Wigierskiej. Przekazał kamedułom należący do dóbr królewskich dwór myśliwski na wigierskim ostrowie oraz olbrzymią część Puszczy Przełomskiej i Perstuńskiej. A najciekawsze w tym wszystkim jest to, że w ten sposób Jan Kazimierz chciał pozyskać u Boga odwrócenie klęsk trapiących Rzeczpospolitą przez cały okres jego panowania... – przerwał i utkwił wzrok w jej oczach. – Ciekawe, czy dzisiaj nie potraktowano by tego jako próby przekupstwa najwyższej władzy – roześmiał się beztrosko. – Niezła łapówka, prawda?

Nie zdążyła odpowiedzieć, bo zadzwonił telefon. Marek dojeżdżał i prosił, by wyszła mu na spotkanie.

– Panowie wybaczą – uśmiechnęła się przepraszająco. – Wyjdę po męża.

Obaj wstali i pożegnali ją zdawkowymi skinieniami głowy.

Fotel za rzeźbionym biureczkiem kierowniczki nadal pozostawał pusty. Z toalety dla personelu dochodziły stłumione odgłosy szlochu.

Słońce zdążyło już ogrzać wilgotne powietrze. Zrobiło się nawet ciepło jak na tę porę roku. Minęła boczne drzwi wiodące do kościoła, centralnego punktu zabudowań klasztornych. Ptaki obsiadły figury świętych strzegących bramy do eremów i świergotały zajęte sobą, nie zwracając uwagi na przechodzących obok ludzi.

Brodacz z restauracji wyminął ją i skręcił w prawo, schodkami, prowadzącymi na dolny taras samotni. Mimowolnie podążyła za nim, zaciekawiona, dokąd można dojść przez tę furtkę.

Mężczyzna spojrzał na nią, skinął głową i zniknął za drewnianymi drzwiami odgradzającymi patio eremu od brukowanej uliczki.

Po lewej stronie wznosił się mur. Wysoko ponad głową Lewickiej, na poziomie pierwszego piętra, połyskiwały okna i ciemniały wykusze górnego tarasu. Po prawej stronie uliczki okna były tak nisko, że gdyby nie białe płócienne zasłony, z łatwością mogłaby dostrzec nie tylko wnętrze pokoju, ale dokładnie obejrzeć podłogę.

Brukowana uliczka wychodziła na mały podworzec, skąd rozciągał się wspaniały widok na jezioro. Między nagimi gałęziami olszyny przeświecała przystań i wiata, o której wspominał Sołtysik.

Róg placu zajmowało coś na kształt małego budyneczku. Napis dla zwiedzających obwieszczał, że właśnie znajdują się przy Wieży Schodowej. „A, to o tej wieży była mowa" – uśmiech zrozumienia rozjaśnił twarz Lewickiej.

Odwróciła się i uniosła głowę, chcąc zobaczyć godzinę na zegarze wieży, odcinającej dostęp do górnego tarasu. Był kwadrans po jedenastej. Marek powinien właśnie skręcić na groblę łączącą klasztorną wyspę ze stałym lądem.

Przyspieszyła kroku, okrążyła wieżę i odnotowała w pamięci, że pod nią mieści się przytulna kawiarnia. W powietrzu unosił się zapach świeżo mielonej kawy.

Szybko minęła plebanię. Przy murze właśnie zaparkował granatowy opel. Wysiadł z niego obcy mężczyzna. Zauważyła, że samochód miał nietutejsze numery rejestracyjne. Postanowiła zaczekać przy niskim murku, oparła się o niego i zanurkowała wzrokiem w rozległą panoramę jeziora okolonego ze wszystkich stron budzącym się do życia lasem.

Wysoki i chudy mężczyzna zatrzasnął drzwiczki samochodu i zniknął w bramie z napisem „Biuro".

Nie minęło kilka minut, gdy wrócił, mrucząc coś do siebie i klnąc pod nosem. Zdjął czapkę z daszkiem, odsłaniając łysą głowę z błyszczącą skórą, i ze złością uderzył nią w udo. Szarpnął drzwi i wsiadł gwałtownie do samochodu. Po chwili dogonił go Marciniak. Potknął się, zaczepiając o kamień długim noskiem modnych butów. Z trudem wyhamował przed skręcającym z piskiem opon samochodem. Kierowca gwałtownie zahamował i wychylił się przez okno.

– Zwariowałeś?! – krzyknął wściekle. – Porysujesz mi lakier!

– Zaczekaj – dyrektor strzepnął spodnie i poprawił szal niedbale zawiązany na szyi. Jego ubranie było drogie i w najlepszym guście, tak jak szal w brązowo-zielone prążki, który idealnie pasował do brązowej marynarki i zielonkawej koszuli z miękkiego materiału.

– To był tylko taki żart – uśmiechnął się sztucznie, gdy kątem oka zauważył Lewicką. – Nie kłóćmy się o drobiazgi.

– To nie są drobiazgi! – zapiał mężczyzna. Na łysej czaszce wyraźnie zarysowały się żyły. – To podły szantaż!

– Po co zaraz takie wielkie słowa? – Marciniak starał się przyjąć beztroski ton. – Po co te sceny? – dodał ugodowo i obejrzał się na Lewicką.

– Wkurzasz mnie – wycedził łysy przez zaciśnięte zęby.

– Dobrze, już dobrze. Masz załatwione. Możesz go przywieźć.

– A tamta sprawa? – spytał mężczyzna i również spojrzał w kierunku pani inspektor.

– Jeszcze o tym pogadamy – zaśmiał się Marciniak.

– Chyba w trumnie. – Żyły nabrzmiały mu na szyi. Wyglądał, jakby chciał napluć w zadowoloną, opaloną w solarium twarz. Zawył silnik, spod kół prysnął żwir i opel pomknął drogą między domami graniczącej z klasztorem wsi.

– A to dobre! – parsknął dyrektor.

Lewicka odwróciła głowę, nie interesowały ją dziwne relacje dyrektora z resztą świata. Marciniak stanął obok niej, wyjął złotą zapalniczkę z emblematem Harleya Davidsona i przypalił długą brązową cygaretkę.

– O, przepraszam. Zdaje się, że wyszedłem na chama. Pani pali? – podsunął jej skórzane etui pachnące tytoniem.

– Nie, dziękuję.

– Powinna go pani znać – papieros wykrzywiał usta, nadając uśmiechowi cyniczny wyraz.

– Kogo?

– Mojego nadpobudliwego gościa – skłonił się w jej stronę.

– Dlaczego powinnam?

– Bo to znany biegły sądowy.

– Nie znam wszystkich biegłych sądowych.

– Ten jest wyjątkowy.

Nie odezwała się, towarzystwo Marciniaka zaczynało być kłopotliwe. Nie mogła odejść, bo czekała na męża, więc patrzyła na lśniącą taflę jeziora.

– Lekarz powinien pomagać potrzebującym, prawda?

Zbyła pytanie milczeniem. Nie chciało jej się nawet otwierać ust. Wolałaby pozostać anonimowa. Nie przeszkadzała jej szybka zmiana zachowania ludzi, gdy dowiadywali się, że mają do czynienia z policjantką, ale na dzisiaj miała serdecznie dość tych pseudofilozoficznych dywagacji.

– A co ma zrobić, jeśli tym potrzebującym jest zbrodniarz? – kontynuował niezrażony brakiem zainteresowania. – Iluż to złoczyńców uniknęło miecza sprawiedliwości dzięki pazernym i pozbawionym wszelkich hamulców lekarzom. Tak, ten łysy gość też nie jest bez winy.

Upuścił niedopałek i rozgniótł go obcasem wyczyszczonych do połysku butów.

– Zdaje się, że pani mąż nadjeżdża. Dziękuję za pouczającą wymianę zdań – sarkastyczny uśmiech znów wykrzywił jego gładką twarz.

Marek zawrócił z fantazją, cofnął i ustawił samochód równolegle do pozostałych. Wyskoczył z otwartych szeroko drzwi i podbiegł do niej lekko jak źrebak. Był zadowolony z siebie, choć nieco spięty. Zawsze lubił prowadzić, a długie trasy nigdy go nie męczyły. Czuła, że dobry humor Marka zawdzięcza raczej temu, co mąż pozostawił w Warszawie.

– Jestem – przyjemny dotyk rozgrzanego słońcem policzka musnął czoło. Mąż uścisnął ją mocno i zajrzał jej głęboko w oczy. Miał niepewną minę, jakby coś zmalował, był czujny i jednocześnie skory do ugody. Może ten weekend miał być zadośćuczynieniem.

– Mam plan. Najpierw spacer, potem obiad, a potem... – zniżył głos do gardłowego szeptu – potem nie będziemy wychodzić z pokoju.

– Raczej z domku – musnęła jego wargi.

– Niech będzie z domku – żarliwie odwzajemnił pocałunek i uśmiechnął się szelmowsko.

Wyjął z auta torbę i zapytał:

– W którą stronę?

Wzięła go za rękę i poszli wpółobjęci, zaglądając sobie w oczy w poszukiwaniu czegoś, czego już tam nie było.

Z czerwonymi od wiatru policzkami, nieco przemarznięci, bo pogoda wciąż miała swoje zimowe kaprysy, wpadli do restauracji roześmiani i mile zmęczeni długim spacerem.

Na przystawkę zamówili sobie po naleśniku ze szpinakiem. Nie wzgardzili także rosołem z kołdunami. Różnice pojawiły się dopiero przy daniu głównym.

– Kochanie, spróbujmy polędwicy. Mam ogromną ochotę na krwiste czerwone mięso – mrugnął do niej. – Czuję, że dziś będą mi potrzebne siły.

Beztrosko plótł, co mu ślina na język przyniosła.

– Masz rację, zjedz coś dobrego, bo może tylko to ci pozostało – rzuciła od niechcenia.

Spojrzał na nią badawczo, ale zaraz rozciągnął usta w radosnym grymasie.

– Zaintrygowały mnie te rybne roladki w sosie cytrynowym. Uwielbiam ryby i pozostanę przy nich – posłała mu promienny uśmiech.

– Co weźmiemy na deser? – spytał.

– Może znowu po naleśniku? Nie mam kiedy ich smażyć, a przypominają mi dawne dobre czasy.

– Chyba chciałaś powiedzieć: chude czasy. Pamiętam, że w akademiku smażyłaś naleśniki na okrągło. Czy masa makowa jest z bakaliami? – zwrócił się do młodego kelnera.

– Z rodzynkami, migdałami i skórką pomarańczową – usłużnie wyjaśnił.

– W takim razie dwa razy – zamknął menu, kończąc tym samym dalsze dyskusje nad jadłospisem.

– Może wino do dania głównego? – zapytał kelner.

– Dla mnie kieliszek chablis.

– A ja poproszę butelkę Hoya de Cadenas – Marek zatarł dłonie.

Kelner zniknął jak duch, by po chwili wrócić z kieliszkami i winem.

– Spróbujesz? – spytał Lewicką mąż.

– Czemu nie – ciemny, niemal bordowy płyn wypełnił cienkie szkło kieliszka. Dopiero pod światło widać było, że to głęboka czerwień z krwistymi refleksami.

– Intensywne w smaku i aksamitne – Marek z uznaniem mlasnął językiem.

Do biurka jeszcze bledszej niż rano kierowniczki sali dosiadła się recepcjonistka Kasia. Kierowniczka nerwowo międła w dłoniach papierową chusteczkę, skubiąc jej coraz krótsze rogi. Oddarte kawałki spadały na parkiet niczym śnieg. Recepcjonistka ze zrozumieniem potakiwała w rytm szlochów i spazmów szczupłej kierowniczki. Od czasu do czasu rzucała ukradkowe spojrzenia w kierunku dyrektorskiego stolika, gdzie zasiadło trzech mężczyzn. Dwóch Lewicka już poznała, trzeci – o wyglądzie atlety – pochylając się nad talerzem i łapczywie obgryzając wielkiego kurczaka, siedział do nich bokiem. Szeroki, spalony słońcem kark mężczyzny wydawał się prawie czarny przy jasnoróżowej koszuli, przez którą wyraźnie odznaczały się umięśnione plecy. Krótko przystrzyżone, błyszczące od żelu ciemne włosy sterczały ku górze, tworząc rodzaj nastroszonego czubka.

– Czy nie wydaje ci się, że tam rozgrywa się jakaś tragedia? – Marek wskazał brodą dziewczyny przy wejściu.

– Ta z wiśniowymi włosami jest w ciąży. Raczej nieplanowanej. Zdaje się, że dyrektor hotelu ma z tym coś wspólnego. To ten długowłosy blondyn przy tamtym stoliku. Ta druga to recepcjonistka. Pewnie obgadują to, co wkrótce ma się wydarzyć, albo to, co chciałyby, żeby się stało, ale się nie stanie.

– Skąd ci to przyszło do głowy? Rozmawiałaś z nią? Mówiła ci?

– Są rzeczy, o których nikt mi nic nie musi mówić – przyjrzała mu się badawczo, ale nie zwrócił na to uwagi. – Widzę i wiem, że tak jest. Świat jest beznadziejnie poukładany, a ludzie jak w zaczarowanym korowodzie... – zamyśliła się. – Wciąż powtarzają te same figury i taneczne układy – dodała z niechętnym westchnieniem – wciąż popełniają te same błędy, depcząc sobie i innym po palcach.

– Zgorzkniałaś.

– Być może – spojrzała w rozpalone gasnącym światłem słońca okno. – Albo dorosłam.

– Przestałaś dostrzegać dobre strony życia – pociągnął duży łyk wina.

Przyjrzała mu się bacznie.

– Ależ dostrzegam.

– Może nie lubisz już ludzi. Zbyt wiele zła widziałaś.

– Lubię. Nawet bardzo ich lubię. Dlatego mnie wkurzają. A najbardziej mnie wkurza, że są tacy zadufani w sobie. Uważają się za mądrych i nieomylnych, jakby byli pierwszymi istotami na Ziemi, a przed nimi tylko chaos, a po nich choćby potop. Banda egoistów! – Dotknął czułej struny i nic nie mogło teraz ukoić goryczy, jaka ją wypełniała. – Coś ci powiem: nie ma dobroci i nie ma absolutnego zła, są tylko egoistyczne pragnienia i przemożna chęć ich zaspokojenia. Oto *perpetuum mobile*, które napędza ten świat.

– Przesadzasz – pogardliwie wydął usta. – Jesteś zmęczona i wszędzie widzisz zło wcielone...

Rumor przewracanego krzesła i przerażający pisk Sobieraja natychmiast przykuł uwagę hotelowych gości. Niski, krępy mężczyzna potężnym uderzeniem przewrócił Marciniaka wraz z krzesłem, aż trzasnęło łamane oparcie. Dyrektor usiłował zasłonić się ramionami, w obronnym geście podkurczył nogi. Napastnik ukląkł przy nim i okładał go pięściami, dosłownie młócąc przy tym powietrze. Sobieraj podskakiwał jak poparzony i wydawał piskliwe, nieartykułowane dźwięki.

Chuda kierowniczka sali rzuciła się na napastnika. Rycząc i szlochając, usiłowała odciągnąć go od dyrektora:

– Bercik, przestań, błagam, zabijesz go.

Brunet w różowej koszuli spokojnie odłożył dopiero co obgryzioną kość kurczaka, wytarł ręce, odsunął Sobieraja, a potem rozhisteryzowaną kierowniczkę.

Jednym szarpnięciem odciągnął napastnika od dyrektora. Sprawnie wykręcił mu ramię i brutalnie popychając go na ścianę, krzyknął:

– Spokój!

– Leć po lód – polecił Sobierajowi, który, podskakując, pobiegł truchcikiem w stronę kuchni.

Podał dłoń ogłuszonemu celnymi ciosami Marciniakowi i pomógł mu wstać.

Kierowniczka stanęła niezdecydowana na środku pobojowiska. Chciała podejść do dyrektora, ale zatrzymało ją dzikie spojrzenie krępego mężczyzny stojącego pod ścianą. Stała się mimowolną ofiarą zajścia, z jej rozbitego nosa sączyła się krew. Facet o imieniu Bercik podszedł do niej niezdarnie, wytarł jej twarz mankietem kurtki i objął wciąż wstrząsane bezgłośnym szlochem ciało.

– Mówiłem ci, kurwa, żebyś trzymał łapy przy sobie – rzucił w stronę Marciniaka, który objął rękami twarz. – Ostrzegałem: trzymaj się od niej z daleka albo ci chuja na supeł zawiążę.

– Zjeżdżaj stąd – burknął brunet w różowej koszuli.

Napastnik był młody, niemal szerszy niż wyższy, ogolona głowa z odstającymi uszami wyglądała jak mała piłka przy jego rozrośniętych ramionach.

– A pewnie, że sobie stąd pójdziemy – splunął na podłogę, po czym objął dziewczynę ramieniem i powiedział: – Anka, idziemy.

Wyszli, nie oglądając się za siebie.

Pobladły kelner doprowadzał do porządku stół i uprzątał wokół niego podłogę. Drobna kelnerka przybiegła ze szczotką i szufelką. Brunet podniósł poprzewracane krzesła i pozbierał z podłogi grubsze kawałki połamanego mebla.

– Ty się jeszcze kiedyś doigrasz – niespodziewanie zwrócił się do jęczącego Marciniaka, który odchylił głowę do tyłu, zacisnął oczy i usiłował wciągnąć powietrze przez obolały nos. – Ty i te twoje zabaweczki.

Niebieski woreczek z lodem zachrzęścił w roztrzęsionych dłoniach Sobieraja.

– Przyniosłem lód. – Chciał przytknąć worek do zakrwawionej skroni szefa, ale powstrzymała go reakcja poszkodowanego.

– Spierdalaj! – Marciniak odepchnął wyciągniętą rękę. – Wszyscy spierdalajcie. Mam was wszystkich dość! Was i tego ciągłego gadania. Zrobię z wami kiedyś, kurwa, porządek! Zobaczycie!

Sobieraj wyglądał, jakby miał się rozpłakać. Przestępował z nogi na nogę, nie mając zamiaru odejść. Nadal, jak w ponurej pantomimie, wyciągał do Marciniaka rękę z woreczkiem lodu.

Brunet sięgnął po marynarkę i bez słowa wyszedł z restauracji. Inspektorka odprowadziła go wzrokiem aż do schodów.

– No, no, no – Marek nie mógł wyjść z podziwu. – Widziałaś? Istne kino.

Po chwili mąż Lewickiej był już zajęty grubym plastrem polędwicy na grzance.

– Przepyszne – jęknął. – Czuję, że wszystko we mnie rośnie – mrugnął porozumiewawczo.

Lewicka oderwała wzrok od mężczyzn przy dyrektorskim stoliku.

– Tak, kochanie – uśmiechnęła się gorzko. – Jedz i nabieraj sił, przydadzą ci się wkrótce.

Zapowiadał się pochmurny dzień. Mimo późnej pory nie było widać słońca. Gęsta mgła spowijała okolicę, tylko ledwie widoczne drzewa porastające brzeg wskazywały, gdzie kończy się wyspa. Świat wypełniała mleczna wata.

Lewicka spojrzała na zegarek. Stwierdziła, że jeśli weźmie szybki prysznic, to akurat zdąży na otwarcie kawiarni pod wieżą i pierwszą filiżankę espresso.

Z czułością spojrzała na męża. Zmarszczki, które między sobą nazywali „uśmiechowymi", tworzyły w kącikach oczu Marka małe wachlarzyki. Pochyliła się nad nim i ucałowała je delikatnie, w odpowiedzi tylko sapnął. Wstała, ubrała się i po cichutku opuściła erem.

Rozpylone w powietrzu miliony drobnych kropelek osiadały na drzewach i krzakach, by upaść cicho na martwą jeszcze murawę. Było zimno. Zrezygnowała z przejścia dziedzińcem i szeroką alejką wzdłuż muru, wybrała krótszą drogę przez Wieżę Zegarową. Zabrała klucz od pokoju, pozostawiając męża w otwartym domku, i szybko przeszła kilka kroków dzielących ją od dębowych drzwi wieży. Rozejrzała się niepewnie po klatce schodowej. Ktoś zostawił otwarte drzwi na zewnętrzny dziedziniec; wyszła przez nie na wąski podest zabezpieczony kutą balustradą.

Mgła była tu nieco rzadsza, ale i tak ograniczała widok do niewielkiego trawnika na dole i kawałka trotuaru prowadzącego na zaplecze kawiarni.

Tuż pod nią stały cztery zakapturzone postacie, które w skupieniu pochylały się nad nieregularnym kształtem na ziemi. W pierwszej chwili pomyślała, że to jakaś inscenizacja. Oto powstali z mrocznych katakumb kameduli odprawiają tajemnicze misterium – a ona niczym widz w loży głównej zaraz nagrodzi ich brawami.

Zastygłe w milczeniu postacie oczywiście nie mogły być emanacją kamedułów, bo ósma rano nie jest godziną duchów, a ich strój rażąco odbiegał od tradycyjnego, kameduli bowiem nosili białe habity.

Nagle, jak za pociągnięciem sznurka, cztery głowy uniosły się i spojrzały na Lewicką. Między postaciami twarzą do ziemi leżał człowiek.

Jego włosy rozsypały się wokół głowy, tworząc jasną aureolę. Pasiasty szalik zakrywał twarz, a spod ciała wystawało nienaturalnie wykręcone ramię z palcami dłoni oskarżycielsko wycelowanymi w niebo. Noski eleganckich butów zaryły w miękkiej od deszczu ziemi.

– Pan dyrektor miał wypadek, proszę pani – powiedział spod kaptura otyły mężczyzna.

ROZDZIAŁ 4

Lewicka nacisnęła klamkę o wymyślnym kształcie i ciężkie okute drzwi ustąpiły. Zapachniało delikatesami: czekoladą, orzeszkami i świeżo zmieloną kawą. W głębi kawiarni zabrzęczało szkło. Minęła regały z butelkami wina, przeszła obok skórzanych foteli i stanęła przy barze.

– Czy można napić się kawy? – jej głos zabrzmiał głucho i nienaturalnie.

Z zaplecza wyjrzała młoda kobieta. Jej ciemne włosy, rozdzielone schludnym przedziałkiem pośrodku głowy, łagodnymi falami otaczały drobną twarz o gładkim czole. Prosty, mały nosek mógł obudzić zazdrość w każdej kobiecie. Regularne łuki brwi niczym cień rozpostartych w locie skrzydeł zawisły nad nieco zamglonymi oczami. Wydatne usta złożone jak do pocałunku pokrywał jasnoróżowy błyszczyk. Za twarzą ukazała się reszta postaci – dziewczyna była wysoka i smukła, poruszała się z wdziękiem zawodowej tancerki. Krótka czarna spódniczka odsłaniała niebotycznie długie i zgrabne nogi. Rozpięte guziki białej koszuli ukazywały kształtny dekolt. Dziewczyna wyglądała jak nimfa, która dla tajemniczego kaprysu bogów została zesłana między ludzi, by jeszcze bardziej im uzmysłowić, jak są okropnie przyziemni.

– Dzień dobry. Czy mogłabym napić się kawy? – powtórzyła pytanie Lewicka.

– Oczywiście – dziewczyna zatrzepotała szczupłymi rękami, jakby chciała osuszyć płynące po uróżowanych policzkach łzy.

– Zaczekam – Lewicka przysiadła na wysokim stołku. – Rozumiem. To straszne, co się wydarzyło.

Dziewczyna zaszlochała, kryjąc twarz w dłoniach.

– Przepraszam – zachlipała barmanka. – Zaraz mi przejdzie.

Lewicka rozejrzała się po kawiarni. Potężne filary podtrzymywały krzyżowe sklepienie przyziemia. Chropawe, pożółkłe ze starości i okopcone tynki pokryte były łacińskimi inskrypcjami. Z trudem odcyfrowała wyblakłą kaligrafię: *Vino pellite curas*. Nikły uśmiech naruszył symetrię bladych ust. „Horacy miał świętą rację – pomyślała – powinnam przyjść tu z Markiem i próbować rozproszyć winem nasze wspólne troski". Odwróciła głowę i przeczytała napis pod sufitem: *Vulnera dum sanas, dolor est medicina doloris*. Niezadowolona ściągnęła brwi, czarna chmura przesłoniła spojrzenie, zastanawiała się, czy wytrzyma jeszcze więcej bólu. „W mojej sytuacji ból może mnie tylko uleczyć" – pomyślała. Musnęła dłonią jedwabistą powierzchnię ciepłego w dotyku dębowego baru.

– Może przyjdę później? – spytała ostrożnie.

– Nie, nie – dziewczyna gwałtownie machnęła dłońmi. – Już mi lepiej – głośno wciągnęła powietrze. Zdaje się, że powoli zwyciężało poczucie obowiązku. – Niech pani nie wychodzi – rozejrzała się zaniepokojona.

A może jednak dziewczyna odczuwała atawistyczny lęk przed śmiercią, przed nieznanym, co w tej sytuacji doprawdy nikogo nie powinno dziwić.

– Nie chcę zostać tu sama – spojrzała w stronę okien wychodzących na placyk pod wieżą.

Przez zakratowane okna widać było szare postaci mężczyzn broniących wstępu na taras. Jeden stał na alejce wiodącej do bramy głównej, drugi przy drzwiach Wieży Schodowej. Stąd nie było widać trzeciego, który ochraniał wejście do alei dolnego tarasu, czwarty trzymał wartę obok schodów na Wieżę Zegarową. W szarych sztormiakach wyglądali jak wykuci z granitu. Jedyną poruszającą się postacią był posterunkowy, który miarowo przemierzał ścieżkę okalającą placyk. Co chwilę wychylał się przez niski murek i nerwowo rozglądał wokół, wkrótce miała nadjechać ekipa dochodzeniowa.

– Jak pani na imię? – spytała Lewicka.

– Bożena – wyszeptała dziewczyna. Lśniący ekspres parsknął, zaszumiał i cienka wskazówka ciśnieniomierza zaczęła powoli piąć się ku czerwonej kresce.

– Wyobrażam sobie, że to prawdziwy wstrząs dla pani, Bożenko – powiedziała łagodnie Lewicka. – Szczerze współczuję.

– Och – śliczne usta zadrżały niepokojąco – to po prostu straszne. Żeby u nas coś takiego... – ciemne grochy łez splamiły białą bluzkę. – Taki młody...

– Nikt nie powinien umierać tak młodo.

Bożenka bezgłośnie połykała łzy, które same napływały do oczu. Grubościenne filiżanki jedna za drugą stanęły w dwuszeregu na gorącej płycie ekspresu, gotowe przyjąć w swoje wnętrze czarny syrop. Spodeczki ułożone obok zabrzęczały oskarżycielsko, zadzwoniły łyżeczki w stalowym pojemniku.

– Za młody, proszę pani, żeby umierać – Bożenka zacisnęła powieki. – Przepraszam, rozkleiłam się, ale to naprawdę straszne.

Ekspres fuknął ostrzegawczo i zasyczał. Bożenka zręcznie ubiła czarny proszek, zaszczękały uchwyty, zaszumiało, zapachniało i gęsty, pieniący się płyn wypełnił białą filiżankę.

Lewicka z ociąganiem rozdarła torebkę z cukrem, zamieszała kawę i oblizała łyżeczkę. Nie wypada tego robić publicznie, ale w ten weekend nie chciała sobie odmawiać żadnej, nawet najmniejszej przyjemności.

Zapach kawy, rytuał towarzyszący przygotowaniom – to wszystko działało na Lewicką jak najlepsza terapia uspokajająca. Czuła się przygnębiona, choć nie chciała się do tego przyznać. Mimo tylu lat obcowania z martwymi ofiarami tragicznych zdarzeń nadal nie mogła przejść do porządku dziennego nad brutalnością świata.

Ceremoniał parzenia kawy pozwalał jej uspokoić myśli. To chyba zaczęło się już w czasach licealnych, gdy codziennie mijała bar kawowy na rogu Nowego Światu. Skręcając w bramę prowadzącą prosto do szkoły, zaciągała się upojnym zapachem świeżo zmielonej kawy. Nawet w najsmutniejszych czasach kryzysu z zawsze otwartych okien baru sączył się zapach prawdziwej kawy parzonej we włoskim ekspresie podobnym do małej lokomotywy. Później zaczęły się krótkie wypady podczas dużej przerwy na małą czarną. Kawa stała się dla Lewickiej pretekstem, przyjemnością, wreszcie nałogiem. „Zniknął już »Kuchcik« z mapy Warszawy, a szkoda" – pomyślała.

– Mówią, że to samobójstwo – zaszemrała Bożenka. – Że... Że wyskoczył z wieży.

– Tak? A kto tak mówi?

– Stróż mi powiedział.

– A dokładniej?

– Że dyrektor wyglądał, jakby wyskoczył z wieży, ale to przecież niemożliwe.

Lewicka ze zrozumieniem pokiwała głową.

– Nie wierzę – powiedziała barmanka. – Po prostu nie wierzę, że chciał się zabić.

– Pani Bożenko, a kto to może wiedzieć, co w człowieku siedzi – westchnęła. – Pewnie miał jakieś problemy.

– Nasz dyrektor? Niby jakie? – różowe usteczka zadrżały.

– Może był chory albo porzucony.

– Widziała go pani? – Wielka łza zabrała ze sobą kolejną porcję tuszu. – Znaczy się wcześniej. Nie znam... – Do łzy dołączyła następna. – Nie znałam nikogo bardziej zdrowego...

Odwróciła się i wygrzebała spod baru paczkę chusteczek; głośno wytarła nos.

– Po prostu to się w głowie nie mieści – chlipnęła. – Przecież, proszę pani, on kochał życie. Codziennie rano biegał. Pływał, żeglował, jeździł na nartach. Zdrowy, normalny facet.

– Tak. Zdążyłam go poznać – przyznała. – Przystojny nawet...

Oczy Bożenki znowu wypełniły się łzami.

– Dziewczyny musiały za nim szaleć – ni to spytała, ni to stwierdziła Lewicka. – A on lubił kobiety?

– Nawet więcej. Ach, żeby tylko lubił. On... – Wąska, wypielęgnowana dłoń zagarnęła powietrze – on je garściami brał. Czemu miał nie korzystać, jak same się pchały? Niestary, niebrzydki, z forsą, lgnęły do niego jak pszczoły do miodu.

– Pani go bardzo lubiła – Lewicka upiła łyczek gorzko-słodkiego syropu.

– Co też pani?! – parsknęła wiotka dziewczyna. Kolejna chusteczka wylądowała w koszu. – Szef, proszę pani, to jest szef – pociągnęła nosem. – I nie ma co go lubić czy nie lubić. A ja, proszę pani, mam męża, córeczkę, nie w głowie mi takie zabawy.

Lewicka spojrzała na cienką talię nimfy, zawsze ją zdumiewało, że tak kruche kobiety wydają na świat dzieci.

– Cały dzień stoję za barem, ciężka robota, a jeszcze człowiek musi być miły dla każdego – Bożenka zreflektowała się, że ostatnie słowa mogą zostać potraktowane jako niezbyt grzeczne wobec gościa. – Pani mnie rozumie – uśmiechnęła się przepraszająco.

Lewicka pomyślała, że uśmiech to dodatkowy atut ślicznej barmanki, co wcale nie jest typowe dla pięknych twarzy.

– Pełno tu takich, co robią maślane oczy na mój widok. Wiadomo – z drobnej piersi wyrwało się westchnienie pełne zrozumienia dla drobnych grzeszków – przyjadą, nudzą się, to zaczepiają – delikatna dłoń zatoczyła kółko i machnęła lekceważąco. – Wiadomo, jak to się kończy. Niejeden raz to widziałam.

Wzruszyła z rezygnacją drobnymi ramionami i wdzięcznym ruchem dłoni odgarnęła niesforny kosmyk z czoła. Wysmarkała nos i przygnębiona załamała kruche nadgarstki, splotła smukłe palce i zamglonym wzrokiem zapatrzyła się przed siebie, jakby chcąc przeniknąć grube mury podpiwniczenia. Pani inspektor przyjrzała się uważnie swoim dłoniom. Drobne, smukłe, o długich palcach – ale nawet one nie były tak kruche jak dłonie Bożenki.

– Tak atrakcyjny mężczyzna musiał mieć powodzenie u kobiet. Ale to budzi zawiść – ostrożnie przyznała Lewicka. – Mężczyźni chyba go nie lubili.

– Myśli pani o tym, co się wczoraj zdarzyło? – porcelanowe czoło przecięła zmarszczka cienka jak ślad po ostrzu. – Stróż mi mówił. Norberta poniosło, normalne. Anka sama się prosiła. – Nachyliła się w stronę Lewickiej i dodała, zniżając głos: – Nie powinna bawić się kosztem Bertka. On ją naprawdę kocha, a wiadomo, dyrektor to dyrektor. Dziś jest, jutro go nie ma... – Łzy znowu wypełniły sarnie oczy. – Boże, co ja mówię – pociągnęła nosem i odruchowo starła z blatu baru nieistniejące okruszki. – Czy pani myśli, że ktoś go zabił? – zaczerwieniła się. – Pytam, bo recepcjonistka mówiła, że pani jest z policji.

– Nie wiem. Ale wszystko jest możliwe.

– Na pewno nie Bertek – pokręciła głową, a łagodne fale włosów poruszyły się w niemym proteście. – Chodziłam z nim do szkoły. Muchy by nie skrzywdził. To na pewno nie on. Dać w twarz bez zapowiedzi, to do niego podobne, ale zabić...

– Widziałam go, jak wczoraj zaatakował dyrektora. Nie wyglądał na takiego, co nie umie zabić. Gdyby ich nie rozdzielono, mogło się to źle skończyć.

Barmanka zamrugała z niedowierzaniem.

– I niby Bertek zaciągnął dyrektora na wieżę, pobił i stamtąd zrzucił?

– Mogli się szarpać i w zaaferowaniu ktoś kogoś popchnął za mocno.

– Proszę pani, nasz dyrektor może świętym nie był, ale on by się nie umawiał na żadne tajne schadzki, a już na pewno nie z Bertkiem. Jeśli chciał z kimś rozmawiać, to tylko w swoim gabinecie. To był urodzony szef. Zawsze dawał do zrozumienia, że on jest tu najważniejszy.

– Może umówił się tam nie z mężczyzną, tylko z kobietą?

– Z kobietą? – zdziwienie barmanki było niepomierne. – Na wieży? Pani tam była? W taki dzień jak dziś wieje tam tak mocno, że aż zatyka dech w piersiach. I miejsca na nic nie ma – blade policzki zabarwił nagły rumieniec. – Nikt normalny, kto ma ciepły gabinet, mieszkanie na miejscu i kilkanaście pokoi do dyspozycji, nie umawiałby się na wietrznej, zimnej wieży.

– A gdyby chciał się ukryć przed narzeczoną?

– Do tej pory się nie krył, to czemu miałby teraz?

– Przypuśćmy jednak, że Bertek zaczaił się na niego...

– Toby mu tam, gdzie się czaił, od razu przywalił i już. Taki jest Bertek. Ale dyrektor jest silnym mężczyzną, więc... Chyba że z zaskoczenia – dodała mniej pewnie.

Obie popatrzyły na siebie uważnie, różany pączek ust zadrżał, z oczu barmanki pociekły łzy.

– Gadamy sobie tu tak o nim. A on tam... – dreszcz wstrząsnął ciałem Bożenki.

– Tak, to straszne – przyznała Lewicka. – Czy mogę prosić duże cappuccino? – Bożenka w milczeniu pokiwała głową i odwróciła się, jej szczupłe plecy podrygiwały wstrząsane wzbierającym szlochem. – Nie będę pani dłużej męczyć. Usiądę sobie przy oknie i zaczekam.

Nie dane jej jednak było usiąść w przepastnym klubowym fotelu i cieszyć się ciepłem mlecznej kawy, bo nagle mglistą ciszę rozdarł przeraźliwy krzyk. Hałas za oknem narastał, podniecone głosy przyzywały, łajały i zaklinały, wrzaski mieszały się z przenikliwym lamentem.

Wybiegła na placyk, po kilku krokach dopadła do szamocących się mężczyzn. Posterunkowy usiłował podnieść wijącego się po błotnistej murawie intruza. Na zmianę skomląc i wrzeszcząc, nowo przybyły rył nogami błotnistą ziemię, wbijał szponiaste palce w rzadkie kępy trawy, usiłując zakotwiczyć się jak najbliżej ciała okrytego czarnymi workami. Przy każdym ruchu wyrywał z ziemi zbite kłęby martwych źdźbeł. Zziajany i zaczerwieniony posterunkowy chwycił go za nogi i nie zważając na wrzaski, ciągnął po trawniku w stronę żwirowej alejki.

Mężczyzna zaskowyczał, szarpnął się desperacko i jednym celnym kopniakiem uwolnił od posterunkowego. Krzycząc coś bełkotliwie, podniósł się na czworaki, zachwiał jak pijany i znowu ruszył w kierunku zwłok. Niewiele się zastanawiając, Lewicka skoczyła na mężczyznę. Niespodziewany ciężar przygniótł go do ziemi. Jedną ręką chwyciła za włosy i szarpnęła do tyłu, drugą złapała za ramię i boleśnie je wykręciła. Mężczyzna zawył i zamilkł.

– Kajdanki! – krzyknęła za siebie.

Spięła nadgarstki szaleńca i szybko wstała. Posterunkowy nachylił się i pomógł mężczyźnie się podnieść, brutalnie przytrzymując go za ramiona.

Kraciasta kurtka mężczyzny przesiąkła błotem. Zlepione i skołtunione włosy żałośnie opadły na potylicę, odsłaniając jego twarz. Zielonkawo-brązowe smugi tworzyły niecodzienny makijaż na zalanej łzami twarzy, utrudniając jej rozpoznanie. Z kącika rozchylonych, wygiętych ku dołowi ust ściekała cienka strużka śliny. Spojrzał nieprzytomnie przed siebie i zamrugał krecimi oczkami. Podczas walki stracił okulary. Teraz w niczym nie przypominał eleganckiego szefa marketingu Bogusia Sobieraja.

– Ja muszę, muszę – wybełkotał.

– Proszę się uspokoić – twardo powiedział posterunkowy i potrząsnął skutym ramieniem.

– Ale ja muszę – zaskomlał Sobieraj.

– Nic pan nie musi. Nie wolno zbliżać się do denata – zagrzmiał policjant.

– Ale ja... – Sobierajem wstrząsnął przeraźliwy szloch i mężczyzna opadł na kolana.

Posterunkowy bezskutecznie usiłował go podnieść. Bezwład wstrząsanego spazmami ciała nie chciał ustąpić. Policjant uderzył Sobieraja otwartą dłonią w policzek, głośne plaśnięcie zwielokrotniło echo wśród otaczających placyk murów, poprawił siarczyście z drugiej strony. Sobieraj zawodził niezrozumiale pod nosem.

Trzasnęły drzwi Wieży Zegarowej, na schodach stanął wysoki brunet w dresie. Zwinięty ręcznik otaczał jego masywny kark. Zbiegł lekko po stopniach, obszedł trawnik i jednym szarpnięciem postawił Sobieraja na nogach.

– Uspokój się – mocno przytrzymał osuwające się ciało. – Zajmę się nim – zwrócił się do posterunkowego. – Odprowadzę go. Mieszka w eremie numer siedem, to niedaleko, na początku tej alejki – wyjaśnił. – Nazywam się Marek Grzegorek i jestem tu szefem reklamy, mieszkam w eremie numer dwanaście na górnym tarasie, ale pewnie zostanę z Bogusiem przez jakiś czas. Jak rozumiem, policja została już powiadomiona. Może go pan rozkuć, nie zrobi już żadnego głupstwa.

Posterunkowy z ociąganiem oswobodził wykręcone ramiona szefa marketingu. Grzegorek chwycił go wpół i powlókł w głąb alejki.

– Jak do tego doszło? – Lewicka spytała posterunkowego.

Policjant zdjął czapkę i podrapał się z zakłopotaniem po głowie:

– To moja wina. Spytałem palacza, czy ma ogień. Nie miał. Wtedy ten, co stał u wylotu alejki, powiedział, że ma zapałki, podszedłem do niego, wyjąłem papierosy, a wtedy wylazł ten cały szef marketingu... Nim zdążyłem coś powiedzieć, już dopadł denata...

– Ciekawe – nos Lewickiej zmarszczył się.

– Zniszczył ślady, jak kultywator zorał ziemię, ech – posterunkowy zmiął w ustach przekleństwo. – Szef to mi teraz da wycisk.

– Nikt nie mógł tego przewidzieć – próbowała go pocieszyć, choć w duchu przyznała, że posterunkowy nie spisał się jak należy. – Jak przyjedzie oficer śledczy, to proszę mu powiedzieć, że będę w kawiarni pod wieżą. Zimno tu jakoś. – Wstrząsnął nią dreszcz.

Po drodze wzięła pod ramię oniemiałą Bożenkę i weszły razem do przytulnego wnętrza kawiarni. Lewicka skręciła do łazienki, stanęła nad umywalką, powąchała dłoń. Czy tak pachnie strach? Dokładnie umyła pobrudzone błotem ręce.

– Czy mogłabym prosić kieliszek winiaku? – spytała.

Schroniła się w przepastnym fotelu i pociągnęła spory łyk letniej już kawy. Po chwili barmanka postawiła przed nią pękaty kieliszek, po którego ściankach spływały bursztynowe łzy.

– Czy to pani na mnie czeka? – ciepły baryton zamruczał ponad jej ramieniem. – Komisarz Dariusz Banasik z Komendy Powiatowej w Suwałkach.

Niski głos policjanta zabrzmiał miło i życzliwie, mimowolny szelest towarzyszący syczącym głoskom budził sympatię. Pomyślała, że Banasik ma szparę między zębami i jak zwykle się nie pomyliła.

– Podinspektor policji Ewa Lewicka. Wydział Dochodzeniowo-Śledczy Biura Kryminalnego Komendy Głównej.

Odwzajemnił krótki uścisk dłoni i usiadł naprzeciwko.

– Miło mi. Co panią tu sprowadza? Sprawy służbowe? – Jeśli jej obecność nie była mu na rękę, nie okazywał tego.

Pomrukiwał jak wyrwany ze snu borsuk, ospały w ruchach, mościł się w fotelu, poprawiając zwijającą się marynarkę. Borsucze wrażenie potęgował wygląd mężczyzny, ale Lewicka pomyślała, że to tylko fasada, za którą kryje się ktoś energiczny i żądny wrażeń.

– Jestem tu prywatnie – uśmiechnęła się blado. – Miałam wypocząć.

– Czy to pani znalazła zwłoki?

– Nie. Stróż, palacz i dwaj pracownicy techniczni. Przyszli sprawdzić, czy jakiś dach nie przecieka.

– A pani?

– Przyszłam napić się kawy i natknęłam się na nich. Potem stróż poszedł zawiadomić policję, a ja czekałam przy zwłokach na posterunkowego. To wszystko.

– I co pani o tym myśli?

– Na moje oko nie żyje od kilku godzin.

– Na moje też. Lekarz powie nam pewnie to samo. Przyjechała ze mną cała ekipa, więc wstępne wyniki autopsji będziemy mieli za chwilę. Myśli pani, że to było samobójstwo?

– Widziałam go wczoraj po południu i nie wyglądał na samobójcę.

– Ach tak – zamyślony pocierał dłonią podbródek.

Przedwcześnie posiwiałe skronie rozdzielone pasmem ciemnych włosów dziwnie kontrastowały z gładką twarzą mężczyzny. Szara koszula i aksamitna czerń wełnianej marynarki podkreślały masywną sylwetkę. Roztaczał wokół siebie przyjemny zapach cierpkich cytrusów. Jego ciało nadal oddawało ciepło porannego prysznica. Starannie przycięty trzydniowy zarost tuszował zbyt obfity podbródek. Szeroka, mocna szczęka świadczyła o sile i stanowczości mężczyzny, jednak dołek w brodzie – znak wesołego usposobienia – wydatne, zmysłowe wargi i bystre spojrzenie oliwkowych oczu mówiły, że ich właściciel ma do siebie sporo dystansu, lubi się śmiać, dobrze zjeść i na pewno nie brakuje mu wiernych przyjaciół.

– Pani go znała? – spytał.

– Nie. Po raz pierwszy zobaczyłam go w piątek, zaraz po moim przyjeździe. Po raz ostatni wczoraj w restauracji, w międzyczasie zamieniliśmy zaledwie kilka zdań.

Z hukiem otworzyły się drzwi i do wnętrza wtargnął potężny mężczyzna w białym ubraniu ochronnym.

– Cześć – powiedział bezceremonialnie. – Słyszałem, że macie tu kawę – uścisk jego dłoni był nieco wilgotny. Między palcami został talk z rękawiczek. – Dajcie mi tu kapucynka, a chyżo! – zahuczał. – Znaczy się, cappuccino poproszę – uśmiechnął się do bladej Bożenki. – I dużo cukru. Macie w torebeczkach? Poproszę co najmniej cztery.

– Słyszałem, że cukier to biała śmierć – uśmiechnął się pod nosem Banasik. – Bogdan Wieczorek, nasz ekspert sądowy. Pani inspektor Ewa Lewicka z Warszawy, z Komendy Głównej.

– O proszę, jakimi to bajkami ludzi karmią – stwierdził filozoficznie wielkolud w białym kombinezonie i obdarzył Lewicką kpiarskim spojrzeniem głęboko osadzonych oczu. – Źle słyszałeś, cukier jest niezbędny dla pracy mózgu, a mnie będzie dzisiaj potrzebna pełna moc. Muszę odrobić z synem matematykę na poniedziałek. Nie będzie łatwo, nie będzie – westchnął komicznie. – A wiecie, że cappuccino po włosku to po prostu kapucynek, bo niby ten cynamonowo-beżowy kolor kawy z mlekiem przypomina mnisi habit. Odpowiednia nazwa dla kawy w takim miejscu.

– A co nam powiesz o denacie? – Banasik przysunął bliżej popielniczkę i przypalił lekarzowi papierosa.

– Nieźle się trzymał – kłąb dymu przesłonił szeroką twarz Wieczorka. – Na pierwszy rzut oka nie dałbym mu więcej niż czterdzieści lat, może nawet mniej, a wiesz, ile miał naprawdę?

– Ile?

– Czterdzieści osiem. Widziałem dokumenty, miał przy sobie nietknięty portfel, prawdopodobnie nic nie zginęło. Twoi chłopcy wszystko ładnie zabezpieczyli.

– Proszę, proszę. Coś jeszcze? – Banasik nie krył rozbawienia.

– Ma mocno pokiereszowaną twarz, ktoś mu nieźle przyłożył, to te starsze zasinienia, ale są też nowe otarcia, pewnie skutek zetknięcia z ziemią, ma też wyłamany bark i złamaną kość ramieniową z przemieszczeniem, no i skręcony kark. Ale nie to było przyczyną śmierci.

– Skręcił sobie kark? – Banasik upewniał się, szybko porządkując otrzymane informacje.

– Tak, ale po śmierci – lekarz upił łyk kawy i zaciągnął się demonstracyjnie papierosem. Celebrował moment przekazania kolejnej informacji.

– No i? – Banasik zawiesił głos. – Nie trzymaj nas w napięciu. Mów.

– Z tyłu głowy, na linii styku kości potylicznej i skroniowej jest otwór, właściwie spora szczelina. Prawdopodobnie to była przyczyna śmierci.

– Czyli?

– O rany, nie wiem. Więcej będę wiedział po sekcji. Ale powiem ci, że był martwy, nim spadł z wysokości.

– Co mogło spowodować ten uraz?

– Mógł się przewrócić i uderzyć o coś twardego.

– Mógł mu ktoś w tym pomóc.

– Pytasz, czy ktoś go popchnął? Niewykluczone. Urazy w tym miejscu są zazwyczaj wynikiem nieszczęśliwego wypadku. Mógł uderzyć głową o jakiś kant. Może marmurowy blat lub parapet – rozejrzał się wokół siebie. – Zabytkowe miejsce, więc pewnie jest tu tego sporo. Wkrótce znajdziecie odpowiedni kształt. W każdym razie było to coś twardego i uderzył o to z dużym impetem. Równie dobrze mógł go ktoś uderzyć, chociaż to mało prawdopodobne. Jeśli już, to szukajcie czegoś kanciastego, na pewno nie siekiery.

– To nie było więc samobójstwo.

– Na pewno nie.

– Ale udziału osób trzecich nie możesz wykluczyć?

– Na razie niczego nie wykluczam.

– Czy ktoś mógł go uderzyć?

– Teoretycznie wszystko jest możliwe. Jeśli nawet ktoś go uderzył, to pod tak dziwnym kątem i... – lekarz zamyślił się, jakby się nad czymś zastanawiał. – Dobra, nie wykluczam.

– Rozumiem. Kiedy pani nas opuszcza?

– We wtorek po śniadaniu.

– A nie zająłbyś się ciałem dzisiaj? – spytał Banasik lekarza.

– Czekałem, aż to powiesz – ten przewrócił znacząco oczami.

– Matematyka może chyba poczekać?

– Nie może, ale z przyjemnością zrzucę ten obowiązek na żonę – uśmiechnął się do nich szeroko. – Wolę towarzystwo denata niż równania z dwoma niewiadomymi i wstręt mojego dziecka do królowej nauk. Dobra. Zrobi się.

– Aha, jeszcze jedno. Czas zgonu?

– Nie będziesz ze mnie zadowolony. Osiem do dziesięciu godzin.

– Ależ jestem – szybko przyznał Banasik.

– Pyszna kawa – mlasnął językiem lekarz i uśmiechnął się do Lewickiej. – Widzę, że klient już w samochodzie, czas na mnie. W razie czego będę dzwonić.

– W razie czego?

– W razie nowych trupów. Eee, chciałem powiedzieć tropów – zaśmiał się chrapliwie ze swego dowcipu.

ROZDZIAŁ 5

– Pani Ewo – zaczął Banasik. – Przepraszam, czy mogę tak się do pani zwracać?

– Może pan – Lewickiej było wszystko jedno.

Mężczyźni protekcjonalnym zwrotem „pani jakaś tam" zawsze usiłują skrócić dystans między sobą a kobietą, z którą przyszło im rozmawiać. Do nowo poznanego mężczyzny nigdy nie mówią *per* „panie Wacławie" czy „panie Arturze", nie odważyliby się, bo to za bardzo narusza sferę prywatną, ale do kobiet się tak zwracają. Spoufalają się, jakby kobiety nie miały stanowisk, tytułów i nazwisk. Chociaż, prawda, nazwiska kobiet zazwyczaj należą do innych mężczyzn, więc zwrócenie się po imieniu, z oficjalnym „pani" na początku, może niweluje dyskomfort, jaki odczuwają, gdy muszą zniżyć się lub wspiąć na palce w czasie rozmowy z przybyszką z innej planety.

– Więc nie znała pani denata?

– Już panu mówiłam. Trudno nazwać znajomością wymianę grzecznościowych powitań i kilka zdawkowych uwag o naturze ludzkiej.

– Kiedy pani widziała go po raz ostatni?

– Wczoraj przy obiedzie, gdy...

– A później?

– Byłam w swoim pokoju, z mężem – słysząc ostatnie słowa, Banasik uśmiechnął się znacząco. Lewicka dodała sucho: – Nie wiem, co się wydarzyło między tamtym incydentem w restauracji a jego śmiercią. Nie wychodziliśmy z pokoju. Kolację zjedliśmy u siebie.

– O jakim incydencie pani mówi? – pytanie padło szybko, zbyt szybko. Banasik poprawił dłonią kołnierz marynarki, jakby go uwierał, i dyskretnie potarł czubek nosa.

Czuła, że wiedział o wczorajszej bijatyce, ale z jakichś sobie tylko znanych powodów nie przyznał się do tego, czekał, co mu o tym zdarzeniu sama opowie. Domyślała się, że Banasik już wie, iż była świadkiem. To ją rozbawiło.

– Wczoraj przy obiedzie miało miejsce nieprzyjemne zdarzenie. Marciniak został pobity przez młodego mężczyznę, to chyba jakiś bliski znajomy kierowniczki restauracji. Zdaje się, że ona ma na imię Anka. Świadkami byli goście hotelowi, w tym ja, obsługa i mężczyźni towarzyszący Marciniakowi. Jeden z nich to szef marketingu hotelu, a drugi to wysoki brunet o sylwetce atlety. To on interweniował, powalił napastnika i rozgonił całe towarzystwo.

– To pewnie Marek Grzegorek, gość od PR-u. Rzeczywiście dużo ćwiczy. Spotykam go czasem na policyjnej siłowni w Suwałkach.

Lewicka przyjrzała się barczystej sylwetce Banasika, która tak jak i jego podbródek powoli i nieuchronnie ulegała zaokrągleniu. „Zdecydowanie powinien ćwiczyć częściej – pomyślała. – Zdaje się, że »czasem« to bywał na siłowni tylko komisarz i pewnie wtedy spotykał tam szefa reklamy, bo patrząc na umięśnioną sylwetkę Grzegorka, nie ma wątpliwości, że mógł bywać tam codziennie".

– Spotkałam go dzisiaj rano. Zdaje się, że szedł pobiegać.

Banasik zapatrzył się w dno filiżanki. Resztki kawy nie chciały jednak podsunąć rozwiązania. Poprawił się na fotelu, odchrząknął i utkwił oliwkowe spojrzenie w twarzy pani inspektor.

– Nim panią o coś poproszę, powiem, co ustaliłem do tej chwili – jego tęczówki nabrały intensywnie zielonej barwy. – Wczoraj o szesnastej trzydzieści Marciniak złożył doniesienie o pobiciu. Rozmawiałem już z oficerem dyżurnym. Ledwo zdążyłem, bo właśnie kończył dyżur. Jemu także Marciniak nie wydawał się typem samobójcy. Był bardzo rzeczowy. Miał się zgłosić na obdukcję lekarską, ale nie wydawał się tym specjalnie przejęty. Powiedział, że nos ma cały i w sumie nic się nie stało, ale nie może tego puścić płazem, bo mu na to nie pozwala prestiż czy jakoś tak. Rzeczywiście miał opuchniętą i posiniaczoną twarz. To tyle.

Banasik westchnął i potarł dłonią policzek.

– Chyba napiję się kawy – dał znak kelnerce. – O której doszło do tego incydentu?

– Kilkanaście minut po piętnastej. Zna pan napastnika? – Lewicka zamówiła kolejne cappuccino.

– Niejaki Norbert Olejnik. Pracuje w firmie ochroniarskiej, jeździ w patrolu. Czy denat mógł się uderzyć w głowę? Pani to przecież widziała.

– Upaść – upadł, ale nie wydaje mi się, żeby mocno oberwał w głowę. Na pewno nie tak, żeby powstała w niej dziura.

– Właśnie, właśnie – przytaknął Banasik.

Natarczywy wzrok komisarza przypomniał Lewickiej znane z dzieciństwa nachalne spojrzenie foksterierki domagającej się słodyczy. Musiała jednak przyznać, że nigdy później nie spotkała drugiego równie mądrego zwierzęcia o tak walecznym sercu.

– Coś mi tu nie pasuje. Po południu Marciniak zostaje pobity, rano znajdujemy go martwego – Banasik pokręcił głową. – Zabił się, bo młodszy i niższy od niego gość dał mu w gębę? Na pewno nie. Czy ten gostek mógł wrócić i dokończyć dzieła? Możliwe, ale jeśli tak, to gdzie to zrobił? Byłem na wieży.

Nie widać śladów walki. Czysto – oliwki źrenic znowu zbladły. – Dziwne to wszystko.

Wietrząc w powietrzu coś niepokojącego, Banasik nerwowo poruszył nozdrzami.

– My tu nie mamy zbyt wielu morderstw. Trzy rocznie to już dużo. W większości ofiary burd domowych i ostrej, zbyt ostrej, wymiany zdań po pijaku. Pani doświadczenie bardzo by się nam przydało. Co nieco słyszałem o pani. Przecież nie awansuje się tak wysoko za brak wyników w pracy – natrętne spojrzenie znowu przybrało na sile. – Czy zechce pani, jeśli ta prośba to nie jest zbytnia bezczelność z mojej strony, na bieżąco wspomagać śledztwo? Pani spostrzeżenia będą dla mnie nieocenione.

– Nie wyklucza pan morderstwa?

– Niczego nie wykluczam. Już wiemy, że to nie samobójstwo. Jeśli tak, to zadaję sobie pytanie, jak on się dostał na tę wieżę? Tam jest sporo kurzu, na samej górze nie ma okien, a sezon jeszcze się nie zaczął i nie wydeptali go turyści. Widać ślad, jakby kogoś wleczono... Patolog twierdzi, że w chwili zetknięcia z ziemią denat był już martwy. Ale na górze nie ma o co się uderzyć. Chyba że o stopień schodów, ale wtedy spadałby raczej w dół klatki, a nie wypadł na zewnątrz. Myślę, że ktoś mu pomógł pokonać tę przestrzeń – niepewność zagościła w oczach Banasika. – Czy mogę na panią liczyć?

Zastanawiała się, czy podjąć wyzwanie. Marek nie będzie zadowolony, chyba że zajmie się czymś i zniknie z horyzontu. Z drugiej strony wydawało się jej, że prośba o pomoc jest czymś w rodzaju sprawdzianu, że Banasik chce się jej przyjrzeć i udowodnić sobie i jej jakieś własne tezy. Ostatecznie on też nie został komisarzem w zamian za podpisywanie listy obecności. Tutejsza policja miała spore sukcesy w walce z przemytem na wielką skalę i z tego co wiedziała, Banasik miał w tym spory udział.

– Oczywiście, że tak, panie Darku.

– Dziękuję.

Obok stolika stanął niski mężczyzna – rozpięta kurtka odsłaniała wzorzysty sweterek, rogi pomiętego kołnierzyka zawadiacko sterczały do góry.

– Aspirant sztabowy Wiktor Nalewajko melduje się na rozkaz.

– Nie wygłupiaj się – Banasik gestem zaprosił policjanta do zajęcia miejsca obok nich. – Mów, co nowego.

– Znaleźliśmy przy nim klucze. Jeden z nich to taki klucz uniwersalny, otwiera tutaj wszystkie zamki. Mają takie specjalne wkładki. Im wyżej stoisz w hierarchii, tym więcej sezamów stoi przed tobą otworem. Za pomocą tego jednego klucza dostaniesz się do biura, tych wszystkich przejść i furtek, kawiarni, restauracji, a nawet magazynów. Spytałem recepcjonistkę, fajna sztuka – ukradkiem spojrzał na Lewicką, ale ta siedziała nieporuszona – mówi, że takich kluczy były cztery komplety, czwarty jest u niej w szafie pancernej jako klucz awaryjny.

– To ciekawe. I co dalej?

– Denat mieszkał na terenie hotelu. Przynajmniej zimą, tak twierdzą pracownicy. Już tam byliśmy. Nic ciekawego. Zebraliśmy trochę odcisków palców. W sobotę rano buszowała tam sprzątaczka. Jasne, że są tam tylko ślady z tego dnia, prawdopodobnie denata i sprzątaczki. Teraz idziemy do biura i do jego gabinetu.

– Dzięki, obejrzymy sobie to mieszkanie i zaraz do was dołączymy.

Nalewajko pożegnał się i opuścił ich równie szybko, jak się pojawił.

– Nim wyjdziemy, zadam kilka pytań barmance. – Banasik podniósł się raptownie.

– W takim razie skorzystam z toalety.

Policjant podszedł do baru, wyjął notes i długopis.

– Jak się pani nazywa?

– Bożena Kurowska – wyglądała na zaskoczoną.

– Wczoraj pani pracowała?

– Tak.

– Chciałbym zapytać o miniony wieczór. O której pani skończyła?

– Koło wpół do dziesiątej.

– Ale kawiarnia czynna jest do dwudziestej pierwszej?

– Tak. Zamknęłam jak zwykle. Po zamknięciu zawsze sprzątam. I o wpół do dziesiątej oddaję klucz stróżowi, recepcjonistka kończy wcześniej – wyjaśniła. – Staram się zdążyć, nim stróż wyjdzie na obchód. Wczoraj było tak jak zwykle.

– Czy coś pani zauważyła? Coś panią zaniepokoiło?

– Nie. Nic takiego nie widziałam – oczy Bożenki wypełniły się łzami szczerego żalu.

– Jacyś obcy?

– Obcy zawsze się kręcą. Wczoraj mieliśmy taki wieczór tematyczny. Było trochę gości z zewnątrz. Ale wszyscy wyglądali bardzo zwyczajnie.

– A miejscowi? Pracownicy? Może coś panią zastanowiło?

– Nie – zrezygnowana pokręciła głową. – Chociaż... Nie wiem, czy to ma jakieś znaczenie. Już po zamknięciu usłyszałam czyjeś kroki na chodniku, wyjrzałam i wtedy zobaczyłam pana Grzegorka. Wychodził z magazynu podręcznego. To tam obok, drzwi są pośrodku tego muru pod górnym tarasem. Może on coś widział – powiedziawszy to, wykrzywiła usta w żałosną podkówkę.

– Dziękuję pani bardzo.

– Czy to wtedy? – obejrzała się nerwowo za siebie. – Czy to wtedy zabito dyrektora?

– A kto pani powiedział, że zabito?

– Nikt, ale przecież nie popełnił samobójstwa, prawda? – jej sarnie oczy jeszcze bardziej zwilgotniały. – Nie ktoś taki jak on.

– Nic jeszcze nie wiadomo. Dziękuję za informacje.

Lewicka, gotowa do wyjścia, stanęła obok niego.

– Idziemy? – spytała.

– Tak, oczywiście – szybko odwrócił się, schował notatnik do wewnętrznej kieszeni marynarki i gestem wskazał wyjście.

– Przyjechała pani z mężem? – przytrzymał drzwi i przepuścił ją przodem. Jego wzrok ześlizgnął się z karku kobiety, omiótł jej plecy, zawinął wokół bioder i szybko skontrolował długość nóg.

– Tak. Z mężem – odruchowo spojrzała na swoją dłoń, obrączka była na miejscu.

Pewnie sprawdził już listę zameldowanych w hotelu i odkrył, że mężczyzna, który dzieli z nią pokój, nosi inne nazwisko niż ona. A może chciał się tylko upewnić, czy naprawdę przyjechała tu na wypoczynek.

Szli obok siebie, Banasik z jej prawej strony, ćwierć kroku za nią, ochraniając ją ciałem. Mocniej otuliła się barwnym szalem, mgła dopiero zaczęła ustępować, słońce niemrawo przedzierało się przez niskie chmury.

– Czyżby drugi miesiąc miodowy? Pewnie powinienem powiedzieć weekend miodowy? – spytał wesoło.

– Nie. To ostatni.

Brwi podjechały mu prawie pod linię włosów, źrenice mimowolnie rozszerzyły się i szybko skryły w szparkach powiek. Oczy Banasika na powrót stały się czujne i taksujące. Zastanawiał się, czy jest tak bezgranicznie szczera, czy tylko kpi sobie z niego.

– Co pani o tym wszystkim myśli?

– Dopóki nie wykluczymy udziału osób trzecich, należy przyjąć tezę o zabójstwie.

– Ma pani jakieś konkretne zarzuty?

– Na razie zbieramy okruchy zdarzeń. Nie wiem, co się stało, i nie wiem, co o tym myśleć. I powiem panu – zatrzymała się i spojrzała mu prosto w oczy – ten moment lubię w śledztwie najbardziej. Tymczasem powstrzymam się od jakichkolwiek opinii.

Wyłożona płaskimi kamieniami alejka prowadziła do przejścia pod wysokim domem, a dalej, już jako szeroki podjazd, do bramy wjazdowej. Skręcili w wyłom w murze oporowym, pokonali wyślizgane tysiącami stóp kamienne schodki i stanęli przed ozdobną kratą furty prowadzącej na górny taras.

Ozdobnego łuku dwuskrzydłowej bramki strzegły figury świętych. Benedykt mocniej wsparł się na kamiennym pastorale i objął ich twardym spojrzeniem pustych oczu. Właśnie minął ich czarny ambulans, który z wyłączonym silnikiem powoli toczył się po brukowanym podjeździe. Skamieniały wzrok Romualda odprowadził go do kolejnego załomu w murze.

Z łatwością odnaleźli drzwi do eremu, na posterunku stał młody policjant w mundurze. Banasik skinął mu głową i wszedł do środka.

Skromny trawnik wewnętrznego dziedzińca domu otoczony był nieregularnymi rabatami. Niedawno je przekopano i zasilono, pomarszczone liście prymuli jarzyły się jasną zielenią na tle brunatnej grządki. W rogu rosła poskręcana od wiatru, naga o tej porze roku jabłonka, pod nią stała ławka. Obok – ogrodowy stół i dwa wiklinowe fotele. Przez wykusze, osłaniające patio od południa, wdzierał się ciepły wiatr przepojony zapachem wilgotnej ziemi.

Wyłożona betonowymi płytkami ścieżka prowadziła do drzwi wejściowych. Wewnątrz domku przywitało ich miłe ciepło. Pachniało zamieszkanym siedliskiem ludzkim i potem mężczyzn, którzy dopiero co opuścili to miejsce.

Lewicka weszła do pierwszego pokoju po lewej. Pozbawione firanek okna wychodziły na dolny taras, wprost na dachy eremów poniżej. Ściany pokrywała brązowa farba o satynowym połysku. Dębowa podłoga była wyczyszczona i wywoskowana.

Na środku niewielkiego pokoju królował drewniany stół na toczonych nogach. Pełnił funkcję biurka, niezbędne szuflady i szafki zastąpił plastikowy kontener na kółkach. Na biurku rozlał się, podobny do stalowego kleksa, przycisk do papieru od Alessiego. Obok futurystyczna lampa z pomarańczowym abażurem i prawie pusta szklanka. Lewicka obejrzała dno oprószonego srebrzystym pyłem kolorowego naczynka. Płyn pachniał skisłym sokiem marchewkowym.

Róg po drugiej stronie blatu okupowały trzy szylkretowe ramki ze zdjęciami. Na wszystkich ta sama para, denat w objęciach kościstej blondynki. Ich włosy przeplatały się, zmierzwione wiatrem i rozjaśnione ostrym słońcem. Z fotografii spoglądał znudzony Marciniak, miał minę zepsutego kota, który łaskawie daje się rozpieszczać, chociaż go to nuży i męczy.

Wokół stołu zamiast foteli stały cztery krzesła z podłokietnikami, pokryte ciemnobrązową skórą. Między oknami ścianę podpierała stalowa etażerka ze szklanym blatem.

Pod drugą ścianą jaśniała eklektyczna leżanka obita kremowym płótnem.

W rogu tkwił czarny pękaty piecyk żeliwny. Stylowe, lekko wygięte nóżki miały zakończenie w kształcie orlich szponów zaciśniętych na mosiężnych kulach. W pozostałych rogach pokoju na wysokich stojakach stały głośniki.

Głębokie wnęki wypełniały ciemne półki. Nie było na nich żadnych książek, żadnych bibelotów czy pamiątek, jedynie wysokiej jakości wieża audio i setki kompaktów, a na dole czarne płyty analogowe w zamykanych drewnianych pudłach z przegródkami.

Lewicka podeszła do półek i zaczęła czytać tytuły płyt imponującej kolekcji. Panował tu nienaganny porządek. Oddzielnie rodzimi wykonawcy, oddzielnie zagraniczne gwiazdy. Bliżej okna kolorowymi okładkami kusił rock. W kolejnej wnęce jazz. Przejechała palcem po brzegach lśniących plastikiem pudełek: Komeda..., Kurylewicz..., Makowicz..., Stańko...,

Skowroński..., Ptaszyn Wróblewski... Dyrektor miał wyrafinowany i dojrzały gust. Nie był wierny żadnemu gatunkowi, odmianie, stylowi czy określonej szkole, lubił po prostu rzeczy dobre, jeśli nie najlepsze w swoim rodzaju.

Z ciekawością zajrzała do kieszeni odtwarzacza, była pusta. Z okładek rozrzuconych obok pudełek szczerzyły się klawisze należące do Tori Amos, Nigel Kennedy hipnotyzował „złym spojrzeniem", młody mężczyzna z brodą żydowskiego kantora obiecywał zmierzyć się z kłopotem Boba Dylana. Wsunęła lśniący krążek do szufladki, nacisnęła klawisz, z głośników popłynęło *What Was It You Wanted.*

Usiadła na środku leżanki, dźwięki otoczyły ją i połaskotały. Idealne miejsce do słuchania i odczuwania muzyki.

– Niezły sprzęt – Banasik zdążył już zwiedzić kuchnię, łazienkę i sypialnię. – Coś ciekawego?

– Niesamowita płytoteka – wskazała brodą półki.

– Nic nie znalazłem. Normalne mieszkanie. Żadnych interesujących śladów. Chyba nic tu po nas. Chłopaki pewnie kończą już gabinet.

– Czy mogłabym się jeszcze chwilę rozejrzeć?

– Oczywiście. Zaczekam.

Sypialnię wypełniało wielkie drewniane łóżko. Było dużo dłuższe niż te dostępne w sklepach, znacznie szersze, wykonane zapewne na miarę, ledwie mieściło się w niewielkim pokoju. Ciemnozielona pościel w szkocką kratę stanowiła bardzo męski akcent na tle kremowych ścian.

Obie nocne szafeczki zdobiły małe lampki z matowymi szklanymi abażurkami. Z lewej strony do ściany przytwierdzono jeszcze jedną specjalną lampę na wysięgniku, do czytania. Na pulpicie szafki stał elektroniczny budzik z radiem. Pod spodem, na dwóch otwartych półkach – kilka książek.

Odgarnęła kołdrę, dzianinowe, mocno napięte prześcieradło było idealnie gładkie, żadnych interesujących śladów, pod poduszką pusto, nigdzie nie było piżamy.

Usiadła na brzeżku dość twardego materaca i sięgnęła po pierwszą z brzegu książkę. *Kontrola w systemie zarządzania* – objaśniał tytuł. Na marginesach regularnym, wijącym się jak wężyki drobnym pismem zrobiono notatki, niektóre fragmenty zaznaczono zielonym markerem. Obok leżała pachnąca farbą drukarską, oprawiona w miękką błękitną obwolutę książka Cialdiniego *Wywieranie wpływu na ludzi.* Pod nią podręcznik akademicki *Komunikowanie interpersonalne* Głodowskiego. W głąb szafki wciśnięto cieniutką, wyświechtaną i pokreśloną, nieomal zaczytaną na śmierć *Erystykę* Schopenhauera.

Wysunęła płytką szufladkę: kilka kolorowych prezerwatyw, lubrykant w tubce, chusteczki jednorazowe.

Druga szafeczka była prawie pusta, jeśli nie liczyć „Twojego Stylu" sprzed miesiąca i małego misia z kokardką na czubku głowy. Mleczny abażur nocnej lampki oplatał sznur paciorków, tak zwany kobiecy akcent, czyli ślad damskiej dłoni, która próbowała zaznaczyć tu swój rewir.

Po drodze do łazienki mijało się wielką trzydrzwiową szafę zapełnioną męskimi ubraniami – wełniane marynarki po lewej, welwety i drelichy po prawej, barwne koszule najlepszych marek, kosz ze zwiniętymi skarpetkami, czarna bielizna. Rozłożyła pierwsze z brzegu bokserki, żadnych ekstrawagancji, blisko ciała i wygodnie.

Łazienka urządzona była tak jak we wszystkich pokojach hotelowych. W rogu prysznic, po przeciwnej stronie toaleta, na środku umywalka, nad nią wielkie lustro z rzędem żarówek na górze. Na półce pod lustrem stała cała kolekcja męskich kosmetyków: luksusowa woda kolońska, bezzapachowy krem do tłustej cery, balsam łagodzący po goleniu, dezodorant w sztyfcie. Przyjrzała się gotowej do użycia maseczce oczyszczającej, przeczytała sposób działania i wskazówki, zapamiętała firmę. Wosk do układania włosów oraz odżywka do włosów farbowanych nie wzbudziły jej zainteresowania. Odnotowała w pamięci zużytą do połowy tubkę pasty do zębów, a tuż obok niej świeżo otwarte opakowanie patyczków do uszu. Przy lustrze wisiała elektryczna maszynka do golenia, suszarka do włosów oraz szczoteczka do zębów z irygatorem i wymienne przystawki.

Między ubikacją a umywalką stał regał z szufladami. Również one były zapełnione kosmetykami przeznaczonymi dla mężczyzn. Dopiero w najniższej szufladzie leżała paczka podpasek, pudełko tamponów, perfumowany dezodorant, okrągła szczotka z nawiniętymi na nią bardzo długimi włosami, prawdopodobnie własność kobiety ze zdjęcia, i dwa słoiczki drogich kremów na noc. Pod kranem natrysku wisiał pojemnik z mydłem w płynie i drugi z gruboziarnistym peelingiem. Wielka naturalna gąbka pęczniała na narożnej półce, niżej pumeks i szczotka, pod nimi depilator na baterie.

Zajrzała do kosza na śmieci, nie było w nim nic oprócz kawałka przezroczystej folii na dnie czarnego worka. Przykucnęła i przechyliła kosz. Zmięty pasek ozdabiały niebieskie literki „o.b.".

– Coś pani znalazła? – Banasik stał w drzwiach.

– Czy technicy opróżnili kosze?

– Zapytam. – Wyjął telefon i szybko wybrał numer. – Mówią, że w koszach niczego nie było. Ani w łazience, ani w kuchni. Sprzątaczka była tu w sobotę rano.

– Proszę zapytać, czy w gabinecie albo w biurowej łazience w koszu są jakieś resztki opatrunków, zakrwawione chusteczki, cokolwiek...

Banasik ze ściągniętymi brwiami słuchał relacji swojego rozmówcy.

– Znaleźli coś w gabinecie. Chyba robił sobie okład.

Podeszła do niego i podsunęła mu kosz pod sam nos.

– Czy mógłby pan to zabezpieczyć? To może być ważne.

– Co to jest?

– Opakowanie po tamponie.

Banasik popatrzył na nią zdumiony.

– Według pani to ważne?

– Nie wiem. Mieszkanie posprzątano rano. Prawdopodobnie po jego wyjściu, czyli po porannej toalecie. Nie ma tu na przykład patyczków do higieny ucha – pokazała opakowanie na półce. – Narzeczona podobno od piątku w Białymstoku. Skąd więc w mieszkaniu mężczyzny folia po tamponie?

Popatrzył na nią z niedowierzaniem.

– Był tu przed pobiciem. Pił sok, nim wyszedł, słuchał płyt. Nie wiemy tylko, czy był sam. Ciekawe, co nam powiedzą odciski palców.

– Ciekawe – Banasik zamrugał. – A co jeszcze pani wydedukowała z pustego opakowania po tamponie?

– Był bez aplikatora, rozmiar normalny, ale z pewnością zauważy pan na tej cienkiej owijającej opakowanie wstążeczce napis „super", co oznacza, że jest bardziej chłonny. Podobne leżą w dolnej szufladce tej szafki. Kobieta, która go użyła, miała początek okresu i właśnie zaczęła krwawić. Brak zużytego tamponu to potwierdza. Na pewno są na nim odciski jej palców.

– No tak. Ale to mogła być ta narzeczona.

– Może tak, może nie. Musimy się tego dowiedzieć. Trzeba ustalić, gdzie ona jest.

Zostawiła Banasika i przeszła do kuchni. Kosz na śmieci był pusty. Proste szafki sprawiały miłe wrażenie. Na blatach stały pojemniki z przyprawami, kawą i herbatą. Wysunęła szufladkę z szafki obok płyty z palnikami, zaszeleściły torebki, zapachniało pieprzem i goździkami. Na półce stała włoska kafeterka i filiżanki wielkości naparstków pomalowane w kubistyczne wzory. Jedna była trochę większa od pozostałych, krzyczała jaskrawą czerwienią idealnego kwadratu, poniżej widniał podpis cyrylicą: „Malewicz". Odwróciła filiżankę do góry dnem: praktyczna pamiątka z Petersburga.

Półkę w szafce nad lodówką zapełniały butelki z suplementami diety, witaminami, wyciągami z ziół. Lodówka była dobrze zaopatrzona, kilka puszek dobrego piwa, odkorkowana butelka białego wina, sery w próżniowym pudełku, odtłuszczona szynka w plasterkach, jajka, w dolnych szufladach sałata, pomidory, ogórki, cytryny i główki czosnku.

Na parapecie okna stały doniczki z ziołami, dominowała wśród nich krzaczasta bazylia.

– W sumie nic tu nie znaleźliśmy oprócz tego skrawka folii – Banasik szybko przypisywał sobie cudze sukcesy.

– No właśnie – przytaknęła kwaśno.

– Jakieś sugestie? – zjeżył się.

– Żadnych. Stwierdzam jedynie, że tu nic nie ma. Żadnych dokumentów, listów, prywatnych szpargałów. Byłabym skłonna stwierdzić, że lokator tego mieszkania to oschły facet, szalenie uporządkowany i pedantyczny, ale zastanawia mnie ilość kosmetyków, także tych napoczętych i dawno nieużywanych, których się nie pozbył. Zwróciłam uwagę na otwarte torebki z przyprawami. Nie umiał się rozstać ze zwietrzałym pieprzem cytrynowym, a wyrzucał każdą zapisaną kartkę. Niewątpliwie robił notatki spontanicznie, nawet na marginesach książek, to był piśmienny facet, ale jego biurko jest puste. Nie ma tam nic oprócz czystego papieru, pustych kopert i kilku pisaków. To chyba dziwne.

– Może korespondencję załatwiał w biurze?

– Szczerze? Wątpię.

– Chyba muszę się z panią zgodzić.

– A jakie są pańskie wnioski?

– To był całkiem normalny facet, jeśli nie liczyć kolorowych kondomów – wysilił się na uśmiech.

– Myślę, że to był bardzo wygodny facet. Cenił sobie luksus i komfort. Umiał wygospodarować czas na własne przyjemności i strzegł ich. Pan zauważył kolorowe prezerwatywy, dla mnie jedynie przejaw poczucia humoru, ja – lubrykant. To był naprawdę ceniący komfort mężczyzna. Bardzo dbał o siebie z zewnątrz i od wewnątrz też.

– A co pani powiedziały jego książki?

– Potwierdziły jedynie wcześniejsze spostrzeżenia z krótkiego kontaktu z denatem. Miał specyficzny gust i igrał z ogniem.

– Pani Ewo, skąd to przypuszczenie?

– Lubił manipulować ludźmi, bawić się ich uczuciami i ten jeden raz mógł przeholować.

– Czy pani ma coś wspólnego z czarami?

– Rozczaruję pana. Widzę, czuję, słyszę – wyciągam wnioski. To wszystko.

Banasik przez chwilę przyglądał się jej badawczo. Nieusatysfakcjonowany odpowiedzią westchnął z rezygnacją i otworzył drzwi na zewnątrz.

ROZDZIAŁ 6

Prosto ze słonecznego tarasu weszli do sekretariatu pełnego teraz mundurowych. W drzwiach dyrektorskiego gabinetu ukazał się niski mężczyzna w białym kombinezonie.

– Dobrze, że jesteś. Już kończymy i mam kilka ciekawych informacji dla ciebie oraz jeden problem. Wchodźcie – zaprosił ich szerokim gestem do środka.

W gabinecie, w odróżnieniu od dusznego sekretariatu, panowało przenikliwe zimno.

– Co tu tak wieje? – spytał Banasik.

– Już nie wieje. Przed chwilą zamknęliśmy okno, to najbliżej biurka. Było otwarte na całą szerokość – wyjaśnił zażywny policjant.

Słońce nie zdążyło jeszcze ogrzać wnętrza (okna gabinetu wychodziły na zachód), otoczył ich nieprzyjemny chłód.

Technicy kończyli pracę, porządkowali dowody, robili notatki, trzaskały zamykane walizki z narzędziami.

– W czym problem? – Banasik rozejrzał się zaciekawiony.

Pękaty technik szybko przeszedł przez pokój i stanął obok biurka, za długie spodnie obszernego kombinezonu zwijały się i pęczniały w najmniej oczekiwanych miejscach, przypominał śniegowego ludka nadgryzionego zębem wiosennego czasu.

– Nie wiem, co się dzieje – pokazał na ciekłokrystaliczny ekran. – Chyba się zawiesił. Nie bardzo wiem, co robić.

– A nasi informatycy?

– Jeden na szkoleniu w Edynburgu, drugi na przymusowym urlopie.

– Fatalnie! – Banasik nie krył rozczarowania. Wsunął pod kołnierzyk dwa palce i spróbował poluzować uciskający go niczym obroża rant. Robił to zawsze w chwilach zakłopotania lub zwątpienia. – Zdaje się, że jesteśmy w kropce.

Raptem pokój wypełnił rechot żab i łagodne poświstywania. Rozjarzył się telefon Lewickiej. Spojrzała na ekranik, tego telefonu nie mogła zignorować:

– Tu Czesiek. Przepraszam, że przeszkadzam, ale pewnie chciałabyś wiedzieć – wysapał znajomy głos. – Jak zwykle miałaś rację. Mamy ich.

– Mów po kolei.

– Banda sprytnych szczeniaków, dwóch chłopaków i dziewczyna na wabia, cała trójka to studenci. Ofiar szukali w sieci, wśród samotnych, żądnych wrażeń facetów. Najpierw ona spotykała się z potencjalnym celem w kawiarni. Wypytywała o pracę, dochody, drogie gadżety – relacjonował Wituła. – Nie znam faceta, który przed laską o dwadzieścia lat młodszą nie zacznie się puszyć i mówić rzeczy, do których nie przyzna się za żadne skarby fiskusowi, nie mówiąc już o byłej żonie – drwił. – Chłopcy prowadzili dyskretną obserwację na odległość, śledzili gościa do samego mieszkania. Pomyślna wycena równała się kolejnemu spotkaniu wabika z ofiarą już u niego w domu. Po krótkiej grze wstępnej laska skuwała faceta, wpuszczała wspólników, czyścili razem mieszkanie i szybko się zmywali. Jeśli facet sprawiał jakieś trudności, używali paralizatora. To wszystko. – Nastąpiła krótka przerwa na zaciągnięcie się aromatycznym papierosem. Zmęczony, ale triumfujący Wituła nie krył satysfakcji. – W przypadku tego sprzed miesiąca nie przewidzieli, że miał rozrusznik serca. Ten ostatni nafaszerował się viagrą, swoją drogą świetną podróbą, a jak ci mówiłem, nie powinien był tego robić, poszła mu jakaś pierdząca żyłka i po bólu. Miałaś rację, to był wypadek przy pracy. W skrócie: mamy ich, są już zeznania, wszystko układa się w spójną całość.

– Jak do nich dotarliście? – spytała.

– Przecież mówię, dzięki tobie. Miałaś nosa, jak zwykle. Mały, to znaczy Krystian, nasz geniusz komputerowy, też się spisał na medal. Cwanie sfajczyli ten dysk z domowego kompa, ale tak jak przypuszczałaś, denat najczęściej, na ich nieszczęście, kontaktował się z laseczkami ze służbowego komputera. Tam Krystianek znalazł ślad i tak ich namierzyliśmy. Resztę opowiem ci, jak wrócisz – zakończył, czekając na pochwały.

– Dobrze się spisaliście. W nagrodę upiekę sernik. – Wiedziała, że Wituła ma dziwną słabość do jej wypieków, równą tylko uwielbieniu dla śledzi, golonek i pulchnych blondynek w wieku nieokreślonym. – Czy Krystian jest koło ciebie?

– Tak. A co? – Lewicka była pewna, że jeśli Wituła rozmawiał z nią rozwalony na krześle z uśmiechem rozmarzenia błądzącym na ustach na myśl o serniku, to teraz raptownie się wyprostował i wyraźnie zastrzygł uszami.

– Daj mi go na chwilę. Mam tu mały problem techniczny – wyjaśniła. – Nie wspominając o zwłokach znalezionych nad ranem.

– Mam nadzieję, że nie mówimy o twoim mężu, chyba go nie zajeździłaś na śmierć – zarechotał Wituła. – Tak, tak, my najlepiej wiemy, jak się kończą długie weekendy podtatusiałych rekinów finansjery.

– Pudło – odpowiedziała ze śmiechem. – Daj mi go szybko.

Po drugiej stronie słychać było zamieszanie, trzaski i stłumione głosy.

– Adamczyk, słucham.

– Cześć. W gabinecie denata mamy „zawieszonego" kompa, podłączony jest do Internetu, na ekranie wyświetlił się komunikat, że ściąga dane z sieci, i rzeczywiście wygląda, jakby coś ciągnął, co robić?

– Natychmiast odciąć zasilanie!

– Ale może to coś ważnego?

– Odciąć zasilanie, i to już! – głos Adamczyka był zaskakująco stanowczy. – Przepraszam – opanował się – to, co ściąga z sieci, to na pewno nie jest podobizna mordercy. – Ostrożnie spytał: – Zrobiła to pani?

– Tak. Wyłączyłam.

– Ufff – odetchnął. – To taka stara sztuczka. Wiadomo, że na dysku mimo wyczyszczenia danych zawsze coś zostaje i przy użyciu specjalnych narzędzi co nieco można odzyskać – pospiesznie wyjaśniał, nie chciał wyjść na opryskliwego podwładnego górującego wiedzą nad szefem. – Jeśli jednak na miejsce usuniętych rekordów wgra się obszerne pliki graficzne albo muzyczne, to będzie już po ptokach, przepraszam, chciałem powiedzieć, musztarda po obiedzie.

– Krystian, czy jesteś bardzo skonany?

– Raczej nie. To było niesamowite, czego tu dokonaliśmy. Jeden z nich to był taki bardziej kumaty gość – Adamczyk upajał się swoim sukcesem – ale ta dziewczyna strasznie leniwa, kontaktowała się z facetami z kawiarenki w akademiku, gdzie cała trójka mieszkała, włamałem się do ostatnich maili i już wiedzieliśmy, z kim są umówieni, nakryliśmy ich w mieszkaniu kolejnego gostka, ja...

– Czy możesz jak najszybciej wsiąść do samochodu i przyjechać do mnie? – przerwała mu Lewicka. – Jesteś potrzebny.

– Mogę. Potrzebny? Komu? Pani?

– Właściwie to suwalskiej policji. Zaraz zapytam o pokój. Weź ze sobą wszystko, co może być przydatne do sprawdzenia tego dysku. Myślę, że były tam bardzo interesujące dane.

– Tak jest, pani inspektor. Skoczę tylko do domu po parę rzeczy i będę tam po południu.

– Czekamy. – Chciała się rozłączyć, ale po krótkim wahaniu dodała: – Uważaj na drodze.

Złożyła aparat i dopiero teraz zwróciła uwagę na wyczekującego Banasika:

– Mam nowego współpracownika. Jak mnie zapewniał szef, chłopak ma na punkcie komputerów absolutnego fioła. Ktoś taki jest nam potrzebny. Jeśli oczywiście wyrazi pan zgodę.

– A czy mam inne wyjście? Dzięki – uśmiech rozjaśnił twarz Banasika, oczy skryły się w fałdkach tłuszczu. – Chłopcy, nie ruszajcie na razie tego pudła. Po południu przyjedzie chłopak, który się nim zajmie. Co tam jeszcze macie? – zwrócił się do techników.

Okrąglutki technik wskazał blat potężnego biurka.

– Mamy tu jeszcze zmyślną komórkę, właściwie to palmtop z funkcją telefonu, dyktafon, kamerę cyfrową – ruchem ręki zwrócił uwagę na statyw stojący w rogu. – Może to też mu zostawić?

– Zostaw. A teraz mów, co znalazłeś tu ciekawego.

– W sumie nic. Cholernie czysto.

– To znaczy?

– Z wyjątkiem teczek z rachunkami, skoroszytów z księgowości i tym podobnych rzeczy, nie ma tu nic, a przecież to biuro. Żadnych notatek, karteluszków, brudnopisów. Nie ma nawet terminarza ze spotkaniami. Zobaczcie sami.

Przepastne szuflady biurka świeciły pustkami, turlały się po nich ołówki, zaszurały rozsypane nagłym szarpnięciem spinacze.

– To samo z kasą pancerną – odwrócił się w stronę udającej mahoń żelaznej szafy w stylu retro. Sejf wyglądał jak wysoka szafka zegarowa, z pilastrami i kolumienkami podpierającymi gzymsy wieńczące okazały mebel. – Śliczna rzecz – technik czule pogłaskał wykończone mosiężną listwą grube drzwi. Dziurki na klucze połyskiwały ozdobnymi plakietkami, między nimi złota klamka w kształcie litery „T" z grawerowanym wyszukanym szyldem kryła pod klapką trzeci zamek. – Tu na górze powinny być złote szyszki, po jednej z każdej strony, a pośrodku taka mosiężna blacha, rodzaj ozdoby z medalionem, pewnie zaginęła dawno temu albo komuś była bardzo potrzebna. To rosengrens, model z 1896 roku – znacząco zawiesił głos, by dotarła do nich waga odkrycia. – Ta skandynawska firma dostała rok później na wystawie w Sztokholmie złoty medal za najładniejszy i najbezpieczniejszy sejf na świecie. Oto on. Kiedyś intensywnie handlowali z Rosją, pewnie stąd tutaj to cacko. Dwa niezależne wielozapadkowe zamki kluczowe i trzeci zintegrowany z klamką – technik nie krył swej fascynacji dziewiętnastowiecznymi zdobyczami techniki. – A do tego jakie to ładne. Dzisiaj już nikt takich nie robi. Zamki owszem, ale nie w takim kostiumie. Wiecie, że firma Rosengrens w 1931 roku jako pierwsza przeprowadziła oficjalny test na ognioodporność swoich wyrobów. Oczywiście test wypadł pozytywnie. Popatrzcie na te klucze, nawet one są dziełem sztuki – objął ich roziskrzonym wzrokiem. – Tak na marginesie – zmieszał się pod karcącym spojrzeniem Banasika.

– A co znalazłeś w kasie?

– Nic – otworzył szeroko drzwi, prezentując puste półki. – Klucze do niej denat miał przy sobie, w kieszeni – wyjaśnił. – Jak je znalazłem, to przyleciałem tu na skrzydłach – łagodny uśmiech znowu rozciągnął mu kąciki ust. – Żadnych śladów włamania. Kiedyś próbowano ją otworzyć łomem, ale to było bardzo dawno temu – rzucił ukradkowe spojrzenie na Banasika i zaraz dodał – mechanizm nadal sprawny, niedawno ją odrestaurowano. W środku znalazłem ociupinę kurzu i pyłu, drobne ślady papieru. Tam coś było, nie za dużo, ale jednak było, a teraz nie ma. Powiem więcej, niszczarka pełna jest ścinków.

Przeszli na zaplecze gabinetu do niewielkiego pomieszczenia, skąd kolejne drzwi prowadziły do prywatnej łazienki. Oprócz wieszaka i niszczarki imponujących gabarytów nic więcej tutaj nie było.

– Znakomity model. Tnie na skrawki o wymiarach jeden na pięć milimetrów. Trochę to dziwne jak na hotel, nie uważacie?

Spojrzeli po sobie, zaczynali powoli przywykać do dziwnych upodobań Marciniaka.

– Taka niszczarka to nam by się przydała – westchnął policjant. – Do tego pojemnik na około sto pięćdziesiąt litrów, mówię wam, żeby to wszystko zabezpieczyć, potrzebowaliśmy kilku sporych worków. Trochę te ścinki się napowietrzyły – zerknął na czarne worki piętrzące się przy ścianie.

– O cholera! – zaklął Banasik.

– Poza tym w koszu w łazience gazik ze śladami krwi, resztki opakowania po plastrze i kilka brudnych chusteczek jednorazowych porwanych na małe skrawki, zwinięte były w takie tamponiki tamujące krwotok z nosa.

– Coś jeszcze?

– Tak. Prawdopodobnie narzędzie zbrodni.

– Skąd wiesz?

– Nie wiem. Przypuszczam. W każdym razie ktoś go niedawno używał w niecnym celu. Może tylko do ogłuszenia. Chodźcie zobaczyć.

Opuścili ciasny korytarzyk i gęsiego podążyli za nim do przestronnego gabinetu. Technik podszedł do walizki i wyjął z niej opakowany w foliową torebkę świecznik.

– Tam stoi drugi – machnął ręką w stronę biurka.

Spojrzeli na niską bibliotekę za dyrektorskim fotelem, rodzaj przeszklonej szafki na podręczny księgozbiór. Stał na niej osamotniony mosiężny świecznik na jedną świecę, smukła kolumienka o kwadratowej stopie wspartej na nóżkach-podpórkach. Banasik sięgnął po niego i zważył w ręku.

– Ciężki – potwierdził.

– Na tym, który stał tu, bliżej okna, znalazłem ślad krwi i trochę zlepionych włosów. Wszystko zabezpieczyłem.

Banasik oddał świecznik i sięgnął po drugi, przyjrzał się jego stopie, na odwrocie widniała niewyraźna sygnatura: „Fabryka/C. Minter/Warszawa".

– Też antyk – objaśnił technik. – W ogóle dużo tu ładnych i drogich rzeczy. Wygląda na to, że nic nie zginęło. Jeśli komuś na czymś zależało, to tylko na papierach.

– Myślę, że na początek możemy przyjąć, iż tym oberwał w głowę – stwierdził Banasik. – Wystarczająco ciężkie, więc skuteczne, ale niech najpierw patolog stwierdzi, czy pasuje do rany na głowie denata.

Lewicka podeszła do okna, z dołu przez podwójne szyby docierał radosny gwar młodych głosów przerywany wybuchami nieposkromionej radości. Wesołe okrzyki dziewcząt mieszały się z porykiwaniami podekscytowanych szkolną wycieczką chłopców. Donośny głos strofował dzieciaki, upominając rozbrykane towarzystwo prośbami o zachowanie powagi i skupienie się na atmosferze miejsca. Ale młodzież nie mogła się skupić. Skrzekliwe przemówienia kwitowała kolejnymi salwami śmiechu. Inspektorka dotknęła grzejnika pod oknem, był przeraźliwie zimny.

– Pani Ewo – głos Banasika sprowadził ją na ziemię – co pani o tym myśli?

Z roztargnieniem spojrzała na rozłożone przed nią, połyskujące metalicznie zabawki dla dorosłych.

Palmtop z funkcją telefonu – właściwie kieszonkowy notebook – był szerszy i tylko trochę dłuższy od przeciętnego aparatu. Praktycznie całą jego powierzchnię zajmował ekran, poniżej duży uniwersalny klawisz wielofunkcyjny i para płaskich przycisków do odbierania rozmów, rząd czterech guziczków niewiadomego przeznaczenia i okienko aparatu fotograficznego dopełniały całości. Po naciśnięciu magicznego przycisku wysuwała się podświetlana miniaturowa klawiatura z rodzaju tych „wypasionych" technicznie, wyposażona nawet w klawisz spacji.

– A co to takiego? – spytał Banasik.

Cała trójka pochyliła się nad migoczącym ekranikiem.

– Drogi. Ale za połowę ceny dają takie najwierniejszym klientom biznesowym – zabrała głos Lewicka.

– Tak?

– Mąż ma taki. Fajna rzecz – westchnęła. – Wiele można na nim zrobić, ale znając męża, myślę, że dotąd wykorzystał zaledwie połowę możliwości – w tym momencie przypomniała sobie, że srebrne pudełeczko odbiera i wysyła też maile, i poczuła osłabiający ucisk w żołądku.

– Ostatnie połączenia? – spytał Banasik.

– Trzy. O osiemnastej zero dwie i zero sześć oraz o dwudziestej trzeciej zero jeden – poinformował technik. – Każde nie dłużej niż minutę. Tutaj masz numery i nazwiska z książki telefonicznej.

– Czyli książka w telefonie jest?

– Tak. Wygląda na to, że nikt tu nic nie ruszał, SMS-y i MMS-y, chyba wszystkie. Trzeba sprawdzić zapisy u operatora, możliwe, że coś skasowano.

– Wygląda na to, że już wiemy, kiedy zginął – skierował wzrok na Lewicką. – Prawdopodobnie przed północą.

Nie odpowiedziała, gdyż dla niej było to tylko przypuszczenie, wniosek, który trzeba wziąć pod uwagę, ale na pewno nie dowód.

– A kamera? – pytał dalej Banasik.

– Odciski palców zebrane, ale czy coś jest na niej nagrane, nie wiem. Nie sprawdzałem jeszcze.

– Dobra. Zostaw tutaj wszystko, co elektroniczne. Opieczętujemy gabinet i zaczekamy na chłopaka z Warszawy.

– Nie ma sprawy. Macie tu te elektroniczne cacka. Pewnie to już mówiłem: ciekawe, że jest tu tyle sprzętu cyfrowego, a nie ma żadnych nośników luzem, żadnych płytek, kaset, absolutnie nic.

Lewicka podniosła do oczu srebrzysty, matowo-połyskujący, wąski prostopadłościan. Był lekki i poręczny, cały mieścił się w dłoni. Przesunęła klawisz odtwarzania, rozległ się tylko cichy szum, kontrolka wskazywała brak zapisu, cała dostępna pamięć była wolna.

– Ktoś je zabrał? – Banasik głośno się zastanawiał. – A drzwi wejściowe?

– Żadnych śladów włamania. Były zamknięte od zewnątrz. Biuro też było zamknięte.

Gabinet urządzono w stylu „rupieć nobilitowany" lub jak wolą bardziej wtajemniczeni – *vintage*. To, co inni uznaliby za niemodne i przebrzmiałe, tutaj zostało podniesione do kategorii „stylowe i pożądane". Wnętrze przypominało bankierskie samotnie lat dwudziestych, centra cichych zarządzeń i jeszcze cichszych nacisków, ulokowane na ostatnim piętrze luksusowego wieżowca z żelbetu, z których skok w czasie Wielkiego Kryzysu uwalniał od zobowiązań i poczucia winy. Brakowało tylko rozłożystej palmy w rogu i stoliczka z baterią kryształowych karafek.

Usiadła za biurkiem, było to wygodne i przyjemne miejsce do pracy. Potężny mebel – w sam raz dla tak wysokiego mężczyzny jak Marciniak, niewątpliwie dodawałby splendoru i znaczenia nawet dużo niższej osobie. Ciemny dąb i masywne kształty mebla budziły szacunek. Na biurku stało kilka poręcznych bibelotów. Kilka słowników i biznesowych poradników między orzechowymi podpórkami ozdobionymi figurkami wielkookich sówek. Po lewej stał monitor, obok stolik, na którym umieszczono komputer i drukarkę. Po prawej szklany kanciasty przybornik z czarnym motywem orlego pióra, niewątpliwie dzieło sztuki użytkowej w stylu *art déco*. Pośrodku kryształowe naczynie na ołówki, oddzielna rynienka na wieczne pióra, kałamarz wypełniony biurowymi spinaczami i dwa puzderka z pokrywkami rżniętymi w romby. W jednym wizytówki Marciniaka, w drugim – bilety odwiedzających go gości. Wysypała je na wykończoną skórą podkładkę do pisania. Barwne firmowe kartoniki z nazwiskami przedstawicieli handlowych, agentów turystycznych, a także dwóch sommelierów i dziennikarza pisma branżowego oraz jedna śnieżnobiała wizytówka treścią odbiegająca od reszty. „Henryk Zawada" przeczytała, „psychiatra", przed nazwiskiem małe literki układały się w skrót „prof. dr hab.", numer telefonu i adres kliniki, w której pracował, a na odwrocie skreślone pewną dłonią: „Proszę o spotkanie" i numer komórki. Lewicka obróciła w palcach bilet wizytowy i zmarszczyła w zamyśleniu czoło. Rozejrzała się wokół, jakby szukała natchnienia dla swoich rozważań. Przed nią stała mosiężna lampa z zielonym abażurem, podobna do tych, które oświetlają wnętrze czytelni na Koszykowej w Warszawie. Ich ciepły blask zawsze działał na nią kojąco, przypominając atmosferę skupienia towarzyszącą zdobywaniu wiedzy.

Odsunęła krzesło z szerokim oparciem i usiadła na nim. Sprężyny obitego skórą siedziska zaskrzypiały jękliwie. Za plecami stała długa, niska szafka, rodzaj kredensu modnego w latach trzydziestych ubiegłego wieku, zamienionego na podręczną biblioteczkę. Właściwa biblioteka, stanowiąca komplet z imponujących rozmiarów biurkiem, czterodrzwiowa, przeszklona na środku, znajdowała się po drugiej stronie gabinetu.

Uchyliła drzwi z lewej strony i zajrzała do wnętrza. Mieścił się tu podręczny barek, jeśli można tak nazwać kolekcję butelek i kieliszków wszelkich kształtów i rozmiarów zakamuflowanych w zamykanej na klucz szafce. Z przodu na srebrnej tacy stała butelka z poplamioną czerwono-niebieską nalepką, pod smukłą, otuloną sreberkiem szyjką widniał romb z liczbą sześćdziesiąt pięć, niżej na wąskiej banderoli napis „Un-

-Pernod". Obok trzy kieliszki podobne do kwiatów powoju i srebrna ażurowa łyżeczka z wymyślnym ornamentem roślinnym; do kompletu kryształowa czarka z kostkami cukru i karafka z wodą. Odsunęła lepiącą się do rąk butelkę i zajrzała głębiej. Była tam zielona flaszka absyntu Doubs. Uśmiechnęła się do siebie. Żartowniś był z tego Marciniaka, współczesny alkohol przelewał do zabytkowej butelki i częstował nim na sposób francuski. „Niezły pozer" – pomyślała.

Na dolnych półkach pyszniły się tequila, żubrówka, niezła whisky, brzuchata butelka francuskiego koniaku i urzekająca jak flakon perfum karafka koniaku Hennessy. Cymes gonił cymes, wszystko drogie lub wyjątkowe, ale zawsze z zadęciem. Na górze pozłacaną nalepką błyszczała kwadratowa butla oryginalnej rosyjskiej brzozówki, a obok pękata i przysadzista lokalna chrzanówka kiermusiańska. Niebanalny, żeby nie powiedzieć ekstrawagancki zestaw.

Resztę półek wypełniały opasłe tomiska z ekonomii i nauk społecznych oraz barwne albumy o sztuce.

Umeblowania gabinetu dopełniały cztery kryte skórą ciemnobrązowe fotele klubowe i niski stolik na grubych kwadratowych nogach z wpuszczoną w blat marmurową płytą w kolorze przypalonego herbatnika. W czasie podróży po Lombardii Marek zaciągnął ją do kamieniołomów w Botticino – wydobywano tam podobny do tego, kawowoszary kamień.

Oko umocowanej na statywie kamery spoglądało w stronę klubowych foteli w rogu. Odchyliła hybrydowy ekran i włączyła aparat. Nie zapisano żadnych filmów, a jedynie kilka zdjęć. Fotografie wykonane w kilkusekundowych odstępach przedstawiały te same osoby siedzące na fotelach przy niskim stoliku: Marciniaka, Sobieraja i Grzegorka. Przypominało to trochę filmowe stop-klatki: zatrzymani w ruchu, dziwnie gestykulujący mężczyźni z wykrzywionymi niczym maski teatru kabuki twarzami, a przed nimi szklanki i butelki. Zapewne były to zaprogramowane wcześniej zdjęcia, bo trudno uwierzyć, by zachowywali się swobodnie w obecności aparatu.

Wyłączyła przeglądanie zdjęć i przyjrzała się panoramicznemu obrazowi z Banasikiem w roli głównej.

Gabinet opustoszał, przymknięto drzwi, komisarz rozsiadł się w fotelu i przyglądał Lewickiej spod na wpół opuszczonych powiek.

– Ale chyba nie będę musiał zaglądać w majtki wszystkim podejrzanym w śledztwie kobietom? – powiedział nagle.

– To nie będzie konieczne.

– Chyba strasznie się wygłupiłem? – spytał zasępiony.

– Dlaczego?

– Wyszedłem przed panią na durnia – stwierdził.

– Nie zauważyłam – dalej majstrowała przy kamerze.

– Ale z tą folią to dałem plamę – drążył. Widocznie dłubanie we własnych niepowodzeniach było częścią jego niezbyt skomplikowanej osobowości. Chciał skupić jej uwagę na sobie.

– Panie Darku, to był malutki skrawek, lepiej nie dramatyzować. – Zrobiła zbliżenie, jego twarz i ramiona wypełniały kadr amerykański. – Proszę posłuchać, prosił mnie pan o pomoc, zgodziłam się, mając nadzieję, że z pańskiej strony nie była to czysta kurtuazja ani chęć podlizania się Komendzie Głównej. – Płynnie przeszła od obrazu kolorowego do sepii i czarno-białej mozaiki. – Poważnie podchodzę do tego, czym się zajmuję. Nie mam zamiaru pana punktować. Tu chodzi o coś więcej niż dobre samopoczucie. Czy się zrozumieliśmy?

– Dziwnie się czuję pod pani spojrzeniem.

– Nie ma powodu. Słucham z uwagą, co pan mówi, i widzę w panu równorzędnego partnera. – Na powiększeniu wyraźnie było widać, jak źrenice Banasika rozszerzają się i ponownie kurczą.

– Przepraszam, ale muszę to powiedzieć. Najbardziej deprymuje mnie to, że pani nie wygląda jak policjantka. Pani jest... – był rozczulająco zakłopotany – taka kobieca. Lubię kobiety, które nie udają facetów.

– Przede wszystkim mężczyźni lubią kobiety, które ich lubią. Jeszcze przed chwilą nie wiedział pan, czy mnie znienawidzić, czy pokochać.

– Chyba jestem skłonny jednak panią pokochać.

– Niech pan tego nie robi. To mogłoby być niebezpieczne – uśmiechnęła się szeroko.

– Może byłoby mi łatwiej, gdyby pani bardziej przypominała policjantkę – zaśmiał się nerwowo.

– Nie przypominam? – spytała rozbawiona.

– Nie w tej wąskiej spódnicy i szpilkach – nakreślił w powietrzu kształt jej ciała – no i w ogóle – machnął ręką. – Dla pani pewnie to normalne.

– Reakcja mężczyzn? Tak, przywykłam. Nie pomaga w pracy, ale nie będę ukrywać, że jestem kobietą.

– Tak, oczywiście – bąknął pod nosem. Czuł, że mu się przygląda, wbił wzrok w blat stolika i zamilkł.

– Jaki mamy plan? – spytała.

– Chcę przesłuchać Sobieraja – unikał jej wzroku – tego, który tak histeryzował. Podobno powaliła go pani jednym ciosem.

– Przesada. Nawet go nie uderzyłam. Ale rzeczywiście zachowywał się dziwnie.

– O co mu mogło chodzić, pani Ewo? To raczej niezwykłe zachowanie.

– Chyba byli w dość bliskich stosunkach, on i denat. Marciniak przedstawił go jako przyjaciela. Ponoć znali się od lat.

– Potem tego drugiego – z rozmysłem patrzył teraz w obiektyw – Grzegorka. No i stróża. Później wybiorę się do Suwałk, odwiedzę Olejnika w domowych pieleszach. I to chyba na dziś wszystko. Czekam, co powie nam patolog.

– Myślę, że nic więcej nie wykombinujemy – wyłączyła kamerę.

Nagle ciszę rozdarły podniosłe dźwięki chóru niewolników z *Nabucco*. Banasik usiłował szybko wydobyć aparat przyciśnięty do paska łagodnie zaokrąglonym brzuchem.

Chwilę słuchał ze ściągniętymi brwiami, kiwał głową w takt dobiegającej z oddali pospiesznej relacji, potwierdził coś mrukliwie i spojrzał na Lewicką:

– Musimy iść do recepcji. Ktoś domaga się natychmiastowego spotkania z denatem.

ROZDZIAŁ 7

– Sam nie wiem, ciągam tak panią, a przecież tam mąż czeka – powiedział Banasik. Wysoki kościół otulił ich chłodnym cieniem.

– Jeśli już wstał – zerknęła na zegarek – to najpierw wykona setkę telefonów, potem pójdzie pobiegać, weźmie prysznic i dopiero gdy zgłodnieje, zacznie mnie szukać. Jeszcze nie rozesłał za mną listów gończych, więc korzystajmy z tego.

Śliski bruk odbierał pewność krokom, przez cienkie podeszwy pantofli Lewicka boleśnie odczuwała jego nierówności.

– Czy mogę oprzeć się na pańskim ramieniu? – Nie czekając na reakcję, wzięła go pod łokieć. Przez miękki materiał wyczuła naprężające się mięśnie. – Cholernie tu ślisko.

– Bazalt ma to do siebie, szczególnie po deszczu – trafnie zauważył Banasik. – I pomyśleć, że od dwustu lat żaden mnich nie szlifuje chodakami tego bruku.

Wyłożony płaskimi kamieniami taras obejmował łagodnym łukiem kościół pod wezwaniem Niepokalanego Poczęcia Najświętszej Marii Panny. Różowe ściany barokowego klejnotu górowały nad całością klasztornego zespołu usytuowanego na sztucznie usypanym wzniesieniu, z dwoma tarasami – dolnym i górnym.

Kościół zajmował zachodnią część najwyższej platformy. Zbudowany z cegły i otynkowany, na planie krzyża, którego krótkie ramiona tworzyły kaplicę, zakrystię i salę bractwa. Nad nimi strzeliste dwukondygnacyjne wieże, zakończone wymyślnymi kopułami. Spadzisty dach pokryto miedzianą blachą.

– Patrząc wokół, trudno uwierzyć, że jeszcze czterdzieści lat temu niczego tu nie było poza gruzami i okaleczoną świątynią – zaczął Banasik. – Po drugiej stronie, obok prezbiterium znajduje się zejście do krypt, gdzie pochowano kamedułów. Była tam pani? Przez otwory widać dobrze zachowane szkielety mnichów oraz grobowiec pierwszego biskupa diecezji wigierskiej, słynnego kaznodziei księdza Karpowicza. Jest tam też fresk – ubrany na biało kameduła prowadzi pod rękę szkielet symbolizujący śmierć.

– Byłam bardzo dawno temu z wycieczką szkolną. Wie pan, kto nas wtedy oprowadzał? – Szła na palcach, ostrożnie stawiając stopy, by nie zahaczyć obcasami o kamienne garby.

– Wiktor Winikajtys?

– Właśnie on, „ostatni kameduła" – na chwilę jej twarz rozjaśnił szeroki uśmiech.

– To pani zna to miejsce – westchnął rozczarowany Banasik. – Szkoda. Myślałem, że zaproszę panią na spacer i będę osobistym przewodnikiem po uroczych zakątkach wigierskich.

– Ależ skąd, wcale nie znam, przecież wtedy był tu jeden plac budowy, trwały prace konserwatorskie. Tylko barwna opowieść przewodnika rekompensowała braki w zabudowie. Teraz to całkiem nowe miejsce i nowe wrażenia. Chętnie skorzystam z zaproszenia.

Biceps skryty w fałdach rękawa zamienił się w stal.

– Na brak wrażeń nie możemy narzekać – zgodził się Banasik.

Ominęli klomby przed wejściem do plebanii i zeszli po kamiennych schodkach. W dole zamajaczyła sylwetka biegacza w czerwonej czapce z pomponem.

– Mówiłam – Lewicka pomachała do mężczyzny przemierzającego truchtem podjazd poniżej murów obronnych. – To właśnie mój mąż – wyjaśniła.

– Długo jesteście małżeństwem?

– We wrześniu będzie piętnaście lat, ale jesteśmy razem bardzo długo – palce zsunęły się ze stalowego brzuśca i wpiły boleśnie w linię rozdzielającą mięśnie ramienia. – Chyba za długo.

Właściwie trudno było nazwać mury okalające klasztor obronnymi, ponieważ ich wysokość pozwalała na skrycie się tylko po przykucnięciu. Architekci, rekonstruując stare założenia obronne, zawsze mają dylemat, co pozostawić, co odsłonić, a z czego zrezygnować. W tym wypadku zdecydowano, by niski murek pozwalał wyobrazić sobie, jak kiedyś wyglądały fortyfikacje zabudowań klasztornych, a jednocześnie nie przesłaniał urody kompleksu budynków „perły Północy".

Stanęli przed recepcją, Banasik pchnął drzwi i przepuścił przodem swoją towarzyszkę.

Przestrzeń między ciemnym kontuarem a malutkim stoliczkiem z dwoma fotelikami przemierzał wielkimi krokami wysoki mężczyzna ubrany na czarno, dziwny znajomy Marciniaka z parkingu. Podparty pod boki, z połami krótkiego płaszcza rozpiętymi niczym skrzydła kruka, miotał się nerwowo w tej zbyt małej jak dla niego przestrzeni. Krople potu pokrywały jego łyse skronie.

– No, nareszcie! – krzyknął na ich widok. – Czy mógłbym się dowiedzieć, o co tutaj chodzi? – zahuczał. – Czy ktoś mi wreszcie wytłumaczy, co to za cyrk?

– Podkomisarz Dariusz Banasik z Komendy Powiatowej w Suwałkach.

– Co to znaczy? Co się tutaj dzieje? – mężczyzna obrzucił policjanta badawczym spojrzeniem. – Profesor Henryk Zawada. A to mój gość, wybitny specjalista nauk medycznych profesor Lars Jörstad z Norwegii. – Okrąglutki, gładko wygolony mężczyzna oderwał zafascynowany wzrok od mieniącej się czerwienią i bielą recepcjonistki, raźno podniósł się z fotelika i wdzięcznie skłonił. Obdarzył wszystkich radosnym uśmiechem i na powrót wcisnął swe ciało w wyściełany mebelek.

– Zarezerwowałem apartament, a teraz dowiaduję się, że są z tym jakieś problemy – Zawada miażdżył wzrokiem wystraszoną recepcjonistkę.

Na twarzy dziewczyny sztuczny róż policzków walczył z naturalnym rumieńcem zalewającym szyję i czoło. Rozbiegane jasne oczy usiłowały jednocześnie patrzeć na Zawadę, jego krągłego towarzysza i Banasika. Spowita od stóp do głów w różową puchatą dzianinę, wyglądała jak pulchna, falująca larwa tajemniczego owada. Norweski profesor wpatrywał się w nią zahipnotyzowany niezwykłym zjawiskiem.

– Pan chce apartament papieski, a przecież apartamentu nie wynajmujemy – zapiszczała recepcjonistka.

W drzwiach prowadzących na zaplecze ukazał się aspirant Nalewajko, obciągnął sfatygowany pulower i bez skrępowania dopiął rozporek. Najwyraźniej przed chwilą opuścił toaletę.

– Nalewajko, jest tu jakieś spokojne miejsce do rozmowy? – spytał szybko Banasik.

– Tam jest pokój socjalny – machnął ręką gdzieś za siebie. Dopiero teraz dojrzał za szerokimi plecami komisarza drobną postać Lewickiej, chciał coś jeszcze dodać, ale zmieszał się i tylko wymamrotał coś pod nosem.

– Możemy skorzystać? – Banasik zwrócił się do recepcjonistki. – Nalewajko, zaprowadź tam pana profesora. Zaraz panu wszystko wyjaśnię, proszę o cierpliwość – zwrócił się do Zawady. Ten obrzucił wszystkich nienawistnym spojrzeniem. Na jego lewej, wilgotnej od potu skroni wyraźnie pulsował niebieski młoteczek. Żyły na szyi nabrzmiały, zacisnęły się szczęki, jednak nic nie odpowiedział, tylko poszedł za policjantem na zaplecze.

– Proszę mi wyjaśnić, o co chodzi z tym apartamentem – polecił Banasik recepcjonistce.

– Ten pan zrobił jakiś czas temu rezerwację na apartament w Kaplicy Kanclerskiej.

– To tam, gdzie mieści się biuro dyrekcji?

– Tak, teraz to Dom Papieski, ale kiedyś budynek nazywali Kaplicą Kanclerską – wyjaśniła pospiesznie. – Są tam trzy apartamenty, a właściwie były, bo ten na parterze to miejsce pamięci pobytu Ojca Świętego u nas. A ten pan chciał tylko apartament papieski, przecież to niemożliwe – dodała płaczliwie. – Chyba że dyrektor zdecyduje inaczej. On się wczoraj spotkał z dyrektorem, ale ja nie dostałam żadnych dyspozycji. Nikt nic nie wie, a teraz pan dyrektor... – płaczliwy grymas ust nie dodawał jej urody. – Dlaczego ten profesor nie chce wziąć apartamentu piętro wyżej? Są takie same. – Usta wyciągnęły się jeszcze bardziej, ale zaraz dodała mściwie: – Podlec jakiś!

– Proszę się uspokoić. Kto spotkał się z dyrektorem?

– No, ten profesor – wyjąkała zaskoczona.

– A skąd pani wie, że się spotkali?

– No... Nie wiem... Ale wczoraj wieczorem ten, no... profesor Zawada był tutaj. Był u pana dyrektora.

– O której?

– O dziewiętnastej. Chyba.

– Chyba czy na pewno?

– Na pewno.

– Skąd ta pewność?

– Dzwoniłam do kogoś i spojrzałam wtedy na zegar. Było kilka minut po siódmej. Zobaczyłam, jak wysiadał z samochodu i poszedł na górę, to znaczy do dyrektora – spojrzała niepewnie na Banasika. – Bo do kogo mógł pójść, jak cały czas tylko z dyrektorem rozmawiał i nalegał na to spotkanie, a dyrektor był przecież u siebie w gabinecie.

– Może go pani pomyliła z kimś innym? Było ciemno.

– Trudno go pomylić – prychnęła. – Już ja go sobie dobrze zapamiętałam, jak tu był poprzednio, na kongresie – dodała z naciskiem. W tym krótkim oświadczeniu było więcej jadu niż w obu gruczołach jadowych żmii zygzakowatej. Kasia nawet miała z nią coś wspólnego: niby powolna i ociężała, umiała jednak błyskawicznie zaatakować. Profesor Zawada miał u niej przechlapane do końca życia.

– Rozmawiała pani z dyrektorem? Skąd pani wie, że tam był?

– Widziałam światło – zdziwione, a może przestraszone oczy zamieniły się w błękitne porcelanowe spodki. – W oknie – dodała szybko.

– Jeszcze wrócimy do tej rozmowy. Na razie dziękuję. Nie chcę, by pan profesor zbyt długo pozostawał sam. Proszę zająć się gościem – pokazał na łagodnie uśmiechniętego Norwega. Twarz Larsa rozświetliła się przyjaznym uśmiechem człowieka, który nic nie rozumiejąc, pragnie jedynie zyskać sympatię otoczenia. Oporna marynarka, nie mieszcząca się razem z właścicielem w fotelu, sfałdowała się i uniosła, *mister* Lars wyglądał w niej, jakby chował głowę w za dużej beżowo-zielonkawej skorupie w pepitkę.

Pokoik na zapleczu był skromnie umeblowany. Kilka metalowych szafek, kozetka rodem z gabinetu lekarskiego, trzy krzesła i stolik nakryty ceratą w barwne kwiatki. W rogu stał fotel, nad nim wisiał kalendarz z alpejskim widoczkiem. Profesor Zawada stał odwrócony do nich plecami, wyglądał przez małe zakratowane okienko, które znajdowało się na wysokości jego twarzy.

– Usiądźmy – zaproponował Banasik.

Ostre światło jarzeniówki obnażyło siatkę zmarszczek i głębokie bruzdy na dojrzałej twarzy profesora. Brunatne cienie wokół oczu nie przyćmiły jednak przenikliwego wzroku Zawady.

– To jest inspektor Ewa Lewicka z Wydziału Dochodzeniowo-Śledczego Komendy Głównej Policji. Nie jest tu służbowo. Była świadkiem zdarzeń, jakie miały miejsce w ciągu ostatnich czterdziestu ośmiu godzin – rozpoczął Banasik. – Ponieważ bardzo zależy mi na jej opinii, chciałbym prosić, by uczestniczyła w naszej rozmowie.

– Widziałem panią wczoraj na parkingu – przyjrzał się uważnie Lewickiej. – Trudno panią przeoczyć – uśmiechnął się blado. – Nie mam nic do ukrycia, więc nie widzę sprawy. Czy Marciniak nie żyje?

– Skąd to przypuszczenie?

– Ma mnie pan za idiotę? – skrzywił usta w grymasie obrzydzenia. – Nie chcą mnie skontaktować z Marciniakiem, na swoje pytania nie mogę uzyskać żadnych sensownych odpowiedzi, wokół roi się od policji. Recepcjonistka zachowuje się, jakby jej przypiekano pięty, i wygaduje same niedorzeczności. Do tego – wskazał na Lewicką – podpiera się pan siłą fachową z Warszawy.

– Istotnie, dyrektor Marciniak nie żyje – komisarz poprawił uciskający go kołnierz. Poczuł się dotknięty uwagą o podpieraniu, przecież nie potrzebował niczyjej pomocy, a jednocześnie nie mógł przepuścić takiej okazji. – Okoliczności jego śmierci nie są jasne i dlatego policja prowadzi czynności śledcze. Czy mógłby pan powiedzieć nam, co łączyło pana z dyrektorem Marciniakiem?

Lewicka oparła splecione dłonie na stole. Cerata niemile przylgnęła do skóry. Lewicka poczuła, jak drażnią ją rozsypane kryształki cukru. Odsunęła od siebie brudny kubek, po którym został lepki brązowy ślad.

– Słuchamy – przynaglił Banasik.

– Nic mnie nie łączyło z tym gnojkiem. – Kategoryczność oceny nie wystawiała najlepszego świadectwa psychiatrze. – Chociaż muszę przyznać, że długo się maskował. Poznaliśmy się jakiś rok temu na kongresie, w tym hotelu. Byłem członkiem komitetu organizacyjnego. Nie narzekałem na współpracę. Marciniak umiał bawić rozmową, był wdzięcznym słuchaczem, a jeszcze ciekawszym mówcą. – Czarne spojrzenie inteligentnych oczu czujnie skontrolowało wyraz twarzy słuchaczy. – Wyczuł mój słaby punkt i schlebiał mi, jak tylko mógł i gdzie tylko mógł. Wiem, to moja pięta Achillesowa, mam dziwną słabość do ludzi, którzy podzielają moje poglądy, ale jeszcze bardziej lubię tych, którzy umieją z nimi dyskutować. Kto z nas nie lubi czasem spotkać inteligentnego rozmówcy. Przecież każdy lubi. – Niespokojnym spojrzeniem szukał potwierdzenia w ich twarzach. – No, prawie każdy.

Zaczął porządkować rzeczy na stole, wyprostował poskręcany przewód elektrycznego czajnika, ustawił w rządku brudne kubki, przysunął do ściany słoiczki z kawą i herbatą, nakrył cukiernicę. Przyjrzał się swoim klejącym się palcom, wyjął z kieszeni staromodną kraciastą chustkę i wytarł ich czubki z wyraźnym obrzydzeniem.

– Wydawał się całkiem sympatycznym i niegłupim facetem. A może jedno wynikało z drugiego. Uważałem go za sympatycznego, bo prawił mi pochlebstwa.

– A co było powodem pana wczorajszego wzburzenia? – spytał Banasik.

– Wczoraj? Tak. Właśnie. Chodzi o apartament papieski. – Kraciasta chustka zniknęła w kieszeni spodni. – Mój przyjaciel dowiedział się, że papież spędził tu kilka dni na odpoczynku. Larsowi zależało, by móc pomedytować przez kilka dni w tym samym miejscu co papież. Chciał poczuć tę atmosferę, energię tego miejsca. – Nagle westchnął przejmująco. Tak wzdychają wierni psi towarzysze, z głębi jestestwa, głośno i rozdzierająco. – Marciniak najpierw się zgodził, potem zaczął się wycofywać, niby chciał, ale nie mógł, bo coś tam, bo biskup... Wreszcie wczoraj, gdy byłem tu po południu, podał swoją cenę... – Zmiął w ustach przekleństwo, jakby gryzł gorzką pigułkę. – Zażądał ode mnie rzeczy niemożliwej... Cholerny gnój.

– Czego od pana zażądał?

Zawada chciał oprzeć głowę na ręce, ale przypomniał sobie, że stół się lepi, i szybko zrezygnował.

– Chciał ode mnie fałszywej opinii lekarskiej.

– Dlatego że jest pan biegłym sądowym?

– Tak.

– Czy powiedział, o kogo chodzi?

– Nie. – Nastąpiło krótkie zawieszenie głosu, prawie niewyczuwalna pauza, tyle ile potrzeba, by nabrać powietrza i dotknąć palcami czubka nosa. Kontrola długości nosa wymagała mniej niż setną sekundy. – Nie, bo nie dopuściłem go do głosu. Ja już za stary na takie gierki jestem. Mnie to zwyczajnie wkurzyło. Powiedziałem mu, żeby się wypchał, i wyszedłem. Dogonił mnie na parkingu, to akurat widziała pani, i powiedział, że mogę jednak przywieźć Larsa. Potem zadzwonił do mnie, że chce mnie przeprosić i żebym przyjechał pogadać, że nie powinniśmy tak zostawiać tej sprawy między nami, że nasza przyjaźń i takie tam brednie, na które oczywiście dałem się nabrać.

– I był pan tu?

– Tak. Przyjechałem na siódmą, tak jak się umawialiśmy, ale go nie zastałem. Wyprowadziło mnie to z równowagi. Drzwi do sekretariatu były otwarte, ale już do gabinetu zamknięte. Słychać było dobiegającą stamtąd muzykę i widać było światło w szparze pod drzwiami. Postałem kilka minut, próbowałem dzwonić na komórkę, ale nikt nie odpowiadał. Wróciłem do domu.

Gęste brwi zetknęły się pośrodku czoła lekarza.

– Kiedy opadły emocje, pomyślałem, że może zapomniał, może coś mu wypadło. Może urwał się z jakąś panienką – zastanawiał się głośno. – Dobra. Nieważne. Przyjeżdżam dzisiaj i dowiaduję się, że nie dostaniemy tego apartamentu. Wkurzyłem się, niepotrzebnie zresztą, ale nikt nie chce być marionetką w cudzych rękach. Pomyślałem, że to kolejna próba manipulacji. W południe Marciniak się godzi, potem dzwoni i przeprasza, że głupio wyszło, umawia się ze mną, przyjeżdżam, nie zastaję go, wreszcie czuję się potraktowany jak namolny petent i na koniec, dzisiaj rano, wystrychnięty na dudka. Tego było za wiele.

Lewicka pokiwała głową ze zrozumieniem.

– Zdaje się, że to ja mam niską samoocenę, wszędzie węszę podstęp i spisek przeciwko mnie. Chyba zbyt łatwo mnie urazić – zaśmiał się gardłowo i nieszczerze. – Jestem beznadziejnie próżny. I cholernie przewrażliwiony na swoim punkcie. Ech, niezbyt dobrze świadczy to o lekarzu. Powinienem zajmować się problemami pacjentów, a własne szybko rozpoznawać i nieustannie pracować nad nimi. Cholera, Lars zawsze ma rację.

Zrezygnowany oparł czoło na zaciśniętych pięściach, zapominając o lepiącej się ceracie.

– Pan doskonale wie, o kogo chodziło, prawda?

Zawada uniósł głowę, w jednej chwili poczerwieniał na twarzy.

– Nie wiem, o czym pani mówi – powiedział ostro.

– Marciniak zażądał od pana zmiany orzeczenia w sprawie podsądnego. Orzeczenia, które pan już wydał i które lada dzień miało trafić do sądu, tak?

– Skąd takie przypuszczenie?

– Powiedział pan, że jest za stary na te gierki. Gdyby chodziło tylko o wyrażenie zwykłej opinii, nawet opinii biegłego, pan by po prostu odmówił, ale tu chodziło o coś więcej.

– Ma pani rację. – Dał za wygraną pod wpływem jej spojrzenia. – Obowiązuje mnie tajemnica lekarska, że nie wspomnę o innych ograniczeniach ustawowych, więc nie podam wam nazwiska tej osoby. Sprawa dotyczy mężczyzny, który był na obserwacji psychiatrycznej i którego badałem z polecenia sądu. Moja opinia nie jest dla niego przychylna, według mnie działał świadomie i z premedytacją, doskonale zdając sobie sprawę z konsekwencji swoich czynów. To socjopata, tyle mogę powiedzieć. Marciniak, przyznam, dość sprytnie mnie podszedł. Schlebiając mi, prowadził filozoficzną dyskusję na temat motywów ludzkich uczynków i bez trudu wyciągnął ze mnie konkluzję mojej opinii w tej kwestii. Nim spostrzegłem, że przekroczyłem granicę, on już wiedział, jakie będzie moje zdanie. Gdy się zorientowałem, że palnąłem głupstwo, przyznał, że chodzi o tę konkretną osobę. Chciał, żebym zmienił swoje orzeczenie i zasugerował niepoczytalność oskarżonego. To oczywiście wykluczone. To byłoby sprzeczne nie tylko z etyką zawodową, moimi zobowiązaniami jako biegłego wobec wymiaru sprawiedliwości, ale sprzeczne z moim sumieniem badacza, musiałbym sprzeniewierzyć się racjonalnemu myśleniu.

– Pan się zasłonił etyką, a Marciniak właśnie w etykę uderzył. Zarzucił panu stanie po drugiej stronie barykady. Czy tak?

– Głupi szczeniak. – Słowa uderzyły w nich jak pocisk. Żyły na skroniach Zawady niebezpiecznie nabrzmiały, znowu poczerwieniała mu twarz. – Jakby pani przy tym była! Śmiał powiedzieć, że zapominam o przysiędze Hipokratesa, że przede wszystkim pacjent się liczy i jemu powinienem być wierny. Cholerny ignorant! Oczywiście, że pacjent przede wszystkim. Bycie biegłym nie zwalnia mnie z tego i jeśli dowiem się o czymś, co nie dotyczy bezpośrednio pytań stawianych przez sąd czy prokuraturę, to tego nigdy nie ujawnię, za żadne skarby. Jednak rola lekarza biegłego jest specyficzna. Wymagają ode mnie, żebym był przede wszystkim rzecznikiem sprawiedliwości. Dlatego chcąc wykonać zadanie bez wchodzenia w konflikt z rolą, którą zwykle przypisuje się lekarzowi, zawsze na początku informuję badanego, w jakim charakterze występuję, uświadamiam mu, że cokolwiek usłyszę lub stwierdzę podczas badania, będzie wykorzystane do orzeczenia sądowego. Może jest to coś w rodzaju ostrzeżenia:

„Miej się na baczności, człowieku", ale zazwyczaj skutkuje. Istnieje zresztą grupa inteligentnych pacjentów, którzy zawsze są w stanie oszukać lekarza, a już na pewno standardowe testy. Przecież w trakcie postępowania kwalifikacyjnego przechodziliście testy psychologiczne i badanie psychiatryczne. Nie powiecie mi, że odpowiadaliście zawsze szczerze i nie skrywaliście prawdziwego „ja". Jesteście wystarczająco sprytni, by wyłapać sens pytań, powtarzających się, jedynie nieco zmodyfikowanych pytań, prawda?

– Prawda. Zawsze odpowiadam, że jestem posłuszna, rozkaz to dla mnie obowiązek, a słowo dowódcy jest święte, ale to nieprawda i muszę się dobrze maskować.

Zawada uśmiechnął się kwaśno.

– Dlaczego tak ważne było dla pana wynajęcie tego apartamentu?

– Już mówiłem.

– Nic nam to nie wyjaśnia – naciskała nieczułym głosem Lewicka. – Człowiek z pana pozycją prowadzi przez kilka dni negocjacje z kimś, kto według pana własnych słów jest szczeniakiem, gnojkiem i marnym szantażystą. Dlaczego Marciniak nie miał oporów przed zwróceniem się do pana z tym żądaniem? Dlaczego panu tak zależało właśnie na tym apartamencie? O co naprawdę chodzi w tym wszystkim? – Zawada zacisnął usta, słychać było, jak zazgrzytały zęby, zaraz będzie krzesać iskry. – Każdy ma swoją cenę. Dla jednego to pieniądze, dla drugiego życie dziecka. A dla pana, panie profesorze? – Patrzyła mu prosto w oczy, siłując się z jego spojrzeniem. – Marciniak nie był głupcem, musiał wiedzieć, że w pańskich staraniach o apartament jest drugie dno i dlatego warto ponownie pana przycisnąć. Przecież może pan wynająć dla przyjaciela jeden z apartamentów w tym samym budynku, ale na wyższych kondygnacjach, wszystkie są identyczne. Czy miejsce medytacji pańskiego przyjaciela ma aż takie znaczenie? Dlaczego tak panu zależało, że dał się pan poniżać i mimo awersji do Marciniaka przyjechał tu wczoraj?

Zawada skapitulował pierwszy. Zapadło długie milczenie, podczas którego lekarz ustawił kubki i słoiki w porządku rosnącym, od najmniejszego do największego, na końcu z impetem postawił czajnik.

– *Salus aegroti suprema lex esto.* Najwyższym nakazem etycznym lekarza jest dobro chorego. Wiem, brzmi to patetycznie. Dobro chorego, a do tego przyjaciela jest dla mnie... Jest dla mnie sprawą najważniejszą. To właśnie była moja cena.

– To znaczy?

– Lars... – skurczona broda zadrżała katastrofalnie w ledwie powstrzymywanym spazmie płaczu. – Mój przyjaciel... – Twarz mężczyzny skuliła się w skurczu, spomiędzy ciasno zamkniętych powiek popłynęły łzy. Ciszę rozdarł niepohamowany szloch. – On umiera – załkał.

Banasik nagle wypuścił powietrze z płuc, z siłą huraganu rozmiatając na boki kryształki cukru i zapomniane okruszki kawy rozpuszczalnej. Lewicka bez słowa położyła dłoń na sękatych, długich palcach szlochającego mężczyzny, uścisnęła je mocno i szczerze. Pochwycił jej dłoń jak linę ratunkową i zamknął w uścisku swojej ręki.

– Poproszę szklankę wody – zwróciła się do osłupiałego Banasika.

Chwilę trwało, nim komisarz znalazł jakieś czyste naczynie i podał wodę.

Zawada upił łyk, zachłysnął się chrapliwie, zaniósł kaszlem, wreszcie westchnął i łamiącym się głosem wymamrotał:

– Proszę mi wybaczyć. Jestem w stanie skrajnego napięcia. Przed Larsem udaję, że wszystko jest dobrze. – Uśmiechnął się blado. – Gdy chodzi o przyjaciela, o kogoś, kto jest dla nas ważny, bo jest, bo zawsze możemy się do niego zwrócić, bo nigdy nas nie zawiódł i stał się dla nas kimś w rodzaju brata z wyboru... – Wyprostował się i puścił rękę Lewickiej. – Słowo braterstwo najlepiej tu pasuje. Znam Larsa jeszcze z czasów studenckich. Wiecie, gdzie go poznałem? Podczas zbierania truskawek. Pracowałem u jego rodziców. – Zamilkł zażenowany swoją szczerością i niestosownością wspomnień. – I pomyśleć, że zawsze byłem zwolennikiem szczerej rozmowy z pacjentem. Uważałem, że należy przygotować człowieka na śmierć. Wobec Larsa nie umiem się na to zdobyć. Żyję nadzieją, że to nieprawda. Wciąż karmię go kłamstwami, że wszystko będzie dobrze. Wierzę w uzdrawiającą moc kłamstwa. Czy to nie śmieszne?

Jego pociemniała od bólu i smutku twarz skurczyła się jak wyschnięta śliwka.

– Nie. Jest pan tylko człowiekiem – Lewicka zawiesiła głos – panie profesorze.

Mężczyzna otarł kciukami oczy, nie patrzył na nich, wbił wzrok w złote oczka ceratowych niezapominajek.

– Czy oprócz tego, co nam pan do tej pory powiedział o Marciniaku, ma pan jeszcze jakieś spostrzeżenia? – spytała Lewicka. – Zauważył pan coś ciekawego w ostatnich dniach, a może coś nietypowego?

Oczy rozjaśniło mu poczucie ulgi, że nie pocieszali go i nie ciągnęli bolesnego tematu.

– Ciekawe, że o to pytacie. Tak, było coś takiego jak rysa na idealnym szkle. Mówiłem już, że umiał się znaleźć w każdej sytuacji. Dusza towarzystwa, bawił rozmową, nigdy nikogo nie nudził, miał duże powodzenie u kobiet, mężczyźni też się dobrze czuli w jego towarzystwie, taki typ sportowca i intelektualisty w jednym, dlatego zabrzmiało mi to wyjątkowo fałszywie, ale może właśnie taki był naprawdę...

– Co to było?

– Za pierwszym razem myślałem, że to żart. Za drugim, gdy wyraźnie mi to powiedział, zrozumiałem, że on tak na serio. W każdym razie on to traktował bardzo serio, czym chyba wzbudzał zdziwienie i niesmak u zwykłych ludzi.

Lubił na słuchaczach, czy może raczej przeciwnikach, wywierać wrażenie osoby wszechmocnej, wszechwiedzącej, o wielkich wpływach. Jeśli mu się to nie udawało, sięgał po ostatni argument – był nim Grzegorek.

– W jakim sensie?

– Nie fizycznym, chociaż to kawał chłopa i przypomina raczej gladiatora niż faceta od reklamy. Podobno Grzegorek pracował kiedyś w UOP-ie. Marciniak sugerował, że nie jest to współpraca zakończona i że daje to Grzegorkowi, a pośrednio i jemu, serdecznemu przyjacielowi Grzegorka i partnerowi we wspólnych interesach, jakiś niezaprzeczalny atut. Że niby Marciniak może w każdej chwili zebrać niewygodne informacje o danej osobie albo wywołać zainteresowanie służb specjalnych delikwentem. W ustach skądinąd światowca, za jakiego chciał Marciniak uchodzić, było to po prostu niskie i obmierzłe. Nikt normalny tym się w ogóle nie przejmuje, może tylko ci, co wierzą w omnipotencję policji, oraz ci, co rzeczywiście mają coś na sumieniu. Ale w związku z ogólnopolską falą babrania się w przeszłości i zaglądania pod kołdrę myślę, że odnosiło to zamierzony efekt. Przynajmniej w połowie przypadków.

– Groził panu?

– Raczej sugerował, że Grzegorek ma przyjaciół o „długich rękach", a przyjaciele Grzegorka to jego przyjaciele. Takie głupie zagranie, które świadczyło tylko o jego podłym charakterze.

Zawada znowu się zasępił i szybko zamilkł. Koniuszkiem małego palca wodził wzdłuż płatków niezapominajek. Lewicka spojrzała na Banasika. Zrozumieli się bez słów.

– Panie profesorze, myślę, że możemy pomóc panu, a pan nam. Jeden z zastępców Marciniaka dostał ataku histerii, być może to coś poważniejszego. Chciałbym go jeszcze dzisiaj przesłuchać, dlatego potrzebna mi opinia lekarza, pańska. Przy okazji spotkałby się pan z drugim zastępcą, tym Grzegorkiem. W tej sytuacji może uda się coś załatwić, a ja pana oczywiście poprę.

– Bardzo chętnie. – Psychiatra ożywił się. – Powiem tylko Larsowi, że muszę udzielić pomocy choremu, załatwmy to jak najprędzej.

Zawada odwrócił się jeszcze w drzwiach prowadzących do wąskiego korytarzyka:

– Bardzo dziękuję.

Komisarz spróbował wyjrzeć przez okienko, musiał stanąć na palcach, żeby zobaczyć, co kryje się za kutą kratą.

– Pani mu wierzy?

– Jeszcze nie wiem. Patrzę i słucham.

– Pani pyta i słucha.

– Tak, ale nie chcę wyciągać pochopnych wniosków, nim nie zawierzę doświadczeniu...

– Intuicji – szybko podsunął Banasik.

– Nie, doświadczeniu właśnie. Nim mu zawierzę, muszę mieć niezaprzeczalne dowody i wszystko trzy razy dokładnie sprawdzić.

– Czyli wierzę, ale sprawdzam?

– Właśnie tak – uśmiechnęła się szeroko.

– A to doświadczenie, co ono podszeptuje?

– A pan uważa, że kłamał?

– Nie wiem. Dla mnie jest wiarygodny, ale trzeba to sprawdzić i skonfrontować z zeznaniami innych. Zaciekawił mnie ten Grzegorek.

ROZDZIAŁ 8

Pustelnia numer siedem zajmowała wschodni narożnik dolnego tarasu. Dębowe drzwi prowadziły z zacienionej uliczki wprost na osłonecznione patio. Zasadzono tu kilka krzewów, nagich o tej porze roku, i w pulchnej ziemi wytyczono ciemne grządki, na których pyszniły się kosmate i złociste prymulki. W rogu kameralnego ogródka stał drewniany stół i dwie ławki. Od północy i wschodu samotnię okalał wysoki mur porośnięty ciemnozielonym bluszczem, który tworzył zwartą zasłonę, murek od południa był dużo niższy, sięgał zaledwie do piersi stojącemu i zapobiegał stoczeniu się w dół nasypu. Z ogrodu roztaczał się widok na południowy brzeg jeziora.

Lewicka zatrzymała się w progu i spojrzała w stronę placyku pod wieżą. Policyjne taśmy nadal odgradzały zdeptany trawnik wokół miejsca zdarzenia. Na tłustej, czarnej ziemi poprzerastanej kępami trawy walały się porzucone śmieci: jednorazowe rękawiczki, papierki i torebki, resztki opakowań. Pobojowisko świadczące o niedawnej tragedii.

Z eremu wyszedł Grzegorek, starannie zamknął drzwi i podszedł do Lewickiej.

– Więc to pani – stwierdził, wykrzywiając twarz w asymetrycznym uśmiechu.

– Tak, to ja – nie ustąpiła pod ciężkim spojrzeniem niezwykle chabrowych oczu.

Trudno byłoby nazwać Grzegorka pięknym, nie był typem gładkiego chłopca i w rankingu nastolatek na symbol seksu na pewno przepadłby z kretesem. W rankingu matek tychże nastolatek też nie byłoby lepiej. Niepokojąco męski mimo dość pospolitych, grubych rysów, a może właśnie dzięki temu, był po prostu przystojny. To wychodzące z użycia słowo najlepiej go określało. Miał w sobie to coś, co obudziło w Lewickiej dawno nieodczuwany niepokój. Niezamierzona asymetria spojrzenia dodawała charakteru jego wybitnie męskiej twarzy.

– Wszyscy jesteśmy głęboko wstrząśnięci tym przykrym zdarzeniem – powiedział ze smutkiem, a twarz natychmiast przybrała wyraz troski.

– Przykrym zdarzeniem?

– Mam nadzieję, że to nie zaważy na nadchodzącym sezonie. Proszę usiąść i zaczekać. – Wskazał na kącik w rogu ogródka. – Komisarz Banasik jest z lekarzem w środku.

Lewicka usiadła przodem do słońca. Grzegorek zajął miejsce naprzeciwko.

Roztaczał wokół siebie tę niepokojącą mieszankę bezpieczeństwa, jakie daje siła fizyczna i doświadczenie, oraz zgubnego uroku dojrzałego samca.

– Tak, to bardzo przykre zdarzenie. Zadbamy, by goście nie czuli się nieswojo. – Przejechał otwartą dłonią po krótko przystrzyżonych włosach uparcie sterczących do góry jak szczotka. – Jest pani zadowolona z pokoju?

– Dziękuję, nawet bardzo.

– Cieszę się – niebieskim oczom przeszywającym ją na wylot nic nie mogło umknąć. Pod ich spojrzeniem Lewicka poczuła się jak na badaniu wykrywaczem kłamstw. – Straszna tragedia, ale życie toczy się dalej. Nie powinno to popsuć pani pobytu u nas.

Ręcznik owinięty wokół szyi Grzegorka rozchylił się, odsłaniając gęsto zarośniętą pierś. Nie odezwała się, nurkując wzrokiem w zawartość rozpiętej bluzy, zastanawiała się, co może kryć się pod spodem. Ich oczy spotkały się dopiero po chwili.

– Dziękuję za troskę – powiedziała.

– A jak pani mąż zareagował? – Grzegorek nie był ślepy, szybko spojrzał w dół, sprawdzając, co tak przykuło uwagę Lewickiej, i jednym gestem podciągnął suwak.

– Nie widziałam go od rana. Pewnie jeszcze o niczym nie wie. – Grzegorek obdarzył ją kolejnym lepkim spojrzeniem. Przy takim mężczyźnie każda kobieta mogła poczuć się jak topniejący wosk, pomyślała Lewicka. Szkoda, że wszyscy pociągający ją mężczyźni albo pracowali w policji, albo pozostawali w kręgu jej zawodowych zainteresowań. – Jak samopoczucie pańskiego kolegi? Zdaje się, że bardzo to przeżył?

– Dla Bogusia to prawdziwy szok. Byli z Jurkiem bardzo blisko. – Unosząca się lewa brew pociągnęła za sobą lewy kącik ust, co spotęgowało wrażenie, że uśmiecha się tylko połowa twarzy, połowa osobowości Grzegorka, podczas gdy druga pozostaje chłodna i sceptyczna. – Znali się od lat.

– A dla pana?

– Nie wiem. – Spojrzał w stronę wieży, na zegar. – Jeszcze nie wiem. Jestem zaskoczony śmiercią Jurka. Chyba to do mnie nie dotarło. – Czoło uniosło się i pokryło głębokimi fałdami w zdziwieniu nad brutalnym przejawem rzeczywistości.

– Długo się znaliście? Pan i Marciniak?

– Jeszcze ze studiów, byłem dwa lata niżej, ale razem działaliśmy w klubie studenckim, mieszkaliśmy w jednym akademiku. – Ironiczny uśmieszek nieznacznie wygiął kąciki ust do dołu. Grzegorek czekał na to pytanie i miał już przygotowaną odpowiedź. Nie wyglądał na rozczarowanego, wyraźnie uspokoił się, utwierdzony w przekonaniu, że trafnie przewidział rozwój wypadków. – Potem przez wiele lat utrzymywaliśmy tylko okazjonalne kontakty, ale jakiś czas temu, gdy Jurek obejmował stanowisko menedżera w hotelu, zaproponował mi współpracę. Byłem świeżo po rozwodzie, chciałem wyjechać z Wrocławia, zmienić klimat i towarzystwo, więc się zgodziłem. – „Przekonujące, jasne i węzłowate wytłumaczenie, lepiej nie można było tego zrobić" – skonstatowała w duchu Lewicka. – Pozwoli pani, że nie będę dłużej dotrzymywał jej towarzystwa. – Uśmiechnął się przepraszająco, odsłaniając olśniewająco białe zęby, spojrzenie mówiło jednak, że już nie może doczekać się kolejnego spotkania. – Obowiązki wzywają, wydam polecenia załodze i wrócę do siebie wziąć prysznic. – Uwaga o prysznicu była niepotrzebna. Zawsze Lewicką dziwiły takie wyznania, czyżby zaproszenie? – Proszę przekazać komisarzowi, że gdybym był potrzebny, będę w pokoju lub w biurze zarządu, obok gabinetu... Jurka. Do zobaczenia wkrótce.

Odszedł sprężystym krokiem sportowca, lekko i zwinnie, jak drapieżne zwierzę, zawsze gotowe do ataku. Patrząc na napięte pośladki osłonięte cienką dzianiną, pod którą odznaczały się szwy bokserek, poczuła żal za utraconymi okazjami, żal przeszywający jej ciało, do tej pory zobojętniałe na uroki innych niż mąż mężczyzn.

Wstała, przeciągając się, i podeszła do brzegu tarasu. Między czarnymi pniami drzew prześwitywała biała bramka strzegąca wstępu na pomost przystani. Długi budynek hangaru na łodzie zasłaniał widok na wąski kanał, który między dwoma rozległymi połaciami zahibernowanej, spłowiałej trzciny prowadził na rozległą taflę jeziora. Pomarszczona woda niepokojąco lśniła grafitowym atłasem.

– Przestrzeń i cisza, w której można spotkać siebie – powiedziała na głos Lewicka.

– Słucham? – Zapach wody kolońskiej był szybszy niż głos Banasika.

– Mówię, że to niesamowite miejsce. Jesteśmy tu jak na szczycie góry albo na bezludnej wyspie, a wokół bezmiar przestrzeni, niczym ocean. – Zmrużyła oczy porażone blaskiem słonecznym. – Tutaj wszystko wydaje się mieć całkiem inne znaczenie, a właściwie to nie ma żadnego znaczenia. Jesteśmy tylko okruchami myślącej materii, które biorą udział w Wielkim Eksperymencie. Nikt się nami nie przejmuje, ale my to ignorujemy, skutecznie.

Stanął obok niej i oparł się łokciami o szeroki mur wyłożony dachówkami.

– Byłem kiedyś w podobnym hotelu w opuszczonym monasterze we Włoszech, są takie we Francji, w Hiszpanii i w Niemczech, ale nie odczuwałem tam tej dziwnej tęsknoty za czymś utraconym na zawsze.

– Za czym?

– Za spokojem. – Wyjął ciemne okulary i spojrzał na nią przez przydymione szkła. – Nim nastali tu kameduli, na cyplu, a właściwie na wyspie, okresowo połączonej z lądem groblą, stał dwór myśliwski, ale co było przed nim, nikt nie wie. Może miejsce kultu Jaćwingów lub siedziba ich księcia. Magiczne miejsce, prawda? – Przytaknęła w milczeniu. – Często tu przyjeżdżam, gdy chcę rozwiązać jakiś problem. Mam wrażenie, że tu nie można odpoczywać, bo to miejsce zmusza do przemyśleń, do zastanowienia się nad sobą.

– Jak głębokie są Wigry?

– Ponad siedemdziesiąt metrów.

– Absolutna ciemność – szepnęła.

– To nie jest jednolita głębia. Podobnie jak otaczająca jezioro ziemia, jego dno jest nierówne, są tam głęboczki i wypłycenia, kotliny i nagłe uskoki, rozległe „podwodne łąki" i czarne czeluście. Jezioro wije się, stąd jego jaćwieska nazwa *Wingry* przytaczana nawet przez Długosza. Po litewsku *vingrus* znaczy kręty lub zygzakowaty.

– Na dnie musi panować czarny mrok i przenikliwe zimno. Mogę wyobrazić sobie wieczny chłód, ale nie świat pozbawiony światła. Czy tam jest jakieś życie?

– Zaskoczę panią, mieszka tam sporo wodnych żyjątek, wiele pewnie nadal czeka na odkrycie, a innych nigdy nie poznamy, bo najpierw wszystko zniszczymy. Żyje tam arcyciekawy skorupiak polodowcowy, taki obunóg, czyli kiełż, całkiem malutki, ma nie więcej niż dwa centymetry. – Ręką uzbrojoną w okulary machnął w stronę brzegu. – Widzi pani te szuwary wokół półwyspu, to miejsce chronione, tu się rozmnaża sieja i sielawa. To taki żłobek dla narybku, jest tu bezpieczny, dużym drapieżnym rybom jest wśród trzciny za ciasno i za płytko. O, tam, widzi pani te kępy ni to trawy, ni to wikliny, tam dalej za pałkami – ręka zatoczyła łuk i wskazała na prawo – to oczeret, daleki kuzyn papirusu, nie jest może tak okazały, ale spełnia swoją ważną funkcję w ekosystemie.

– Kocha pan to miejsce, prawda? – Uśmiechnęła się pełna podziwu dla jego wiedzy. – Nie mówię o Wigrach, ale o tej ziemi.

– Suwalszczyznę? Kocham i nienawidzę. – Szybko skrył się za okularami, zawstydzony. – Nie uważa pani, że ten Zawada trochę jednak przesadził?

– W jakim sensie? Przecież sam pan powiedział, że jest wiarygodny.

– Ale to mi nie daje spokoju. Czy nie przegina trochę z tą przyjaźnią?

– Nie wierzy pan w męską przyjaźń?

– Wierzę, ale może to nie przyjaźń, może...

– Wietrzy pan ciemne interesy?

– Może zabrzmi to głupio, ale może to miłość? Chociaż nie wygląda na takiego.

– Czyli na jakiego?

– Czy to przesłuchanie? – natychmiast się zjeżył.

– Oczywiście, że nie. – Zamilkła, śledząc parę kaczek wolno okrążających półwysep. Wiatr przynosił odgłos wody uderzającej o brzeg i szelest szuwarów. – Może to prawda z tym Grzegorkiem, a może profesor chce odwrócić naszą uwagę.

– Właśnie to chciałem powiedzieć.

Lewicka wystawiła twarz do słońca i przymknęła powieki. „Dziwny jest ten świat, w którym kartą przetargową może być znajomość z tajniakiem, atutem komitywa z policją. A przecież taka zażyłość była przyczyną upadku niejednej osoby publicznej, jest więc jednocześnie zagrożeniem. Wszyscy chcą korzystać, nikt nie chce być wykorzystany. A gdzie umowa społeczna, że wy to wy, a my tylko kij w ręku władzy. Jak w tej ambiwalentnej sytuacji pozyskiwać informacje? Chyba tylko urokiem osobistym – westchnęła pani inspektor. – Niedługo nikt nie będzie chciał współpracować z policją, wszędzie wietrząc podstęp. Nikt nie wskaże drogi do toalety w obawie przed posądzeniem o donoszenie. Trzeba będzie bunkrować się i udawać kogoś innego, a gdy zapytają: »gdzie pani pracuje«, odpowie: w służbach mundurowych. Albo jeszcze lepiej – w »policejskości«, tak jak jedna z przesłuchiwanych kiedyś sprzątaczek; nie wiedziała biedaczka, jak odmienić słowo »policja«, w komendzie tylko myła podłogi, więc na wzór »wojskowości« wymyśliła nowe słowo.

Tworzy się niebezpieczne precedensy i wreszcie dochodzimy do sytuacji, gdy zarządca luksusowego, ale przecież – nie oszukujmy się – prowincjonalnego hotelu, podpiera swoją pozycję znajomościami w służbach specjalnych, bezwstydnie wykorzystując mit o ich wszechobecności i wszechwładności, a co drugi zatrzymany przez drogówkę pijak udaje kadrowego, strasząc: »Już ja się postaram, by was zwolnili, nie wiecie, z kim macie do czynienia«. Rzeczywiście, coraz rzadziej wiadomo, z kim naprawdę mamy do czynienia".

– Zobaczymy, czy profesor dał sobie radę z pacjentem. – Banasik ruszył w stronę domku.

Zapukał energicznie w drzwi pokoju. Stłumiony nimi głos powiedział: „Jeszcze chwileczkę". Stanęli niezdecydowanie w przedpokoju, Banasik oparł się o ścianę, wsłuchując się w odgłosy za drzwiami.

– Zaczekamy – powiedział.

Drzwi do drugiego pokoju były otwarte. Zamieniono go w pokój dzienny. Stał tam telewizor, kanapa i niski stolik. Wystrój nie był tak wyszukany jak w mieszkaniu Marciniaka. Standardowe meble, trochę wiszących półek z książkami i barwne akwarele na białych ścianach. Gęsto tkane lniane zasłony szczelnie zasłaniały okna wychodzące na uliczkę.

Zaraz za progiem, obok niskiej komody stały dwie torby tenisowe. Nie zwykłe torby ani futerały na rakiety, ale nowoczesne, potężne termobagi ze szczelnymi komorami, oddzielną kieszenią na buty i schowkiem na drobiazgi. Obok komody stał kosz trenerski pełen kanarkowych piłek. Wzięła do ręki rakietę wystającą z torby. Była dla niej za ciężka, miała zbyt grubą rączkę, pokrytą nową turkusową owijką z bieżnikiem – dla lepszego chwytu. Świetnie wyważona, dobrze leżała w ręku. Zamarkowała uderzenie, mała główka wymagała nie lada precyzji od gracza. Przeliczyła struny nowiutkiego naciągu, było ich osiemnaście – rakieta dla zaawansowanego gracza z długimi ramionami i dużą dłonią. W drugiej, identycznej torbie, leżały dwie rakiety z oznaczeniami „dwa" i „trzy". Duże powierzchnie główek i miękki naciąg zdradzały, że należą do początkującego gracza lub do kobiety. Przy backhandzie rakieta ze świstem przecięła powietrze, nie była w guście Lewickiej, nie przepadała za takimi „łopatami", trzeba było sporo siły, by pokonać opór powietrza tym żaglem.

– Umie pani grać w tenisa? – Banasik ją obserwował.

– To jedyny sport, który mnie bawi. Biegam dla kondycji, strzelam, bo muszę, ale mimo upływu lat tylko tenis mi się nie znudził.

Odłożyła rakietę na miejsce.

Pociągnęła nosem, w powietrzu czuć było intensywny zapach paczuli i jaśminu. Rozejrzała się w poszukiwaniu źródeł intrygującego aromatu. Na niskim stoliku, na wielu półkach, na parapetach – wszędzie stały małe świeczki zapachowe w barwnych naczynkach. Zapalone zamieniały ten mało sympatyczny pokój w świątynię dumania i miejsce relaksu.

Włożyła wtyczkę do kontaktu i półkę z książkami oświetliła barwna girlanda choinkowych światełek. Różowy blask padł na *Ucztę* Platona, pomarańczowe iskierki odbijały się w wielotomowym dziele *Historia filozofii starożytnej*, niebieska poświata wyławiała zielonkawe okładki *Pism monastycznych* świętego Augustyna. Przesunęła wzrok piętro niżej: zeszyty ćwiczeń duchowych, *Święci w dziejach narodu polskiego*, a obok *Dżuma* Camusa i *Łuk triumfalny* Remarque'a, kilka opasłych tomów z zakresu marketingu i zarządzania, tytuły mówiły same za siebie, a potem cienkie okładki zbiorków poetyckich, znowu filozofia, tym razem tomy Hegla – *Fenomenologia ducha* i *Nauka logiki*, a na końcu podparta wyświechtaną maskotką misiem trzytomowa *Historia filozofii* Tatarkiewicza. Niższą półkę zajmował, zaskoczony tym wyróżnieniem, Simenon swoją książką o komisarzu Maigrecie i najlepsze kryminały Zeydlera-Zborowskiego z serii „z jamnikiem".

Szuka odpowiedzi na pytanie, skonstatowała Lewicka, ale jak brzmi owo pytanie, to już inna zagadka.

Przez oparcie kanapy przewieszony był ciemnośliwkowy pulower z wycięciem „w serek". „Metka polskiej firmy, solidny, dobry jakościowo wyrób – zauważyła Lewicka – ale poza tym nic ciekawego, konserwatywny jak wszystkie ubrania szefa marketingu".

Z sypialni wyszedł Zawada, kiwnął na Banasika i nie czekając na niego, wszedł do pokoju.

– Myślę, że nie ma przeciwwskazań do przesłuchania – zwrócił się do Lewickiej. – Jest wstrząśnięty i przygnębiony, ale nic w tym dziwnego, może odpowiedzieć na wasze pytania. Przed moim przyjściem przyjął łagodny środek uspokajający, który już zaczął działać. Idę załatwić moją sprawę, w razie czego – wyjął bilet wizytowy z kieszonki na piersi – tu jest numer mojej komórki.

Banasik odprowadził lekarza do drzwi.

Sobieraj wychylił się z sypialni, zobaczył Lewicką i zawahał się, ze spuszczoną głową wszedł jednak do pokoju. Na górną półkę odstawił książkę ze zdjęciem na okładce, ksiądz Tischner objął ich zatroskanym spojrzeniem.

– Jestem gotów. Słucham. – Ledwo słyszalny głos wydobył się ze ściśniętego gardła. Usiadł na kanapie i skurczył się w sobie jak dziecko. Świeżo umyte włosy oblepiły czaszkę wilgotnymi pasemkami. Ramiona pozbawione wywatowanej marynarki były wąskie i spadziste. Należał do tego typu starzejących się mężczyzn, u których mięśnie nie ustępowały tkance tłuszczowej, ale zanikały. Jedynie w talii odkładał się przypominający oponkę fałd tłuszczu. Lewicka odnotowała w pamięci, że dyrektor marketingu jest jej wzrostu.

Ustawione równolegle do siebie stopy mężczyzny tkwiły w za dużych filcowych kapciach, dłonie oparł płasko na kościstych kolanach.

– Słucham – powtórzył.

Banasik usiadł na fotelu, jego twarz wyrażała współczucie i troskę.

– Nasze kondolencje. – Zawiesił głos. – Wiemy, że denat był pana przyjacielem, ale w związku z niewyjaśnionymi okolicznościami jego śmierci musimy zadać panu kilka pytań.

– Niewyjaśnionymi? – Sobieraj uniósł głowę i rzucił nerwowe spojrzenie.

– Musimy wykluczyć udział osób trzecich. Czy pański przyjaciel miał powód, by się zabić?

– Nie – zająknął się. – Nie wiem.

– Był ostatnio smutny? Rozdrażniony? Czymś przygnębiony?

– Nie zauważyłem, ale może był – zastrzegł się szybko.

– Wczoraj zdarzył się niemiły incydent, czy nie miało to wpływu na niego?

– Był ranny i... – głos się załamał. – I z tego powodu... trochę zły.

Banasik przyjął to stwierdzenie ze zrozumieniem. Odczekał chwilę, dając czas panu Bogusiowi na opanowanie emocji, i spytał:

– Czy moglibyśmy wspólnie odtworzyć wczorajsze wydarzenia? Może po kolei? Pana przyjaciel wyszedł z restauracji i co było dalej?

– Poszedłem za nim. – Obrzucił ich zaniepokojonym spojrzeniem. – W takiej chwili nie powinien być przecież sam. – Szukał wzrokiem potwierdzenia, ale twarz Banasika nadal wyrażała tylko troskę, a Lewicka nawet nie mrugnęła okiem. – Dogoniłem go na schodach i spytałem, czy mogę mu w czymś pomóc. Powiedział, że wszystko w porządku i że idzie do biura.

– I co dalej? Co pan zrobił?

– Ja?! – Sobieraj się wystraszył. – Nic nie zrobiłem. Niby co miałem zrobić? – Zerknął na Lewicką, ale nie uzyskał odpowiedzi. – Poszedłem na spacer. Musiałem się uspokoić. Byłem wstrząśnięty tą całą sytuacją.

– Widział pan, jak Marciniak odjeżdża?

– Co?! – Zamrugał. – Nie, nie wiedziałem, że gdzieś pojechał. A wyjeżdżał?

– Zeznali tak inni świadkowie. Ale wróćmy do pana, poszedł pan na spacer...

– Wracając, postanowiłem zajść do Jurka i sprawdzić, jak się czuje.

– O której to było?

– O której? No, nie pamiętam. Było jeszcze widno, chyba parę minut po siedemnastej.

– Widział pan kogoś? Spotkał się z kimś po drodze?

– Nie. Nikogo nie widziałem. – Zastanawiając się, ściągnął brwi, a okulary zaczęły mu się wolno zsuwać na koniec nosa. – Może kogoś z gości, ale nie pamiętam. W każdym razie z nikim nie rozmawiałem.

– Zastał go pan w biurze.

– Oczywiście. Pracował, tak jak zawsze.

– O czym rozmawialiście?

– O pracy, o planach na sezon, o remoncie. – Szybko poprawił oprawki. – Normalnie, jak to w pracy.

– Nie poruszał pan z nim tematu zajścia?

– Ależ skąd. – Obdarzył Banasika chłodnym spojrzeniem. – Jestem kulturalnym człowiekiem.

Zabrzmiało to fałszywie, człowiek kulturalny, a już na pewno przyjaciel, wie, jak pytać o sprawy drażliwe.

– Sprawiał wrażenie przygnębionego? W jakim stanie go pan zastał?

– Był trochę rozdrażniony... – Rozejrzał się błagalnie, jakby szukał pomocy. – Raczej chyba zmęczony... Tak, wydawał się zmęczony. Dlatego nie przeszkadzałem mu dłużej, nie miało to sensu.

„Czy był to tylko zwrot retoryczny, czy rzeczywiście Sobieraj poczuł się jak intruz, jak ktoś, kto przeszkadza dyrektorowi, a jeśli tak, to w czym mu przeszkodził" – zastanawiała się Lewicka.

– O której pan wyszedł od Marciniaka?

– Przed osiemnastą, chciałem zdążyć na wieczorną mszę.

– I zdążył pan?

– Byłem nawet za wcześnie.

– Czyli wyszedł pan kilka minut przed osiemnastą?

– Właśnie tak. – W głosie słychać było ulgę. Rozluźnił się i po raz pierwszy od początku rozmowy oparł plecami o kanapę. Palce dłoni pozostały jednak nadal ciasno sklejone. – Na progu spotkałem się z księdzem proboszczem i jego bratem, właśnie do niego przyjechał. Po chwili dołączyli do nas goście hotelowi, młody poeta... – Zmarszczył czoło, szukając w pamięci. – Przepraszam, nie pamiętam nazwiska, ale łatwo sprawdzić, mieszka w Domu Królewskim, i muzykolog, profesor Kwieciński, nosi bardzo bujną brodę. Rozmawialiśmy przez chwilę o pogodzie, o nadciągającym wietrze i o grze w brydża. Panowie szukali pary do rozgrywki. Chętnie się zgodziłem, bo w sumie mało mamy tu rozrywek.

Gdy dużo mówił, ślina zbierała mu się w kącikach ust w nieapetyczne kupki.

– W ich towarzystwie spędził pan wieczór, tak? – dociekał Banasik.

– Tak.

– Wracając do tej rozmowy w przedsionku kościoła... – zawiesił głos wyczekująco.

– Gdy tak rozmawialiśmy, zadzwonił do mnie Jurek...

– Czego chciał? – Banasik zanotował sobie tę informację.

Sobieraj zmieszał się, urażony niestosownością obcesowego pytania.

– Przeprosił mnie za swą niedyspozycję i umówił się na następny dzień... – Grobowy głos załamał się. – Na dzisiaj.

– Czyli mieliście do omówienia coś ważnego, niecierpiącego zwłoki?

– Czy to teraz ważne? – Wybuchł nagle, dygocząc na ciele. Sięgnął po pulower i opatulił sobie nim szyję.

– Wiem, że to dla pana bolesne – zaczął ostrożnie Banasik – ale muszę zapytać. O której to było?

Sobieraj zamknął oczy, skupiając się na przeszywających go dreszczach.

– Może przerwiemy i napije się pan czegoś ciepłego?

– Nie trzeba, zaraz mi przejdzie – mówił, nie otwierając oczu – to chyba puszcza stres.

Banasik wstał i narzucił na mężczyznę kraciasty koc. Sobieraj spojrzał na niego z wdzięcznością i okrył się szczelniej.

– Chyba po szóstej – powiedział, szczękając zębami. – Proboszcz powiedział, że jest spóźniony i zaraz poszedł do zakrystii. Potem była msza. A później poszliśmy zagrać w brydża. Ale można sprawdzić w moim telefonie.

Wstał niezgrabnie i ciągnąc za sobą końce koca, przyniósł z sypialni srebrzystą zabawkę – miał taki sam palmtop-telefon jak Marciniak. Jednym palcem zręcznie wysunął klawiaturę i nacisnął przycisk, ekran rozjarzył się niebieskim światłem.

– Osiemnasta zero sześć, rozmowa trwała trzydzieści cztery sekundy – Banasik przeczytał na głos. – O której wrócił pan do siebie?

– Po jedenastej. Kończyliśmy już grę, gdy przyszła Martyna. – Wyraz niesmaku jak migawka na ułamek sekundy wykrzywił wargi. – Martyna to narzeczona Jurka. Na Wielkanoc mieli się pobrać. – Wyjaśnił z wysiłkiem. – Szukała Jurka w restauracji. Grzegorek skierował ją do mnie, powiedział, że jestem na brydżu.

– Myślała, że Marciniak może być z panem? – spytał Banasik.

– Tak. – Widząc ich pytające spojrzenia, dodał: – Nic w tym dziwnego, często spędzaliśmy razem wieczory. Mamy tu własną salę projekcyjną i od czasu do czasu urządzamy sobie maraton filmowy.

– Razem, czyli kto? – dociekał komisarz.

– Jurek, ja, Grzegorek, czasem ktoś z gości, no i Martyna. Raczej we własnym kręgu pracowniczym. Szczególnie zimą. Bo w sezonie to nie ma na to czasu, ale poza sezonem...

– Pani Martyna przyszła więc do pana.

– Spytała, czy nie wiem, co się stało z Jurkiem. W biurze go nie było, w eremie też nie, telefon milczał. – Zamilkł na chwilę, ocierając papkę śliny w kącikach ust. – To była dla mnie dość krępująca sytuacja.

– Dlaczego? – zdziwił się policjant.

– Czy muszę tłumaczyć?

– Może ułatwię panu zadanie. Często go pan krył? Bał się pan, że wyjdzie na jaw, że się z kimś umówił? Może z inną dziewczyną?

– Jak pan śmie? Jurek nie był taki.

– Dlaczego jej pytania były dla pana krępujące? – naciskał komisarz.

– Nie muszę odpowiadać.

– Nie, na razie pan nie musi. – Stalowe spojrzenie Banasika mogło z łatwością przeszyć każdą zbroję. – Między godziną osiemnastą a dwudziestą trzecią był pan cały czas w towarzystwie swoich partnerów brydżowych, tak?

– Tak. – Szybko potwierdził i spojrzał spłoszony na komisarza. – Czy jestem o coś oskarżony?

– Nie. To rutynowe pytania. Nie chcę pana zbyt długo męczyć, dlatego przejdę dalej. Kim był napastnik, który wczoraj uderzył Marciniaka w restauracji? – kontynuował komisarz.

– Chłopak naszej kierowniczki sali, nazywa się Olejnik.

– Dobrze go pan zna? – dociekał.

– Oczywiście, że nie – Sobieraj był wyraźnie urażony samą sugestią znajomości z agresywnym typkiem. – Czasem po nią przychodził. Wiele razy mówiłem jej, że jeśli musi ją odbierać wieczorem, to niech czeka na zewnątrz. Znajomi nie powinni zakłócać pracy, a tym bardziej spokoju gościom. I proszę, do czego doszło.

– Ale chyba powodem zajścia było zbyt śmiałe zachowanie pańskiego przyjaciela wobec tej kierowniczki? Jak ona się nazywa?

– Anna Świtała. Co to właściwie ma znaczyć? – obruszył się Sobieraj. – Co pan sobie wyobraża? Myśli pan, że jakieś mrzonki rozhisteryzowanych pannic to już cała prawda o Jurku? Jurek był zawsze bardzo szarmancki wobec kobiet i te głupie babska brały jego dobre wychowanie za awanse – prychnął. – Nawet do pięt mu nie dorastały.

– Właśnie, podobno pański przyjaciel nie uskarżał się na brak powodzenia u kobiet – Banasik podchwycił wątek.

– Nawet sobie nie wyobrażacie, jakie te baby były nachalne. – Temat głęboko poruszył Sobieraja. – Same do łóżka mu właziły. Wszystko by zrobiły, żeby go złapać. Okropne – otrząsnął się z obrzydzeniem. – Największe łajdactwa dla niego popełniały. Kłamały, kręciły i zwodziły. Kobiety są beznadziejne pod tym względem – przeszedł do ogólnej oceny kondycji kobiecej. – Nie patrząc na ból, wprawią sobie kolczyk w język, albo nawet niżej – zadrżał trwożnie – byleby tylko dogodzić facetowi i jak najdłużej zatrzymać go przy sobie, najobrzydliwsze rzeczy zrobią. Nawet w ciążę zajdą, dziewicę będą udawać, omamią i oszukają, byle tylko wyjść za mąż.

Lewicka była takiego samego zdania, bywają kobiety gotowe na wszystko. Walczą żarliwie jak lwice o swoje wyimaginowane lub rzeczywiste szczęście, w niczym nie ustępując mężczyznom, jeśli chodzi o taktykę, strategię, bezwzględność, okrucieństwo, skłonność do podstępów. Różnica tkwi jedynie w użytych środkach, w kalibrze broni i skuteczności amunicji. Z równą determinacją brną w nieudane i udane związki, jak i z nich wychodzą. Bezwzględna kobieta jest w stanie popełnić największe łajdactwo, by osiągnąć swój cel, czasem może nim być mężczyzna. Zdesperowana da się poniżyć, zdeptać, zostanie niewolnicą, byleby otrzymać swoją dawkę miłości, często złej i przewrotnej.

Przed oczami stanął jej obraz nagiego, posiniaczonego ciała kobiety, pociętego ciemnymi pręgami razów, jakie otrzymała. To było na początku służby, zahukana, jeszcze młoda, ale już bezzębna kobieta przychodziła kilka razy na posterunek, zgłaszając pobicie, a na drugi dzień lub po paru godzinach wycofywała doniesienie, tonąc we łzach i zapewniając, że kocha swojego oprawcę i nie chce, by stała mu się krzywda. Zdesperowane kobiety mogą się tak zatracić w swej odpuszczającej wszelkie grzechy miłości, że stają się groźne same dla siebie. Tak jak tamta dziewczyna pozbawiona instynktu samozachowawczego, zakatowana na śmierć przez ślubnego. Sąsiedzi zaalarmowali policję. Nim funkcjonariusze uwolnili mężczyznę z brutalnego uścisku sąsiadów o zaciętych spojrzeniach ojców i braci, twarz pijaka przypominała kotlet siekany. Policjanci nie przeszkadzali w samosądzie. Sprowadzony naprędce lekarz opatrzył mężczyźnie szczękę i zszył rozcięte wargi. Szesnaście szwów to i tak za mało, uważali policjanci, po prostu łobuzowi się należało. Ale Lewicka w przeciwieństwie do nich nie czuła nienawiści do mężczyzny, bo nie mogła zrozumieć motywów żony, która stała się bezwolną ofiarą. Nie mogła wtedy pojąć, że zepchnięcie na skraj cierpienia można uznać za pełnię życia.

– Jedna drugiej oko wyłupi, byleby odebrać faceta – Sobieraj się rozkręcał, a zbita ślina w kącikach ust zaraz miała skapnąć na brodę. – Myślą macicą, jakby tylko to się liczyło na świecie – dodał mściwie. – A przecież mężczyzna ma jeszcze inne cele, niż założyć rodzinę, dać się uwiązać i zakopać w pieluchach, między kuchnią a sypialnią.

Banasik zamrugał powiekami, jakby chciał pozbyć się przykrego wrażenia, i spytał, z namysłem dobierając słowa:

– Proszę nam opowiedzieć, o ile nie będzie to dla pana zbyt bolesne, jaki był Marciniak prywatnie?

– Słucham? – Pytanie wyraźnie zaskoczyło Sobieraja.

– Jakim był szefem? Przyjacielem? Człowiekiem, tak ogólnie? – Komisarz usiłował nadać swoim pytaniom łagodny ton.

– Był fantastyczny. Dzisiaj nie spotyka się już takich ludzi. Był oczytany, wykształcony. Umiał pięknie opowiadać. Umiał słuchać. Jako menedżer bardzo skuteczny. Czego się tknął, zamieniał w złoto. Pracowaliśmy razem od ukończenia studiów. Zawsze odnosił sukcesy, we wszystkim. Lubił ruch na świeżym powietrzu. Kochał sport, świetny tenisista, żeglarz, pływak. Był wymarzonym towarzyszem podróży.

– Często podróżowaliście razem? – spytał komisarz.

– Niezbyt często. – Lekki rumieniec zabarwił mu policzki. – Kilka razy spędziliśmy wspólnie urlop. Pływaliśmy po Adriatyku, Jurek miał patent sternika, wynajęliśmy jacht i żeglowaliśmy od wyspy do wyspy. Niezapomniane wakacje.

– A co pan powie o innych ludziach? Na przykład o Grzegorku?

– O Marku? No cóż... Jest kompetentny. Bardzo pomógł nam w osiągnięciu przyjętych przez nas celów.

– Mówi pan o hotelu? – upewnił się Banasik.

– Tak. Pracowaliśmy wspólnie nad strategią i Marek doskonale wywiązał się ze wszystkich powierzonych mu zadań.

– A jakim jest człowiekiem? – interesował się policjant.

– Trochę... Trochę nieobliczalnym. – Na chwilę w źrenicach Sobieraja zagościł strach. – Kiedyś Jurek powiedział, że Grzegorka trzeba się bać.

– Czy wytłumaczył to jakoś?

– Nie wnikałem. Zawsze polegałem na opinii Jurka o ludziach i nigdy się nie zawiodłem.

– A Sołtysik?

– Sołtysik jest w porządku. Zna swoje miejsce w szeregu.

Według Lewickiej zachowanie Sobieraja miało w sobie coś z tragicznej pozy osieroconego przez dowódcę adiutanta. Zastanawiała się, jaka trauma kazała mu tak bardzo nienawidzić kobiet. Przykre doświadczenie inicjacyjne może na nadwrażliwych duszach pozostawić niezatarte piętno. Nadopiekuńcza matka też potrafi skrzywdzić. Przyjaciel był wyraźnie zazdrosny o denata, o każdą chwilę, którą jego ideał poświęcał innym. Kolejne kochanki to była tylko kwestia higieny, ale stała narzeczona, a w przyszłości żona, w oczywisty sposób zagrażała nierozłącznej jak dotąd przyjaźni. Zazdrość ma różne podłoża. Braterstwo krwi też może ją obudzić.

– Na świecie powinien być porządek. Ludzie muszą znać swoje miejsce. Są przecież zasady hierarchii służbowej, kompetencje przypisane do stanowisk, a niektórzy nic, tylko co chwilę latali do Jurka i mu głowę zawracali byle czym. Bo co? Bo był dla nich miły! Jurek był za dobry dla wszystkich, zawsze okazywał innym zainteresowanie, troskę, a oni to podle wykorzystywali. Wciąż go wykorzystywali. Nikt tu nie przestrzegał kultury pracy. Ręce po łokcie sobie urobiliśmy, by wyciągnąć ich z tych przyzwyczajeń i zrobić z nich prawdziwych pracowników. Bo tu każdy nic, tylko by dyskutował o najdrobniejszym poleceniu. Przecież tak nie można – zakończył żałośnie.

Siedzieli naprzeciwko siebie, chłonąc ciszę, w której każde wybrzmiałe dotąd słowo nabierało złowrogiego znaczenia.

– Mam nadzieję, że nie ma mi pan za złe użycia siły? – spytała.

– Ja? – Przyciśnięte do kolan dłonie zbielały. – Oczywiście, że nie. Przepraszam za moje zachowanie.

– Pan także gra w tenisa?

Marketingowiec nieprzytomnie zamrugał oczami, wyraźnie odetchnął, gdy dotarło do niego, o co jest pytany.

– Tak. Jurek mnie nauczył. Gramy... – Zająknął się. – Graliśmy dwa razy w tygodniu.

– Słyszę, że jest pan brydżystą. – Zachęcający uśmiech nieco ocieplił atmosferę. – A jak wczorajszy brydż? – Kolejny uśmiech rozluźnił go. – Nie bardzo umiem grać, ale uwielbiam kibicować. Ciekawa była ta rozgrywka?

– Było kilka emocjonujących posunięć. Mój partner dobrze zaimpasował króla i wygraliśmy jedno rozdanie.

– Pięknie – przyznała ze szczerym zachwytem – tylko pozazdrościć – uśmiech ogrzał miękko wypowiedziane słowa.

– Czy wracając wczoraj w nocy, zauważył pan, że latarnie zgasły?

– Nieprawda. Wszystkie się paliły – zaprzeczył i dodał mniej pewnie: – Gdzie? Na podjeździe?

– Na dolnym tarasie – wyjaśniła.

– Ależ skąd? Dobrze pamiętam, że wszystkie latarnie były sprawne. Gdyby zgasły, nie mógłbym trafić kluczem do zamka, a nie przypominam sobie żadnych utrudnień.

– To dziwne, bo gdyby było tak, jak pan mówi, to zauważyłby pan zwłoki pod wieżą.

– Ja?! Dlaczego miałbym je zauważyć?

– Gdy mijamy codziennie to samo miejsce, często nie zauważamy oczywistych zmian, szczególnie patrząc na wprost, ale kątem oka prawie zawsze coś dostrzeżemy, bo zmiana to ruch.

– Przecież ich nie mogło tam być – zachrypiał.

– Dlaczego?

– No, nie wiem – głos odmawiał mu posłuszeństwa.

– Ostatnie pytanie. Dlaczego dziś rano chciał pan zbliżyć się do zwłok?

– Ja... Ja... Chciałem się pożegnać – wycharczał. – Ja nie wiedziałem... Nie wiedziałem, że on tam leży... Gdybym... Gdybym tylko... Gdybym tylko wiedział...

Potężny szloch przeszedł w głośne zawodzenie. Uszy przeszył potworny wizg wydobywający się z otwartych ust mężczyzny. Sobieraj osunął się z kanapy i waląc głową o podłogę, lamentował i ryczał.

ROZDZIAŁ 9

Lewicka zamknęła za sobą drzwi zewnętrzne eremu numer siedem i spojrzała w górę. Skrzypiała nad nią latarnia zawieszona na kutym pastorale.

Czuła, że coś jej umknęło i musi się teraz zastanowić nad tym, co przed chwilą usłyszała. Doświadczenie podpowiadało jej, że w tej historii nie zgadza się zbyt wiele elementów. Przeszła przez trawnik, omijając miejsce, gdzie jeszcze rano leżały zwłoki Marciniaka. Stanęła zamyślona i patrzyła na drzwi eremu, który przed chwilą opuściła. Potem wolno wspięła się po schodach i weszła do Wieży Zegarowej. Dokładnie przyjrzała się stopniom. Na ich zakurzonych powierzchniach wyraźnie zaznaczały się ślady butów, wąska ścieżka wydeptana w warstwie kurzu i paprochów naniesionych zimowymi wiatrami. Lewicka weszła na podest i uważnie przyjrzała się smugom pyłu. Nie licząc śladów, które już zauważyła wcześniej, podest był nienaruszony. Gdyby ktoś ciągnął tędy ciało, środek stopni byłby dokładnie zamieciony. Teoretycznie zabójca mógł ciągnąć zwłoki na dwa sposoby – najpewniej za ręce, bo za nogi wydało się Lewickiej wyjątkowo niedorzeczne. Kto normalny zniósłby stukot głowy o kolejne stopnie, chyba że... „Chyba że ciało uległo już pośmiertnemu stężeniu" – Lewicka przygryzła dolną wargę. Jednak na ubraniu Marciniaka nie zauważyła śladów kurzu, a powinny być. Pięty jego butów również były w nienagannym stanie. Co prawda w nocy padał deszcz, który mógł zmyć niektóre ślady, ale nie zadrapania na butach.

Badanie kolejnego podestu nie przyniosło Lewickiej żadnych nowych wskazówek. Poczuła podmuchy wiatru na twarzy, wzmagał się przeciąg, jakby gdzieś było otwarte okno. Jednak na piętrach wszystkie ramy okienne były dokładnie zamknięte i zablokowane. Dała za wygraną, minęła przeszklone okna, skąd rozciągał się widok na rozległą panoramę jeziora. Wreszcie pokonała kilka ostatnich, ostro skręcających stopni i weszła na najwyższy poziom wieży. Puste otwory okienne zakończone łukami wychodziły na cztery strony świata, po jednym na każdej ścianie. „To dlatego tak wieje i stąd tyle kurzu" – pomyślała. Zwiedzających przed wypadnięciem chroniła kuta barierka. Wielki napis ostrzegał: „Nie wychylać się". Jednak Lewicka zajęta badaniem podestu była nieczuła na słynną urodę wigierskich pejzaży. Wychyliła się przez balkonik od strony wschodniej tylko po to, by spojrzeć w dół i z uwagą obejrzeć dach, na który spadł Marciniak. Na dachówce okrywającej podstawę wieży widoczny był ślad, jaki zostawiło po sobie zsuwające się ciało. Bezwłade zwłoki usunęły kurz i paprochy oraz kawałki mchu wyrastające w załamaniach dachówek.

Uklękła i przechylając głowę w bok, obejrzała dokładnie pod kątem zakurzoną posadzkę w rogach tarasu. W świetle słońca, które na chwilę zalało cypel, w grubej warstwie szarego pyłu pokrywającego podłogę dało się wyraźnie zauważyć odciski butów. Przed każdym oknem ślady zagęszczały się. Wyglądało to tak, jakby wiele osób okrążyło ciasny taras widokowy, zatrzymując się przy balkonikach i podziwiając widoki. Trudno byłoby jednak ustalić precyzyjnie, czyje to ślady.

Uwagę Lewickiej zwrócił północno-wschodni narożnik. Wyglądało na to, że tam kurz został zmieciony. „Bezkształtny ślad wskazuje, że coś tam leżało" – pomyślała Lewicka, przyglądając się smugom ciągnącym się od narożnika do balkoniku. „Coś ciężkiego, co potem zostało z trudem przeniesione i przewieszone przez barierkę". Nie mogła jednak zrozumieć, po co morderca złożył tu ciało?

Wróciła na szczyt schodów prowadzących na ostatni podest i stanęła na palcach, wyciągając dłoń do góry. Potem wzięła się pod boki i przemierzyła odległość od schodów do okna. Według niej było tu wystarczająco dużo miejsca, by wejść swobodnie po schodach z obciążeniem, dojść do barierki i zrzucić ciało. Możliwe, że z marszu było najwygodniej to zrobić. Lewicka przyjrzała się jeszcze raz śladom na podłodze i po chwili ruszyła schodami w dół.

Wyszła prosto na wewnętrzny taras górnych eremów, akurat w momencie, gdy przez bramę przechodził Marek. Zaczekała na niego pod domkiem. Zresztą i tak nie miała klucza do pokoju.

– Widziałem cię. I tego faceta. – Uśmiechnął się szeroko. – Myślałem, że poszłaś z nim na śniadanie. To znajomy? Pewnie świeżo poznany, ty wszędzie kogoś zaraz podrywasz. – Śmiały się także jego oczy. Mówił szybko i wcale nie czekał na odpowiedź. – Spotkałem przesympatycznego brodacza i prawie siłą zaciągnął mnie do restauracji, razem zjedliśmy, pogadaliśmy. Niesamowity typ. Wiesz, to muzykolog. Wyjaśnił mi, dlaczego Mahler robi na mnie takie wrażenie. – Wygrzebał z kieszeni klucz i przekręcił w zamku. – Pobiegałem, pojadłem, czuję się fantastycznie. A ty?

– Świetnie.

– Wcześnie wstałaś, uciekasz przede mną? – Kąciki ust uniosły się kpiąco. – Myślałem, że rano sobie pofiglujemy, macam ręką na oślep, a tu pustka, nie ma Ewuni. Niegrzeczna dziewczynka – objął ją, z westchnieniem udawanego żalu zaciągnął się aromatem włosów i pocałował szybko w czubek głowy. – Uwielbiam ten zapach. Nowy szampon?

Lewicka nie odpowiedziała, wiedziała, że przecież i tak go to nie interesuje. Weszła do łazienki, stanęła przed umywalką, przyglądając się odbiciu swojej twarzy w lustrze. Za jej plecami Marek szybko zrzucał z siebie ubranie.

– Wezmę tylko prysznic i jestem do twojej dyspozycji. A może też skorzystasz? – Zaprosił ją szerokim gestem do kabiny. Psotny uśmieszek podciągnął lewy kącik jego ust ku górze. Kiedyś ta asymetria w idealnie męskiej twarzy Marka bardzo jej się podobała.

– Nie, dziękuję. – Ominęła go zręcznie i usiadła na ubikacji z kosmetyczką w dłoni. – Jestem głodna, pójdę zjeść, może coś ocalało ze śniadania. Tylko umaluję sobie oczy, nie zdążyłam rano.

Wprost na dywanik, przez niedomknięte drzwi kabiny prysznicowej wychlapywała się woda. Patrzyła, jak mydlił swoje ciało i tarł sizalową myjką. Z wiekiem i przez obfite jedzenie większość mężczyzn zatraca typowe proporcje ciała. Obrastają w tłuszcz na bokach i plecach, nie wspominając już o „śmietniku", który hodują, wylegując się przed telewizorem. Z czasem nogi zasuszają się, powoli stają się żylaste i kościste. Nikną gdzieś brzuchate łydki i potężne mięśnie ud, a sprężyste pośladki zamieniają się w smętnie zwisające woreczki z piaskiem, z których czas i nieróbstwo złośliwie wyssały wigor i siłę. Nie miała nic przeciwko temu, by jej mężczyzna zestarzał się i zasuszył jak mumia lub obrósł w wyraźne efekty dobrobytu, i wyglądał jak szczęśliwy Budda. „Cokolwiek miałoby się stać, niech stanie się przy mnie, ze mną, dla mnie" – myślała nieraz. Marek dzięki intensywnym ćwiczeniom i odpowiedniej diecie nadal miał prawie idealną sylwetkę atlety, z szerokim karkiem, rozłożystymi łopatkami i wąskimi lędźwiami, na widok których przechodził ją dreszcz. Jedynie lekko zaokrąglony brzuch, miękka fałda nieustannie ulegająca przyciąganiu ziemskiemu, świadczył o jego nieposkromionym apetycie sybaryty.

Zauważył, że mu się przygląda, wyszczerzył się radośnie i posłał jej całusa.

Z wentylacji powiało chłodem, Lewicka zadrżała.

– Dlaczego ludzie kłamią? – spytała od niechcenia. – Jak myślisz?

– Mnie pytasz?

– Tak.

– Myślę, że z różnych przyczyn. Najczęściej chyba ze strachu przed odpowiedzialnością za swoje czyny.

Patrzyła, jak na owłosionej klatce i brzuchu mydło spieniło się, tworząc fantastycznie zmierzwione wzory.

– A kiedy skłamią, to mniej się boją? – Lewicka głośno wyrażała swoje wątpliwości. – Przecież to samonapędzająca się pułapka. Jeśli raz skłamiesz, to zaczynasz się bać, że kłamstwo wyjdzie na jaw, i kłamiesz dalej. Musisz kłamać.

– Ja nie kłamię. – Jego oczy nadal się śmiały.

– Chociaż jest może jedno wyjście...

– Jakie wyjście?

– Uwierzyć, że to wszystko prawda. Wtedy się nie pomylisz.

Wyjęła kredkę i ciemnoszara kreska wyznaczyła nowy początek dla rzęs.

– Najłatwiej jest nie kłamać. – Prychnął, gdy piana dostała mu się do ust i nosa.

– Nie, kochanie, najłatwiej jest nie mówić prawdy. Prawda czasem zabija. A kłamać trzeba jak najbliżej rzeczywistości, zawsze ci to powtarzam.

Różowe cienie rozjaśniły spojrzenie Lewickiej, wstała i skontrolowała efekt w lustrze nad umywalką. Policzki nabrały barw, a oczy głębi. Kontur ust wypełniła lśniąca pomadka.

– Co robiłaś od rana? – spytał spod perlącej się wody.

– Znalazłam zwłoki.

– Żartujesz? – Zaskoczony wychylił się z kabiny.

– Wyjątkowo nie i wcale nie jest mi do śmiechu.

– Kobieta? Zgwałcona?

– Nie. Dyrektor hotelu.

– A to stąd tyle policji. – Pokiwał głową. – Ty to masz szczęście... albo nieszczęście, gdziekolwiek się ruszysz, tam trup ściele się gęsto. – Zaśmiał się chrapliwie i zakręcił wodę.

Zawinął wokół bioder duży biały ręcznik. Zroszone wodą ramiona połyskiwały, z mokrych, nastroszonych włosów spadały na twarz grube krople. Podszedł do niej i przytulił ją do wilgotnej piersi.

– Ogoliłeś sobie plecy... Zauważyłam to wczoraj – powiedziała, ale jej słowa stłumiło obejmujące ją ramię.

Odsunął ją od siebie i przyjrzał się jej badawczo.

– Ona tego nie lubi? – Było to raczej pozbawione emocji stwierdzenie niż pytanie. – Nie lubi ciebie takim, jaki jesteś.

– Ewa, to nie tak, jak myślisz.

– Nie robiłeś tego od dwóch, a może trzech lat. To coś poważnego?

– Nie bądź śmieszna. Oczywiście, że nie. To znaczy chciałem powiedzieć, że nie ogoliłem się dla nikogo specjalnego, tylko dla siebie, dla higieny. – Puścił ją, wziął drugi ręcznik i zaczął wycierać się do sucha. – Nie podoba ci się?

– Nie. Co teraz robisz? – spytała obojętnie.

– A co mam niby robić? Przecież ci mówię, że to nic poważnego.

– Pytam się, co będziesz robił teraz, przed obiadem? – powtórzyła znużonym głosem, jakby nie zauważyła jego deklaracji.

Marek rzucił jej ukradkowe spojrzenie i wyraźnie się rozluźnił.

– Powiedzieli mi w recepcji, że jest tu świetnie wyposażona siłownia, a instruktorką jest niezła laska – zaśmiał się nerwowo. – Na imię ma tak jakoś... O, jak ta dziennikarka, ta co jechała w rajdzie Paryż–Dakar.

– Martyna? – podsunęła mu szybko.

– O, właśnie. Pójdę na rekonesans – znowu zarechotał – to znaczy poćwiczyć. Spotkamy się na obiedzie, koło drugiej, dobrze?

– Może po obiedzie pójdziemy razem na spacer?

– Oczywiście, kochanie.

Niektórzy mężczyźni, aby normalnie funkcjonować, muszą od czasu do czasu naprawdę zmęczyć się fizycznie. Raz na jakiś czas wyruszają w góry, aby się powspinać, albo wybierają się na kurs przetrwania, ewentualnie zaczynają remontować mieszkanie z wyburzeniem ścian działowych włącznie. Wszystko zależy od możliwości, także finansowych. Intensywny wysiłek fizyczny, taki do ostatniego tchu, do wyczerpania, wręcz do bólu, pozwala im zapomnieć o rzeczywistości i zregenerować umysł. Pewnie to atawizm z okresu paleolitycznego, gdy łowca opuszczał swoją osadę i wyruszał na wiele tygodni, a nawet miesięcy po trofea myśliwskie lub wojenne. Zziajany i brudny wracał triumfalnie do swojej wioski, a tam czekała go właściwa nagroda – podziw i zachwyt współplemieńców oraz intensywne zainteresowanie kobiet. Wtedy jego szanse prokreacyjne wzrastały, bo swoim wyczynem udowadniał, że to, co mogło zabić innych, jego tylko wzmocniło. Istnieje także odmienny pod tym względem typ mężczyzn, ci prawdopodobnie wywodzą się od paleolitycznych rolników, bo lubią męczyć się codziennie i po trochu. Marek należał do pierwszego typu i zawsze działał zrywami. Gdy świat zaczynał go boleśnie uwierać, uciekał do siłowni i tam zamęczał swoje problemy; jeśli to nie pomagało, wyruszał na spotkanie ekstremalnych przeżyć. Ostatnio było to skakanie na bungee w Stańczykach. „Zdaje się, że znowu nadszedł ten moment" – pomyślała Lewicka. Zmieniła pantofle i nie czekając, wyszła przed mężem.

Silny wiatr przeganiał po niebie chmury, które zbiły się, pociemniały, zacieniając półwysep, aż woda wokół niego stała się stalowoczarna.

Lewicka minęła bramę muru otaczającego eremy i spojrzała w prawo. Na północ od klasztoru, na drugim końcu jeziora, słońce przedarło się przez grubą zasłonę chmur. I teraz dotykało złocistymi promieniami ciemnych wierzchołków świerków. Niezwykłe, mieniące się złotem światło przydawało cieniom fioletu. Widok przypominał święte obrazy, zapamiętane z dzieciństwa, gdzie boskie promienie błogosławią wybranych. „Rzadko ludzie wieszają dzisiaj takie obrazy w domach" – stwierdziła Lewicka i poszła dalej.

Od strony kościoła zbliżał się do niej wysoki, nieco zgarbiony, szczupły mężczyzna w czarnym pulowerze, spod którego wystawał brzeg koloratki. Miał inteligentną, pociągłą twarz okoloną aureolą jasnych włosów. Wyglądał na pięćdziesiąt, może sześćdziesiąt lat. Okulary w metalowych oprawkach ukrywały nieco melancholijny wzrok.

– Dzień dobry, księże proboszczu. – Lewicka stanęła na ścieżce, która wiodła do drzwi plebani. Ksiądz zatrzymał się, nie mogąc inspektorki ominąć ani zignorować.

– Szczęść Boże. – Przyjrzał się jej uważnie. Zmrużył oczy, szukając w pamięci nazwiska lub sytuacji, która go z nią zetknęła. Próbował dopasować rysy kobiety do jednej z tysięcy spotkanych kiedyś twarzy. – Czy my się znamy?

– Raczej nie. – Uśmiechnęła się przepraszająco. – Jestem gościem hotelowym, a także inspektorem policji. Nazywam się Ewa Lewicka.

– Ach, to pani go znalazła! – Proboszcz nie krył zaskoczenia, ale szybko się zreflektował. – Andrzej Bielecki jestem.

– To pan już wie – dodała ponuro.

– Przykra sprawa. Bardzo przykra, żeby tutaj... u nas... – westchnął.

– Taki wypadek...

– Wypadek? Ludzie mówią, że ktoś go zabił. – Powiedział niepewnie, a jego zamglone spojrzenie nabrało intensywności. – Ludzka podłość nie zna granic, nic jej nie powstrzyma, żadna świętość.

– Dobrze go pan znał?

Uwadze proboszcza nie umknął fakt, że cały czas zwracała się do niego *per* pan. Trochę go to rozbawiło, a trochę zaciekawiło, bo zawsze to jakaś odmiana spotkać kogoś, kto nie jest członkiem Kościoła katolickiego.

– Dyrektora Marciniaka? O tyle, o ile. Każdy z nas szefuje na swoim podwórku, jeśli mogę się tak wyrazić, chociaż te podwórka są poniekąd wspólne. Nie narzekałem na współpracę. Zawsze był pomocny i uczynny. Szkoda, wielka szkoda.

– Nie wie pan, czy miał rodzinę? Ojca, matkę, rodzeństwo, jakąś żonę?

– Chyba nie miał już ojca i matki. Nigdy nic nie wspominał o rodzeństwie. Zresztą o byłych żonach też nie rozmawialiśmy. Ale nie wydaje mi się, żeby kiedykolwiek był żonaty. Może się nie złożyło. To był bardzo miły człowiek. Wykształcony i oczytany. Typ sportsmena. – Minimalny skurcz lewego kącika ust jasno wskazywał, co ksiądz sądzi o tych, którzy tak się zachowują. – Jeśli mnie pani rozumie. Taki czempion na wszystkich ringach świata. Zdaje się, że każdą dziedzinę życia traktował jak sport. – Westchnął znacząco. – Wydawało się, że wygrał wreszcie swój puchar. Związał się z tą sympatyczną i niebrzydką Martynką. Wkrótce mieli się pobrać, tu u mnie. Dali już nawet na zapowiedzi...

Nie dokończył, spuszczając brodę na piersi i składając dłonie na zapadniętym brzuchu, jakby się zbierał do cichej modlitwy. Zapadło pełne zrozumienia milczenie nad ulotnością wszelkich planów w obliczu niczym nieuzasadnionej agresji, która w jednej chwili może zniweczyć wszystko, co cenne.

– Mógł mieć wrogów? Kogoś, kto by mu źle życzył? – Lewicka przerwała pełną zadumy ciszę.

– Nie wiem, proszę pani, nie zajmuję się plotkami – Bielecki wyprostował się sztywno. – Dlaczego ktoś miałby mu źle życzyć? Jeśli już, to na pewno nikt stąd. Tutaj wszyscy bardzo go lubili.

– Oczywiście, oczywiście, ma pan rację, dlatego ani pan, ani ja nie zajmujemy się plotkami. Lubił go pan? Chcę wiedzieć, jakim był człowiekiem. Czy mógł swoim zachowaniem komuś się narazić?

– Powtarzam, to był bardzo sympatyczny człowiek, wszechstronnie wykształcony, zawsze miło było zamienić z nim kilka słów.

– Rozumiem. – Lewicka nieco się stropiła, lecz zaraz zadała kolejne pytanie. – Widział go pan wczoraj?

– Chyba rano... Tak, rano go widziałem, pozdrowiliśmy się i każdy poszedł do swoich obowiązków. Wchodzę do kościoła od zakrystii, a nie od głównego wejścia, tego na wprost dyrektorskiego biura – pokazał dłonią w głąb klasztornego podwórza, gdzieś po drugiej stronie kościoła – więc w sumie rzadko go widuję.

– A potem? – spytała szybko.

– Widziałem go z Sobierajem. Chyba szli do biura. Marciniak przyciskał coś do twarzy. Podobno go pobito?

– Tak, w restauracji rzucił się na niego chłopak tej szczupłej kierowniczki.

– Ach, więc to tak! – wykrzyknął zaskoczony proboszcz.

– Coś panu o tym wiadomo?

– Nie, skąd! Po prostu teraz zrozumiałem, dlaczego byli tacy wzburzeni.

– Wzburzeni? – Lewicka pomyślała, że Bielecki wie więcej, niż wypada mu mówić, ale nie naciskała.

– Odniosłem wrażenie, że Marciniak macha rękami, jakby się oganiał od Sobieraja, ale teraz widzę, że po prostu intensywnie przeżywał to, co zaszło w restauracji.

– Bardzo możliwe.

– Proszę spytać kościelnego, kręcił się obok. Mógł coś zauważyć. W weekendy przez cały dzień kościół jest otwarty dla wiernych i zwiedzających. – Twarz proboszcza przybrała wyraz zatroskania i smutku. – Niestety, nie do wszystkich można mieć zaufanie, kościelny pilnuje tu porządku, o ile to możliwe.

– Czy sąsiedztwo hotelu nie jest męczące?

– Ludzie mają swoje potrzeby, nie mnie ich krytykować. – Pobłażliwy uśmiech znowu wykrzywił kąciki warg ku górze. – Przy drodze do klasztoru, zaraz za wsią, stoi kapliczka. Typowa dla baroku kolumna, rodzaj postumentu. Miejscowa legenda głosi, że w jej wnętrzu żywcem zamurowano jednego z braci zakonnych. Sprzeniewierzył się regule klasztornej, w okolicy zbyt wiele młodych kobiet za jego sprawą zostało matkami. Nie nam oceniać ludzkie uczynki – zakończył filozoficznie.

Lewicka słuchała go z uwagą, każde słowo mogło być przecież wskazówką.

– Ale chyba czasem hotelowi bywalcy bawią się za głośno?

– Rzadko. Większość gości, mam takie wrażenie – zawiesił głos, by nadać słowom głębsze znaczenie – przyjeżdża tu po inne atrakcje.

– Po co przyjeżdżają?

– Po to, co i pani – przed natrętnym wzrokiem proboszcza uciekła oczami w bok. – Przemyśleć, zastanowić się, nabrać dystansu. Chociaż od dwustu lat nie ma tu mnichów, atmosfera pustelni pozostała. Ludzie czują to podświadomie. Pragną spokoju, pewności, że to, co spotyka ich dzisiaj, nie ma znaczenia w perspektywie tego, co było wczoraj. A w perspektywie jutra, nadziei na życie wieczne, doczesne troski są tylko chwilową niedogodnością. Uświadomienie sobie tego koi nerwy.

Zamilkł, przyglądając się Lewickiej, i po chwili kontynuował.

– Człowiek od czasu do czasu potrzebuje poczuć, że „być” znaczy więcej niż „mieć”. Że „jest” tu i teraz, a nie, że tylko

„ma". Po to ludzie tu przyjeżdżają. Dzięki temu, że nadal funkcjonuje tu kościół, że liturgia wyznacza rytm dnia, Wigry nie stały się pustą skorupą dawnej pustelni, urządzoną wygodnie, z zapleczem rozrywek, po prostu oryginalnym miejscem odpoczynku. To żywy obiekt, w którym ludzie mogą znaleźć się bliżej Boga.

– Pan w to wierzy?

– Tak, jestem szczęśliwym człowiekiem, bo wierzę, że Bóg mnie kocha, ta wiara i miłość dają mi siłę i nadzieję.

Lewicka spoglądała na niego z uwagą. Gdy mówił o Bogu, jego policzki nabierały rumieńców. „Chyba rzeczywiście głęboko wierzy w to, co mówi" – pomyślała.

– To był kiedyś najbogatszy klasztor w Europie – rozejrzał się wokół siebie. – Gdy w 1829 roku Kiewlicze, miejscowi posesjonaci, wytoczyli rządowi Królestwa proces o zwrot zagrabionego mienia, na terenach wcześniej zarośniętych przez nieprzebytą puszczę założonych już było ponad pięćdziesiąt wsi i miasto Suwałki. Bo, wie pani, Kiewlicze dostali te lasy za zasługi wojenne od Zygmunta Augusta. Potem dokumenty gdzieś się zawieruszyły, a Jan Kazimierz uznał, że jeśli stoi tu królewski dworek myśliwski, to wokół niego rozciągają się „dobra stołowe" również do niego należące. W najlepszym okresie majątek klasztoru stanowił obszar dwukrotnie większy od dzisiejszego powiatu suwalskiego, w tym prawie trzydzieści jezior, potasznie, rudnie i smolarnie, huty żelaza, miedzi i szkła, cegielnie i piece wapienne. Od kasaty klasztoru wszystko zaczęło podupadać, potem dwie wojny doszczętnie zrujnowały wigierskie wzgórze. Pięćdziesiąt lat trwała budowa założenia klasztornego i prawie tyle samo trwa odbudowa tego miejsca po drugiej wojnie światowej...

Bielecki zadumał się nad przewrotnością losu i zapatrzył przed siebie, błądząc zamglonym wzrokiem po dalekim horyzoncie.

ROZDZIAŁ 10

Lewicka słuchała księdza Bieleckiego z roztargnieniem, przyglądając się dzianinowemu pulowerowi, który miał na sobie. Misterny wzór w pionowe pasy składał się z wymyślnej plecionki, stylizowanych łańcuchów o okrągłych ogniwach i szerokich warkoczy, przypominając rodzaj kolczugi lub dawnej zbroi. Ten sam motyw pokrywał rękawy. Nie była to dzianina maszynowa ani dzieło niewprawnych rąk domowej dziewiarki, raczej wytwór doskonałego warsztatu i artystycznych inspiracji.

– Piękny sweter – powiedziała nagle.

– Brat mi przywiózł z Irlandii. – Twarz mężczyzny rozjaśnił uśmiech. – Pracuje tam, ale wpadł na kilka dni do Polski i mnie odwiedził. To sweter klanowy. Brat go zamówił specjalnie dla mnie, dlatego jest czarny, a nie zwyczajowo biały. Wełniany, idealny na te przeciągi.

– Klanowy?

– Szkoci mają swoją niepowtarzalną kratkę, a Irlandczycy sploty wzorów dziewiarskich. Każdy ród w Irlandii ma swój charakterystyczny, niepowtarzalny układ. Ten, jeśli dobrze pamiętam, chyba należy do klanu Doyl lub McDowell.

– Niesamowite – wyraziła swój zachwyt.

– Po prostu są przywiązani do tradycji.

– A czy później widział pan Sobieraja? – spytała nagle.

– Tak. Zamieniliśmy kilka słów przed wieczorną mszą.

– O czym rozmawialiście? Jeśli to nie tajemnica.

– Rozmowy z wiernymi o głupstwach nie stanowią tajemnicy – uśmiechnął się wyrozumiale. – Właściwie o niczym. Szliśmy razem z bratem do zakrystii, po drodze spotkaliśmy profesora Kwiecińskiego, kontynuowaliśmy naszą wcześniejszą rozmowę o celtyckiej muzyce i brydżu. Profesor namawiał brata do gry, ale Zbyszek chciał odwiedzić jeszcze siostrę w Olsztynie i odmówił. Wtedy podszedł do nas pan Sobieraj. Nie wiem, co było dalej, bo z tego wszystkiego tak się zagadaliśmy, że wstyd przyznać, ale byłem już kilka minut spóźniony. Poszedłem się przygotować. Później go nie widziałem. To wszystko.

– A jest jakiś kontakt z pańskim bratem? Może on coś zobaczył lub zapamiętał.

– Brat wyjechał, jak już mówiłem, ale podam pani numer jego komórki. Jeśli tylko coś pamięta, na pewno chętnie pomoże.

– Dziękuję. Przekażę komisarzowi Banasikowi, to on oficjalnie prowadzi śledztwo.

– A pani? – zapytał z łagodnym uśmiechem.

– Zastanawiam się – zaczęła ostrożnie. – Nie wie pan, czy Sobieraj ma jakąś rodzinę?

– Zdaje się, że jego rodzice nie żyją.

– A żona, narzeczona, dziewczyna?

– To bardzo skromny człowiek.

Lewicka obrzuciła go czujnym spojrzeniem. „Ciekawe, co może oznaczać to określenie w ustach księdza" – zastanawiała się. Może Sobieraj był wstydliwy, może bał się kobiet, może za nimi nie przepadał, ale cokolwiek to było, nigdy nie nazwałaby tego „skromnością".

– A Grzegorek? Zna pan Grzegorka?

– Oczywiście, tu wszyscy znają wszystkich. – Łagodny uśmiech wyrozumiałości rozjaśnił jego twarz. – Jesteśmy tu trochę jak rozbitkowie na bezludnej wyspie, skazani na siebie nawzajem. Grzegorek chyba jest rozwodnikiem, ale ma syna. Nigdy nie rozmawialiśmy o sprawach osobistych, jednak kiedyś powiedział mi, że się spieszy, bo jedzie na urodziny syna.

– Czy syn go odwiedzał?

– Nic mi o tym nie wiadomo.

– A Marciniaka lub Sobieraja ktoś tu kiedyś odwiedzał? Mieli prywatnych gości?

– Nie wiem. Mówiłem już pani, że każdy ma swoje podwórko. Mnie się nie zwierzali.

– Marciniak był gorliwym katolikiem?

– Co pani rozumie przez słowo „gorliwy"?

– Czy na przykład regularnie uczestniczył w mszach?

– Myślę, że przedkładał obowiązek ponad strawę duchową – wyjaśnił proboszcz. – Uczestniczył od czasu do czasu w mszach niedzielnych, no i zawsze podczas najważniejszych świąt kalendarza liturgicznego.

– Czyli na Boże Narodzenie i na Wielkanoc?

– Tak.

– A Grzegorek?

– W kościele bywa tylko ze zwiedzającymi jako przewodnik. Jest bardzo dobrze zorientowany w historii. – Bielecki zatrzymał się, po chwili roześmiał cicho, jakby sam do siebie. – Śmieszne, powiedziałem o Marciniaku, że to typ sportsmena, ale przecież prawdziwym sportowcem jest Grzegorek. Dwa razy do roku wyjeżdża na zawody. Codziennie trenuje, biega, jeździ na rowerze, pływa. Silny mężczyzna, wie pani. Sam widziałem, jak opłynął nasz półwysep, a tu przecież jest tyle wirów, niebezpieczeństw, silnych nurtów. Najczęściej pływa w zatoczce, obok przystani hotelowej, nawet gdy jest już zimno, póki lód nie skuje wody. Ma taki specjalny kombinezon, to się chyba nazywa pianka.

– A Sobieraj?

– To skromny i religijny człowiek. Zawsze bardzo grzeczny i miły. Wszyscy trzej do tego bardzo pracowici. Uczynili z tego miejsca prawdziwą perłę. Właściwie to skąd te pytania? Wydaje mi się, że nie jestem najlepszym źródłem informacji. Tak naprawdę wiem niewiele.

Ksiądz zreflektował się, że być może powiedział o kilka słów za dużo i zaczął się wycofywać. Ostatecznie był funkcjonariuszem, tak samo jak Lewicka, a przecież żaden funkcjonariusz jakiejkolwiek służby nie lubi dzielić się tajemnicami z funkcjonariuszem innej służby. Bielecki jednak, jak każdy, był tylko człowiekiem i nie mógł sobie odmówić przyjemności zwykłej rozmowy, bez dystansu, jaki dzieli księdza od wiernych. Jak każdy duszpasterz tęsknił za wdzięcznym rozmówcą, którego nie będzie musiał pouczać, ale po prostu sobie z nim pogada. Lewicka doskonale wiedziała, jakie to uczucie.

– Bardzo mi pan pomógł. Aha, jeszcze jedno, czy dzisiaj Sobieraj uczestniczył w porannej mszy?

– Nie, nie widziałem go. Ale w tej sytuacji nie ma w tym nic dziwnego.

– Ależ nie doszukuję się we wszystkim drugiego dna. Staram się tylko uporządkować fakty i zapanować nad chronologią zdarzeń. – Posłała mu promienny uśmiech. – Zastanawiam się, jak to jest mieszkać i pracować na tym odludziu. Sam pan przyznał, że klasztor to wyspa na oceanie.

– Ja nie pracuję, ja służę Bogu i ludziom.

– Tak, tak, to zrozumiałe. Nurtuje mnie co innego. Czy nie wydaje się panu, że Marciniak, Sobieraj i Grzegorek skazali się tutaj na rodzaj pustelni? Zdrowi, wykształceni, przebojowi, wcale nie starzy...

– Nie mnie oceniać. – Ksiądz Bielecki uśmiechnął się pod nosem. – Nie wydaje mi się jednak, żeby wiedli pustelnicze życie.

– Rozumiem. A jednak wciąż zadaję sobie to samo pytanie: dlaczego?

Nie uzyskała jednak odpowiedzi, bo nagle obok nich pojawił się niewysoki mężczyzna z bujną brodą.

– Szczęść Boże, księże proboszczu! Witam panią! – promieniał.

Odpowiedzieli mu uprzejmym skinieniem głów. Lewicka widziała mężczyznę wcześniej, gdy przemierzał ścieżki przyklasztornych błoni lub spoglądał z murów na jezioro. Bujna, sięgająca piersi broda, której końcówki zwijały się w drobne loczki, stanowiła rekompensatę braku owłosienia na głowie. Wyglądał jak wiosenna wersja świętego Mikołaja, zamiast czerwonej kurtki miał kraciastą jasnobeżową koszulę podbitą owczym runem i sportowe spłowiałe spodnie z kieszeniami na udach.

– Witam państwa! – powtórzył. – Na spacer?

– Jeszcze za wcześnie – odpowiedział proboszcz. – Może po obiedzie. Teraz obowiązki wzywają.

– A pani? Zdaje się, że z pani mężem jadłem śniadanie. Jestem Leon Kwieciński. Pani inspektor Lewicka, prawda?

– Tak, to ja we własnej osobie. Z moim mężem zjadł pan śniadanie, to może ze mną napije się pan kawy?

– Och, kawa! W pani towarzystwie to prawdziwa przyjemność! – krzyknął radośnie. – Niestety dziękuję, ale nie, może innym razem – powiedział prawie płaczliwie i zaraz wyjaśnił: – Muszę się ruszać – ramionami zatoczył w powietrzu kilka okręgów i głęboko wciągnął powietrze. – Ruszać się, żeby nie zardzewieć – roześmiał się pogodnie. – Teraz muszę pospacerować, więc może później?

– Pani inspektor chciała zadać, profesorze, kilka pytań w związku z... nieszczęśliwym wypadkiem dyrektora Marciniaka – wyjaśnił proboszcz.

– No tak – zasępił się Kwieciński. – Nieprzyjemna sprawa. Słucham.

– Znał go pan? – spytała Lewicka.

– Poznałem go podczas koncertów Letniej Filharmonii Aukso, ale zaprzyjaźniliśmy się dopiero teraz, po moim przyjeździe na wypoczynek. To przemiły człowiek, urodzony gospodarz, od razu przypadliśmy sobie do gustu. Doprawdy, co za nieodżałowana strata.

Zasępił się, zwieszając głowę w ponurej rezygnacji. Jednak zaraz ocknął się z zadumy i podjął na nowo z wyraźnym entuzjazmem.

– Zwabiły mnie tu właśnie koncerty Aukso. Moim zdaniem to najlepsza orkiestra kameralna w Polsce, jeśli nie w Europie. A przy tym tacy młodzi. Ech, prawdziwa awangarda muzyki, fascynująca mieszanka klasyki i współczesnego jazzu – profesor perorował w natchnieniu. – Ale pod dyrekcją Marka Mosia każdy musi zostać artystą. On już po prostu tak ma. To wielka indywidualność w muzycznym światku.

Lewicka przytakiwała z uśmiechem, czekając z kolejnym pytaniem, aż profesor spróbuje zaczerpnąć powietrza.

– A wiedzą państwo, co to znaczy *aukso*? Księdzu proboszczowi to pewnie tłumaczyć nie trzeba, sam nas objaśni – mówił coraz szybciej. – *Aukso* po łacinie oznacza tyle co wzrost lub wzrastanie, ale także wzmaganie, na przykład dźwięku, lub przyspieszanie.

– Kiedy pan przyjechał? – Lewickiej udało się wtrącić pytanie.

– Tydzień temu – odpowiedział zaskoczony Kwieciński.

– Podobno grał pan wczoraj w brydża?

– Tak. Brydż to świetna rozrywka, dobrze rozgrzewa umysł i pozwala zapomnieć o całym świecie. Daje mi możliwość odreagowania codzienności i wszelkich zawirowań. Uśmieje się pani – oczy profesora już się śmiały – ale rozgrywka brydżowa jawi mi się jako oaza ciszy i spokoju. Tutaj przynajmniej widać sens podejmowania określonych działań: zagrasz dobrze – masz wyniki, źle – tracisz.

– No to całkiem jak w życiu – przyznała. – A z kim pan wczoraj grał?

– Z Madzią Mineyko, właściwie powinienem powiedzieć z Magdą Mineyko – zawiesił głos w oczekiwaniu na reakcję Lewickiej, ale nazwisko kobiety nic nie mówiło inspektorce. Niezrażony, kontynuował: – Madzia jest znaną śpiewaczką, bardzo cenioną wykonawczynią repertuaru oratoryjno-kantatowego.

Lewicka wyraziła odpowiednią dozę zachwytu nad tą informacją, a w duchu pomyślała, że może i pani Mineyko jest znana w operze, ale w policji dotąd nienotowana. „Doprawdy, skąd się bierze ta myśl, że nazwisko śpiewaczki powinno być znane każdej napotkanej policjantce?" – zastanowiła się przez chwilę.

– Ach, przecież ona jest wyśmienita i w dziełach Bacha, i Haendla, Vivaldiego i Pergolesiego. Jej partia w *Siedmiu bramach Jerozolimy* naszego Pendereckiego przeszła już do historii. Tak, będą o niej uczyć w szkołach, jestem tego pewien. Największym sukcesem Madzi była rola Erdy w *Pierścieniu Nibelunga*. Muzyka Wagnera po prostu nie ma przed nią tajemnic.

Widząc, że Bielecki i policjantka tylko z grzeczności przytakują w takt jego peanów, zreflektował się i szybko zakończył.

– Poczytuję sobie za zaszczyt, że od lat trwa między nami serdeczna zażyłość i mogę nazywać się przyjacielem Madzi. Oboje jesteśmy zapalonymi brydżystami.

Lewicka już chciała otworzyć usta, korzystając z chwilowej przerwy, gdy Kwieciński dopowiedział w wielkim pośpiechu:

– No i graliśmy z Arkiem Binkowskim, ale o nim na pewno państwo jeszcze nie słyszeli, choć to młody poeta, to już bardzo ceniony, jest między innymi laureatem Nagrody Bursztynowego Lauru... – ponownie znacząco zawiesił głos.

Nowa nagroda także nie zrobiła wrażenia na słuchaczach.

– Nie jest wytrawnym graczem, ale szybko się uczy, będą z niego ludzie – wyjaśnił tonem mistrza referującego postępy ulubionego ucznia. – No i z panem Sobierajem – dodał pobłażliwie.

– Często grywaliście razem? – Lewicka ożywiła się.

– Ależ skąd. W tym zestawie pierwszy raz. Gramy dla rozrywki, raczej w dość przypadkowym gronie, czyli kto się nam, trójce samotnych i nieco znudzonych gości, akurat nawinie.

– Kto zazwyczaj uczestniczył w brydżu? – spytała.

– Oprócz naszej trójki? – Kwieciński wolał uściślić, nim odpowie.

– Tak – potwierdziła.

– Chyba zgadaliśmy się zaraz pierwszego dnia po przyjeździe. Okazało się, że pan Jurek również jest brydżystą, to znaczy pan dyrektor. Gdy wyjechał nasz znajomy, Marciniak chętnie go zastąpił, ale nigdy nie graliśmy z Sobierajem. Raz spędził z nami wieczór jako kibic dyrektora.

– A wczoraj zastąpił Marciniaka po raz pierwszy? Byliście umówieni?

– Nie. Nie umawialiśmy się z Marciniakiem. Właściwie to kusiłem rozgrywką brata księdza proboszcza, bo okazało się, że pan Zbyszek na studiach grał w reprezentacji. Co prawda my nie gramy na poziomie turniejowym, ale taki mistrz to dla nas prawdziwa gratka. Brydż sportowy brzmi groźnie, ale tym tylko różni się od towarzyskiego, że stworzono możliwość rozegrania tego samego rozdania wielokrotnie. Dzięki temu można porównać wynik osiągnięty w nim przez dwie grające przeciwko sobie pary z wynikami osiągniętymi z tymi samymi kartami przez innych uczestników zawodów – Kwieciński rozkręcał się na nowo, żywo gestykulując, ale widząc zniecierpliwioną minę policjantki, zaraz wrócił do tematu. – Niestety, nie mógł zostać. Rozważaliśmy głośno, kogo by tu zwerbować. I tak jakoś samo wyszło. Chociaż nie... Zaraz! Pan Sobieraj sam się zaoferował. Myśmy mu nie proponowali nawet, bo na entuzjastę gier karcianych to on nigdy nie wyglądał.

Zakończył z miną znawcy ludzkich charakterów.

– Jakim graczem jest Sobieraj? – spytała inspektorka.

– Nerwowy gość. Wczoraj dwukrotnie był moim partnerem. Momentami dobry, ale chwilami miałem wrażenie, że nie bardzo się orientuje, o co chodzi. Na samym początku zaznaczył, że dawno nie siedział przy zielonym stoliku, ale to jest jak jazda na rowerze, wie pani, tego nie można zapomnieć. W sumie szybko znaleźliśmy wspólny język.

Lewicka była pewna, że profesor Kwieciński z każdym znalazłby wspólne tematy, nawet z głazem narzutowym, a co dopiero ze skromnym Sobierajem. Był tak zaabsorbowany wygłaszaniem niekończących się przemówień, że nawet by nie zauważył braku zaciekawienia u swego interlokutora, wystarczyło tylko grzecznie podtrzymywać rozmowę, by utwierdzić go w samozachwycie.

– Powiedział pan, że chwilami nie orientował się w sytuacji. Co to właściwie znaczy?

– Niech sobie przypomnę. Nie była to rozgrywka mojego życia, no, nie z takim partnerem, co buja w obłokach, ale było kilka emocjonujących momentów.

– Podobno zaimpasował pan króla? – spytała.

– Kto, ja? Ależ skąd, to był fuks! Wyszedłem w asa, a tu król – singiel. Bardzo rzadko coś takiego się zdarza. Z Madzią uśmialiśmy się setnie, bo w sumie to zaważyło na wyniku, a mój partner nawet tego nie zauważył. O właśnie! Chwilami był taki nieuważny, całkiem jak poeta albo zakochany. Chociaż akurat nasz poeta jest bardzo skupionym graczem.

Obdarzył Lewicką zadowolonym uśmiechem.

– Wracając do wczorajszego wieczoru, podobno podczas waszej rozmowy na progu kościoła ktoś dzwonił do Sobieraja? – zapytała Lewicka.

– Tak było.

– Przypomina pan sobie o której?

– Spojrzałem na zegarek – pospieszył z odpowiedzią proboszcz. – Było kilka minut po osiemnastej, przeprosiłem panów i szybko poszedłem do zakrystii. Byłem już spóźniony.

– Rzeczywiście tak było. Zadzwonił telefon, Sobieraj przeprosił, odebrał rozmowę, a ksiądz proboszcz wszedł do środka – potwierdził Kwieciński.

– Wie pan, kto do niego dzwonił?

– Nie wiem – spojrzał na nią zdziwiony. – Skąd niby miałbym wiedzieć, nie mówił nam.

– Czasem ludzie informują, kto do nich dzwoni, szczególnie gdy przerywają ciekawą rozmowę – wyjaśniła Lewicka, na co wyraz ukontentowania rozlał się po sympatycznej twarzy muzykologa. – Słyszał pan, o czym rozmawiał przez telefon?

– To była krótka wymiana zdań. Właściwie to on tylko przytakiwał. Bardzo zmienił się po tej rozmowie, a za chwilę znowu ktoś do niego zadzwonił.

– Odbył więc dwie rozmowy?

– Tak. Czy to dziwne? – spytał zaintrygowany Kwieciński.

– Nie, po prostu pytam.

– O! Ma pani rację, przy tym drugim telefonie powiedział, że dzwoni pan Jurek, odwrócił się i też tylko przytakiwał. Potem wyjaśnił, że Jurek go przepraszał, że czegoś tam razem nie zrobią, bo jest bardzo zajęty.

– Może chodziło o to, że dyrektor ma ważne spotkanie?

– Nie... – Kwieciński zmarszczył czoło, usiłując przypomnieć sobie. – Nie, nie, nie mówił o spotkaniu, tylko o tym, że dyrektor jest zajęty, ale możliwe, że chodziło o spotkanie.

– I co było dalej?

– Właśnie wtedy pan Sobieraj nagle zaoferował się, że z nami zagra. Ponieważ i tak nie mieliśmy czwartego, to zaraz przystaliśmy na jego propozycję i poszliśmy do eremu Madzi, bo u niej jest odpowiedni stół. Zamówiliśmy kolację do pokoju i usiedliśmy do kart.

– Który to erem?

– Numer jeden, ja mieszkam pod numerem drugim.

– Czy ktoś z was w tym czasie wychodził, a może ktoś was odwiedził?

– Wychodził? Chyba Arek poszedł do siebie, to znaczy do Kaplicy Papieskiej, zostawił w pokoju komórkę.

– O której to było?

– Chyba kilka minut po siódmej.

– I nikt nie przyszedł w trakcie rozgrywki?

– Przyszła pani Martyna, szukała dyrektora. Właściwie to już kończyliśmy, więc jej przybycie było pretekstem do zamknięcia rozgrywki.

– O której to było?

– Przed dwudziestą trzecią.

– Czy Martyna wyszła przed wami?

– Nie, wyszli razem z Sobierajem.

– Dziękuję panu bardzo.

– Chyba niewiele pomogłem, bo przecież nie widzieliśmy nikogo obcego. Może Arek coś widział – zatroskał się Kwieciński.

– Spytam go.

Drzwi plebanii otworzyły się szeroko, uderzając o mur, i na progu stanęła tęga, niewysoka kobieta z zaczerwienioną twarzą.

– Proszę księdza, telefon! – krzyknęła donośnym głosem.

– Przepraszam państwa na momencik.

Bielecki zniknął za drzwiami prowadzącymi do kancelarii parafii, a kobieta stanęła obok nich i złożyła ręce pod obfitym biustem. Na zmianę przyglądała się badawczo to Lewickiej, to Kwiecińskiemu. Profesor uprzejmie skinął kobiecie głową na powitanie, a ona coś mu odburknęła.

– Taki sympatyczny młody człowiek... Co za strata... – powiedziała nagle, zawodząc ze smutkiem.

– Lubiła go pani? – z pytaniem do gospodyni zwróciła się Lewicka.

– A kto go nie lubił? Roześmiany taki, a zębiska miał jak ten aktor filmowy. Wysoki, szczupły, dobrze ubrany. A oczami błyskał jak fleszami. No, piękny był, i tyle – westchnęła z żalem za utraconymi wrażeniami. – Bo ten drugi, ten czarny, to taki małomówny jakiś. Nie powiem, grzeczny. „Dzień dobry" zawsze powiedział. Ale tylko sobą zajęty. Ciągle biegał jak z pieprzem.

– Nie rozumiem.

– Chciałam powiedzieć, że ciągle się sportował. No, oni wszyscy tacy wysportowani, ale co innego jachtem popływać, z rakietką przejść się, a co innego lecieć do lasu, biegać po wertepach i wracać upapranym w błocie, że własna matka by go nie poznała.

Gospodyni księdza wyraźnie nie aprobowała takiego zachowania i wydęła usta w grymasie potępienia.

– Pan Sobieraj też taki usportowiony?

– A tego to ja nie lubię. Jakiś taki miglancowaty on jest, do chłopa niepodobny – zawyrokowała.

– Nie podoba się pani?

– Ano nie podoba. Mówiłam księdzu dobrodziejowi, że to nie jest normalne.

– Co nie jest normalne? – dociekała Lewicka.

– To, żeby tak codziennie do spowiedzi latać i zaraz do komunii przystępować. Dużo musi mieć na sumieniu, ot co! Uczciwy człowiek to nie ma z czego się spowiadać.

Spurpurowiały na twarzy ksiądz stanął za plecami kobiety.

– Co też Alina wygaduje?! Przecież tak nie uchodzi – oburzony jej zachowaniem nie krył potępienia. – Zdaje się, że coś kipi na kuchni. Aż tu czuć. Może się Alina zainteresuje?

Kobieta pociągnęła nosem.

– Kaczka! – krzyknęła, zamiotła spódnicą chodnik i już jej nie było.

– Przepraszam za niewyparzony język mojej gospodyni – Bielecki usiłował zatrzeć złe wrażenie.

– Ależ to nie pańska wina, ma po prostu własne zdanie na każdy temat – Lewicka uśmiechnęła się, jakby występ gospodyni był uroczym antraktem, na który wszyscy czekali.

– Miło się rozmawia, ale niestety muszę wracać do obowiązków. Pewnie jeszcze się spotkamy. – Ostatnie słowa były skierowane do Lewickiej. Rumieńce zażenowania powoli ustępowały zwykłej bladości księdza.

Kwieciński chciał coś jeszcze powiedzieć, ale w tym momencie podszedł do nich Banasik.

– Czy mógłbym panią porwać? – miękki baryton odezwał się wprost do jej ucha.

– Nie ma sprawy, panie komisarzu. – Spojrzała na zegarek. – Parę minut po jedenastej, więc może zje pan ze mną spóźnione śniadanie?

– Bardzo chętnie.

Pożegnała się z brodatym muzykologiem i pod rękę z Banasikiem poszła prosto do Domu Królewskiego, gdzie mieściła się hotelowa restauracja.

ROZDZIAŁ 11

– To ciekawe – jednym krótkim stwierdzeniem Banasik podsumował relację Lewickiej z rozmów pod plebanią. O tej porze byli jedynymi gośćmi w hotelowej restauracji.

– Mam już zeznania kościelnego. – Na chwilę przerwał i dolał sobie kawy. – Kręcił się pod biurem, gdy działali tam nasi technicy. Nalewajko zdążył go przepytać na temat wczorajszego dnia.

Lewicka przestała jeść i słuchała go z uwagą.

– Twierdzi, że wczoraj wieczorem Sobieraj wypadł z biura jak z procy i prawie wbiegł do kościoła. Zazwyczaj nie biega, a raczej wlecze się kaczym truchtem, więc ten pośpiech zwrócił uwagę kościelnego. Zaraz potem Sobieraj wyleciał i spytał kościelnego, gdzie jest proboszcz, wtedy kościelny spojrzał na zegarek i stwierdził, że ksiądz zaraz powinien przyjść. Była za kwadrans osiemnasta.

– Aha – Lewicka kiwnęła głową na znak, że przyswoiła sobie tę część informacji.

– Parę minut wcześniej widział wchodzącego tam Grzegorka i pomyślał sobie, a ludzie lubią myśleć o bliźnich różne rzeczy – uśmiechnął się znacząco – że chyba znowu się pożarli.

– Pożarli?

– Tak to nazwał. Twierdzi, że parę razy słyszał, jak strasznie się kłócą.

– Sobieraj z Grzegorkiem?

– Nie, każdy oddzielnie z Marciniakiem.

– Proszę jaśniej.

– Kościelny, jak sam stwierdził, bardzo lubi porządek i często zamiata schody przed głównym wejściem do kościoła. Zazwyczaj jest ono nieczynne, otwiera się je tylko od święta. Przy okazji zamiata także kawałek podwórka, co wcale nie należy do jego obowiązków, aż po chodniczek pod oknami biura dyrekcji. Z podsłuchu kościelnego wynika, że Grzegorek darł koty z Marciniakiem, a Sobieraj bez przerwy z dyrektorem o coś się wykłócał. Niestety kościelny nie wie, o co chodziło, bo ku jego rozżaleniu, gdy rozmawiają w gabinecie dyrektora, oddzielonym od podwórka korytarzem i sekretariatem, niewiele dociera do uszu kościelnego. – Banasik mrugnął okiem. – A najgorsze jest to, że zimą nie otwierają okien i słyszy tylko stłumione głosy.

– A wczoraj też się kłócili?

– Tego to on nie wie, bo akurat zamiatał z drugiej strony i nie słyszał. Domyśla się tylko. – Banasik splótł i rozplótł palce. – Ale równie dobrze Sobieraj z Grzegorkiem mogli się rozminąć, bo Sobieraj nadbiegł od południa, a Grzegorek poszedł wzdłuż północnej ściany kościoła.

– To interesujące. Coś jeszcze?

– Nie, to wszystko. Próbowałem skontaktować się z Pomicką, ale ma wyłączony telefon.

Banasik wstał i powoli podszedł do bufetu. Przeglądał zawartość piętrowej patery z ciastkami, długo zastanawiając się nad wyborem, wreszcie nałożył sobie sporą porcję sernika i ponownie usiadł przy stoliku.

– Zastanawiam się, czy wczoraj wieczorem oświetlony był placyk pod Wieżą Zegarową – odezwała się Lewicka.

Banasik w milczeniu pochłaniał z apetytem drugą porcję serowego ciasta.

– Chyba są tam latarnie – z trudem przełknął kęs.

– Ale czy się paliły?

– Myśli pani, że to ma jakieś znaczenie? – Jego wzrok nabrał czujności. – Rozumiem, ktoś zgasił światła, aby cicho i bez świadków wypchnąć ciało Marciniaka przez barierkę.

– Na przykład. Oprócz latarni są tam także reflektory podświetlające budynek, wieża w nocy lśni i wszystko widać jak na dłoni, chyba że jest mgła, a wczoraj była, ale zawsze to lepiej zgasić światła, prawda?

– To by oznaczało, że mordercą jest ktoś miejscowy, to znaczy ktoś z załogi, bo niby skąd wiedział, gdzie wyłącza się latarnie? – zauważył.

– Równie dobrze mógł być stałym bywalcem i po prostu zaobserwował. Będziemy musieli to sprawdzić. Kawy?

Banasik zapchany sernikiem wybełkotał coś niezrozumiale. Nieokreślony pomruk chyba był przyzwoleniem na kolejną filiżankę.

– Zastanawia mnie... – dumała Lewicka – skąd Sobieraj wiedział, że pod wieżą leży Marciniak.

– Dzisiaj rano?

– Kto mu powiedział? Kiedy? Gdy znalazłam ciało, szukaliśmy kogoś z zarządu, ale telefon Sobieraja nie odpowiadał. Grzegorka zresztą też. Stróż powiedział mi, że pewnie Grzegorek śpi, a Sobieraj jest w kościele. Ale proboszcz mówił, że nie było go rano na mszy.

– Wychodzi na to, że wyszedł z eremu i od razu rozpoznał zwłoki.

– Przyglądałam się temu miejscu z wejścia na patio, tak jakby to zrobił Sobieraj. Widać stamtąd dobrze, że coś leży, ale trudno poznać, kto leży – Lewicka podkreśliła słowo „kto". – Mógłby go rozpoznać po szaliku, jednak pamiętam, zresztą można to sprawdzić na zdjęciach, że ciało zasłaniało ten charakterystyczny szalik. Stamtąd nie mógł dostrzec także głowy, bo zakrywały ją plecy i ramiona okryte pociemniałą od wilgoci marynarką. O tej porze, we mgle, wszystkie kolory wydają się bure i nijakie. Nie, po prostu nie mógł z progu swojego mieszkania rozpoznać, że to Marciniak. Dobrze pan wie, że ciało nieprzytomnego człowieka widać z oddali. Ale nieboszczyka? Gdy zanika napięcie tkanek, zwłoki stają się tylko elementem martwej natury. Poza tym rzadko dopuszczamy do siebie myśl, że ten „przedmiot" to ktoś nam bliski. Pamiętam, jak kiedyś widziałam wypadek kolejowy, to było w stanie wojennym. Na niestrzeżonym przejeździe pociąg podmiejski uderzył w kobietę. Ciągnął ją za sobą kilkanaście metrów, nim się zatrzymał. Niosła jajka i te jajka wypadały po drodze. Może pan sobie wyobrazić sto jaj rozbitych na jajecznicę wzdłuż całej trasy. Trochę to trwało, nim nadjechała policja, technicy, wreszcie ambulans. W tym czasie zebrał się mały tłumek. Ciało, zaznaczam, niezbyt pokiereszowane, leżało na poboczu. Wszyscy komentowali, wymieniali się uwagami, ale nikt nie rozpoznał ofiary wypadku. Posterunkowy wziął dokumenty ofiary i spytał ludzi, czy ktoś zna tę kobietę. Wtedy z tłumu wyszedł jej syn. Stał tam od dwóch godzin. Normalny facet, trzeźwy, spokojny, tym właśnie pociągiem wracał z pracy w Warszawie. Mieszkał z matką, wiedział, w co była ubrana i że wybierała się na targ po jajka, a jednak jej nie rozpoznał.

Przerwała na chwilę, dolała sobie kawy i zamieszała cukier łyżeczką.

– Panie komisarzu, Sobieraj nie mógł rozpoznać Marciniaka nawet z dziesięciu metrów, a bliżej go nie dopuszczono.

Zapadło głuche milczenie, przerywane tylko szczęknięciami sztućców uderzających o naczynia. Z głośników cicho sączyła się łagodna muzyka.

– To dziwna zbrodnia – powiedział wyraźnie przygnębiony Banasik.

– Dziwne jest to, że morderca nie starał się zatrzeć śladów na świeczniku, a dokładnie usunął dokumenty, korespondencję, zniszczył każdy papierek. Dlaczego? Na to pytanie trzeba będzie znaleźć odpowiedź.

– Może ten, kto „sprzątał", nic nie wiedział o morderstwie?

– Wszyscy wiedzieli, że Marciniak jest gdzieś na terenie hotelu, więc kto by się odważył czyścić szuflady, gdy facet mógł w każdej chwili nadejść.

– No właśnie, może Marciniak zaskoczył „sprzątacza" i dlatego został... sprzątnięty.

– W gabinecie?

– No. To by się zgadzało. Przecież tam znaleźliśmy ten zakrwawiony świecznik. Morderca sobie przegląda papiery, na to wchodzi Marciniak, napastnik bierze, co ma pod ręką, uderza go i po sprawie.

– To dlaczego wyniósł denata z gabinetu i zrzucił z wieży? Przecież to bez sensu. Mógł go zostawić.

– Nie wiem – zasępił się Banasik. – Może miał w tym jakiś cel.

– Albo dziwne poczucie humoru. Przecież nie tak łatwo wtargać bezwładne ciało na wieżę. Byłam tam. Schody są bardzo strome i niewygodne.

– Mogło być jeszcze inaczej. „Sprzątacz" sobie sprzątał w mieszkaniu Marciniaka, a zabił ktoś inny, ktoś, kto miał pretensje do dyrektora. Potem morderca usiłuje upozorować nieszczęśliwy wypadek, mija się z „czyścicielem", który wchodzi do gabinetu i ogołaca szafy z dokumentacji.

– Nie, to niemożliwe. Skąd „czyściciel" miałby klucz do mieszkania i gabinetu? Sprzątającym musiał być morderca.

– Ale przecież są cztery komplety kluczy uniwersalnych, które otwierają biura i pokoje, w ogóle każde drzwi w tym kompleksie.

– Ale nie ma przy nich klucza do szafy pancernej – zauważyła Lewicka.

– No tak, a włamania nie było.

– Trzeba ustalić, co znajdowało się w komputerze, odzyskanie dokumentów z tych zszatkowanych ścinków potrwa miesiącami.

– Myśli pani, że zdążył pociąć dokumenty w niszczarce?

– Może kilka – zastanawiała się głośno. – Najwyżej kilkanaście i zrezygnował, bo to zbyt długo trwało. No i co zrobił z płytami CD oraz innymi elektronicznymi nośnikami? Nic przecież nie znaleźliśmy. Myślę, że je spalił w kotłowni albo jeszcze lepiej, obciążył i utopił w jeziorze. Poszukiwanie tych dokumentów jest skazane na niepowodzenie, ale musimy próbować. Mówiąc, że zabił ktoś inny, kto również żywił urazę do dyrektora, ma pan na myśli Olejnika?

– Choćby i jego. Zazdrość czasem zaślepia, a może chodzi o coś jeszcze. Na przykład profesor Zawada. Zdaje się, że nie wszystko nam powiedział.

– Tak, to też trzeba wziąć pod uwagę.

– Jeśli mordercą jest osoba, która zrzuciła martwego Marciniaka z wieży, to od razu możemy wykluczyć wszystkich cherlawych i niskiego wzrostu. Z denata był kawał chłopa, na moje oko dobre osiemdziesiąt kilogramów, a do tego ten wzrost. Nie było łatwo go tam zaciągnąć.

– Właśnie. I jeszcze jedna sprawa – klucze. Prawdopodobnie morderca posłużył się kluczami Marciniaka, które znalazł przy nim. Sam pan powiedział, że kluczy otwierających każde drzwi w klasztorze, także te do mieszkania Marciniaka, były cztery komplety: jeden jest w kasie pancernej u recepcjonistki, jeden miał Marciniak, a kto ma pozostałe dwa?

– Grzegorek i Sobieraj – odrzekł głucho Banasik.

Lewicka nie odpowiedziała. Odsunęła talerz i zamyśliła się, bezwiednie obserwując wiosenny pejzaż za oknem.

– Chciałbym, żebyśmy razem przesłuchali stróża, skończył już służbę, zresztą drugą z rzędu, i nie chcę go dłużej zatrzymywać – zaproponował Banasik.

Lewicka spojrzała na niego z roztargnieniem.

– Tylko spytam kelnerkę – powiedziała z ociąganiem. – Przepraszam, pani Małgosiu, pani wczoraj pracowała, prawda?

– Tak – nieśmiały grymas uśmiechu rozjaśnił zatroskaną twarz młodej dziewczyny. – Mogę w czymś pomóc?

– Właśnie o pomoc nam chodzi. O której rozpoczął się ten wieczór winny?

– O dwudziestej, ale goście zaczęli się schodzić już wcześniej i tak zbierali się prawie do wpół do dziewiątej. To było kameralne spotkanie – na czterdzieści osób.

– Czy pani Świtała też była?

– Powinna, ale od tej... od tej awantury przy obiedzie, jak wyszła, to nie wróciła. Zadzwonił do nas pan Grzegorek, spytał, czy damy sobie radę sami, i powiedział, że wpadnie pod koniec imprezy.

– I przyszedł?

– Tak, gdzieś po dziesiątej.

– I był tu do końca? To znaczy do której?

– Był. Impreza się rozkręciła i zabrakło nam butelek niektórych win, a nie było szefowej, na szczęście pan Grzegorek ma klucz do piwniczki. No i w ogóle bardzo nam pomógł. Szczególnie z pijanymi gośćmi. Po kilku butelkach niektórzy robią się strasznie nachalni – dodała ponuro. – A wyszliśmy wszyscy razem sporo po pierwszej.

Lewicka pomyślała, że niektórym wystarczy kilka kieliszków, żeby stać się uciążliwymi, a co dopiero kilka butelek.

– O której poszedł po to wino? To gdzieś daleko?

– Na dole, w piwnicach pod kuchnią. Nie wiem, która była godzina. Mieliśmy tu prawdziwe urwanie głowy.

– Podobno wczoraj wieczorem do restauracji zajrzała Pomicka? O której to było?

– Rzeczywiście wpadła tu na chwilę do pana Grzegorka. Właściwie to przyszła jakoś tak po nim, ale on zszedł do piwniczki, więc zaczekała na niego i potem zaraz sobie poszła.

– Czy z tej piwniczki jest wyjście na zewnątrz?

– Nie bezpośrednio. Ale kuchnia i magazyny mają jedno wejście główne. Jak zejdzie pani na dolny taras, to w prawo jest Wieża Ogrodowa i zaraz obok budynek kuchni, a pod restauracją jest druga brama dla dostawców. Wczoraj była jednak zamknięta.

– A nikt inny tu nie zaglądał? Może pan Sobieraj?

– Nie. Raczej nie. Ale kilka razy byłam na zapleczu i mogłam nie zauważyć. O, przypomniało mi się, byliśmy akurat wszyscy we trójkę za barem, gdy do pana Grzegorka zadzwonił dyrektor, zapytać, jak nam leci.

– O której to było godzinie?

– O dwudziestej trzeciej, zegar nad barem wybił akurat jedenasty raz.

– Dziękujemy bardzo.

– Czy śniadanie państwu smakowało? – spytała z troską.

– Było przepyszne, wielkie dzięki za dobrą kawę – Lewicka uśmiechnęła się z wdzięcznością.

Kelnerka zaczekała, aż odejdą od stolika, i szybko zebrała brudne naczynia.

– Nie możemy też wykluczyć, że morderca mógł znaleźć się pośród czterdziestu gości wczorajszej imprezy – rozważała głośno Lewicka. – Ciekawe, skąd byli ci ludzie. Bo w hotelu się nie zatrzymali.

Banasik spojrzał na nią znękanym wzrokiem.

Kilkanaście minut później Lewicka z Banasikiem znowu znajdowali się w małym pomieszczeniu na zapleczu recepcji. Przed nimi na chybotliwym taborecie siedział nocny stróż. Był jednym z czterech mężczyzn, których Lewicka spotkała rano nad ciałem Marciniaka. Zwalista figura mężczyzny wypełniała przestrzeń między stołem a ścianą. Na jego ogorzałej, grubo ciosanej twarzy wokół jasnoniebieskich oczu odznaczały się głębokie bruzdy kurzych łapek, typowe dla ludzi długo przebywających na słońcu i wietrze, rybaków lub drwali. Lewicka przyjrzała się potężnym, spracowanym dłoniom ciężko opartym na kolanach. Prawa dłoń, jak to zwykle bywa u ludzi pracujących fizycznie, była nieznacznie większa i lepiej umięśniona. W lewej dłoni mężczyzny brakowało wskazującego i środkowego palca. „Pewnie stracił je na przeklętej krajzedze, tnąc drewno bez osłony" – pomyślała.

– Zdaje się, że to pańska trzecia doba na służbie? – spytał Banasik.

– Nieee. Pozawcorej dyzur miał. Z piątku na sobotę sie znacy. Rano naślednik nie przyseł, bo zachorował, nikogo innego nie było i sie zgodził. No, jek mus, to mus – gdy stróż się odezwał, wyraźnie usłyszeli śpiewny akcent. Mówił o sobie jak o kimś innym, powoli i wyraźnie dobierał słowa, jakby bał się, że go nie zrozumieją.

– Był pan więc tu cały wczorajszy dzień?

– Nieee, rano poseł do chałupy trochę sie przespać. Alem nie pospał. Trza było po weteryniarza, krowa sie cieliła. Po obiedzie wrócił.

– Do pańskich obowiązków należy obchód całego założenia klasztornego, tak?

Stróż na potwierdzenie nieznacznie skinął głową.

– Panie Kaleta, proszę nam opowiedzieć, jak wyglądał ten nocny obchód, godzina po godzinie. Prosimy bardzo – zachęcał go Banasik.

Stróż westchnął głęboko, podrapał się po głowie, mierzwiąc dokładnie ciemne krótkie włosy.

– Wedle dwudziestej goście na imprezę zaceli sie zjezdzać. – Zawiesił głos, jakby porządkował w głowie myśli. – Na parkingu porządku pilnował. Ludzie nie majo chienci pod murami stać. Tu, o, chco stawać, pod recepcjo. Jak miejsc zabraknie, to wyżej sie pchajo, na teren klasztoru, a tam nie wolno. Trochu zamiesania z tym buło. Potem spokój. Kolację zjadł.

Nasza Kasia skoncyła robotę i sam sie ostał. O wpół do dziesiątej na obchód poseł.

– Kasia to ta recepcjonistka, tak?

Kaleta skinął głową.

– Którędy pan szedł? – spytał Banasik.

– No... Unoj od podjazdu, jek trasa wycieczek. Najsamprzód cy drzwi od biur nad bramą zaperte sprawdził. I od magazynków podręcznych tyz. Barmankę spotkał. Pogadał – westchnął ciężko.

– Czy zauważył pan coś niezwykłego? – indagował komisarz.

– Nieee. Jak zwykle buło. Dyrektor u siebie. Goście po pokojach albo w restauracji. Spokojnie – mruknął stróż.

– Dyrektor u siebie? – zdziwił się Banasik.

– W biurze – pokiwał głową na potwierdzenie. – Światło w oknie widział. W sekretariacie.

– I co było dalej?

– Kawiarnia pod wiezo buła zaperta, sprawdził. Drzwi do wiezy tyz. Cisa taka, ze tylko słychać kalmusy i trzcinę, jak na brzegu selescą. I czasem muzykę z restauracji. Wiedzą, gdzie Schodowa Wieza? – pytanie było skierowane do Banasika, który szybko potwierdził, że wie. – Poseł na dół. Obseł budynki warśtatów, bindugi i stamtela błoniami wrócił. Naokoło. – Ręka zrobiła łuk w nieokreślonym kierunku. – Kratę w przejściu do Domu Papieskiego sprawdził. A jak na schody wchodził, to pani Pomicka przyjechała. Pod murem, na dole, jak parkuje, widział.

– O której to mogło być? – usiłował ustalić Banasik.

– Wpół do jedenastej moze buło. Na zegarek spoglądnął. O jedenastej galę bokserską w telewizorze nadawali. Chciał zdązyć – dodał zmieszany.

– I zdążył pan? – spytał komisarz.

– No tak – stróż przyznał niechętnie.

– A co potem było?

– Przed jedenastą pani Pomicka pojechała – zawiesił głos. – Trochę ja sie dziwował.

– Dlaczego? – Banasik też był zdziwiony.

– No... Nie myślcie, ze mnie nie plapera. – Spojrzał na nich czujnie. Jednak nie dostrzegł w twarzach Banasika i Lewickiej śladu podejrzenia o plotkarstwo, więc uspokojony kontynuował. – Jak na noc do szefa psyjezdzała, jakby do jej abśtyfikanta, to raczej rano wyjezdzała, a nie tak zaraz.

– Ale może nie spotkała się z dyrektorem albo spotkała i nie chciała lub nie mogła zostać. Dlaczego to pana tak zaskoczyło?

– Musi. Ale jak w dół schodził, to spojrzał do góry i zgasło światło w gabinecie widzi. Wyciągnęła szefa z biura, podumoł.

– Uporządkujmy to. Gdy wchodził pan po schodach pod Domem Papieskim sprawdzić kratę zamykającą przejście, to zauważył pan Pomicką, tak? Czy wtedy światła w gabinecie dyrektora były zapalone?

– Nie patrzył ja, nie pomyślał. Zresztą jak sie idzie od błoni, to nie widać okien dyrektorskich. Jak schodził, to spojrzał. Okna były carne.

– Aha. Coś jeszcze pan zauważył? – dociekał komisarz.

– Jeszcze jeden samochód widział. A wcześniej go nie buło. To znacy musiał tylko co przyjechać. No jak ja barabanił w kratę dla sprawdzenia, to słyszał silnik. I jak schodził, to juz tego samochodu nie buło.

Zamilkł, czymś wyraźnie zmartwiony.

– Nie zauwazył – dodał smutno – co to za samochód.

– Czy pod Wieżą Zegarową paliły się latarnie? – spytała Lewicka.

– Nieee. Myślał, że ktoś je wyłączył. Ciemno jak u diabła pod kamizelą buło. Ni latarni, ni tego oświetlenia cudacznego wiezy. Dobrze, że miał baterejkę, to se poświecił. Sprawdził, nie działało, skrzynka z przełącznikami buła otwarta, moze zaciekło i chyba znowu zwarcie. Do kajetu dyzurów wpisał.

– A co było potem?

– Potem telewizor wklucył. Adamek w Las Vegas... Ale przysnoł – dodał zawstydzony swoim nieodpowiedzialnym zachowaniem.

– I?

– No i na obchód o północy nie poseł. Ocknoł się dopiero, jek goście z restauracji zaczęli się rozjezdzać. Na podjazd ja wyjrzał, wszystko naokoło obsedł, ale pod Zegarową już nie zachodził. Tylko tamoj, do bindugi i z powrotem. Zaperł wieligo bramę. Dopieru rano... Dopieru jek renek nastał, jek wsio stało widne, znalazł pana dyrektora. – Westchnął zatroskany. – Wsystkiemu ja winowaty, jakby nie przysnoł, na pewno do tego by nie dopuścił.

– Nic sobie pan więcej nie przypomina? Może coś jeszcze wydarzyło się w nocy? Może słyszał pan coś albo zobaczył? Może ktoś się kręcił tam, gdzie nie powinien?

Stróż zmarszczył czoło, usiłując przypomnieć sobie wczorajsze wydarzenia.

– Nieee, nikto nie chodził. Nic takiego nie widział. Tutaj ciągle ludzie sie kręco. Przyjezdzajo i wyjezdzajo, brewerie urządzajo, nic mi do tego. Ale jakby coś buło nie tak, to by sprawdził. No, gdyby któren sie zachowywał o, tak o, tak dziwnie.

– A wczoraj po południu? Widział pan, jak odjeżdża pani Świtała z narzeczonym?

– Tak – przyznał niechętnie.

– Coś mówili?

– Dla mnie? Skąd! – Był wyraźnie oburzony takim przypuszczeniem. – W bramie zawiasy oliwił, minęli mnie i do samochodu pognali.

– A między sobą?

– Cholerowania nie będę powtarzał – odpowiedział z wyrzutem.

– Ale może słyszał pan coś jeszcze? Panie Kaleta?

– Ona chlipała pod nosem, znaczy sie płakała. On taki nachmulony a margotny, na nio pokrzykiwał. Dla mnie to niesiepodobuje, żeby tak na kobitę warceć. Szybko wsiedli i odjechali.

– Słyszał pan, co dokładnie krzyczał?

– Niby, że ona wsystkiemu winowata, bo kazden dla niej zęby scerzy, a ona tyz. On sie brzyduje takiej. Zazdrosny chyba, czy jak. Ale o co miał.

– To znaczy?

– Już mówił, ja nie plapera. – Pod proszącym wzrokiem Lewickiej zmiękł i dodał: – Mówio, że ona juz nie sama. Ja tam nie wim. – Wzruszył ramionami.

Lewicka szybko opuściła głowę, by stróż nie zobaczył półuśmieszku, jaki po tych słowach zakwitł na jej ustach. Nie chciała, by się poczuł urażony. Tutaj „już nie sama" oznacza tylko jedno – ciążę.

– A co było potem? Proszę nam opowiedzieć wszystko, co pan pamięta.

– Potem pan dyrektor wyjechał. Koło siedemnastej wrócił. Akurat *Teleekspres* nadawali. Nasza Kasia powiedziała, że coś szybko wrócił. Pan Sobieraj na niego już cekał. Barzdo zniecierpliwiony – głoski „r" i „z" w słowie „barzdo" wymówił, oddzielając je starannie.

– Skąd pan wie, że czekał?

– Tamoj stał, na górnym tarasie i na drogę wciąż wyglądoł. Chiba sie niecierpliwił. A pan Grzegorek też tak jakoś zaraz do biura poseł.

– O której to było?

– W drugiej bramie zarówkę ja wymieniał. Przed osiemnastą chiba. Później przyjechał ten łysy profesor. I zaraz odjechał. Kasia mówiła, że pewnie u dyrektora buł. Mówiła tez, dyrektor dzisiaj cym innym zajęty i pewnie profesor sie obraził. Zecywiście barzdo szybko odjechał.

– A skąd ona wiedziała, że dyrektor był u siebie? Widać stąd światła?

– Chtorne? W sekretariacie? Nieee. Trza iść do góry albo wyjść za bramę na parking, pod mur. Ona u niego z książką meldunkową buła. Ale naburmusona taka wróciła. Zaraz do kogoś zadzwoniła i septała w telefon. Chyba do Pomickiej.

Kaleta zwiesił głowę i zapadło długie milczenie. Lewicka z Banasikiem wymienili spojrzenia.

– Czy mogie juz iść? – spytał nagle stróż.

– Tak, oczywiście. Dziękujemy bardzo.

Wstał ciężko i już miał wychodzić, gdy zatrzymał się jeszcze w progu i powiedział:

– Nie mogie z tym dojść do tołku. Zabijać ludzi... Tak nie powinno być. Tak nie wolno. To nie po nasemu...

ROZDZIAŁ 12

– Przybliżony czas zgonu Marciniaka według patologa przypada między dziesiątą a dwunastą w nocy. I właśnie w tym czasie osoba, na której zeznania tak liczyłem, po prostu przysnęła – powiedział gorzko Banasik i uderzył pięścią w blat stołu. – Jak na zamówienie mordercy! – nie krył swego rozżalenia.

– Nie można mieć pretensji do człowieka, przecież to była jego druga noc. – Lewicka próbowała uspokoić Banasika.

– Może morderca wiedział o tym i specjalnie wybrał ten wieczór. Wiedział, że stróż jest zmęczony i nie będzie zbyt czujny – rzucił zatopiony w myślach komisarz.

– Może tak, a może nie.

– Jak pomyślę, że będę musiał przesłuchać tych czterdziestu gości, z których żaden nie powie mi nic nowego, to słabo mi się robi.

Spojrzał wyczekująco na Lewicką.

– Panie Darku, czy możemy sobie mówić na ty? Będzie nam łatwiej.

– Oczywiście – zgodził się szybko. – Sam nie śmiałem proponować.

– Darku, myślę, że morderca doskonale znał tutejsze zwyczaje. Dobrze wiedział, o której stróż wychodzi na obchód i którędy przebiega jego trasa. Jeśli miał zamiar zrobić coś naprawdę niegodziwego, to zrobił to dokładnie pomiędzy kolejnymi obchodami.

– Możliwe, możliwe – powiedział Banasik i pogrążył się w zadumie.

– A co z wynikami sekcji? – przerwała rozmyślania Lewicka.

– Dam mu jeszcze godzinę. Nie lubi, gdy się go popędza.

– Może zamienię kilka słów z recepcjonistką. Popytam ją. Spróbuję pogadać z nią po babsku, może dowiem się czegoś ciekawego.

– Dobrze. Zajrzę do Sobieraja.

– Właśnie miałam zapytać, co z nim.

– Jest u niego Zawada i pielęgniarka, którą ściągnął z Suwałk. Zaaplikował mu środki uspokajające. Może później pójdziemy razem porozmawiać z Grzegorkiem?

– Dobrze.

Banasik wstał i wyszedł z opuszczoną głową. Z tyłu jeszcze bardziej przypominał borsuka, tym razem bardzo naburmuszonego z powodu złego obrotu spraw.

Lewicka stanęła przed lustrem w recepcji i wyjęła puderniczkę.

– Świetny puder. Cztery kolory w jednym. Idealny dla mojej zmęczonej cery – westchnęła. W lustrze widziała, jak zaintrygowana Kasia kątem oka zerka na opakowanie.

Lewicka zamknęła z trzaskiem puderniczkę i wyjęła z kieszeni złoty pocisk szminki. Rozejrzała się bezradnie, lustro nie miało półki, na którą mogłaby odłożyć połyskujące głęboką czernią puzderko.

– Na chwilkę. – Uśmiechnęła się porozumiewawczo do recepcjonistki i położyła puderniczkę na kontuarze.

Udająca do tej pory obojętność Kasia zerknęła z ciekawością na opakowanie. Lewicka położyła puderniczkę tak, by dziewczyna mogła dostrzec złoty napis na wieczku. Na twarzy Kasi zdziwienie na widok luksusowej marki szybko ustąpiło miejsca chciwemu zaciekawieniu inspektorką. Lewicka domyślała się, że jej akcje w tym momencie zwyżkują.

– Trochę blasku nigdy nie zaszkodzi. – Lewicka starannie pokryła błyszczykiem wargi i przejrzała się w lustrze. – Nie kłamali w reklamie, naprawdę powiększa usta.

Dojrzała spojrzenie Kasi i z uśmiechem zwróciła się do niej:

– Proszę wypróbować – podała jej złoto-różowe cacko.

Dziewczyna chciała wstać i podejść do lustra, ale Lewicka ją powstrzymała, wciskając w dłoń puderniczkę.

– W środku jest lusterko – wyjaśniła. – No i tutaj ma pani lepsze światło.

Kasia obróciła w palcach błyszczyk, delikatnie musnęła palcami lakierowaną puderniczkę, uchyliła wieczko i z namaszczeniem pomalowała usta. Poprawiła jeszcze środek warg i z zachwytem przyjrzała się swojemu odbiciu.

– Z tego dyrektora to był szalenie atrakcyjny mężczyzna – od niechcenia rzuciła Lewicka, stojąc przed lustrem. – Szkoda, że nie żyje. Chociaż, przyznam szczerze, nie był w moim typie. Ale jaka to strata dla innych.

Spojrzała przez ramię na Kasię, oczekując jej reakcji.

– Pewnie, że tak – odpowiedziała z roztargnieniem, wpatrzona w napis na opakowaniu błyszczyku.

– Lubiła go pani?

– Był moim szefem.

– Pani Kasiu, nie oszukujmy się, był przede wszystkim rasowym mężczyzną.

– To był prawdziwy *man* – powiedziała rozmarzona, odrywając wzrok od kosmetyków.

Lewicka uśmiechnęła się do niej ze zrozumieniem.

– Wczoraj wieczorem ktoś był u dyrektora? – bardziej stwierdziła, niż zapytała. – Kobieta?

Recepcjonistka obrzuciła ją badawczym spojrzeniem, nabrała powietrza i aż poczerwieniała z emocji.

„A jednak!" – pomyślała inspektorka.

– Pani kogoś widziała? – spytała Lewicka przyciszonym głosem, w którym pobrzmiewała plotkarska nuta, coś z pogranicza triumfu domysłów i palącej ciekawości obserwatora. Starała się, by rozmowa z Kasią miała jak najbardziej nieoficjalny charakter.

– Skąd pani wie? – spytała wystraszona.

– Domyślam się. Koło dziewiętnastej widziano panią w drodze do biura dyrekcji. Dyrektor był z kimś, prawda?

– Nie wiem – okrągła twarz wydłużyła się. – Nic nie widziałam.

– Ale coś pani usłyszała?

– Właśnie nic – zrozumiały żal jeszcze bardziej wyciągnął twarz Kasi. – Przyszłam z książką meldunkową. W sekretariacie paliło się światło. Weszłam, pukam do gabinetu. A tu cisza. Widzę światło pod drzwiami, więc chwytam za klamkę, zamknięte.

– No i? Pewnie za drzwiami coś zaszurało albo zaszeleściło.

– Nie, absolutna cisza.

Wyobraźnia szybko podsunęła Lewickiej obrazek Kasi nasłuchującej pod drzwiami.

– Pomyślałam, że pewnie się spłoszyli, gdy zapukałam. Nie trzeba było pukać...

– Dyrektor to miał chyba niezłe branie?

– Jeszcze jakie! – prychnęła Kasia i zamilkła spłoszona nagłym wylewem swoich uczuć.

Lewicka rozejrzała się po recepcji.

– Fajną pani ma tutaj pracę?

– Niby tak – przyznała bez entuzjazmu, jakby w dobrym tonie było narzekanie lub co najmniej niechętne przyzwolenie na odrobinę pomyślności w życiu. – Ludzie są czasem nie do wytrzymania. Ale lepsze to, co ja mówię, o wiele lepsze – dodała z mocą, starając się szybko zatrzeć złe wrażenie – niż siedzieć na kasie w „Biedronce".

– No pewnie. Czysto, przyjemnie – Lewicka z uznaniem pokiwała głową w podziwie nad wystrojem recepcji. – I ciekawych ludzi można spotkać, a pani przecież taka młoda...

– E tam. Właśnie najgorzej to z tymi młodymi. Pieniędzy nie mają, a pchają się z łapami – wyraziła swoje zdegustowanie. – Dziewczyna to musi mieć się na kim oprzeć. Co jej taki chłopak zaraz po szkole może dać, no co? Kobiecie ciężko jest samej na świecie. Potrzebuje opieki. O, pani to ma dobrze, pani ma fajnego męża.

Lewicka przyjrzała się krytycznie Kasi. „Jeszcze jedna ofiara powierzchownej obserwacji" – uznała w myślach.

– Pewnie często spotyka pani natrętnych mężczyzn, którzy proponują wyjazd do Białegostoku albo do Warszawy?

– No jakoś nie – roześmiała się nieszczerze.

„Bez względu na epokę naiwność dziewczęca nie zna granic" – pomyślała Lewicka. Możliwe jednak, że źle oceniła Kasię, może wcale nie była taka naiwna, na jaką starała się wyglądać, może wręcz przeciwnie, była kuta na cztery nogi.

– Ale jakiegoś narzeczonego to pewnie pani ma? Taka dziewczyna nie może być samotna – schlebiała jej Lewicka.

– Zaraz narzeczonego – Kasia prychnęła jak rozzłoszczona kotka. – Mam chłopaka, ale on bezprzyszłościowy jest. Głupio jednak nikogo nie mieć. Jeszcze by wszyscy pomyśleli, że ja nienormalna jakaś.

– Dzisiaj trudno o odpowiedniego kandydata – poparła ją Lewicka. Mimo rozbawienia słowami Kasi usiłowała nie wyjść z roli starej, dobrej ciotki plotkarki.

– Świat jest beznadziejnie zorganizowany – oświadczyła nagle Kasia.

– Jest bardzo niesprawiedliwy – zgodziła się z nią Lewicka.

– No bo, proszę pani, pieniądze, na ten przykład, to mają nie ci, co powinni. Nawet wydać ich nie umieją, na niczym się nie znają – Kasia bezmyślnie obracała w dłoni lśniące opakowanie błyszczyku.

– Gdy byłam w pani wieku, nie stać mnie było na dobre kosmetyki, a teraz na co mi one, ja już w tych wyścigach nie startuję. Proszę zatrzymać sobie błyszczyk. – Lewicka przechyliła się przez kontuar i dodała konfidencjonalnym szeptem: – Świetnie w nim pani wygląda. Bardzo twarzowy.

– Och, dziękuję – Kasia ożywiła się, lecz zaraz przygasła. – Nie, nie mogę. To zbyt droga rzecz.

– Nieważne. Proszę go wziąć i cieszyć się nim jak młoda dziewczyna. Uwodzić mężczyzn i dobrze się bawić.

Twarz Kasi się rozpromieniła.

– Wie pani, z mężczyznami to jak z dziećmi – powiedziała głosem znawczyni. – Chcą tylko jednego, wiadomo, już tacy są. Uczciwa dziewczyna musi uważać na siebie. – Wbiła wzrok w Lewicką, oczekując potwierdzenia. – No, ale trzeba jakoś dawać sobie radę w życiu – westchnęła. – Trzeba być sprytną.

– Anka pewnie jest sprytna?

– Anka? – złośliwy uśmieszek wykrzywił nabłyszczone usta. – Ona to całkiem głupia jest, proszę pani. Zabujała się w szefie niczym nastolatka. Taka stara, a nie wie, jak się do tego zabrać. Powinna być chyba mądrzejsza, nie?

– Też tak myślę.

– Trzeba mu było dawkować, a nie tak, na każde żądanie.

– Albo się zabezpieczyć.

– Albo – zgodziła się skwapliwie Kasia, uznając, że najwyraźniej Lewicka wie o ciąży Świtały. – Tylko jak potem iść do spowiedzi, co by ksiądz na to powiedział. Zresztą można facetom zrobić bałagan w głowie innymi sposobami, no nie? Pani mnie rozumie? No, piszą o tym w czasopismach...

Lewicka spojrzała na kolorową okładkę pisma położonego obok centralki telefonicznej. Tytuły artykułów mówiły same za siebie: *Czuły dotyk, Tajemnice fellatio, Misterium gry wstępnej*.

„Ciekawe – pomyślała – jaką to pokutę wyznacza ksiądz za próżne »wylewanie nasienia«". I zaraz rozbawiła ją myśl, że pewnie nigdy się nie dowie, bo nie będzie miała okazji odbyć tej pokuty.

– Taka mała mitenka może zdziałać cuda – z miną ekspertki stwierdziła dziewczyna.

– Chyba minetka – Lewicka ledwie powstrzymała śmiech. – Mitenki to rodzaj ozdobnych rękawiczek z obciętymi palcami.

– Możliwe – niczym niezrażona Kasia potwierdziła zgodnie. – Wiadomo, że faceci nie doceniają dowodów miłości, lepiej więc nie iść na całość. Nie trzeba wszystkiego od razu inwestować.

Inspektorka uważała, że współczesny świat, tak często przez mężczyzn odsądzany od czci i wiary, jest dla nich wyjątkowo łaskawy. Pigułka antykoncepcyjna, wyzwolenie kobiet, swoboda obyczajowa spowodowały, zdaje się, że po raz pierwszy w historii świata, nadwyżkę podaży bezpłatnego seksu nad męskim popytem. Może jeszcze nie wszędzie i nie zawsze, ale w dużych miastach na pewno tak było. Seks bez zobowiązań był tak łatwo dostępny, że jedynie chęci i walory fizyczne ograniczały ludzi.

Patrzyła w zadumie na Kasię, przytakując jej automatycznie, i rozmyślała nad tym, że oto patriarchalny świat skonał na jej oczach. Powodem jego końca nie było wyzwolenie kobiet, ale nieustanne zwalnianie mężczyzn z wszelkiej odpowiedzialności za ich czyny i przerzucanie jej na kobiety. „Wiadomo: same jesteśmy sobie winne" – pomyślała z sarkazmem.

– Martyna to chyba dobrze zainwestowała? – Lewicka spytała ostrożnie. – Lepiej niż Anka.

– Ech, a gdzie tam Ance do niej. Jak pani pozna Martynę, to sama zrozumie. Ona ma klasę i w ogóle. To jest taka laska, że doprawdy drugą taką trudno znaleźć.

– Aż tak?

– No pewnie! Faceci na jej widok mało ze spodni nie wyskoczą.

– Przyjaźnicie się?

– Trochę.

„Pod ostrożnym stwierdzeniem Kasi może kryć się zarówno jednostronne przywiązanie, zrodzone z podziwu dla ideału, jak i odrobina zazdrości" – pomyślała i szybko zapytała:

– Ale troszczysz się o nią, prawda? Wczoraj do niej zadzwoniłaś i powiedziałaś, że coś się dzieje w gabinecie.

– Wytrzymać nie mogłam – przyznała dziewczyna.

Lewicka głęboko westchnęła, może to tylko czysta życzliwość, tylko dobre chęci, którymi wybrukowane jest piekło, a może Kasia chciała zwyczajnie dokuczyć dziewczynie. I to ostatnie na pewno się udało, bo po kilku godzinach Martyna już tu była. Pewnie wyszła z zajęć i gnała tak szybko, jak się dało, by przyłapać narzeczonego na gorącym uczynku.

– Czy zdarzyła się kiedyś taka sytuacja, że wyjęto z szafy ten czwarty komplet uniwersalnych kluczy?

– Niby czemu?

– No właśnie pytam. Może kiedyś ktoś nie przyszedł albo zgubił klucz, albo zatrzasnął niefortunnie drzwi z kluczem w środku?

– Nie, no skąd. Zresztą po co, przecież są duplikaty kluczy – ściągnęła brwi. – Nie, odkąd zrobiono nowe wkładki, tych kluczy nikt nie ruszał. O, proszę. – Raptownie wstała i otworzyła szeroko szafę. – Widzi pani, aż na plombie plastelina spękała. Ale wie pani, gdyby nawet coś się wydarzyło, to zawsze na terenie jest ktoś z zarządu – wyjaśniła.

– Rozumiem. Czy ten klucz otwiera magazyny?

– Oczywiście. Wszystkie zamki z takimi specjalnie zamówionymi wkładkami. – Oczy Kasi zrobiły się okrągłe. – Czemu pani pyta? Ktoś dobierał się do magazynów?! A ja nic o tym nie wiem! – Ostatnie zdanie wymówiła z pretensją.

– Ależ skąd. Pytam z ciekawości – Lewicka posłała jej pojednawczy uśmiech, ale nie przekonał on Kasi.

W drzwiach stanął Marek.

– Aaa... Tutaj jesteś – stwierdził z uśmiechem.

– Nie ćwiczysz?

– Pokręciłem się trochę, ale nie ma jeszcze tej instruktorki, więc nie widzę w tym sensu.

– Martyna będzie tu za dwie godziny – wtrąciła natychmiast Kasia.

– Dzwoniła? – spytała Lewicka.

– Ja do niej zadzwoniłam, na domowy – wyjaśniła dumna z siebie recepcjonistka.

– Może mały spacerek przed obiadem? – zaproponował Marek.

– Tak, chodźmy. Dziękuję za miłą pogawędkę.

Wyszli za bramę wjazdową. Wielki autokar wypluł kolejną porcję turystów w pośpiechu uruchamiających kamery i aparaty fotograficzne.

Lewicka wyłuskała z kieszeni żakietu maleńki aparat i wybrała numer.

– Właśnie się dowiedziałam, że Pomicka będzie tu koło trzeciej – powiedziała do Banasika.

– Jak to? Przecież miała być w Białymstoku. Jej telefon cały czas milczy. – Był wyraźnie zaskoczony.

– A masz numer do domu?

– Recepcjonistka dała mi tylko komórkowy, mówiła, że innego nie ma.

– Myliła się – Lewicka zakończyła rozmowę i zatrzasnęła telefon.

Marek szedł obok niej w milczeniu. Na jego ustach błąkał się lekki uśmieszek. Powoli okrążyli klasztor, minęli rozszczekane zabudowania wiejskie i spacerowym krokiem przeszli przez mostek nad strumieniem. Zatrzymali się, aby z tej perspektywy podziwiać szczyt klasztornego wzniesienia.

Dalej droga niebezpiecznie zbliżała się do jeziora, zamieniając się w błotniste wertepy. Przeszli brzegiem lasu i skręcili w wąską ścieżynkę. Szli między łąkami osłoniętymi od strony wody młodymi drzewkami zagajnika. Wśród trawy pojawiły się pierwsze wiosenne kwiaty. Dzikie pierwiosnki niewiele się różniły od tych ogrodowych. Ich ilość oszołomiła Marka. Bladożółte prymule poruszone łagodnym wietrzykiem zalotnie mrugały pomarańczowymi oczkami.

Nagle wyszli zza ściany lasu wprost na pole szmaragdowej oziminy. Lewicka zatrzymała męża, chwytając go za rękę i pociągając do tyłu. Kilkadziesiąt metrów od nich w idealnej harmonii tańczyła para żurawi. Zaglądały sobie w oczy, przeginały szyje, strzepywały skrzydła, ocierały się dziobami, a wszystko w rytmie baletowych kroków długich nóg. W bezdźwięcznym menuecie para ptasich kochanków przemierzała poletko, zataczając niewielkie piruety.

Lewicka, by nie spłoszyć tancerzy, wręcz przestała oddychać. Czuła się jak ordynarny podglądacz niegodny fantastycznego widoku. Wiedziała, że drugi raz nie dostąpi tego zaszczytu. Intymny taniec wyrażał dużo więcej niż zwykły akt prokreacji. A może tylko tak jej się wydawało.

– A niech mnie – odezwał się Marek i czar prysł.

Ptaki usłyszały ich, obejrzały się strwożone, uniosły desperacko skrzydła, zbierając się do nagłego odwrotu. Jeszcze zaskrzeczały przejmująco, załopotały piórami i już ich nie było.

– Przepraszam – powiedział bez przekonania. W jego głosie nie słychać było skruchy.

Lewicka przyjrzała mu się uważnie. Prześlizgnęła się wzrokiem po wyblakłych wargach, pogłębiających się bruzdach wokół ust i siatce zmarszczek w kącikach oczu. Utkwiła wzrok w ciemnych źrenicach.

– Tym razem ta mała nie da ci spokoju – powiedziała cicho. – Widziałam was w piątek. Szliście razem do tej kawiarni przy Wilczej.

– Śledziłaś mnie? – powiedział zdziwiony.

– Dobrze jej się przyjrzałam. To kobieta zdeterminowana, może teraz odpuściła, może tylko na ten weekend, ale czuję, że ma plan awaryjny.

– Jaki plan? Co ty bredzisz?

– Jeśli zawiodą ją wszystkie sposoby... Nie patrz tak na mnie, widziałam jej łzy, wyglądała rozczulająco. Potem będą awantury, potem znowu łzy. Później zadzwoni do mnie, żebym ci dała spokój, bo ty i tak mnie już nie kochasz... A potem... A potem zajdzie w ciążę i urodzi, czy się będziesz na to zgadzał, czy nie. Ona cię nie zapyta, czy jesteś gotów. Wreszcie zmiękniesz, bo to będzie pierwsze dziecko w twoim życiu. A ty... Nie oszukujmy się, jesteś coraz starszy i tym cię ostatecznie zdobędzie.

– Piłaś? Jakie dziecko? O czym ty mówisz?

– Może go nie ma. A może tylko ty o nim jeszcze nie wiesz – beznamiętne słowa docierały do niego powoli. – Nie chcę, żebyś odszedł ode mnie z tego powodu. Nie chcę, żebyś porzucił mnie dla kobiety, która urodzi ci dziecko. Dziecko, którego ja ci nie dałam. Nie przeżyłabym tego.

– Przestań! Słyszysz, przestań! – Złapał ją za ramiona i potrząsnął. – Może ty chora jesteś? – Nagle skapitulował. – Masz rację. To moja kochanka. Trochę się zagalopowałem. Ale to nic ważnego. Rozumiesz? To tylko niewinny flirt. Moja mała słabość. Zresztą, dlaczego miałbym odejść od ciebie z powodu jakiegoś dziecka. Przecież wspólnie podjęliśmy decyzję w sprawie dzieci. Nigdy nie miałem o to pretensji.

– Do czasu, kochanie, do czasu. Nasza decyzja, moja, twoja, jakie to teraz ma znaczenie? Złamałeś umowę. Musimy się rozstać.

– Jak to rozstać?

– Nie rozumiesz. To nie ja bzykam się pod biurkiem w godzinach nadliczbowych. To nie ja przyniosłam ci cudze dziecko do wspólnego domu – szydziła. – Nie mówię: sorki, co prawda z tobą umawiałam się inaczej, ale tak jakoś samo wyszło, no wiesz, kochanie, wszystkiemu winien ten cholerny księżyc i cygańskie skrzypki – skończyła nagle.

– Jesteś wulgarna!

– Znamy się kawał czasu. Prawie piętnaście lat temu umówiliśmy się, że będziemy sobie wierni, wobec siebie uczciwi, że będziemy trwać razem w biedzie i dostatku, w chorobie i zdrowiu. Nie dotrzymałeś umowy. Pora więc ją rozwiązać.

– Ewa, to był ostatni raz, przysięgam!

Odwróciła się od niego, czuła się zmęczona.

– Za pierwszym razem winiłam siebie – mówiła. – Tak, wiedziałam o Kasi. To cię dziwi? Jesteś dla mnie jak otwarta książka. Nikt nie zna cię tak dobrze jak ja. Więc winiłam siebie, że czegoś ci brakuje. Za drugim i trzecim razem wściekałam się na te „głupie dziwki", bo tak nazywałam twoje kolejne kochanki. Wiem o Bożence, Helence, Zosi i Anecie, chyba tak miała na imię ta ostatnia. Potem był spokój. A teraz wiem, że to nie moja i nie ich wina, tylko twoja. Ty się po prostu nie zmienisz.

Nie miała siły spojrzeć mu w twarz. Czuła, jak ziemia osuwa się jej spod nóg i lawiną spada gdzieś w otchłań. „Tak jest dużo lepiej – uznała – skończyć z tym raz na zawsze, zapakować w czarne worki i wyrzucić jak śmieci, zapomnieć".

– Jesteś nienormalna, wiesz? I o co masz pretensje? Czego ci przy mnie brakowało? Coś ci odebrałem? Miałaś wszystko: mnie, pieniądze, duże mieszkanie, ekstra wakacje. Nigdy byś tego nie osiągnęła, nigdy za tę zasraną policyjną pensję. Ale ty nie jesteś normalna, nie umiesz się tym cieszyć, ty lubisz babrać się w gównie. Ta praca rzuciła ci się na mózg. Bo wiesz co, ty masz właśnie szambo w głowie! Tak, pod tą piękną skorupą jest szambo. Ty niestety nie jesteś zwykłą kobietą! – Szarpnął ją boleśnie za ramię. – Chcesz wiedzieć, czego mi brakowało? Zwyczajności!

Podniósł rękę, Lewicka miała wrażenie, że za chwilę spadnie cios. Skurczyła się w sobie, ale jej wzrok pozostał nieustępliwy. Marek nagle puścił ją, objął dłońmi głowę jak ktoś, kto chce uciszyć zgiełk w swoich myślach.

– Uspokójmy się, wróćmy do domu, jeszcze raz wszystko przedyskutujmy. Na pewno znajdziemy jakieś wyjście – powiedział zrezygnowany.

– Kochanie, nie będzie już powrotów do domu. – Patrzyła mu prosto w oczy, mówiąc powoli, jakby z namysłem. – To był nasz ostatni wspólny weekend.

– Nie mów tak! To nieprawda!

– Prawda, najdroższy.

– Zaplanowałaś to, tak? Nawet ostatnią noc jak ostatnie życzenie skazańca, tak? Wymyśliłaś to sobie i zrealizowałaś w stu procentach. Pozwoliłaś mi wierzyć, że wszystko nadal jest w porządku – rzucił jej w twarz.

– Po co ten melodramat? – spytała.

– Powiedz mi! Przyznaj się!

– Widziałam, jak się zmieniałeś w ciągu ostatnich kilku tygodni. Czułam, że się zakochałeś. – Chciał zaprzeczyć gwałtownie, ale dodała pojednawczo. – Dobrze, już dobrze, byłeś zauroczony. Miałam nadzieję, że kolejny raz przejdę przez tę mękę z godnością, na jaką mnie stać. Zawsze byłam wobec ciebie lojalna. Twoje kochanki z czasem zaczęłam traktować jak kolejne choroby pewnego wieku. Jak świnkę czy różyczkę. Przejdzie, mówiłam sobie, to minie i znów wszystko będzie jak przedtem. Ale w piątek po twoim wyjściu zajrzałam do poczty i... zrozumiałam, że dłużej tak nie mogę żyć. Decyzję podjęłam w pociągu.

– Ty?! Ty zajrzałaś do mojej poczty?! – oburzenie Marka nie miało granic.

– Nie żałuję tego – wyznała szczerze.

– Mówią o was, policjantach, że jesteście jak psy. I mają rację. A ty z nich wszystkich jesteś najgorsza. Nie, tego nie można się nauczyć, z tym trzeba się urodzić. – Przyglądał się jej z narastającym obrzydzeniem. – Wszędzie węszysz podstęp, wszędzie szukasz dziury w całym, ukrytych motywów, dodatkowych znaczeń. Nigdy nikomu nie wierzysz, musisz sprawdzić, dotknąć, zobaczyć, a i to cię nie przekona.

Zamilkł nagle, nabrał głęboko powietrza.

– No i po co ci to było? Jesteś teraz zadowolona? Masz swoją prawdę. Wszystko zniszczyłaś – powiedział gorzko.

– Ja?

– Ty, właśnie ty! Zabiłaś naszą miłość.

– Prawda, kochanie, nie zabija. Prawda wzmacnia, jeśli jest co wzmacniać.

Marek odwrócił się nagle i nie oglądając się na nią, poszedł ścieżką prosto przed siebie. Z rozmachem kopnął kamień, który znalazł na swojej drodze. Domyślała się, że teraz musi to przeżyć sam. Bez żalu patrzyła, jak odchodzi, miała serdecznie dość małżeńskiej tragifarsy. Pora na zmiany, pomyślała i zawróciła w stronę klasztoru.

Komisarz Banasik przemierzał niecierpliwie alejkę między gazonami górnego tarasu. Na widok Lewickiej wyraźnie się rozpromienił. Zapukali do eremu Grzegorka.

Uderzył ich zapach cierpkiej cytrusowej wody kolońskiej, przywitał szeroki uśmiech gospodarza.

– Oczekiwałem państwa – powiedział.

Do jaskrawego swetra włożył jasnoszare spodnie, przez co krzykliwość zestawienia została złagodzona, a całość nabrała charakteru wystudiowanej nonszalancji.

– Przepraszam, że w takich butach, ale wracam prosto ze spaceru – tłumaczyła się Lewicka. – Czy mogłabym skorzystać z łazienki? Spróbuję doprowadzić się do porządku.

– Tamte drzwi w głębi – pokierował.

Łazienka przypominała te z hotelu. Lewicka dotknęła ręczników, były jeszcze wilgotne.

Na półce pod lustrem stały markowe kosmetyki. Kolejno je otworzyła i powąchała. Zajrzała do kosza na śmieci, ale nie było w nim nic intrygującego. Umyła buty i wyszła z łazienki. Po drodze zajrzała do sypialni. Szybko zlustrowała skromnie urządzone wnętrze. Jego wyposażenie stanowiło proste sosnowe łóżko ze stoliczkiem, samotne krzesło oraz sprzęt treningowy: bliżej ściany elektronicznie sterowana bieżnia, a na środku pokoju „wiosła", jak popularnie nazywa się symulator wysiłku wioślarskiego.

Mężczyźni siedzieli w pokoju. Na tle białych ścian wyraźnie odcinały się żółto-pomarańczowe meble z sosnowego drewna. Dwa proste fotele i dwuosobowa kanapa pokryte były jasną tkaniną, wszystko rodem z reklamy wnętrza w stylu skandynawskim. Dla ocieplenia atmosfery na ścianie za kanapą powieszono czarny gobelin z białym wzorem. Jedyna intrygująca rzecz w tym surowym wnętrzu. Gobelin przedstawiał scenę rodzajową: na środku, między regularnie rozmieszczonymi drzewami stała młoda para, na dole dwa szeregi zaprzężonych wozów wyładowanych po brzegi i obok nich ludzie wymachujący rękami.

Lewicka rozsiadła się wygodnie na kanapie i rozejrzała z uznaniem po dużym pokoju.

– Piękna, prawda? *Moje wiano* – tak się nazywa. – Uśmiech Grzegorka przeznaczony był tylko dla niej. Swobodny i pewny siebie, jak przystało na gospodarza, wyjaśnił: – To tkanina dwuosnowowa z Janowa. Relikt dawnego rzemiosła, specjalność podlaska.

– Ach, mówi pan o tym gobelinie. – Obejrzała się za siebie i przez moment podziwiała z bliska subtelny rysunek tkaniny. – Rzeczywiście piękny – potwierdziła.

– A jak się pani podoba mój sprzęt? – spytał zaczepnie i dodał: – Ten sportowy oczywiście.

– Bardzo dobry wybór. Dla wymagających – odsłoniła zęby w szerokim uśmiechu.

Banasik odchrząknął znacząco i zaczął od nowa w miejscu, w którym mu przerwano.

– Po wczorajszym incydencie...

– Tak eufemistycznie pan to nazywa? – w głosie Grzegorka pobrzmiewał sarkazm. – Ordynarna napaść, trzeba mówić po imieniu.

– Po napaści Olejnika – poprawił się Banasik, skrzywieniem ust dając do zrozumienia, że nie lubi, gdy mu się przerywa. – Po tej napaści wyszedł pan, tak?

– Tak, poszedłem do siebie.

– I co było dalej?

– Nic. Przed osiemnastą wpadłem do biura. Przejrzałem pocztę mailową. Zadzwoniłem do restauracji, sprawdzić, co się tam dzieje, i wyjechałem do Suwałk.

– A co pan robił między szesnastą a osiemnastą?

– No, właśnie mówię, że nic – Grzegorek kierował swoje odpowiedzi do Banasika, ale patrzył na Lewicką. – Szykowałem się do wyjścia.

– Tak?

– Pojechałem na spotkanie. Byłem umówiony z kobietą. Spędziłem z nią wieczór. Zjedliśmy razem kolację w „Na Starówce". To taka knajpka.

– Tak, wiem. I co było potem?

– Koło dziewiątej wieczorem byłem z powrotem. Poszedłem do siebie. Nigdzie nie wychodziłem, aż do wpół do jedenastej. Przyszedłem do restauracji w odpowiednim momencie, właśnie zaczęło brakować wina. Otworzyłem piwniczkę, uzupełniliśmy bieżące zapasy. Widziałem, że tym młodym kelnerkom trochę nieswojo – zresztą pańskie oko konia tuczy – zostałem za barem gdzieś do pierwszej w nocy. Razem zamknęliśmy restaurację i poszliśmy do domu.

– Z kim pan był w Suwałkach?

– Już mówiłem, z kobietą – roześmiał się. – To żadna tajemnica, zaraz napiszę panu jej nazwisko i numer telefonu.

To była legalna randka. – Nie tylko twarz, ale całe jego ciało rozparte wygodnie w fotelu wyrażało kpinę.

– A między dwudziestą drugą trzydzieści a pierwszą w nocy nie wychodził pan?

– Tylko raz do piwniczki, ale trudno nazwać to wyjściem. Po prostu zszedłem do magazynów pod kuchnią.

– Podobno jest tam drugie wyjście...

– Tak, ale ja z niego nie korzystałem. Nie musiałem. – Strzepnął ze spodni niewidzialny pyłek.

– Długo pan wybierał to wino?

– Kilka minut. Był ze mną kelner. Możecie go zapytać, tak jak i naszych gości, choćby organizatorów tego spotkania, na pewno chętnie potwierdzą moją obecność. – Grzegorek ani przez chwilę nie tracił pewności siebie, tak jakby w tej rozmowie to on, a nie policjant rozdawał karty.

– Którędy pan wracał do mieszkania po wyjściu z restauracji?

– Tak jak zwykle, wyszliśmy górą przez główne wyjście z Domu Królewskiego.

– Nie przez wyjście kuchenne?

– Nie. Tak jest wygodniej. – Tym razem odrobinę przeholował, zabrzmiało to nieomal jak kpina, więc szybko wyjaśnił, życzliwie się uśmiechając: – Szliśmy wszyscy razem, to znaczy ja, kelner i kelnerki, górą aż do bramy na wewnętrzny dziedziniec, tam się rozstaliśmy. Poszedłem prosto do siebie.

– I rano niczego pan nie zauważył?

– Ponieważ pracowałem do późna, uznałem, że należy mi się trochę snu. Poza tym, jak sam pan widzi, okna mojego mieszkania nie wychodzą na plac pod Zegarową.

– Ale z patio można wyjrzeć...

– Jednak ja nie wyglądałem, tylko spałem – powiedział z naciskiem. – Nie za długo, jakby to wyglądało, koło dziewiątej wyszedłem pobiegać i wtedy natknąłem się na panią i... – Zawiesił głos. – I na całą resztę.

– Czy to prawda, że wczoraj wieczorem odwiedziła pana Pomicka?

– Odwiedziła to za dużo powiedziane. Właściwie nie przyszła do mnie, tylko szukała Jurka. Powiedziałem jej zgodnie z prawdą, że nie wiem, gdzie się ukrywa, ale Boguś pewnie wie i jest tu obok na brydżu. Zawsze gdy Marciniak się urywał, Sobieraj wiedział, gdzie go szukać. Widać mieli ze sobą wiele wspólnego.

– Co to znaczy, że Marciniak się urywał?

– Nie dosłownie. – Grzegorek znowu dobrze się bawił. – Jak szedł na dziewczyny, to tylko Bogusiowi się zwierzał. W takiej firmie ktoś musi wiedzieć, w razie czego, gdzie szukać szefa.

– Podobno wczoraj dzwonił do pana Marciniak?

– Tak. Zadzwonił do mnie koło osiemnastej. Akurat wsiadałem do samochodu. Myślałem, że to coś ważnego. Powiedział jedynie, że będzie zajęty i żebym miał pieczę nad tym wieczorem winnym, co zresztą uczyniłem. Zadzwonił jeszcze koło dwudziestej trzeciej, akurat po wyjściu Martyny. Nie podobało mi się, że się ukrywa. Było mi głupio przed nią. Powiedziałem, co o tym myślę, i się rozłączył. Proszę – podniósł leżący obok niego telefon. – Może pan sprawdzić.

– Mogę ja? – Lewicka uśmiechnęła się przepraszająco i wzięła do ręki srebrny aparat, identyczny jak ten, który widziała w gabinecie Marciniaka i taki sam jak Sobieraja.

– Oczywiście – Grzegorek wyszczerzył do niej zęby.

– Sugeruje pan, że między osiemnastą a dwudziestą trzecią Marciniak był z kobietą? – spytał Banasik.

– Niczego nie sugeruję, ale wcześniej czasem tak bywało – wyraźnie dawał do zrozumienia, że nie traktuje komisarza poważnie.

– Myśli pan, że z obitą twarzą i obolałym nosem miał ochotę na randki? – spytała pochylona nad telefonem Lewicka.

– Pani go nie znała. Jurek właśnie taki był. Żadnej nie przepuścił i nie miało znaczenia, w jakim był stanie. – Zawiesił głos dla lepszego efektu i dodał z przekąsem: – Powstrzymać go mogło tylko uszkodzenie najważniejszego organu. Ale to wczoraj nie nastąpiło.

– Nie pochwalał pan postępowania Marciniaka? – spytała.

– Nikt normalny by tego nie pochwalał. Był strasznym bucem wobec kobiet. Niby grzeczny i szarmancki, ale tylko do czasu, do osiągnięcia celu. Potem traktował je jak szmaty. Z Martyną było trochę inaczej. Okazała się bardziej wytrzymała... A może Jurek już się zestarzał i zmęczył. Tak nam się przynajmniej wydawało. Mniej uganiał się za spódniczkami, chyba chciał się jednak ustatkować. – Zamyślił się na chwilę. – Martyna jest z tych, co jak sobie coś postanowią, to nie popuszczą. Prawie dał się jej zaciągnąć przed ołtarz. Już dwa razy przekładali termin ślubu.

– Czy powodem była Świtała?

– Anka? Moim zdaniem, nie. Jurek zatrudnił je w tym samym czasie i od razu obie do niego wystartowały, albo on do nich, to było takie wzajemne oddziaływanie. One przed trzydziestką, niebrzydkie i niegłupie, a on nieźle ustawiony, dojrzały i wolny. Rywalizowały o niego, a to go bawiło. Czasem dolewał oliwy do ognia, afiszując się z atrakcyjnymi turystkami lub wyróżniając którąś z pracownic. – Przerwał na chwilę, by zaraz podjąć dalej. – Anka chyba się przeliczyła. Miała własny scenariusz, a Jurek, jak to Jurek, nie uznawał innych niż on sam scenarzystów. W końcu wybrał Martynę, a raczej dał się podbić jej niewolniczemu uwielbieniu. Jednak Anka wciąż robiła sobie nadzieje... Chciałem powiedzieć, że do wczoraj żyła iluzjami. Wodziła za nim maślanymi oczami, co Martynę doprowadzało do wściekłości. Pewnie Jurek naobiecywał jej niestworzonych rzeczy. Chociaż ostatnio dość kategorycznie odsunął się od niej. Może się wystraszył, że straci Martynę.

Lewicka pomyślała, że takie konflikty są nie do uniknięcia, gdy szef robi z pracownic prywatny harem. Kobiety w walce o względy supersamca zaczynają tracić dystans i wreszcie dochodzi do gorszących scen. Jedne zachowują się jak „legalne" żony, inne jak pierwsze faworyty, a jeszcze inne jak przyszłe kandydatki na narzeczone. Tak się rodzi na ziemi piekło nie do zniesienia.

– A Olejnik? Jaką rolę odgrywa w tym melodramacie Olejnik? – dociekał Banasik.

– Był chłopakiem Anki, czuł się za nią odpowiedzialny. Norbert należy do typu mężczyzn, których rzadko się dziś spotyka. Będzie bronił Anki do końca, chociaż ona wcale na to nie zasługuje.

– Wczoraj całkiem dobrze dawał sobie radę – wyraziła opinię Lewicka.

– Olejnik ćwiczy techniki *combat*: Krav Maga, jeszcze coś z numerem pięćdziesiąt sześć i chyba system Wasiliewa – mówił z pewnym wahaniem jak ktoś, kto nie zna się na zawiłościach tematu, a jedynie powtarza zapamiętane terminy.

– Dobrze go pan zna?

– Nie bardzo, ale czasem spotykamy się na siłowni, tam gdzie bywa i pan komisarz. No i kiedyś rozmawialiśmy o tym. Widziałem, jak pod dyskoteką w Suwałkach pokonał faceta wyższego od niego o głowę i cięższego o dobre dwadzieścia kilo.

– Często spierał się pan z Marciniakiem? Były między wami zatargi? – Lewicka zmieniła temat.

– Zatargi? Nie. Jak to w pracy, czasem bywały różnice zdań w kwestiach zarządzania. Zazwyczaj jednak byliśmy zgodni.

– Ale sam pan mówił, że nie podobało się panu zachowanie Marciniaka wobec kobiet – zauważył Banasik.

– Nie kryłem się z tym, ale nie był to też powód do sporów. Jurek wysłuchiwał mnie, przytakiwał, stwierdzał samokrytycznie, że jest draniem, i żył dalej tak, jak chciał. To wszystko.

– Czyli nie narzekał pan? – spytała Lewicka.

– Gdyby było mi źle, dawno byśmy się rozstali. Nic mnie tu nie trzymało z wyjątkiem zadania, jakie sobie postawiłem, podpisując kontrakt, ale z tego i tak już się wywiązałem. No i przyjaźni – dodał szybko.

– Właściwie, to jak się pan tu znalazł? – zainteresował się Banasik.

– Po rozwodzie szukałem pracy poza Wrocławiem. Jurek zaproponował mi to stanowisko, a ja skwapliwie z tego skorzystałem.

– To daleko od domu. Pewnie niezbyt często miał pan okazję odwiedzać syna? – Lewicka utkwiła wzrok w jego twarzy.

– Jest pełnoletni. – Uśmiechnął się szeroko. – Studiuje dziennikarstwo w Warszawie. To akurat w połowie drogi między Wrocławiem a Wigrami. Zaskoczę panią, ale spotykamy się co miesiąc. Obaj świetnie się rozumiemy, a on nie potrzebuje już niańki, tylko, jak każdy młody mężczyzna, wolności. Kupiłem mu mieszkanie w stolicy i zawsze się u niego zatrzymuję.

– Czy syn kiedyś odwiedził pana tutaj?

– Nie, staram się oddzielać pracę od życia prywatnego.

– No właśnie, a jak się tu żyje? – uśmiechnęła się łagodnie.

– Normalnie.

– Dla mnie to jak bezludna wyspa. Nie licząc oczywiście gości. Albo jak okręt dalekomorski: wciąż te same twarze.

– Nie zastanawiałem się nad tym. Dla mnie to azyl. Pracuję, spotykam ludzi, trenuję, śpię i tak na okrągło. Hotel jest jak młyn, trudno tu się nudzić czy mieć czas na refleksje.

– Podobno żyliście tu jak jedna wielka rodzina? Nawet wolny czas spędzaliście razem.

– Bez przesady – nieznacznie się skrzywił. – Może Jurek z Bogusiem, ale ja nie mam czasu na jałowe dyskusje o filozofii i chrapanie w sali kinowej. Tak, oni poza pracą dość często spędzali razem czas.

– Bardzo się przyjaźnili.

– Można to tak nazwać. – Skierował wzrok na widok za oknem. – Boguś ćwiczył bez opamiętania grę w tenisa, żeby zostać sparingpartnerem Jurka. Miał niezły backhand, oburęczny, przez to niezwykle skuteczny. Jednak, by sprawić przyjemność Jurkowi, regularnie z nim przegrywał. To samo z żeglarstwem. Mimo że Boguś cierpi na łagodną formę agorafobii, podróże i otwarta przestrzeń go przerażają, zdobył patent sternika. Wszystko by zrobił, byleby tylko zostać członkiem załogi jachtu Jurka. Niedawno, na przełomie stycznia i lutego, żeglowali razem u wybrzeży Turcji.

– Nie wygląda na tak zdeterminowaną osobę.

– I tu się pani myli, facet zarządzający sprzedażą musi być zdeterminowany jak nikt inny, a jeśli mu brakuje determinacji, uporu i zdecydowania, to musi odnaleźć w sobie mechanizmy, aby po raz kolejny przystąpić do ataku. Bo w handlu jak na wojnie. Wiem, bo ściśle współpracowaliśmy ze sobą. Jurek był typem wizjonera, a od czarnej roboty byliśmy Boguś i ja. On naprawdę jest dobry w tym, co robi, chociaż wygląda niepozornie. Ten facet to tytan pracy. Jest jak terier, łatwiej byłoby go zabić, niż zniechęcić... – Zawiesił głos. – Przepraszam za to porównanie.

Zamilkł, a Lewicka nie zamierzała go poganiać. Banasik założył nogę na nogę i przyglądał się kolekcji płyt na stojaku.

– Boguś ma też słabe strony. W chwilach kryzysu popada w przesadę. Dlatego prędzej bym się spodziewał pod wieżą Sobieraja niż Marciniaka. Boguś przy każdej ryzykownej decyzji Jurka straszył, że jak coś nie wyjdzie, to on rzuci się z wieży. – Grzegorek wpatrywał się w podłogę. – Kiedyś razem poszli tam na górę, nagle Marciniak złapał go wpół i wywiesił przez okno. Był od niego większy i silniejszy, więc uważał, że nic się nie stanie, ale to było doprawdy bardzo głupie i okrutne. Napędził Bogusiowi niezłego stracha, aż mu zwieracze puściły. Potem Sobieraj odgrażał się, że kiedyś odpłaci mu równie „zabawnym” żarcikiem.

– Dla Marciniaka to był żarcik?

– Tak. Jurek miał dziwne poczucie humoru. Często pozwalał sobie na złośliwe uwagi wobec Bogusia i równie niesmaczne żarty. Bawił się jego kosztem, drwił sobie z niego. Nie wiem, jak Boguś to wytrzymywał. Wyglądało na to, że to mu nie przeszkadza. Może ma taką naturę ofiary, niewolnika skazanego na tę dziwną zażyłość. Niezłomny w pracy i ustępliwy wobec przyjaciela. Dla Bogusia przyjaźń Jurka była wszystkim.

– Pan powiedział: dziwną zażyłość?

– Nie jestem psychologiem i nie mnie oceniać. Może Jurek był dla Bogusia rodziną zastępczą. Dlatego teraz tak mocno przeżywa jego śmierć.

– Marciniak często zasłaniał się pańskimi znajomościami w Urzędzie Ochrony Państwa... – zaczął Banasik.

– Dzisiaj ta instytucja nosi inną nazwę – uwaga została rzucona przez Grzegorka równie szybko, jak zdecydowanie.

– Tak, oczywiście, ma pan rację. Moje pytanie brzmi jednak: kiedy pan odszedł ze służby?

– To bardzo dawne dzieje. Odszedłem w 1996 roku. Potem pracowałem w agencji reklamowej, którą rozwinąłem i wykupiłem. Po rozwodzie zostawiłem ją żonie.

– Dlaczego pan odszedł z UOP-u?

– Jeszcze tego nie ustaliliście? – powiedział zaczepnie. – Ze względów zdrowotnych.

– Dobrze pan wie, że te informacje są tajne. Trudno będzie nam nawet ustalić, czy rzeczywiście był pan pracownikiem UOP-u i na czym polegała pańska praca.

– Nie wygląda pan na chorego – powiedziała Lewicka.

– Brałem udział w pościgu i zostałem postrzelony... Mimo rehabilitacji nie mogłem wrócić do służby. Zacząłem się bać.

– Wszyscy się boimy, bez uczucia strachu bylibyśmy bezmyślnymi ryzykantami. – Lewicka wyraziła swoją opinię.

– Mnie strach paraliżował. Źle wypadłem na badaniach psychiatrycznych i to zaważyło na decyzji odejścia.

– Rozumiem.

Nagle rozdzwonił się telefon Banasika.

– Te puchary to pańskie trofea sportowe? – spytała Grzegorka.

– Owszem.

– Widzę daty 2004 i 2005, więc to chyba aktualna pasja?

– Jestem ironmanem – „człowiekiem z żelaza" – wyjaśnił. – Uprawiam triatlon.

– Trójbój to bardzo wymagający sport. Trzeba mieć niesamowitą wytrzymałość.

– Iście żelazną. Na szczęście nie muszę się zmagać z młodszymi ode mnie, startuję w kategorii M6, czyli weteranów. To chyba jedna z niewielu dyscyplin, która prowadzi klasyfikacje zawodników od lat szesnastu do sześćdziesięciu i więcej.

– Teraz rozumiem, skąd te mrożące krew w żyłach opowieści o pańskich wyczynach pływackich w zimnej wodzie Wigier.

– Mhm – przytaknął, wyraźnie zadowolony.

– To tym się pan zajmuje w czasie wolnym? Przygotowania wymagają chyba systematyczności i wytrwałości.

– To jedna z najtrudniejszych i najmłodszych dyscyplin olimpijskich. Zawodnik kolejno płynie, jedzie na rowerze i biegnie. Dystanse różnią się w zależności od rodzaju zawodów. Po starcie ze wspólnego miejsca wyścig pozostaje ciągły, bez przerw pomiędzy kolejnymi dyscyplinami. Do czasu końcowego zalicza się także zmianę stroju sportowego. I muszę pani powiedzieć, że z tym jest najwięcej problemów.

– To znaczy?

– Po przepłynięciu prawie czterech kilometrów w wodzie o temperaturze kilkunastu stopni ciężko ściągnąć z siebie piankę. Dlatego używamy wazeliny do smarowania nadgarstków dłoni i kostek nóg. Śmieszne, ale wazelina jest w tym wypadku ważnym elementem stroju pływackiego.

– A ile trzeba przebiec?

– Najpierw przejechać na rowerze sto osiemdziesiąt kilometrów, a dopiero potem przebiec dystans maratoński.

Zauważył, że Banasik im się przysłuchuje, więc zwrócił się bezpośrednio do niego, mocno akcentując słowa:

– Czterdzieści dwa kilometry i dwieście metrów, panie komisarzu.

– A nie sto dziewięćdziesiąt pięć, panie dyrektorze? – Banasik miał już dość tego aroganta.

– Jest pan bardzo skrupulatny i oczywiście ma pan rację. Jednak w triatlonie dystans ten zaokrąglono.

– Tak, to bardzo śmieszne, biorąc pod uwagę, że z Maratonu do Aten jest tylko trzydzieści siedem kilometrów – przyznał zjadliwie Banasik.

– Panowie, uspokójcie się. Już wiem, zrozumiałam i mam wrażenie, że to zabawa dla facetów z nadwyżką testosteronu we krwi oraz dla tych, którzy cierpią na głód adrenaliny.

– Ma pani rację – roześmiał się Grzegorek. – Co prawda pierwszy wyścig zorganizowano w 1974 roku w Kalifornii, ale prawdziwym propagatorem tego sportu został komandor John Collins. Pewnego pięknego hawajskiego poranka sprzeczał się z kolegami o to, który wyścig jest trudniejszy: pływacki wyścig Waikiki Rough na dystansie czterech kilometrów czy kolarski wyścig dookoła wyspy Oahu o długości stu osiemdziesięciu kilometrów, a może bieg maratoński w Honolulu. Zaproponowano, aby wszystkie zawody połączyć i rozegrać jednego dnia. Od tamtej pory każdy, kto ukończy ten wyścig, otrzymuje miano „Żelaznego Człowieka". Oto jedno z moich pierwszych trofeów, z wyścigu rozegranego w Kalifornii w 1996. A tutaj – pokazał na ścianę – zdjęcie ze szczęśliwymi finalistami.

– A kim jest ten uśmiechnięty facet? – Lewicka pokazała na zdjęcie Grzegorka z dwoma młodymi mężczyznami. Jeden był ciemnowłosy i krępy, wyglądał na nieco młodszego, a drugi – piegowaty blondyn, dużo szczuplejszy i wyższy – szczerzył krzywe zęby w radosnym uśmiechu.

– To Hamish Carter, mistrz olimpijski z Aten. A ten ciemny obok to mój syn Rafał.

– A ta blondynka w wodzie?

– Loretta Harrop, srebro. Niestety już zajęta. To sama Kate Allen, mistrzyni z Aten. I Michelle Dillon, niezwykle sympatyczna brytyjska trójboistka. A na pozostałych zdjęciach również triatloniści, zawodniczki i zawodnicy, mniej lub bardziej utytułowani.

– Widzę, że lubi pan wysportowane blondynki – Lewicka przyjrzała się zdjęciom Grzegorka w objęciach żylastych, spalonych słońcem atletek.

– Rzeczywiście – uśmiechnął się łakomie. – Tak to może wyglądać.

– Powiedzcie mi, dlaczego mężczyźni wolą blondynki? – Lewicka zwróciła się nagle do obu mężczyzn.

– Może dlatego, że wyglądają tak niewinnie, jakby trzeba było się nimi opiekować, troszczyć o nie. Wzbudzają w nas instynkty opiekuńcze, rozczulają – powiedział miękko Grzegorek.

– Doprawdy? Moje doświadczenie zawodowe nauczyło mnie czegoś zgoła innego. Zresztą akurat te „żelazne kobiety" nie wyglądają na takie, co sobie nie dadzą rady z przeciwnościami losu.

– Nie należy mylić zawodów sportowych z normalnym życiem.

– A mnie zawsze uczono, że sport kształtuje charakter – wtrącił Banasik.

– Czy w tym roku też wybiera się pan na zawody? – Lewicka spytała Grzegorka.

– W lipcu, do Frankfurtu. Trwa już odliczanie – w krzywym uśmiechu uniósł się najpierw lewy kącik, a dopiero potem dołączył do niego prawy.

– W takim razie życzę powodzenia. Jeszcze będziemy mieli okazję porozmawiać.

Grzegorek szeroko odwzajemnił uśmiech.

– Mam pytanie.

Zatrzymali się w progu.

– Dlaczego stróż odnalazł Jurka dopiero rano? Pewnie już z nim rozmawialiście, to wiecie. Ekhm... – odchrząknął znacząco. – Interesuje mnie to jako pracodawcę.

– Pan wybaczy, ale nie ujawniamy szczegółów śledztwa przed jego zakończeniem. – Gdyby mógł, Banasik zmroziłby głosem nawet hawajską tancerkę.

– Przepraszam, wygłupiłem się, oczywiście. Do widzenia pani – posłał Lewickiej ostatni czarujący uśmiech.

– Myślisz, że powiedział nam prawdę? – Banasik głośno wątpił.

– Na pewno nie. Ale nieźle mu idzie. Naprawdę nieźle.

– Wiem jedno, gdybym miał obstawiać, kto jest zdolny wnieść ciało Marciniaka na wieżę, faworytem zostałby Grzegorek.

Przez chwilę szli w milczeniu w stronę recepcji.

– Nie uważasz, że to trochę dziwne. Obaj, Grzegorek i Sobieraj, bez żadnych oporów pokazują nam swoje telefony – zastanawiała się głośno Lewicka.

– A co w tym dziwnego? Zabito ich przyjaciela, chcą nam pomóc.

– Umówili się?

– Dlaczego tak myślisz?

– Nie wiem, tak mi przyszło do głowy. Te zapisy rozmów telefonicznych dowodzą, że Marciniak żył do godziny dwudziestej trzeciej...

– Zgodnie z tym, co już wiemy, pewnie tak było.

– Tam było coś jeszcze...

Banasik nie zwrócił jednak uwagi na jej słowa.

ROZDZIAŁ 13

– Tak naprawdę z nich dwóch to tylko Grzegorek ma alibi – powiedziała Lewicka.

– Właściwie masz rację – przyznał Banasik. – Zmieniłaś szpilki na sportowe buty – zauważył obojętnie.

– Wręcz wymarzone alibi na czas krytyczny. Czy to źle, że zmieniłam? – spytała poważnie, ale jej roześmiane oczy przeczyły minie.

– Teraz nie potrzebujesz mojego ramienia – uśmiechnął się do niej i westchnął z udawanym smutkiem. – Wątpisz w to alibi? Ja też, zbyt dobrze się składa.

– Nie wątpię w jego alibi, jestem pewna, że jest bez zarzutu, i to mnie właśnie martwi. – Odwzajemniła uśmiech i wzięła go pod ramię. – Pomicka już jest?

– Tak. Kazałem jej zaczekać u siebie, to znaczy w siłowni. Podobno awanturowała się, że chce wejść do mieszkania. Nalewajko jej nie wpuścił. Może to niepotrzebne – wzruszył ramionami, lecz zaraz na powrót przywarł do Lewickiej. – Wolałbym jednak rozmawiać z nią gdzie indziej, nie w eremie denata.

Przeszli pod bramą wjazdową, minęli parking dla autobusów i zrudziały przez zimę trawnik. Wspięli się po drewnianych schodach z grubych desek. Drzwi do siłowni były otwarte. W głębi, na zapleczu sali paliło się światło. By tam dotrzeć, musieli przedrzeć się przez las metalowych urządzeń do wyciskania siódmych potów. Łukowate sklepienie nad salą i stłumione światło przywodziły na myśl izbę tortur, z jedną różnicą – nigdzie nie było śladów krwi, a ofiary poddawały się kaźni dobrowolnie.

Za uchylonymi drzwiami w małym pokoiku dostrzegli młodą kobietę. Na ich widok podniosła się i odgarnęła z czoła długie jasne włosy. Miękki gest smukłego nadgarstka i wdzięczne odchylenie głowy w jednej chwili uświadomiły Lewickiej, dlaczego mężczyźni tracili dla Martyny wszelki rozsądek. A bez wątpienia była to Martyna Pomicka, dziewczyna ze zdjęcia w pokoju Marciniaka.

– Słucham – powiedziała niechętnie. Była wysoka, wyższa od Banasika o pół głowy. Jej idealną figurę klepsydry podkreślała dzianinowa sukienka w kolorze ciemnej czekolady. Z gładkiej twarzy dojrzałej kobiety patrzyły na nich pełne bólu oczy. Subtelne rysy, szerokie czoło, wystające kości policzkowe i mocno zarysowane szczęki upodobniały ją do bogini polskiego kina, Grażyny Szapołowskiej, ikony idealnej urody i nieprzemijającej klasy. „Cóż, mężczyznom trudno spokojnie rozmawiać z taką kobietą" – przyznała w myślach policjantka.

– Rozmawialiśmy przed chwilą przez telefon. Jestem komisarz Banasik, a to inspektor Lewicka. Chcielibyśmy zadać kilka pytań – powiedział zgnębionym głosem i zaraz dodał ponuro: – To niezbędne.

– Dlaczego nie mogę wejść do mieszkania? – spytała.

– Zaraz po naszej rozmowie wydam polecenie, aby usunięto policyjne plomby.

– Czy to tam... Czy tam zginął? – Oczy Pomickiej były bez wyrazu.

– Prawdopodobnie nie. – Banasik zamilkł nagle, ugryzł się w język i po chwili ostro dodał. – Skąd to pytanie?

– Wszyscy o tym mówią... – Przerwała nagle, jakby zmagała się z szalejącymi wewnątrz emocjami. Banasik myślał, że się rozpłacze, ale nie, nabrała powietrza i dokończyła. – Że Jurka zepchnięto z wieży, gdy już nie żył...

– Wszyscy? – szybko wszedł w zdanie.

W odpowiedzi Pomicka tylko wzruszyła ramionami. Banasik zacisnął szczęki i sapnął jak rozjuszony byk. Kłykcie jego dłoni pobielały, zaciśnięte w gniewie na tych „wszystkich" dobrze mu znanych winowajców. Nalewajko znowu przekroczył swoje uprawnienia. Tym razem aspirantowi sztabowemu nie ujdzie to na sucho, obiecał sobie komisarz.

– Czy możemy usiąść? – spytał.

– Proszę – powiedziała obojętnie i pierwsza usiadła na krześle przy malutkim biureczku. Spokojnie założyła nogę na nogę.

– Czy pani narzeczony miał wrogów?

Pomicka obrzuciła Banasika zimnym wzrokiem i tylko wzruszyła ramionami. Komisarz zastanawiał się, skąd ta agresja, czy jej źródłem są zdarzenia z przeszłości, czy może jest naturalną cechą charakteru młodej kobiety.

– Może wspominał o swoich problemach? Obawiał się kogoś?

Nie odpowiedziała. Usiłowała wyglądać swobodnie, lecz jej zastygła, skurczona twarz zdradzała najwyższy niepokój.

– Czy pan Marciniak skarżył się na kogoś?

Ponownie zignorowała jego pytanie, oglądając w milczeniu swoje smukłe dłonie. Zniecierpliwiony przedłużającym się milczeniem dziewczyny Banasik powtórzył:

– Czy ktoś groził Marciniakowi?

– Dlaczego mnie pan pyta? – wybuchła nagle, stawiając mocny akcent na słowie „mnie".

– Była pani najbliższą mu osobą. Kogo innego mielibyśmy pytać? – powiedział nieco zbity z tropu Banasik.

– Bogusia spytajcie – warknęła. – Albo Grzegorka.

– Rozumiemy pani ból i irytację naszymi pytaniami, ale proszę nas także zrozumieć – Lewicka starała się załagodzić sytuację. – Proszę nam pomóc odnaleźć zabójcę.

Pomicka obrzuciła ją złym spojrzeniem i zacisnęła mocniej wargi. Banasik poruszył się zniecierpliwiony. Już otwierał usta, ale Lewicka powstrzymała go spojrzeniem. Komisarz był coraz bardziej rozdrażniony postawą dziewczyny. Żeby chociaż otwarcie wyrażała swoje emocje, rozpłakała się, dostała spazmów lub nawet zemdlała, ale nie, pomyślał, wciąż zachowywała pozory opanowania i to najbardziej go irytowało. Pomicka była zbyt spokojna i zbyt piękna, aby mógł pozostać wobec niej obojętny.

– Dobrze – zgodziła się po chwili dziewczyna. – Pytajcie.

– Wczoraj późnym wieczorem wróciła pani do klasztoru. Szukała Marciniaka – Lewicka zaczęła przedstawiać fakty, które zdążyli ustalić wcześniej. Dziewczyna tylko kiwała głową na znak potwierdzenia.

– Czy widziała się pani z nim?

– Nie.

– A może pani z nim rozmawiała?

– Nie odbierał telefonów – powiedziała twardo.

– Czy był jakiś powód, dla którego unikał z panią kontaktu? Może się pokłóciliście?

– Dlaczego mielibyśmy się kłócić?

– Nie wiem, tylko pytam – Lewicka nie chciała wywoływać niepotrzebnego napięcia, przynajmniej nie teraz.

– Dlaczego nie szukacie mordercy?! Dlaczego mnie dręczycie?! – podniosła głos. – Tak, miałam pretensje o Ankę. Rozstaliśmy się w nie najlepszej atmosferze. Ale wczoraj ten problem załatwił ostatecznie Olejnik! Dlaczego jeszcze go nie zamknęliście? – powiedziała z pretensją w głosie.

– Olejnik pobił pani narzeczonego i będzie... – zaczął Banasik wolno.

– Wczoraj w nocy? – wpadła mu w słowo.

– Po południu... – zaczął ponownie, lecz nie zdążył dokończyć, bo przerwała mu Pomicka.

– To co tu robił w nocy? Lepiej zainteresujcie się nim – wtrąciła z jadowitym przekąsem.

Banasik zesztywniał, wreszcie dotarła do niego waga słów wypowiedzianych przez dziewczynę. Nim ponownie zadał pytanie, przez chwilę mierzył ją wzrokiem.

– Słucham? Pani go wczoraj widziała? Tutaj?

– Widziałam, jak się czaił – w jej głosie zabrzmiała triumfalna nutka.

– Gdzie?

– Przy furcie zamykającej górny taras.

– O której?

– Koło wpół do jedenastej. Szłam z recepcji, minęłam narożnik plebanii i omal na niego nie wpadłam. Stał tam, przytulony do muru, jakby kogoś podglądał. Pomyślałam, że z niego konkursowy idiota jednak, niepotrzebnie obserwuje nasz erem, gdy Jurek jest w biurze.

– Skąd pani wiedziała, że jest w biurze?

– Widziałam światło w gabinecie – wyraz jej twarzy mówił, że nie ma najlepszego zdania o zdolnościach umysłowych Banasika. Nie kryła swojego rozczarowania ilorazem inteligencji komisarza.

– Aha. I co było dalej?

– Wycofałam się. Przeszłam przez furtę pod Domem Papieskim, była już zamknięta, ale ja mam klucz. Jednak w biurze nikogo nie było – przyznała ze smutkiem.

– Czy nadal paliło się tam światło?

– Nie. Było ciemno i dlatego poszłam prosto do eremu. Ale mieszkanie było zamknięte, a światła zgaszone.

– Tak?

– Poszłam do restauracji. – Kiedy mówiła, rozedrgane powieki osłaniały jej na wpół przymknięte oczy, jakby unikała kontaktu wzrokowego lub chciała zachować część spraw tylko dla siebie. A może bała się, że natarczywe spojrzenia policjantów wytrącą ją z kruchej równowagi, którą z trudem utrzymywała, i będzie musiała się rozpłakać. – Po drodze żałowałam, że tego nie zrobiłam od razu, mogliśmy się przecież rozminąć. Gdy ja okrążałam klasztor, Jurek pewnie zamknął biuro i poszedł do restauracji. W każdym razie tak wtedy uważałam. Na dole okazało się, że tam też go nie ma. Marek nie chciał mi powiedzieć, gdzie go znajdę. Odesłał mnie do Sobieraja.

– Marek?

– Pan Grzegorek. Ściemniał coś i kręcił. Wkurzył mnie tym swoim współczuciem. Nie potrzebuję współczucia – powiedziała gniewnie i zacisnęła usta w grymasie bólu.

– Gdy zeszła pani do restauracji, Grzegorek tam był? Od razu go pani zapytała o Marciniaka?

– Nie. Zszedł do piwnicy po wino. Musiałam zaczekać.

– A potem poszła pani do Sobieraja?

– Grał w brydża w eremie numer jeden. Kelnerka wypuściła mnie kuchennym wyjściem. Miałam blisko.

– Czy coś pani wtedy zauważyła?

– Niby co? – spytała napastliwie.

– Coś dziwnego?

– Nie. Nikogo oprócz Olejnika nie widziałam.

– Jest pani pewna, że to był on?

– Tak. Dobrze go znam. Kilka razy z nim rozmawiałam.

– Furta jest oświetlona, ale on chyba stał w cieniu, była noc, jak pani mogła go dostrzec? – zauważyła Lewicka.

– Wychylił się i wtedy go zobaczyłam. Dobrze widziałam jego twarz, padało na nią światło z latarni nad bramą. – W jej głosie królowała absolutna pewność siebie.

– Czy Wieża Zegarowa była oświetlona?

– Nie przypominam sobie.

– Proszę sobie przypomnieć. Czy kiedy jechała pani samochodem, wieża była oświetlona?

– Zegarowa?

– Czy była oświetlona?

Zmarszczyła brwi, jakby usiłowała sobie przypomnieć. Spazm bólu wykrzywił twarz, na moment przycisnęła dłoń do brzucha.

– Chyba nie. Tak, światła były uszkodzone. Teraz – skrzywiła się – przypominam sobie, wieża nie była oświetlona. Przy zacinających deszczach to się często zdarza.

Sięgnęła po butelkę i nalała sobie do szklanki wody.

– A co wczoraj w nocy powiedział pani Sobieraj?

– Nic. Twierdził, że nie wie, gdzie jest Jurek. Kłamca jeden! – Nie wiadomo, pod czyim adresem, Sobieraja czy Marciniaka, skierowane były te ostre słowa. – Widziałam na parkingu samochód Jurka, więc musiał być gdzieś tutaj. Mam jednak na tyle godności, że nie szukałam Jurka we wszystkich pokojach. Wróciłam w nocy do Białegostoku. Rano miałam kolokwium – wyjaśniła.

– Przepraszam na chwilę. – Banasik podniósł się. – Muszę wykonać kilka telefonów.

Komisarz wyszedł do sali obok. Po chwili dobiegły stamtąd dyspozycje wydawane cichym, lecz nieznoszącym sprzeciwu głosem.

Pomicka wyjęła dużą skórzaną torbę i zaczęła w niej czegoś szukać. Nie mogąc znaleźć zguby, opróżniła torbę, robiąc na biurku mały bałagan.

– Czemu pani tak nagle wróciła do Wigier? Coś się stało? – spytała Lewicka.

– Po prostu wróciłam. – Na moment zamarła, nie podniosła jednak głowy, zajęta przetrząsaniem zawartości torby. Jej twarz znowu zastygła w bezruchu. – Nie wolno już wrócić do domu? – rzuciła zaczepnie.

Z pogniecionego opakowania wyłuskała dużą białą tabletkę, którą z trudem połknęła. Dolała wody do szklanki i łapczywie popiła lekarstwo, które stanęło jej w przełyku.

– Dlaczego chciała pani szukać narzeczonego w pokojach?

– Martwiłam się o niego. Został przecież pobity – nie zabrzmiało to zbyt przekonująco.

– I dlatego miałby się ukrywać w pokoju hotelowym? A może chciał pani oszczędzić widoku podrapanej twarzy? Dlaczego Grzegorek współczuł pani, a nie jemu?

– Czego pani ode mnie chce? – tym razem złość wykrzywiła idealne rysy jej twarzy. – Zdradzał mnie! Rozumie pani? Szalałam z zazdrości! Z niepewności! Niby zerwał z Anką. Może jednak nie zerwał, myślałam, może kłamał. Przecież była z nim w ciąży. Wie pani, jak się czułam, gdy się o tym dowiedziałam? Pani to nie dotyczy, pani nie wie, jak to jest.

Lewicka słuchała z kamienną twarzą tego nagłego wybuchu goryczy. Nie miała zamiaru tłumaczyć, że doskonale zna to uczucie. Zastanawiała się raczej, dlaczego ładna, wykształcona i niegłupia dziewczyna pozwalała się tak poniżać. Lewicka była już mężatką, gdy dowiedziała się o zdradzie swojego męża, ale ona?

– I jeszcze dzwoni do mnie ta poczwara z recepcji, ta nasza Kasiunia – powiedziała z mocą, przedrzeźniając imię dziewczyny – mówi mi jadowitym głosikiem, od którego niedobrze się robi, że Jurek zamknął się u siebie i nie daje znaku życia. No tak, myślę sobie, zerwał z Anką, bo po prostu jest inna.

– To było wstrętne z jej strony – zgodziła się Lewicka.

– Głupia cipa! – Martyna wybuchła na nowo. – Gdyby tylko Jurek skinął na nią palcem, pierwsza rozłożyłaby przed nim nogi. Znam je wszystkie, harpie jedne! Tylko czyhały, aż mi się noga powinie! Och, jaka Kasiunia była szczęśliwa, jaka słodka, że może mi dopiec, informując mnie o tym. Cóż za życzliwa osóbka z tej naszej Kasieńki! Cholera jasna!

– Niełatwo ci przyszło wywalczyć trochę miejsca w jego życiu.

– Skąd pani wie?

– Widziałam jego – dostrzegła grymas gniewu na twarzy Martyny i poprawiła się szybko – wasze mieszkanie. Niewiele tam twoich rzeczy. Nie dopuszczał cię zbyt blisko.

– Tak to jest ze starymi kawalerami – stwierdziła dziewczyna.

– Warto było?

– Co warto? – spytała buńczucznie.

– Warto tak zaciekle walczyć o prawo do wyłączności?

– No chyba nie oczekuje pani, że będę się zwierzać tu i teraz! – odpowiedziała wściekle.

– Nie, nie oczekuję. Chciałabym się dowiedzieć, jakim był człowiekiem.

Dziewczyna wpatrywała się z napięciem w twarz Lewickiej.

– Z jednej strony słyszę na jego temat pochwalne hymny: miły, wykształcony, oczytany, interesujący, przystojny...

– Bo taki był!

– A z drugiej strony – ciągnęła nieporuszona Lewicka – widzę, że sprawiał ból. Krzywdził.

– Chyba mnie pani nie oskarża? – W jej głosie zadźwięczała podejrzliwość. – Przecież ja go kochałam.

– Nie wątpię – zgodziła się Lewicka. – Czasem jednak miłość jest tak wielka, że przesłania nam cały świat. Gdyby przyszło nam tę miłość utracić, walczyłybyśmy do ostatniego tchu...

– Nie zabiłam go – powiedziała z naciskiem.

– Nie twierdzę tego.

– Należał do mnie, a ja do niego. Kochał mnie na swój popaprany sposób i nie miał zamiaru wiązać się z jakąś głupią suką tylko dlatego, że przez przypadek albo z nudów skorzystał z jej usług. Wyżył się i to mu wystarczyło. Dla niego to był sport. Podrywał, bo lubił, gdy zaczynały wodzić za nim psim wzrokiem. Chciał być pożądany i kochany. To wszystko. Chciał być dla nich całym światem. Pławił się w uczuciach, które wzbudzał i tylko to go kręciło. Ale naprawdę gardził tymi wszystkimi babami, tak łatwo było je zdobyć.

– A ty odkryłaś tę jego słabość i wykorzystałaś.

– Od razu go rozszyfrowałam. Był taki naiwny, potrzebował opieki. – Martyna nie dosłyszała uwagi policjantki i mówiła dalej. – Wszyscy myślą, że poleciałam na jego pieniądze. To nieprawda.

„Ciekawe – zastanawiała się Lewicka – dlaczego na obiekt swych niespełnionych uczuć opiekuńczych kobiety, dziwnym trafem, rzadko wybierają mężczyzn na starcie, bez dorobku. Jakoś nie dochowaliśmy się pokolenia pionierek gotowych razem budować przyszłość, stanąć u boku mężczyzny i wspólnie przeciwstawiać się trudom życia. A może te wojowniczki przyszłości wyjechały do Londynu?"

– Zobaczyłam kogoś innego, kogoś wrażliwego. Dostrzegłam w nim dziecko złaknione miłości. Potrzebował zainteresowania jak nikt inny. Bo on był takim porzuconym, niekochanym małym chłopcem pragnącym bezwarunkowej miłości – mówiła Martyna.

Osobiście Lewicka była przeświadczona, że nie ma nic gorszego niż traktowanie mężczyzny jak dziecka, którym nie jest, i usprawiedliwianie jego występków dziecięcą wrażliwością. „Ach, to ślepe przeświadczenie kobiece, że miłość zbawi ukochanego mężczyznę, że zbawi cały świat – pomyślała gorzko. – Każdego dnia jakaś naiwna dziewczyna myśli, że jej miłość uleczy, zmieni, ocali... jednak". I nagle uświadomiła sobie okrutną, lecz oczywistą prawdę, że dobrze, iż tak się dzieje, bo inaczej ten świat nie miałby szans, a tak wszystko wciąż się kręci napędzane niespełnionymi nadziejami kobiet, a czasem również mężczyzn. Uśmiechnęła się do siebie, bo przecież mężczyzn napędzał przede wszystkim testosteron. „Ach, te ludzkie namiętności – westchnęła w duchu Lewicka. – No cóż, kobiety jak nikt inny umieją dobrze umotywować wszelkie swoje decyzje".

– Wcześnie stracił rodziców, wychowywała go ciotka – dodała Martyna i zamilkła. To zdanie zabrzmiało jak banał.

Lewicka nie wierzyła w altruizm i czyste intencje. Świat jest tak zbudowany, że kobiety zawsze będą lgnęły do pieniędzy, nic nie szkodzi, że majątki są zwykle w rękach starszych od nich mężczyzn. Uroda facetów ma znaczenie drugorzędne, jeśli nie trzeciorzędne. Przynajmniej taka jest ogólnoludzka tendencja. Pewnie lżej wejść w gotowe, skorzystać z czyjegoś trudu. Lewicka z goryczą myślała o kolejnych zdobyczach Marka, uważała, że wszystkie należą do tego typu kobiet, skuszonych bardziej tym, co posiadał, niż kim był.

– Dlatego o ewentualnych kłopotach Jurka powinniśmy rozmawiać z Sobierajem? On może wiedzieć coś, czego nie wiesz ty? – Lewicka płynnie przeszła do następnego pytania.

– Boguś wie o Jurku wszystko. Nie odstępował go na krok. Wcześniej też ze sobą pracowali. I razem studiowali. Jurek wszystko lub prawie wszystko z nim konsultował. Ufał mu – dodała gorzko.

– A tobie nie ufał. Co to znaczy: nie odstępował?

– Był jego cieniem. – Zamilkła na chwilę i dodała. – Na początku strasznie mnie to śmieszyło, potem zaczęło denerwować. Gdy zostawałam na noc, Boguś jakby specjalnie wpadał do Jurka posłuchać płyt albo porozmawiać o bardzo-ważnych-sprawach, albo rozstrzygnąć nieistniejące „problemy współczesnego społeczeństwa konsumpcyjnego". Prosiłam Jurka, aby dał Bogusiowi do zrozumienia, że w takim momencie nie jest mile widziany, że może prowadzić z nim te dyskusje w inne wieczory...

– I co Jurek na to?

– Bawiło go, że jestem zazdrosna o Bogusia. Tłumaczyłam, że nie chodzi o Sobieraja, tylko o czas, który spędza z tą niedojdą. Gdy chciał mi dokuczyć, specjalnie zapraszał Bogusia do siebie i prowadzili do samego rana nocne Polaków rozmowy. Miał przecież biuro, salę konferencyjną, kawiarnię, nie musiał zapraszać go do mieszkania. Mógł też iść do niego – dodała z wyrzutem. – Wścibski pokurcz na krzywych nóżkach!

– Nie lubi go pani?

– Nie mam za co go lubić.

– A nie lubić jest za co?

– Znalazłoby się. Kilka razy wyraźnie pokazał mi, gdzie moje miejsce. Ostatecznie to on był moim bezpośrednim szefem. Gdy okazało się, że jednak nie jestem kolejnym kaprysem Jurka, zaczął obnosić się ze swoją niechęcią do mnie. W pracy nasze stosunki niby były poprawne, ale jak tylko mógł, to mi dogryzał, robił takie małe złośliwości. Na przykład w ostatniej chwili dał znać o programie pobytu grupy turystów, czym mnie skutecznie uziemił. „Przypadkowo" zapomniał powiedzieć mi, że ludzie zrezygnowali z zarezerwowanych zajęć, a ja, zamiast jechać na uczelnię czy po prostu odpocząć, kiblowałam w pracy! No, same takie dziwne zbiegi okoliczności, ale wszystko oczywiście w pewnych granicach, żeby nie było wpadki na niekorzyść firmy.

Upiła łyk wody i kontynuowała.

– Był wściekły, gdy wyznaczyliśmy datę ślubu. Założę się, że to on namówił Jurka, by przełożyć termin.

– Dlaczego?

– Bo jest wstrętną, złośliwą małpą! – powiedziała z mocą. – Planowaliśmy zaraz po ślubie wyjechać z kraju. Jurek dostał propozycję objęcia posady menedżera hotelu na jednej z wysp greckich, od tego sezonu. Powinniśmy już być na walizkach i wyjechać najpóźniej na początku kwietnia. Wreszcie byśmy się uwolnili od tego pokurcza! Ale on ciągle wynajdywał coś do zrobienia. Jurek zakończył już kontrakt, ale na prośbę tego imbecyla przedłużył go o kilka miesięcy.

– Uwolnili?

– Na szczęście nie ma tam dla niego pracy – złośliwy uśmieszek wykrzywił regularny kształt ust Martyny. – Zresztą nie zna dobrze angielskiego, więc wreszcie bylibyśmy sami.

Zamilkła nagle, jakby dopiero teraz docierało do niej to, co się wczoraj wydarzyło. Jej twarz znowu zastygła w cierpieniu.

– Więc nie wchodziłaś do gabinetu? – Lewicka przerwała ciszę. Nie chciała, aby Martyna teraz wybuchła płaczem.

– Wczoraj? Nie – odpowiedziała z roztargnieniem.

– A do mieszkania?

– Jurek nigdy nie zamykał drzwi do domku. Wystarczyło, że zamknięte były drzwi patio. W oknach nie paliło się światło. Nacisnęłam klamkę, drzwi były zamknięte, więc poszłam do restauracji.

– To nieprawda.

– Dlaczego miałabym kłamać? – nasrożyła się.

– Chcę się tego dowiedzieć.

– Mówię prawdę.

– To do ciebie nie pasuje, więc nie mów mi, że nie kłamiesz – Lewicka wypowiadała słowa twardo, jak ktoś pewny siebie, lecz znużony zabawą w kotka i myszkę. – Byłaś w jego mieszkaniu, jestem tego pewna. Nie mogłaś wytrzymać tej niepewności, która cię dręczyła. Może do biura nie zajrzałaś, ale pod domkiem wszystko w tobie pękło. Ty tam nie weszłaś, ty tam wpadłaś z furią.

– To nieprawda! – krzyknęła desperacko.

– Jednak go tam nie było. Stanęłaś więc bezradna i zastanawiałaś się, co dalej, co myśleć, jak postąpić. I wtedy coś zauważyłaś, coś ważnego. Skrzętnie omijasz ten fakt. Może chcesz to wykorzystać. Ale wtedy oznaczałoby, że jesteś głupia. Powiedz mi, zanim będzie za późno, co to było?

– Nie byłam tam! – tym razem okrzyk zabrzmiał histerycznie.

– Twoje kłamstwa mnie nudzą. Zostawiłaś ślad, nie pamiętasz? Znalazłam w koszu opakowanie po tamponie. Po twoim wyjeździe do Białegostoku sprzątaczka opróżniła śmietniki. Pytanie: kto inny mógł zostawić resztki opakowania?

– Akurat! – żachnęła się Martyna. Nie przekonał jej argument Lewickiej i znowu poczuła się pewniej. – Dlaczego niby ja?

– Miałaś klucze, to po pierwsze. Przed chwilą wzięłaś środek rozkurczający. Jesteś za młoda na inne dolegliwości, więc to zapewne bóle miesiączkowe. W twojej torebce zauważyłam nowe opakowanie tamponów, identycznych jak te w łazience Marciniaka. Kobiety też mają swoje przyzwyczajenia, szczególnie jeśli chodzi o środki higieniczne. To ty wczoraj dostałaś miesiączki, i to ty skorzystałaś z łazienki! – Patrzyła, jak wyraz twarzy Martyny zmienia się od niedowierzania do złości. – Aha, jeszcze jedno, na pasku folii z opakowania jest śliczny odcisk palca. Nietrudno będzie ustalić, do kogo należy.

Pomicka demonstracyjnie odwróciła głowę i nie odezwała się. Zacięte usta i rozbiegany wzrok świadczyły o najwyższym wzburzeniu. Gorączkowo rozważała, co ma teraz zrobić.

Lewickiej nie podobało się przedłużające się milczenie dziewczyny. Doświadczenie podpowiadało jej, że zbyt długie wahanie świadka zwiastuje nadciągające kłopoty. To nie egzamin w szkole, tu nie ma się nad czym zastanawiać, nie ma czego rozważać. Chyba że chce się skłamać.

– Byłam tam – przyznała cicho Martyna.

– I coś zauważyłaś...

– Raczej poczułam – spojrzała wyzywająco w twarz Lewickiej.

– Co to było?

– Obcy zapach.

– Rozpoznałaś go?

– To był zapach męskiego potu – nabrała powietrza – zmieszany z wodą kolońską.

Lewicka zastygła w oczekiwaniu, intensywnie wpatrując się w twarz Martyny.

– Tanią i niezbyt wyszukaną. Takiej samej używa Olejnik – padło oskarżenie.

Drzwi otworzyły się szerzej i stanął w nich zaskoczony tym, co usłyszał, Banasik. Na jego twarzy malowało się całkowite osłupienie.

ROZDZIAŁ 14

– Coś mi tu nie gra – powiedział Banasik, opuszczając ponurą salę ćwiczeń. Lewicka zatrzymała się w połowie schodów i czekała na dalszy ciąg wątpliwości komisarza.

– To żaden dowód. Nie jest przecież psem policyjnym – parsknął. – Prokurator mnie wyśmieje, powie: „Komisarzu, spadłeś pan z byka!".

– To tylko poszlaka.

– I do tego bardzo niepewna. Zapach! – żachnął się. – Co o tym myślisz? Mogła skojarzyć zapach?

– To nie jest wykluczone, ale według mnie nie zachowuje się dość przekonująco. Uważam, że albo kogoś osłania, albo domyśla się, kim jest morderca.

– Wkrótce spróbuje się z nim skontaktować?

– Tak. Trzeba mieć ją na oku. A co z Olejnikiem? – spytała.

– No właśnie. Nie wydaje ci się, że Grzegorek starał się zainteresować nas tym chłopakiem? Wiesz, te rzucane mimochodem uwagi o niezwykłej sile, o technikach walki.

– Widziałam, jak Olejnik uderzył Marciniaka i... – Lewicka zamyśliła się, jakby jeszcze raz w jej umyśle wyświetlał się film ze scenami zapamiętanymi z restauracji.

– I... – ponaglił ją zniecierpliwiony Banasik – No powiedz coś.

– I nie wydaje mi się, żeby umiał w pełni wykorzystać te umiejętności. Na pewno nie wtedy, gdy poniosłyby go emocje. Bił mocno, na oślep. Może gdyby Marciniak się bronił... Nie, Olejnik tłukł go z bezsilnej złości. Nie mówię, że nie był w stanie go uszkodzić, niewątpliwie ich następne spotkanie mogło się źle skończyć. Wiesz, wystarczy jeden niefortunny cios. Wiemy już jednak, że Marciniaka zabiło celne uderzenie w głowę. Roboczo przyjęliśmy, że narzędziem zbrodni był świecznik z gabinetu. To mi w ogóle nie pasuje do Olejnika, już ci to mówiłam.

Banasik próbował uporządkować w myślach to, co właśnie usłyszał.

– Zdaje się, że patolog miał dostarczyć wyniki sekcji – zakończyła.

– Tak, tak, potwierdził, że podstawa świecznika pasuje jak ulał do dziury w głowie denata...

Komisarz przerwał, rozkojarzony, ściągnął brwi i skupił uwagę na tym, co widział przed sobą. Inspektorka spojrzała w tym samym kierunku.

– Patrz! Przyjechał Olejnik – wskazał ruchem głowy na samochód parkujący na podjeździe.

Wysiadła z niego Anka Świtała, a zaraz potem Norbert Olejnik. Zatrzasnął z hukiem drzwi sfatygowanego malucha, wziął dziewczynę za rękę i oboje skierowali się w stronę bramy.

Banasik przyspieszył kroku i po chwili dogonił ich na wysokości Domku Furtiana.

– Przepraszam, czy moglibyśmy zamienić kilka słów? – pytanie skierował do szerokich pleców Olejnika.

Chłopak odwrócił się raptownie, spojrzał na policyjną legitymację i w mgnieniu oka ocenił swoje szanse. Jeszcze w półobrocie z całych sił pchnął dziewczynę na komisarza. Banasik zatoczył się pod nagłym ciężarem, złapał Ankę za ramiona i odsunął na bok. Stracił jednak kilka drogocennych sekund.

Olejnik chciał zawrócić, ale drogę do samochodu odcinała mu Lewicka, więc szybko się wycofał. Ciężkie buty zadudniły na brukowanym dziedzińcu i chłopak zniknął za węgłem.

– Zaczekaj tu! – krzyknął Banasik i rzucił się w pogoń.

Z recepcji wypadł Nalewajko z nadgryzioną bułką w ręku. Spojrzał nieprzytomnie na Lewicką.

– Olejnik! Tam! Odetnij mu drogę przy Zegarowej! Już! – poleciła.

Nalewajko spojrzał w lewo, zdążył tylko kiwnąć głową, że zrozumiał, i już biegł wzdłuż muru okalającego górny taras.

Dopiero teraz do Lewickiej dotarło, że Anka wciąż krzyczy.

– Przestań! – powiedziała szorstko. – Koniec!

Dziewczynie zabrakło tchu i wrzask przeszedł w jękliwe zawodzenie.

– O matko! O jedyna! O rany! Co teraz będzie? Co to będzie?

– Nic nie będzie – stwierdziła krótko Lewicka.

Anka przyciskała rozdygotane ręce do twarzy. Inspektorka podniosła z ziemi należącą do dziewczyny torebkę i pozbierała drobiazgi, które się z niej wysypały. Zawahała się, czy nie skorzystać z pokoju na zapleczu recepcji, ale zobaczyła przyklejoną do szyby twarz i szybko zrezygnowała.

– Chodźmy stąd. Dadzą sobie radę bez nas – powiedziała do Anki i wzięła ją pod ramię, prowadząc jak ślepca.

Szły w milczeniu przerywanym szlochami dziewczyny. Co chwilę jej ciałem wstrząsał niekontrolowany spazm.

Zatrzymały się przed kawiarnią. Lewicka otworzyła szeroko drzwi i dosłownie wepchnęła Ankę do środka.

Oprócz barmanki była tam tylko jedna osoba. Otyła dama w barwnym wdzianku zatopiona w lekturze kolorowego pisma. Lewicka wybrała najbliższy stolik i siłą posadziła przy nim łkającą Ankę. Podeszła do baru i zamówiła dwie herbaty z cytryną. Fiołkowe oczy barmanki zaokrągliły się ze zdziwienia, ale powiedziała jedynie:

– Zaraz podam.

Lewicka wróciła do stolika i usiadła naprzeciwko Anki. Wyjęła z torebki dziewczyny paczkę chusteczek i wcisnęła je zdecydowanym ruchem w jej dłonie.

– Wytrzyj oczy i nos. Napijemy się gorącej herbaty. Uspokoisz się.

Anka posłusznie otarła twarz, rozmazując resztki makijażu. Przez otwarte usta spazmatycznie wciągnęła powietrze i jęknęła chrapliwie, znowu wylewając łzy.

– Już po wszystkim. Zimno ci?

Pokiwała głową i kolejna seria dreszczy przeszyła jej szczupłe ciało. Lewicka zdjęła z siebie szal i okryła nim drobne plecy dziewczyny.

– Tak lepiej? Napij się herbaty, dobrze ci zrobi.

Anka umoczyła usta i zachłysnęła się napojem. W ataku kaszlu rozlała trochę gorącej herbaty na kolana. Kobieta pod oknem przyglądała się im z niemą troską. Wymieniły z Lewicką spojrzenia i uprzejme skinienia głowy i kobieta wróciła do lektury.

Wreszcie Anka odetchnęła, wyraźnie się uspokajając. W milczeniu piły herbatę. Inspektorce nie spieszyło się, wiedziała, że wcześniej czy później dziewczyna i tak zada nurtujące ją pytania. Długo nie musiała czekać.

Anka uniosła głowę i po raz pierwszy odkąd tu usiadły, spojrzała Lewickiej w oczy.

– Co z nim teraz będzie?

– Ucieczka stawia go w złym świetle – nie chciała ukrywać przed Anką prawdy i nie miała zamiaru jej pocieszać.

– Myśli pani, że zdołał uciec?

– Lepiej byłoby dla niego, gdyby zeznawał.

– Aż tak źle? Proszę pani, przecież on go nie zabił. – Zamrugała nerwowo umalowanymi na niebiesko powiekami.

– Może uderzył za mocno, ale przecież w gniewie – przekonywała. – Miał powód. To moja wina...

Na szczycie lewego policzka Anka miała świeży ślad po uderzeniu. Gruba warstwa pudru skryła zasinienie, ale ciągnąca się po skroń opuchlizna zdradzała niedawną tragedię.

– Czy to też twoja wina? – Lewicka wymownie spojrzała na siniec.

Dziewczyna odruchowo dotknęła policzka.

– Uderzyłam się o drzwi – powiedziała zmieszana.

– Myślałam, że spadłaś ze schodów – ironizowała policjantka.

Jednak Anka najwyraźniej nie zrozumiała, bo jej oczy stały się okrągłe ze zdziwienia.

– Uderzył cię. Nie zaprzeczaj – twardo powiedziała Lewicka.

– To nie tak, jak pani myśli. – Szybko spuściła oczy.

– Nikt nie ma prawa podnosić ręki na drugiego człowieka. Nikt, rozumiesz?!

Świtała pokiwała głową, że rozumie. Spod przymkniętych powiek popłynęły łzy.

Policjantka przyjrzała się jej: „Niebrzydka, choć pospolitej urody". Gruba warstwa pudru czyniła z twarzy Anki martwą maskę. Gdyby nie przesadny makijaż, mogłaby uchodzić za naprawdę ładną dziewczynę. Ale nawet z dobrym makijażem, lepiej ubrana i uczesana, nawet wtedy w niczym nie dorównałaby Martynie. Różnica nie polegała na wyglądzie, ale na zachowaniu. Anka była tylko naiwną gąską, podczas gdy Martyna – świadomą swych atutów kobietą.

– Nie wiem, jaki był powód, cokolwiek to było, nie miał prawa cię uderzyć – powiedziała z mocą Lewicka. – Nikt nie ma prawa tak cię traktować.

– On się zdenerwował – Anka próbowała tłumaczyć chłopaka. – Nie chciał, naprawdę.

Spojrzenie policjantki mówiło więcej, niż można było wypowiedzieć słowami. Nie zareagowała na żałosne wyjaśnienia Anki. Przed oczami stanęły jej setki protokołów przesłuchań pełnych żarliwych zapewnień, że „niechcący", „niespecjalnie", „ostatni raz...".

– Zazwyczaj Bercik jest taki spokojny. Dobry. Sprowokowałam go.

– To twój chłopak?

– Tak – przyznała cicho. – To moja wina, popłakiwałam po kątach. Dopytywał się, dlaczego jestem smutna. Przyznałam, że z powodu szefa. Że się zakochałam... To go zdenerwowało. Wybiegł z domu jak szalony.

Dotknęła skroni.

– Ale to nie wtedy mnie uderzył – wyjaśniła szybko. – Potem tu wpadł. Rzucił się na Jurka. Chciał mnie bronić. Tak mówił i ja mu wierzę. To dobry chłopak. Naprawdę dobry chłopak z niego – powtórzyła jak zaklęcie.

„Nigdy nie chciałabym mieć do czynienia z tą dobrocią, o której mówi" – pomyślała Lewicka. Wyobraziła sobie podobną scenę i zadała pytanie, co by zrobiła na miejscu Świtały. Uśmiechnęła się do swoich myśli. Dobrze wiedziała, co by się stało, najpierw by oddała z nawiązką, a potem wyrzuciła właściciela ciężkich pięści za drzwi. Po chwili jednak zrewidowała swoje poglądy. Przecież nie uderzy śmiecia, żeby później odpowiadać za człowieka. Wystarczy wyrzucić go ze swojego życia. Tak powinna postąpić mądra kobieta. „Tylko czy ja jestem mądra?" – zastanowiła się.

– Wczoraj wieczorem, och – Anka chlipnęła niepokojąco. – Po co ja to powiedziałam! – Zaszlochała rozpaczliwie.

Lewicka cierpliwie czekała, aż Świtała się wypłacze. Łzy były najlepszym ujściem dla targających dziewczęcym sercem wątpliwości.

– Powiedziałam mu – głośno wysmarkała nos w pogniecioną chusteczkę – że ojcem dziecka jest Jurek. I wtedy dopiero się wściekł. Uderzył mnie... Ale zaraz, proszę pani, tego żałował – dodała żarliwie. – Przeprosił i ja... Ja mu wybaczyłam.

– Wczoraj wieczorem? O której?

– Nie pamiętam... Zaraz... Było już po *Wiadomościach*.

– I co dalej?

– No... – Spuściła oczy i dodała z westchnieniem: – Uderzył mnie.

– Tak, to wiem. Co było po tym, jak cię przeprosił?

– Wyszedł. Powiedział, że ma robotę. – Zamilkła, miętosząc w dłoni wystarczająco już pogniecioną chusteczkę. – Co ja teraz zrobię? – spytała żałośnie.

– Z czym?

– Z tym wszystkim. – Spojrzenie Anki wyrażało niemą prośbę. – Jurek nie żyje, a co z Bercikiem? Co ja zrobię sama? Co z dzieckiem?

– Zrobisz to, co zrobiły setki kobiet. Urodzisz i wychowasz. Masz pracę, więc nie jest tak źle. Inne nawet tego nie mają. Po co ci facet, który cię uderzył, nie zważając na to, że jesteś w ciąży? Myślisz, że będzie dla ciebie dobry? Dobry dla dziecka?

– Myśmy się pogodzili. Obiecał, że się mną zaopiekuje... – wyszeptały zszarzałe usta. – I dzieckiem też...

– Wątpię. Chociażby dlatego, że go skrzywdziłaś. On jest o tym przekonany. Nie wiem, co jeszcze zrobił, ale na moich oczach rzucił się na dyrektora i gdyby nie jego śmierć, odpowiadałby za pobicie.

– Matka Bercika mi nie daruje – zaszemrała.

– A co ci powiedział ojciec dziecka? – spytała Lewicka.

– Jurek? Ale przecież on nie żyje... – Anka była wyraźnie zdezorientowana.

– Tak, wiem. Pytam, co ci powiedział, gdy mu oświadczyłaś, że jesteś w ciąży?

– Roześmiał mi się w twarz – kruchym ciałem dziewczyny wstrząsnął dreszcz. – Powiedział, że za stary jest na takie sztuczki. Mówił, że dobrze wiedziałam, co robię. Że to nie jego problem. – Wzdrygnęła się. – I że nie był pierwszy. A jak robiłam to z nim, to pewnie z innymi też. I w ogóle dużo strasznych słów mówił.

Lewicka mogła to sobie doskonale wyobrazić. W swoim życiu słyszała setki, jeśli nie tysiące takich relacji. Zmieniały się w nich jedynie imiona, czas i miejsce. Jednak dramat zawsze był ten sam.

Ciekawiło ją, jak na ciążę zareagowali inni.

– Pomicka o tym wie?

– O dziecku? Tak. Nie wiem, jak się dowiedziała. Może się domyśliła.

– Pewnie komuś się zwierzyłaś?

– Nikomu! – oburzyła się Anka. – Tylko Kasi, ale ona pary z gęby nie puści. To moja przyjaciółka.

Lewicka przypomniała sobie, jak obie żywo konferowały i jak Kasia skwapliwie przytakiwała kierowniczce restauracji. To, że ktoś się z nami zgadza lub tylko zgodę udaje, jeszcze nie oznacza, że mamy w nim przyjaciela. Anka była podręcznikowym przykładem łatwowierności. Taką osobę łatwo zmanipulować. „W pracy, w innych sytuacjach pewnie doskonale sobie radzi, ale jeśli chodzi o bliskie relacje z ludźmi, to w teście na inteligencję emocjonalną wypada cholernie blado" – doszła do wniosku Lewicka.

– Pomicka to wariatka, wie pani? Przyszła do mnie w piątek, uśmiechnięta, nowe buty miała – wtrąciła nagle bez sensu – usiadła przy moim biurku i mówi z tym uśmiechem przyklejonym do ust, tak od niechcenia, jakby wcale nie do mnie, że jak nie dam spokoju Jurkowi, to ona osobiście nożyczkami oczy mi wydłubie. Wyobraża sobie pani! Wystraszyłam się.

„Czego ta dziewczyna się spodziewała? Współczucia, oklasków, becikowego?" – gorzka ironia towarzyszyła spojrzeniu policjantki.

– Ona straszna jest, ta Martyna. Niby taka grzeczna, a nieobliczalna. Wie pani, silna jest i wysportowana, może zrobić krzywdę – powiedziała z absolutnym przekonaniem Anka.

– Który to tydzień?

– Jedenasty.

– Kiedy dyrektor zaręczył się z Pomicką?

– Chyba we wrześniu.

– Wcześniej często się spotykaliście?

– Tak.

– Czy ich zaręczyny były dla ciebie zaskoczeniem?

– Właściwie to nie – powiedziała z ociąganiem.

– Zerwał z tobą przed czy po zaręczynach?

– Tak właściwie to w ogóle nie zerwał. Może tylko rzadziej się spotykaliśmy.

– Robił ci nadzieje? Mówił, że zaręczyny z Martyną to pomyłka i nie potrwa to długo?

– Tak było. Skąd pani wie? – zaskoczona rozdziawiła usta.

Lewicka zbyła pytanie milczeniem.

– I wtedy zrezygnowałaś z zabezpieczenia?

– No, właściwie tak...

Lewicka pokiwała głową. Gdyby głupota mogła krzepić, wszyscy byliby krzepcy, a Anka najbardziej w całej okolicy. Kolejna mała kombinatorka, która myślała, że dziecko przyspieszy bieg zdarzeń i rozwiąże wszystkie problemy.

– Byłaś z Jurkiem blisko. Dlatego chciałam cię o coś spytać – zaczęła Lewicka. – Czy dyrektorowi ktoś groził? Może miał się kogo obawiać? Nie pytam o Norberta i Martynę, ciekawią mnie inni.

– No, właśnie miałam pani powiedzieć, że chyba czegoś się bał, bo ostatnio to był taki jakby bardziej podenerwowany.

– A czym się to objawiało?

– No, różnie...

– Czyli?

– Kiedyś, jak byliśmy razem... – przerwała zażenowana, by po chwili powiedzieć: – Nie zdążyłam wyjść z biura, więc schowałam się w łazience. Przyszedł Grzegorek. Nie wiem, o czym mówili, ale widziałam przez szparę w drzwiach, jak nagle nachylił się nad Jurkiem i coś mu szepnął do ucha. Jurek roześmiał się, a wtedy pan Grzegorek z taką dziwną miną powiedział: „Kiedyś ktoś ci łeb ukręci" – czy jakoś tak to było. I potem Jurek strasznie się na mnie wściekł, bo spytałam go, o co chodzi. Był taki niemiły, jak się zdenerwował.

– Może przypominasz sobie coś jeszcze?

Anka zmarszczyła czoło i z roztargnieniem podrapała się po głowie, mierzwiąc posklejaną lakierem grzywkę.

– Słyszałam, jak kiedyś pan Sobieraj... – zaczęła ostrożnie – wykrzykiwał, że nie wie, co zrobi, jak „do tego dojdzie".

– Do czego miało dojść?

– Nie wiem. Nie słyszałam. Ale był bardzo roztrzęsiony. Jak coś się nie udaje, to on zawsze jest taki. Przemęczony może. Mówił jeszcze: „Nigdy do tego nie dopuszczę" i „Nie lekceważ mnie".

– Ale w związku z czym? – Anka w odpowiedzi tylko pokręciła głową, więc Lewicka spytała: – Może coś jeszcze sobie przypominasz?

– No, nie wiem, o co chodziło. Mieli swoje sprawy. Ale przypominam sobie...

Lewicka zamieniła się w słuch.

– To było chyba z miesiąc temu. Jurek wrócił z urlopu i zobaczył, że urwała się rynna. Akurat rano się urwała. Lało się z dachu i kałuża taka jak ocean powstała. Strasznie skrzyczał Sołtysika. Pani wie, to nasz kierownik administracyjny?

Lewicka potwierdziła skinieniem głowy, że wie, o kogo chodzi.

– A jak dyrektor się odwrócił i poszedł, to Sołtysik powiedział, że chętnie by mu wsadził te lakierowane buty do gardła i patrzył, jak się nimi dławi. A innym razem...

– Słyszałam, jak twój chłopak przy świadkach obiecywał Jurkowi, że mu wytnie „nabiał" – przerwała jej inspektorka. Uważała, że wyartykułowana agresja zawsze jest lepsza od skrytej. Ci, co dużo mówią, rzadko wyrządzają krzywdę, zazwyczaj na gadaniu się kończy, a słuchanie plotek to teraz tylko niepotrzebna strata czasu.

– Muszę iść do pracy. – Anka wyraźnie się zmieszała. – Och, to wszystko tak mnie rozstroiło – powiedziała płaczliwie i dodała bardziej stanowczo: – Pójdę już.

Lewicka nie zatrzymywała jej, obiecała, że zajrzy później do restauracji.

Anka minęła się w progu z Zawadą. Mężczyzna był nachmurzony, ale na widok Lewickiej jego ściągnięta twarz rozjaśniła się.

– O, dobrze panią widzieć – powiedział. – Może kawy?

– A może tak – odpowiedziała z uśmiechem.

Lekarz zamówił kawę i zajął miejsce opuszczone przed chwilą przez Ankę.

– Jestem zmęczony. Naprawdę zmęczony – powiedział znużonym głosem.

Wpadł w zadumę, patrząc przez niewielkie okienko na placyk pod Wieżą Zegarową i gałęzie drzew poruszane leniwym wiatrem.

– Panie profesorze, czy pan jest żonaty?

Pytanie Lewickiej zaskoczyło go, popatrzył na nią dziwnie.

– Jestem.

– Od dawna?

– Wydaje mi się, że całe życie – wypił łyk kawy i skrzywił się. Nie wiadomo, czy była to reakcja na zawartość filiżanki, czy też powodem grymasu był tak długi staż małżeński.

– I jest panu dobrze w małżeństwie?

– Ani dobrze, ani źle – powiedział z ociąganiem. – Przywykłem. Nie wyobrażam sobie innego stanu poza małżeństwem. – Zamilkł, dosypał cukru do kawy i spojrzał

Lewickiej prosto w oczy. – Po latach mogę powiedzieć, że jedyne, co udało mi się w życiu, to żona i dzieci. Pewność, że są, dodaje mi sił. Chociaż nic tego nie zapowiadało. Moje małżeństwo jest takie „zwyczajowe", w końcu ktoś mnie wybrał – uśmiechnął się blado.

– Jasne – Lewicka pokiwała głową. – Czy Sobieraj powiedział coś panu?

Zawada przez chwilę mierzył ją wzrokiem. Mimika jego twarzy przechodziła wszystkie fazy od stanu pełnego zaskoczenia do niepohamowanej złości.

– Co pani sobie wyobraża? Ma mnie pani za głupca! – wysyczał.

Lewicka przeczekała atak, nie reagując na jego słowa.

– Proszę wybaczyć, ale odmawiam odpowiedzi na to pytanie. – Nadal był wzburzony i trochę rozczarowany inspektorką. – Miałem panią za znacznie inteligentniejszą. Uderza pani poniżej pasa.

– Nie, to ja przepraszam. Nie mogłam nie zaryzykować.

– Zaryzykować? – zdziwił się i przyjrzał jej uważnie. – Ach, rozumiem, to był sprawdzian – ton jego głosu wyrażał zawód i smutek.

– Wiem, to nie w porządku wobec pana, ale proszę mnie zrozumieć.

– Nikomu pani nie wierzy?

– Wierzę, ale sprawdzam. Czasem po kilka razy.

– Czy to nie słowa Dzierżyńskiego? Czerwonego kata?

– Tak – przyznała.

– Pani mnie ciągle zaskakuje – powiedział zdumiony.

– Panie profesorze, taki mam zawód.

Przyglądał się jej z niedowierzaniem, ale jego wzrok nie był już tak ostry, tak oceniający. Na moment w jego oczach zagościło rozbawienie.

ROZDZIAŁ 15

– Jak on się czuje? Pytam jako śledczy – zaznaczyła Lewicka.

Zawada przygryzł wargi, w skupieniu mieszając kolejną kawę.

– Sobieraj? Śpi teraz. Jest przy nim pielęgniarka. Lepiej, żeby nie był sam – zauważył.

– Czy będziemy mogli z nim ponownie porozmawiać? – spytała.

– Myślę, że tak – odpowiedział sucho.

Lewicka przyglądała się ziemistej twarzy lekarza, rozważając w myślach następne pytanie.

– Podobno ma taką egzaltowaną naturę, zawsze we wszystkim przesadza.

– Kto? – Zawada podniósł na nią oczy.

– Sobieraj – odparła.

– Nie wydaje mi się, żeby udawał – powiedział ostro. – Jeśli to chciała pani usłyszeć.

– Z mojego powodu znowu poczuł się pan wykorzystany – powiedziała pewna siebie, nie czując się niczemu winna. Miała dużo ważniejszy problem do rozwiązania niż cackanie się z subtelnymi uczuciami świadków. – Rzeczywiście ma pan niską samoocenę. W sprawach niedotyczących zbrodni może mnie pan traktować jak przyjaciela, ale proszę nie wymagać zbyt wiele.

– Też coś! – sapnął. – Muszę już iść. Obiecałem Larsowi spacer.

– Spacer dobrze panu zrobi – powiedziała miękko.

Zawada wstał, zapłacił za kawę i wyszedł bez słowa pożegnania.

Lewicka znowu pogrążyła się w rozmyślaniach, z których nagle wyrwał ją wysoki, modulowany głos kobiety przy stoliku obok.

– Słyszałam, jak pani rozmawia. Przepraszam, to było nieuniknione. – Uśmiechnęła się wdzięcznie. – Pani prowadzi śledztwo, prawda?

– Podinspektor Ewa Lewicka – przedstawiła się. – A pani to zapewne Magda Mineyko – odwzajemniła uśmiech. – Słyszałam o pani sukcesach scenicznych – szybko uprzedziła ewentualne pytanie.

Miłą twarz kobiety rozpromienił uśmiech. Jej obfite kształty świadczyły zarówno o folgowaniu kulinarnym namiętnościom, jak i o silnych emocjach, które towarzyszyły występom. Długie ciemne włosy miała gładko zaczesane. Na ciemną suknię, szczelnie okrywającą obszerną figurę, narzuciła bajecznie kolorowy żakiet, wyszywany złotymi nićmi i miniaturowymi lusterkami.

Lewicka opuściła swój stolik i przysiadła się do diwy operowej.

– Przyjechała pani na odpoczynek? – spytała.

– Mam za sobą męczące *tournée* – westchnęła *madame* Mineyko. – Jesteśmy blisko miejsca, gdzie się urodziłam. Bo ja jestem Litwinką, wie pani? Atmosfera klasztoru bardzo dobrze na mnie wpływa. Właściwie to powinnam powiedzieć, że wpływała – przyznała ze smutkiem, który pasował do idealnego owalu jej twarzy. Inspektorka zwróciła uwagę, że śpiewaczka mimo otyłości miała w sobie dużo kobiecego uroku. Była najpiękniejszą grubaską, z jaką Lewicka miała dotąd do czynienia.

– Zetknięcie ze zbrodnią zawsze zostawia ślad – powiedziała inspektorka markotnie i zaraz spytała: – Podobno graliście wczoraj w brydża z panem Sobierajem?

– Owszem – przyznała Mineyko. – Ale nie bawiłam się zbyt dobrze. Może coś przeczuwałam...

– Źle się pani czuła w jego towarzystwie?

– Nie, nie o to chodzi. Choć muszę przyznać, że to marny gracz i bardzo nerwowy. Nie lubię takich partnerów. Leoś żartował sobie nawet, że pewnie zakochany – spróbowała się uśmiechnąć, ale nie bardzo jej to wychodziło.

– Panią coś zaniepokoiło, tak?

– Nie wiem. Pewnie to nie ma znaczenia. Ale ja wyczuwam takie rzeczy. Wczoraj po obiedzie atmosfera wyraźnie się popsuła. Siedziałam na ławce na skwerku obok kościoła. Lubię obserwować przechodniów. Ludzie mnie ciekawią – wyjaśniła. – I widziałam, jak wszyscy szamotali się bez sensu wokół kościoła.

– Szamotali?

– Najpierw pan Sobieraj krążył i krążył. Nawet mnie nie zauważył, a przecież to zawsze taki grzeczny człowiek. Pomyślałam sobie, że coś go niepokoi. Że coś się stało – dodała rzewnie. – Potem przyjechał dyrektor Marciniak i wyglądało na to, że Sobieraj czekał na niego, bo zaraz obaj zniknęli w biurze. Później wszedł tam także pan Grzegorek, pewnie mieli naradę. I nie minęło pięć minut, jak wyleciał stamtąd pan Sobieraj. Dosłownie wyleciał jak z procy i zaraz zniknął w kościele.

Lewicka przysłuchiwała się relacji Mineyko z narastającym skupieniem.

– I co było dalej?

– Nic. Potem poszliśmy zagrać w brydża. W restauracji miał być jakiś wieczór winny, nie chcieliśmy więc schodzić na kolację, a głupio tak jeść: każdy sam u siebie. Zjedliśmy więc u mnie, zamówiliśmy też kanapki na później. To miał być miły wieczór.

– Nie zauważyła pani, kiedy Grzegorek opuścił biuro?

Pani Mineyko zamyśliła się głęboko.

– Kilka minut po Sobieraju.

– Dziękuję, bardzo mi pani pomogła.

– Naprawdę? – Ucieszyła się i zaraz dodała ze smutkiem: – Trochę podsłuchałam rozmowę z tą dziewczyną. Nie umie pani współczuć.

To nagłe stwierdzenie zaskoczyło Lewicką. Popatrzyła kobiecie prosto w oczy i powiedziała wolno, z namysłem dobierając słowa:

– Byłam świadkiem zbyt wielu łez. Może to dlatego nie umiem okazać współczucia. Ale rozumiem powód tych łez, rozumiem je aż za dobrze.

– Jest w pani wiele goryczy – stwierdziła Mineyko.

– To tylko pozory. Jestem jak krytyk teatralny, tylko że mój teatr to prawdziwe życie. Widziałam tak wiele przedstawień tego samego dramatu, że kolejne wcielenia „pierwszej naiwnej" nie robią już na mnie wrażenia. A na pewno nie takie, jakich oczekuje odtwórczyni głównej roli.

– Rozumiem. Doświadczenie – powiedziała primadonna bardziej do siebie niż do swojej rozmówczyni.

Trzasnęły drzwi i obok ich stolika stanął uśmiechnięty Leon Kwieciński.

– Witam piękne panie – powiedział. – Przynoszę sensacyjne wiadomości – zawiesił głos. – Zabójca został schwytany. Na moich oczach odbył się pościg i zakucie w kajdanki.

– Kogo?! – Mineyko w przestrachu zakryła dłonią usta.

– To ten młody osiłek. Ten sam, który wczoraj rzucił się z pięściami na dyrektora – obwieścił triumfalnie Kwieciński.

– Coś ty, Leoś! To niemożliwe. Nie wyglądał na takiego – pani Madzia miała własne zdanie na temat bohaterów wczorajszych dramatycznych scen.

– A jednak na moich oczach skuto go i odprowadzono – muzykolog uparcie obstawał przy swoim.

– Czyli to zbrodnia z namiętności, mówiłam ci – obwieściła pani Mineyko.

– Miałaś rację – przyznał niechętnie Kwieciński. – Ludzkie namiętności są takie interesujące – dodał.

– Raczej kłopotliwe – zauważyła Lewicka.

– Dlaczego kłopotliwe? – zdziwił się.

– A co? Nie wynikły z nich same kłopoty? – Mineyko poparła policjantkę.

Kwieciński dał znak barmance, że chce kawy, i dostawił sobie krzesło, na którym się rozsiadł.

– Ludzie się spotykają, kochają, nienawidzą, schodzą i rozchodzą, przecież miłość to główny motyw naszego życia. Tak, właśnie namiętna miłość. Prawda, że czasem emocje wymykają się spod kontroli. Jesteśmy przecież tak romantycznym narodem – zakończył z dumą w głosie.

– Świat jest bardziej skomplikowany, niż pan to przedstawia – powiedziała Lewicka. – Polska to nie Francja czy Rosja, gdzie wszystko można wytłumaczyć wpływem miłości. Obawiam się, że w naszej mentalności nie istnieje zrozumienie dla zbrodni z miłości.

– Afekt! Przecież jest zbrodnia w afekcie! – zauważył muzykolog.

– Tak, najwyższe wzburzenie jest brane pod uwagę przy ocenie czynu, ale nigdy nie słyszałam, by kogoś usprawiedliwiła miłość. Ani w oczach sądu, ani w oczach ludzi.

– Przecież wciąż rozmawiamy o miłości, miłość jest tematem wierszy, książek, filmów, muzyki, w ogóle sztuki.

– Obawiam się, że istnieje ogromna przepaść między mówieniem o miłości a usprawiedliwieniem nią czynów karalnych – zawahała się. – Nawet w sprawach mniej skandalicznych. Nie słyszałam, by ktoś wybaczył ukochanemu, że ten odszedł, bo po prostu zakochał się w innej kobiecie. Nigdy. Zawsze przypisujemy zdrajcy najniższe pobudki, jakbyśmy odrzucali najprostsze rozwiązanie: zakochał się i tyle.

– W tym wypadku ma pani rację – Mineyko ze smutkiem pokiwała głową.

– Nie chodzi tu o rację lub jej brak – powiedziała Lewicka. – Codziennie spotykam się z przejawami ludzkiej namiętności. Wszyscy czegoś pragną, najczęściej są to rzeczy, przedmioty, gadżety, rzadko uczucia, chodzi jedynie o zawłaszczenie kogoś. Gdy się kocha prawdziwie, namiętnie, jak to państwo nazwali, to chce się dobra drugiej osoby, a nie podporządkowania i egzekucji prawa własności. Patrzę na świat przez lupę i widzę, że ludzie rzadko kochają, za to są szalenie interesowni.

– Pani mnie przeraża – Kwieciński próbował się uśmiechnąć.

– W realnym życiu Kopciuszek nie spotka Księcia, bo nawet nie dotrze na bal. Śpiąca Królewna nie doczeka pobudki, zwiędnie i zaśnie na zawsze. Leśniczy uratuje Czerwonego Kapturka, by go niecnie wykorzystać i wysłać do lasu do pracy. Małgosia sprzedaje narkotyki, bo nie może i nie chce odnaleźć drogi do rodzinnego domu. A Jaś na gigancie kupczy własnym ciałem na Dworcu Centralnym. Calineczka za szminkę i tusz do rzęs obsługuje mężczyzn na klatce ewakuacyjnej centrum handlowego. – Przerwała nagle wyliczankę, by po chwili dokończyć cicho: – Tak wygląda życie z bliska.

– Nie, to niemożliwe. Pani mówi o marginesie – Kwieciński bronił się przed obrazami, jakie podsuwała mu Lewicka.

– To nie jest margines. To jaskrawe przykłady prawdziwego życia.

– O! Jest nasz poeta! – muzykolog z ulgą powitał wysokiego młodzieńca w okularach. – Pani pozwoli, Arkadiusz Binkowski – przedstawił go.

– O czym tak żywo rozprawiacie? – spytał.

– O ludzkich namiętnościach – wyjaśniła Mineyko i uśmiechnęła się, jakby nieco skrępowana.

– Miło mi pana poznać – powiedziała Lewicka. – Mam pytanie w związku z wczorajszym wieczorem.

– Nareszcie ktoś mnie o to spyta – powiedział wesoło mężczyzna z udawanym westchnieniem ulgi.

Miał twarz chłopca, w najlepszym wypadku mógł uchodzić za studenta pierwszych lat. Jego inteligentna, nieco zatroskana twarz wyrażała ciche zamyślenie nad naturą świata. W brązowych oczach czaiły się iskierki nieposkromionej ciekawości zmieszane z radosnym podnieceniem. „Takie oczy miał kiedyś Marek" – pomyślała Lewicka i zrobiło się jej bardzo smutno.

– Słucham, co to za pytanie?

Kwieciński przysunął się bliżej do pani Madzi i poeta usiadł naprzeciwko inspektorki.

– Podobno wychodził pan w trakcie brydża?

Chłopak gorliwie przytaknął.

– Czy widział pan kogoś po drodze do swego pokoju? A może zauważył pan coś dziwnego?

– Wychodziłem dwa razy – poprawił okulary. – Pierwszy raz po nowe talie kart. Spotkałem tylko recepcjonistkę, tę jasnowłosą, nie pamiętam, jak się nazywa. Właśnie wchodziła do biura dyrektora. – Utkwił w inspektorce zaciekawione spojrzenie.

– Która to mogła być godzina?

– Za kwadrans siódma lub coś koło tego – powiedział zdecydowanie. – A potem okazało się, że zostawiłem telefon w pokoju, więc znowu pomaszerowałem do siebie. To było chyba kwadrans po siódmej. I wtedy zobaczyłem, jak od drzwi biura odchodzi wysoki, starszawy mężczyzna. On tu kręcił się już wcześniej. Taki łysy.

– Areczku, to profesor Zawada, psychiatra – wtrącił z naganą Kwieciński.

– Bardzo możliwe – powiedział niczym niezrażony poeta. – Pani pyta, kogo widziałem, więc mówię, jak było. To wszystko – zakończył zdecydowanie i zanurzył łyżeczkę w bitej śmietanie dryfującej po powierzchni kawy.

– Czy w oknach biura widać było światło?

– Tak. Ktoś był w środku – odpowiedział Binkowski.

– Widział go pan?

– No, nie – uśmiechnął się pod nosem. – Ale jeśli pali się światło, to ktoś musi być w środku, prawda?

Lewicka nie odpowiedziała. Zorientowała się, że każdy z przesłuchanych świadków, który widział światła w oknach biura, przekonany jest, że Marciniak urzędował w swoim gabinecie od szóstej do wpół do jedenastej wieczorem.

Wstała i pożegnała się uprzejmie z trójką artystów.

Na schodach górnego tarasu spojrzała na zegarek. „Najwyższa pora na obiad" – pomyślała i od razu poczuła się przeraźliwie głodna. Raźnym krokiem przecięła placyk i poszła prosto do restauracji.

Przy stylowym biureczku na swoim stanowisku siedziała Anka Świtała. Na widok Lewickiej zerwała się i uśmiechnęła niepewnie.

– Jak się czujesz? – spytała inspektorka, podchodząc do dziewczyny.

– Dziękuję, już mi lepiej. – Blady uśmiech pierzchł, ustępując miejsca zatroskaniu. – Proszę pani, czy go zamkną? Czy oskarżą?

– Jeśli będzie mówił prawdę, nic mu nie grozi – odpowiedziała wymijająco.

Zostawiła dziewczynę przy wejściu, ominęła hałaśliwą grupę turystów oczekujących na obiad i rozejrzała się za odpowiednim stolikiem. Pod oknem przodem do sali siedział Grzegorek. Podeszła do niego i spytała:

– Mogę się przysiąść? Nie lubię jeść sama.

– Oczywiście, proszę – Grzegorek zerwał się, żeby odsunąć krzesło. – A gdzie mąż?

– Błąka się po lesie.

– Sam?

– Czasem mężczyzna musi pobyć sam.

– Przerwa na przemyślenia – sarkastyczny uśmiech wykrzywił usta Grzegorka. – Dokuczyła mu pani.

– Nie. Podsunęłam rozwiązanie, jedyne możliwe. Ale to zbyt trudne dla niego.

– Tak pani myśli? – Brwi Grzegorka uniosły się ze zdziwienia.

– Lepiej dla niego, żebym nie myślała – rzuciła od niechcenia i spytała: – Co mi pan poleci na obiad?

– Zupę borowikową, jest przepyszna. A jeśli lubi pani mięso...

– Bez mięsa nie da się żyć.

– W takim razie schab. W schabie nacinają kieszeń i faszerują fantastyczną w smaku zasmażaną kapustą. Do tego pieczone ziemniaki. Będzie pani zachwycona.

Obok stolika pojawiła się sympatyczna dziewczyna w okularach.

– Czy mogę przyjąć zamówienie? – spytała.

Lewicka wyraziła swoje życzenia i zamówiła duże piwo.

– Na służbie? – zdziwił się Grzegorek.

– Pan mnie pomylił z komisarzem. To on pości, ja nie muszę. Jestem na urlopie.

Wymienili szczere uśmiechy i Lewicka spróbowała zimnego, cudownie orzeźwiającego piwa o kwaskowym posmaku.

– Tutejsze – wyjaśnił Grzegorek.

– Słyszałam, że jest pan świetnie zorientowany w historii klasztoru.

– Bo to fascynująca historia.

– Jakieś zbrodnie? Ofiary? Zakopane skarby?

– Wszystkiego po trochu – uśmiechnął się tajemniczo. – O bogactwach zakonników krążyły legendy. Byli rzeczywiście bardzo obrotni. W szybkim tempie powiększyli swój majątek, przede wszystkim obszar ziemi należącej do nich. Założyli tu smolarnie, huty i cegielnie. Prowadzili intensywną, jeśli nie ekstensywną gospodarkę, co doprowadziło do wyniszczenia okolicznych lasów, ale o tym może kiedy indziej.

– Dlaczego? Słucham z uwagą – powiedziała.

– Dobrze – zgodził się. – Pod koniec siedemnastego wieku zastąpiono dawne drewniane zabudowania murowanymi. To było wkrótce po pożarze, który strawił większość założenia klasztornego. Wtedy powstał kościół pod wezwaniem Niepokalanego Poczęcia Najświętszej Marii Panny. Wybudowano siedemnaście eremów, refektarz, Wieżę Zegarową, Domek Furtiana i Dom Królewski, w którym teraz się znajdujemy – przerwał na chwilę i dolał sobie wina. – Obok zabudowań klasztornych stanął Dom Możnych, jak go nazwano. W tym domu pod opieką zakonników znękani życiem bogaci obywatele Rzeczpospolitej Obojga Narodów spędzali ostatnie lata życia. Taka jest przynajmniej wersja oficjalna. Cały zespół został otoczony murem obronnym. Nawet teraz widać, że to prawdziwa twierdza, zbudowana zgodnie z zasadami inżynierii wojskowej. Z każdego narożnika można się dobrze i długo bronić. Do tego otoczenie. W czasie roztopów teren praktycznie niedostępny – uśmiechnął się znacząco. – U podnóża wzniesienia założono ogród warzywny, sad, zwierzyniec i niewielki staw, w którym hodowano ryby: sieję, sielawę i węgorze. A mówię cały czas o wieku siedemnastym.

Grzegorek upił łyk wina i spojrzał na Lewicką. Na jego ustach błąkał się ironiczny uśmieszek.

– Nie wydaje się to pani dziwne? Po co tyle tak skromnym braciszkom? No i kto tak naprawdę tym zarządzał? Kameduli to bardzo surowa reguła. Od jedenastego wieku, czyli od czasu założenia zakonu przez świętego Romualda, słynęli z odludnego, pełnego wyrzeczeń życia. Nie spotykali się jak benedyktyni czy bernardyni na wspólnych modłach, nie prowadzili działalności edukacyjnej. Każdy zakonnik mieszkał we własnym domku pustelniczym zwanym eremem, uprawiał ogródek, czas spędzał w samotności na kontemplacji i szukaniu sensu życia.

Zaśmiał się krótko, jakby do siebie, oparł łokciami o blat stołu i nachylił w stronę Lewickiej, zbliżając do niej twarz. Zatopił wzrok w jej oczach i mówił.

– Słyszała pani o prawie azylu? – spytał ciepłym barytonem. Był tak blisko, że poczuła jego oddech na policzku. – W zamierzchłych czasach azyl obejmował teren kościoła i cmentarza przykościelnego. Ci, którym ziemia paliła się pod nogami, chętnie korzystali z tego kościelnego przywileju. Ówczesne prawo cywilne traktowało teren kościoła tak, jak my dzisiaj teren ambasady. A trzeba tu dodać, że Kościół bronił tego prawa, dlatego ci bardziej zdesperowani, ale także zasobni w majątek, nie opuszczali takich miejsc latami. Szczególne wzięcie miały klasztory, które obejmowały dużo większy obszar niż sam budynek kościoła i cmentarz. Zdarzało się w Polsce, że zakonnicy stawali w obronie azylantów i zbrojnie odpierali najazd przedstawicieli świeckiej władzy domagających się wydania zbirów. Tak było w 1706 roku w klasztorze w Kętach.

Przerwał i z westchnieniem się wyprostował, jego spojrzenie, czymś zaniepokojone, powędrowało w głąb sali. Przez twarz przemknął cień, przynajmniej takie wrażenie odniosła Lewicka.

– Teraz pani rozumie, po co wybudowano Dom Możnych. Po co refektarz i pokoje gościnne – złożył na talerzu sztućce i wysączył resztki wina z kieliszka. – Przepraszam, ale obowiązki wzywają – usprawiedliwił się i wstał od stołu.

Lewicka patrzyła za nim, gdy odchodził. Zatrzymał się przy barze, gdzie siedziała Martyna. Poszarzała z przejęcia Anka rzucała w jej stronę spłoszone spojrzenia.

– Jestem na rozkaz – młody męski głos wyrwał Lewicką z zamyślenia. Przed nią stał, szczerzący zęby w uśmiechu, Krystian Adamczyk.

– Szybciej się nie dało – wyjaśnił.

– Siadaj – powiedziała krótko. Nie znosiła niepotrzebnych ceremonii. – Najpierw coś zjedz. Na mój rachunek – dodała.

Zamówiła dla niego taki sam zestaw, jaki wzięła dla siebie, z wyjątkiem piwa. Przed Adamczykiem stało trudne zadanie, z powodu którego będzie musiał zarwać noc, więc poprosiła o dużą kawę i podwójną porcję sernika.

– Myśli pani, że zdołam to pochłonąć? – Głos młodszego aspiranta wyrażał lekkie powątpiewanie, ale jego oczy mówiły coś innego.

– Myślę, że tak. Masz potencjał – uśmiechnęła się do niego.

Adamczyka nie trzeba było długo namawiać. Wsunął ciasto, wypił kawę i już był gotów do pracy. W tym czasie inspektorka uprzedziła Banasika, że wybiera się do gabinetu dyrektora.

W sekretariacie zastali policjanta na warcie, który na ich widok odetchnął i zameldował, że nikt nie przychodził, nikt nie dzwonił i w ogóle był spokój. Lewicka zwolniła go, by poszedł coś zjeść, i weszła z Adamczykiem do gabinetu.

– Zimno tu – zauważył.

– Właśnie – potwierdziła. – Tu jest ten komputer i reszta sprzętu, telefon, kamera. Spróbuj coś z tego odzyskać – poleciła.

Adamczyk położył na biurku metalową walizkę i rozsiadł się wygodnie na krześle. Jęknął włączony do sieci komputer, monitor odezwał się cichym odgłosem bombardujących go elektronów.

Lewicka podeszła do kaloryfera i dotknęła go – był zimny. Sprawdziła pokrętło regulatora. Ktoś starannie odciął dopływ gorącej wody. Zmarszczyła brwi i sprawdziła kolejny grzejnik – to samo.

– Eee, coś mi się widzi, że to stary dobry novellowski Btrieve – powiedział Adamczyk zza monitora, szybko stukając w klawisze. – Są całe fragmenty danych. Będzie dobrze – dodał.

Inspektorka usiadła w klubowym fotelu, patrząc intensywnie na Adamczyka.

– Ktoś wyłączył ogrzewanie – powiedziała. – Co to „bi-triw", Krystianku?

– System baz danych. Wersja na pojedynczy komputer – wyjaśniał, nie odrywając wzroku od monitora. – Pozwala na trzymanie baz danych na „rozproszonych nośnikach". Aby się włamać – zaśmiał się zjadliwie – trzeba mieć narzędzia i umiejętności, a ja je mam – znowu zachichotał. – Mam prośbę – oderwał się od pracy i spojrzał na Lewicką, ale nim poprosił, spytał, zaskoczony jej miną: – Czy coś się stało?

Lewicka nie odpowiedziała, czuła, że coś przeoczyła i właśnie teraz usiłowała to uczucie straty przyporządkować czemuś, co widziała lub słyszała.

– Mam prośbę: czy może pani nie nazywać mnie Krystiankiem? Nie lubię swojego imienia.

– To jak mam się do ciebie zwracać? – spytała odruchowo.

– Bury. – Jeśli Adamczyk miał zamiar ją zaskoczyć, to właśnie mu się udało.

– Dobrze – odpowiedziała zdumiona i dodała z wahaniem: – Bury.

Wyszczerzył zęby w szerokim uśmiechu.

– Pójdę do samochodu po Extrieve, to może coś pooglądamy – wyjaśnił. – Muszę to przekopiować po kawałku i otworzyć w DOS-ie. Czy tu można podjechać samochodem?

– Chyba tak, dam ci numer do Banasika i załatw to z nim.

– O właśnie, telefon. Zaraz pójdę, tylko rzucę okiem na to cacko.

Adamczyk wziął do ręki lśniący aparat i szybko wcisnął kilka przycisków.

– No proszę! – krzyknął. – Ha, ktoś sobie programował telefony, spryciulek!

– Programował?

– Tak, proszę spojrzeć – podszedł szybko do niej i pokazał zapisy przesuwające się na miniaturowym ekranie telefonu. – Na przykład wczoraj o godzinie siedemnastej pięćdziesiąt pięć zaprogramowano trzy rozmowy telefoniczne, to znaczy takie automatyczne wybieranie. Rozumie pani? Żeby nie zapomnieć o ważnym telefonie, może pani zapisać w notatniku przypomnienie, ale ten aparat jest sprytniejszy, może pani w nim zaprogramować wybieranie i powiadomienie sygnałem o połączeniu. Fajne, nie? No i wczoraj zaprogramowano trzy takie rozmowy. O osiemnastej zero dwie, osiemnastej zero sześć i dwudziestej trzeciej zero jeden. Pani mnie słyszy?

Lewicka zdała sobie sprawę, że oto ma w ręku brakujący element układanki. Teraz wszystko zaczęło się układać w logiczną całość.

– No to idę po sprzęt – powiedział Adamczyk i wyszedł.

Inspektorka przyjrzała się raz jeszcze wyświetlonym na ekranie godzinom połączeń. Wyjęła z kieszeni telefon i wybrała numer. Po chwili usłyszała tubalny męski głos.

– Wieczorek, słucham?

– Lewicka z tej strony – przedstawiła się. – Chciałam zapytać, panie doktorze, czy gdyby ciało Marciniaka umieścić zaraz po zgonie w zimnym pomieszczeniu, to czy zmiany pośmiertne zostałyby spowolnione?

Ciszę w słuchawce wypełniło sapanie.

– Co pani ma na myśli, mówiąc o zimnym pomieszczeniu? – spytał wreszcie.

– Gdyby zakręcono kaloryfery i otwarto okna...

– Wczoraj w nocy temperatura spadła poniżej zera, na krótko, ale było nawet trochę szronu – zastanawiał się głośno. – Tak, to możliwe. Dobrze pani wie, że temperatura otoczenia ma ogromny wpływ na wystąpienie cech pośmiertnych.

– W tej sytuacji jak określiłby pan czas zgonu?

– Musiałbym przesunąć godzinę – zawahał się. – Tak, możliwe, że gdy rano zobaczyłem ciało, denat nie żył od dwunastu do osiemnastu godzin. Ale gdy nie mamy strzaskanego zegarka ofiary, zegarka ze wskazówkami oczywiście – wyjaśnił – ustalenie czasu zgonu to tylko domniemanie.

– Rozumiem, dziękuję – powiedziała Lewicka i się rozłączyła.

ROZDZIAŁ 16

Po kwadransie Adamczyk wrócił w towarzystwie komisarza Banasika. Taszczyli wielkie pudła wyładowane wnętrznościami komputerów. Górą wystawały płaskie pudełka dysków, pod zimnym blaskiem pokryw skrywające szklane tarcze. Obok nich piętrzyły się zadrukowane i najeżone kolcami nieodłączne obwody scalone, karty sieciowe, graficzne i inne akcesoria.

Młodszy aspirant postawił sprzęt obok biurka. Zdjął pokrywę, odsłaniając bezwstydnie wnętrze dyrektorskiego komputera. Wyszarpnął ze swojego pudła kaleki kadłub jednostki centralnej i ustawił obok obnażonego delikwenta. Podłączył go kilkoma kablami i zajął miejsce przed monitorem.

Na dźwięk głosu komisarza Lewicka otrząsnęła się z zamyślenia.

– Dzięki, że zadzwoniłaś – usiadł naprzeciwko i założył nogę na nogę. – Spytałem go o okna. Miałaś rację, były otwarte – sapnął. – Gdy Olejnik zaparkował na podjeździe, spojrzał w górę, w oknach paliło się światło i wszystkie były otwarte. Nie na oścież, ale jednak otwarte. To go nawet zastanowiło, bo w nocy zrobiło się cholernie zimno, jak to w marcu, a Marciniak, nie zważając na mróz, tak się wietrzy. A gdy Olejnik wrócił do samochodu, znowu spojrzał i okna były zamknięte, a światła zgaszone. Jest tego pewien.

– A stróż? – spytała.

– Powiedział tak, cytuję z pamięci: „Dubelty na pewno były zamknięte". Nie ma wątpliwości, bo wielokrotnie przykazywano mu, by zwracał uwagę na okna. Czasem pracownicy zapominają zamknąć i potem hula przeciąg.

– Czyli wszystko jasne – pokiwała głową.

– No, ja to sobie chyba nie pośpię dzisiaj – zazgrzytał zębami Adamczyk.

– A co? – Lewicka odwróciła się w jego stronę i obrzuciła go bystrym spojrzeniem.

– Ech, w mordę jeża, trzeba będzie nad tym poślęczeć.

– Mówiłeś, że dasz radę – Lewicka mrugnęła znacząco do Banasika.

– Bo dam, tylko... – pochylił się nad klawiaturą. – Momencik, momencik...

– Umiesz budować napięcie – zauważyła.

– Szlag mnie trafi, tu są rekordy o zmiennej długości – warknął. – Chwilunia...

Wstał i zajrzał do wnętrza komputera.

– Tak czułem! – zawołał triumfalnie. – Trzeba poszukać drugiego dysku. Przenośnego – dodał dla wyjaśnienia.

Schylił się i wygrzebał z pudła płaski prostopadłościan zamknięty z jednej strony szarą ścianką; wyglądał jak szufladka z zagłębieniem zamiast uchwytu.

– Potrzebne mi coś takiego.

– A co to jest? – Banasik przyglądał się urządzeniu podobnemu do napędu dyskietek.

– Dysk wymienny. Tu był taki sam. Właściciel wyjmuje go bez potrzeby rozmontowywania sprzętu i chowa, choćby do kasy pancernej. Sprytnie zamaskował wejście tą zaślepką, ale to tylko atrapa.

– Ale myśmy już wszystko przekopali i niczego takiego tu nie ma. Tu nawet nie ma złamanej dyskietki. A kasa jest pusta – powiedział komisarz.

– Sprawdziliście meble? Blaty? – Adamczyk nie ustępował. – Dobra, w takim razie zacznijmy od tego pomieszczenia. Przecież nie latał z tą skrzynką przy wszystkich.

– Ma rację – przyznała Lewicka. – Dysk potrzebny był mu tutaj. Nie jest to duże, ale do kieszeni się nie zmieści. Trzeba poszukać. Możliwe, że zabójca nie znalazł tego, bo nie wiedział, że coś takiego istnieje.

Adamczyk położył się na podłodze, wsunął dłoń pod biurko i obmacał uważnie spód mebla. Potem zrobił to samo z pomocnikiem stojącym przy ścianie zaraz za fotelem.

Banasik zajrzał pod meble i zanurkował pod bibliotekę. Przejechał dłonią pod każdą półką. Zaczął wyjmować książkę za książką i przetrząsać metodycznie księgozbiór, zaglądając między okładki.

Inspektorka zostawiła ich w gabinecie i przeszła do ciasnego pomieszczenia oddzielającego prywatną łazienkę od pomieszczeń oficjalnych. Nie było tu wiele sprzętów: wieszak, stojak na parasole i wielka niszczarka. Spróbowała ją przesunąć, urządzenie było wyposażone w kółka, więc cicho wyjechało na środek. Odwróciła niszczarkę tyłem do siebie i zmarszczyła brwi. Do obudowy przyklejono plastrem czarne pudełko wielkości dłoni, grube na dwa palce. Szarpnęła i taśma ustąpiła. Na dźwięk rozdzieranego plastiku obaj mężczyźni zastygli w bezruchu.

– Masz? – spytał Banasik.

– Mam. – Lewicka stanęła w drzwiach, trzymając w dłoni pudełko.

– O to właśnie chodziło – powiedział uradowany Adamczyk.

– No, teraz to twój problem – stwierdził komisarz i zwrócił się do Lewickiej. – Zapraszam na obiad. Przy okazji opowiem ci, co zeznał Olejnik. A potem w kwestii tych okien popytamy innych.

– Chętnie, co prawda obiad już jadłam, ale mam ochotę na coś słodkiego. Mój mózg potrzebuje cukru i kofeiny. I to zaraz! – uśmiechnęła się szeroko. – Bury, pracuj sobie pomalutku. Przynieść ci coś?

– Nie, dzięki. Wszystko, co potrzebne, mam tu – pokazał na gigantyczną butlę coli.

Zostawili pochłoniętego pracą Adamczyka, mruczącego pod nosem monotonne przekleństwa.

Za drzwiami Banasik spytał:

– Bury?!

– Taką ma ksywkę – potwierdziła.

– Jakieś inklinacje?

– Nie, po prostu nie lubi swojego imienia.

Zamiast skomentować, Banasik uniósł brwi i otworzył ciężkie drzwi, przepuszczając inspektorkę przodem.

Zeszli do restauracji. Na widok komisarza Anka zbladła i prawie przestała oddychać, zamieniając się w posąg za biurkiem. Banasik nachylił się nad nią i szepnął jej kilka słów. Policzki dziewczyny zaróżowiły się, wymamrotała coś w podzięce. Przez chwilę Lewicka miała wrażenie, że rzuci się na komisarza i go wycałuje.

– Co jej powiedziałeś? – spytała.

– Po złożeniu wyjaśnień przez Olejnika zwolniliśmy go do domu.

– Widziałeś jej twarz? – Spojrzała wymownie w stronę Anki.

– Czy to jego dzieło?

Lewicka przytaknęła.

– Skurwysyn – zaklął Banasik i zmieszał się. – Mogłem go zostawić w areszcie, wiesz, za stawianie oporu w trakcie zatrzymania, ale nie jestem przekonany o jego winie, więc... – nie dokończył, przyglądając się Ance gorączkowo tłumaczącej coś do telefonu.

– Sami niech się dogadują. Mam nadzieję, że Świtała nie przyjdzie do mnie kiedyś ze złamaną szczęką – powiedział.

– Przyjdzie, dobrze o tym wiesz. To nigdy nie ma końca.

– Wiem, dlatego mówię, że mam tylko nadzieję – powiedział i dorzucił wściekle. – Cholera, wciąż mam tę głupią nadzieję!

– To nie nasza wina – zauważyła. – Może weźmiesz borowikową albo kołduny w rosole? – spytała Banasika, patrzącego tępo w restauracyjne menu.

– Słucham?! – spytał z roztargnieniem, był czymś wyraźnie zatroskany. – Nie, zupy tuczą – uśmiechnął się z przekąsem. – Wezmę pstrąga w ziołach i bukiet jarzyn – zwrócił się do kelnerki – a na deser jabłka w sosie karmelowym.

Jadł w milczeniu, pochłaniając w zawrotnym tempie rybę i gotowane warzywa. Zwolnił dopiero przy deserze.

– Według Olejnika wczorajszy wieczór wyglądał tak: po kłótni z Anką nie mógł sobie znaleźć miejsca. Bił się z myślami i jeździł bez celu po Suwałkach. Wreszcie postanowił rozmówić się ostatecznie z Marciniakiem. Jak twierdzi, nie miał zamiaru go zabić ani nawet tknąć palcem. Chciał tylko potwierdzenia, że dyrektor naprawdę jest ojcem jej dziecka. Tłumaczył, że mimo wszystko miał nadzieję, że to on jest ojcem, a nie ten, cytuję, „wszarz" – westchnął i przełknął trochę pieczonych owoców. – Pyszny sos – zauważył i mówił dalej. – Koło wpół do jedenastej przyjechał do klasztoru. Zaparkował i upewnił się, czy w oknach gabinetu pali się światło. Prosto stamtąd ruszył do biura, przekonany, że Marciniak jest u siebie.

– Którędy szedł?

– Też go o to zapytałem. Szedł od północy. Gdy znalazł się pod biurem, drzwi były zamknięte, a światła zgaszone.

– Ciekawe, ile czasu zajmuje przejście z parkingu na górny taras i ominięcie kościoła.

– Sprawdzimy – krótko powiedział Banasik, dolał sobie kawy i z żalem spojrzał na pusty talerz.

– Weź sobie naleśniki z makiem i serem, są pyszne.

Komisarz dał znak kelnerce i mimo jej zapewnień, że nie da rady zjeść takiej ilości po sutym obiedzie, zamówił podwójną porcję.

– Nie doszedł jednak do mieszkania Marciniaka – powiedział do Lewickiej.

– A co go powstrzymało?

– Poczekaj, to będzie najlepsze. – Złożony na cztery, nafaszerowany po brzegi naleśnik zniknął w dwóch potężnych kęsach w przełyku komisarza. Banasik otarł usta i powiedział: – Olejnik już miał przekroczyć furtę prowadzącą na taras, gdy ktoś otworzył drzwi na wieżę. Nasz mały podglądacz cofnął się szybko i ostrożnie wyjrzał zza węgła.

Banasik rzucił się z jeszcze większym apetytem na następnego naleśnika, milknąc na dłuższą chwilę. Lewicka pomyślała, że komisarza należy izolować od słodyczy, bo bardzo go rozpraszają.

– Od wieży nadchodził Grzegorek. Minął Olejnika i poszedł w kierunku Domu Królewskiego. My już wiemy, że dotarł wtedy do restauracji. To spotkanie wytrąciło Olejnika z równowagi i postanowił pojechać do domu, a do klasztoru wrócić następnego dnia i wtedy rozmówić się z dyrektorem. To mniej więcej wszystko. Jak twierdzi, w Wigrach był zaledwie kilka minut, może dziesięć, nie dłużej.

Lewicka zatopiła się we własnych myślach. Rozważała następne posunięcie i usiłowała dopasować nowe elementy do tego, co już ustaliła.

– Widzę przy barze Zawadę, spytajmy go o te okna, jeśli oczywiście skończyłeś już jeść – popatrzyła wymownie na puste talerze otaczające Banasika.

– Dobra. Potem przyciśniemy do muru tę wyniosłą instruktorkę, nie podoba mi się, że coś przed nami ukrywa. A na koniec spytamy Grzegorka, co robił o wpół do jedenastej pod wieżą. Ciekaw jestem, czym nas tym razem uraczy.

Komisarz raźno wstał od stołu i podszedł z Lewicką do Zawady, który w towarzystwie norweskiego przyjaciela sączył powoli koktajl. Na widok znajomych twarzy usta Larsa Jörstada rozciągnęły się w przyjaznym uśmiechu. Nim jednak zdążył się odezwać, jak spod ziemi wyrosła niewysoka postać brodatego muzykologa i wśród ochów i achów Norweg został siłą zaciągnięty do stolika, przy którym siedziała *madame* Mineyko. Zawada nie zaszczycił nowo przybyłych nawet spojrzeniem.

– W czym mogę pomóc? – spytał znad szklanki.

– Jedno pytanie – wyjaśnił Banasik. – Czy wczoraj wieczorem okna w gabinecie Marciniaka były uchylone?

Zawada obrzucił go niechętnym spojrzeniem jak namolnego akwizytora wciskającego tandetny towar.

– Otwarte.

– Nie zdziwiło to pana? – spytała Lewicka, sadowiąc się na hokerze obok profesora i posyłając mu ciepły uśmiech. Z daleka mogło się zdawać, że prowadzą towarzyską rozmowę jak przypadkowo spotkani ludzie, którzy chcą miło spędzić czas.

– Zdziwiło – Zawada nabrał powietrza i wyprostował się. – Było dość zimno.

– Przyjacielowi podoba się apartament? – znienacka spytał komisarz.

– Bardzo panu dziękuję. – Twarz lekarza przybrała wyraz wdzięczności. Nawet spróbował się przyjaźnie uśmiechnąć. – Czego się państwo napiją? – dodał mniej naburmuszony.

– A co pan proponuje? – policjantka spytała zalotnie.

– Może szarlotkę? To specjał regionalny na bazie żubrówki i soku jabłkowego.

– Jeśli można, to poproszę tylko o sok jabłkowy – zastrzegł się Banasik.

– Dla mnie Chilli Vodkatini – poprosiła inspektorka.

– Jakoś mnie to nie dziwi – mruknął Zawada.

Wyglądało na to, że atmosfera wyraźnie się ociepliła. Kiedyś zawsze przychodzi taki moment, ludzie chcą zapomnieć, że zbliżyła ich do siebie brutalna śmierć.

– Przepraszam, nie znam tej receptury, czy mógłbym prosić o podpowiedź? – Młody barman zgiął się w oczekiwaniu.

– W oddzielnej szklance zmieszać kieliszek wódki Chilli z pokruszonym lodem. Kieliszek koktajlowy opłukać kroplą wermutu i wylać. Przecedzić do niego wódkę i dodać oliwkę z papryczką. Gotowe – uśmiechnęła się szeroko.

– Zmieszany, a nie wstrząśnięty? – spytał Banasik, mrużąc oczy w powstrzymywanym śmiechu. – Myślałem, że to odwrotnie...

– Czy mogę Chilli zastąpić pieprzówką? – Barman miał już w ręku odpowiednią butelkę.

– Będzie pysznie – przytaknęła z entuzjazmem.

– No, no, lód i pieprz – cmoknął Zawada. – To chyba panią najlepiej charakteryzuje.

– Więcej pieprzu niż lodu – wyszczerzyła zęby w szerokim uśmiechu. Wyglądało na to, że naprawdę dobrze się bawi. – Dużo więcej.

– Ma pani uroczy uśmiech – zauważył lekarz. – Gdy się pani śmieje, człowiek ma wrażenie, że obcuje z całkiem inną kobietą.

– Czy jeszcze się pan na mnie boczy? – spytała, filuternie spoglądając mu prosto w oczy. – Szkoda na to czasu, profesorze.

– Czy wydarzyło się coś, o czym nie wiem? – zainteresował się Banasik.

– Rozmawialiśmy po południu o zaufaniu i szczerości – wyjaśnił Zawada. – Myślę jednak, że mamy zbieżne poglądy.

– Cóż mogę powiedzieć – Lewicka promieniała. – Nie da się ukryć, że przesłuchując oskarżonego, podejrzanego czy też świadka, zawsze zakładam, że może on mieć jakieś ukryte powody, by mnie...

Zawiesiła głos i rzuciła im ukradkowe spojrzenia.

– Po prostu, aby mnie okłamać. Możliwe, że wiele osób odbiera to założenie jako bardzo krzywdzące. Niestety, moja rola nie polega na tym, by dbać o dobre samopoczucie świadka. To znaczy dbam o nie tylko w takim stopniu, by zachęcić do współpracy, to wszystko. Jednak zasada numer jeden mówi: nigdy, przenigdy, nie ufaj drugiemu człowiekowi.

Westchnęła z udawanym smutkiem, ale jej oczy błyszczały zadowolone.

– Zawsze największy kłopot jest ze zwykłymi świadkami, bo oni wcale nie skupiają się na zadawanych im pytaniach, tylko kombinują, jak ukryć przede mną okoliczności niemające znaczenia w sprawie, a istotne tylko dla nich. Często motywem nieszczerych zeznań jest lęk przed kompromitacją w oczach rodziny, współpracowników, obcych obserwatorów, takich jak ja. Jeszcze gorzej, gdy wydaje im się, że w ten sposób chronią bliskich lub przyjaciół. Tacy najbardziej zaciemniają obraz. Kłamstwo ma zawsze bardzo złożone przyczyny – zakończyła nagle i szybko przechyliła kieliszek.

– Podobno ma pan już mordercę? – rzucił przez ramię Zawada.

– Jeszcze nie zakończyliśmy śledztwa – wyjaśnił Banasik.

– Właśnie, śledztwo – Lewicka odstawiła kieliszek i zeskoczyła ze stołka. – Dziękujemy i lecimy, prawda, komisarzu?

Pożegnali się w pośpiechu i skierowali do wyjścia.

– Wydawało mi się, że nie mamy czasu na drinki – powiedział z przekąsem Banasik.

– Nie mamy – przyznała. – Nie mogłam jednak odmówić. Już dzisiaj podpadłam Zawadzie. Wszystko bierze do siebie. Odmowę potraktowałby jak kolejny afront. Chciałam tego uniknąć – wyjaśniła, wspinając się po granitowych schodach.

Banasik szedł kilka kroków za nią i Lewicka czuła na sobie oliwkowy wzrok komisarza.

– Zostawiłem chłopaka na podjeździe. Mówi, że od szesnastej Martyna nie ruszała się z siłowni.

– Bardzo mądrze, Darku – powiedziała miękko i rzuciła mu zaczepne spojrzenie. – Nad czym tak myślisz? – spytała.

– Nad tym, jak smakuje chilli – odsłonił zęby w uśmiechu.

– Piekielnie gorzko – roześmiała się i spytała: – Masz klucze Marciniaka?

– Mam.

– No to chodźmy na skróty, przez bramę pod Kaplicą Papieską.

– Im bardziej komplementuje cię ten Zawada, tym mniej go lubię – powiedział niespodziewanie.

– Czyżbym dała ci prawo do scen zazdrości? – Obdarzyła go zalotnym spojrzeniem.

– Prawo nie, ale powód tak – wymruczał do siebie.

Przecięli placyk, otworzyli furtę i szybko zeszli w dół. Zaczynało zmierzchać, ale z podestu wyraźnie było widać samotny samochód na podjeździe. W środku siedziała skulona postać.

– To chłopak od ciebie – zauważyła Lewicka. Komisarz potwierdził skinieniem głowy.

Drzwi były otwarte, weszli do sali ledwie oświetlonej resztkami promieni zachodzącego słońca. W głębi, w pokoiku, który odwiedzili po południu, nadal paliła się lampa. Przez niedomknięte drzwi wąski pas światła wyłuskiwał z półmroku piekielne machiny. Panowała grobowa cisza. Ruszyli między metalowymi totemami sprawności po wygłuszającej kroki wykładzinie. Nagle Lewicka złapała komisarza za ramię i pociągnęła w stronę katowskiej machiny pod ścianą.

Na poprzecznej belce podtrzymującej konstrukcję atlasu wisiało smukłe ciało. Bose stopy zawisły kilka centymetrów nad podłogą. Jasne rozpuszczone włosy zakrywały twarz. Ciało Martyny niczym upiorne wahadło monotonnie się kołysało.

Banasik rzucił się w desperacji, objął ramionami szczupłe biodra i uniósł z wysiłkiem bezwładne ciało. Chciał jak najszybciej odciążyć zaciskające się tętnice.

– Tnij! – krzyknął. – W kieszeni mam scyzoryk.

Lewicka jednym ruchem otworzyła nóż i przejechała krótkim brzeszczotem po kablu. Ostrze zazgrzytało o metalowy rdzeń. Z furią nacisnęła mocniej i nóż zsunął się, raniąc ją w dłoń.

– Stalowa linka – rzuciła przez zaciśnięte zęby i szarpnęła węzeł. – Unieś ją wyżej. To cholerny węzeł zaciskowy.

Po krótkiej szamotaninie udało się rozluźnić pętlę i złożyć ciało na podłodze.

Banasik sprawdził tętno.

– Nie żyje – powiedział krótko.

W ciszy, która zapadła, Lewicka odszukała włącznik i salę zalało upiorne światło jarzeniówek.

– Samobójstwo? – spytała. – Niemożliwe – sama udzieliła sobie odpowiedzi.

– To nie było samobójstwo. – Twarz Banasika stężała, lecz w jego głosie zabrzmiał tłumiony gniew. – Kurwa, jak on się tu dostał?

Wyszarpnął z kieszeni telefon.

– Nalewajko, do mnie! I sprowadź ekipę. Mamy drugiego trupa – warknął.

Inspektorka stała nad ciałem dziewczyny w żałobnym osłupieniu. „Jeszcze jedna bezsensowna śmierć" – pomyślała. Poczuła ucisk w żołądku i dławiącą kulę w gardle, jak zawsze, gdy musiała stanąć oko w oko ze śmiercią. Zrobiło jej się żal dziewczyny, której życie tak brutalnie przerwano.

– Myślisz, że ktoś jej pomógł? – raczej stwierdziła, niż spytała.

– Wiesz, nie mam zbyt dużego doświadczenia w zakresie zabójstw, ale jestem ekspertem, jeśli można to tak nazwać, w kwestii samobójstw. – Usiadł ciężko na ławeczce obok ciała. – Mam własną teorię, która sprawdza się w realu. Gdy człowiek wiesza się sam, ciało zawsze zatacza kręgi zgodnie z ruchem wskazówek zegara. A ona... Zauważyłaś? Obracała się w odwrotną stronę. – Opuścił głowę i zaklął w bezsilnej złości. – Kurwa, kurwa, kurwa, moja wina!

Lewicka klęknęła obok ciała i przyjrzała się szyi ofiary. Gładką skórę przecinały dwie krwawo podbiegnięte pręgi. Jedna przez sam środek grdyki i druga wyżej, tuż pod linią szczęki.

– Zaskoczył ją od tyłu. Stąd ten pierwszy ślad. Widzisz? – Odgarnęła włosy i uniosła ciało, odwracając je tak, by Banasik mógł zobaczyć tył głowy i plecy dziewczyny. – Na karku ślady nakładają się na siebie. Linia biegnąca z prawej strony idzie trochę w górę i mija się o milimetry z tą niżej. – Dotknęła skóry i powiedziała z przekonaniem: – Był praworęczny. Udusił ją, stojąc za nią. Była wysoką kobietą, nie mógł dobrze wymierzyć. – Rozejrzała się i wyciągnęła spod steppera damski pantofel. – Tutaj ją zaatakował, a potem podciągnął na belce, zawiesił i zostawił. Stąd drugi ślad wyżej, pod szczęką. Być może tylko pozbawił ją przytomności, reszta dokonała się sama.

Przytrzymała jeszcze ciepłą dłoń dziewczyny, odwróciła i obejrzała długie, nienaruszone paznokcie.

– Nie broniła się. Nie, Darku, to nie twoja wina. Nie powinnam była jej odpuścić – pokręciła głową z niedowierzaniem. – Nie doceniłam mordercy.

Podeszła do ściany. Na haku wisiały identyczne linki jak ta zdjęta z szyi dziewczyny. Stalowe plecionki w otulinie z tworzywa, z wygodnymi uchwytami, cały pęk bokserskich skakanek.

– Użył tego, co miał pod ręką. Nie był przygotowany. Chyba nie spodziewał się, że go rozpoznała. Działał impulsywnie. Szybko i skutecznie. Ale nic nie zostawia przypadkowi. Bardzo niebezpieczny człowiek – dodała.

– Ale jak on się tu dostał? – Banasik spytał ponownie, tym razem z większym ładunkiem rozpaczy w głosie. – Gdyby ktoś tu wchodził, natychmiast by mi zameldowano! Przecież jej pilnowałem – dodał.

Po przeciwnej stronie sali były drzwi, których wcześniej nie zauważyli. Lewicka podeszła do nich i spróbowała je otworzyć kluczem Marciniaka. Zamek ustąpił bezszelestnie. Za drzwiami drewniane schody prowadziły na górę. Weszła po ich skrzypiących stopniach i stanęła przed drugimi drzwiami. Klucz znowu zadziałał i znalazła się w korytarzu prowadzącym do pokojów gościnnych w Kaplicy Kanclerskiej. Podeszła do okna i wyjrzała. Była na poziomie biur dyrektorskich i apartamentu papieskiego. Za oknem mrok zacierał kontury paradnych schodów prowadzących do głównych drzwi kościoła.

Zamknęła za sobą drzwi i zeszła na dół.

– Tajemne przejście? – spytał z kiepsko maskowaną ironią.

– Wręcz przeciwnie. Jawne i często używane. Po prostu nikomu nie przyszło do głowy powiadomić nas o tym przejściu. Jak zwykle – zakończyła z wymówką.

Banasik skierował swój wzrok najpierw na martwe ciało, a potem zatopił go w twarzy inspektorki. Skinęła głową na znak zgody.

Drzwi wejściowe otworzyły się z hukiem i stanął w nich Nalewajko. Niesforny kołnierzyk miał jak zwykle zgnieciony i krzywo wetknięty pod sweter. Grubymi palcami szybko upychał w ustach pączek rozmiarów małej piłki.

– Melduję się na rozkaz – wybełkotał. – „Zimny chirurg" już jedzie. Technicy też.

– Nalewajko, dajcie mi tu kogoś do pilnowania, niech stanie na zewnątrz i zaczeka na patologa i ekipę techniczną. Potem weź ludzi i zacznijcie szukać Grzegorka. Przeczesz, przesiej, przekop to wzgórze, ale mi go znajdź. Zrozumiano?

– Tak jest, panie komisarzu! – Aspirant sztabowy wyprężył w przepisowej postawie całe półtora metra swego ciała.

ROZDZIAŁ 17

Lewicka wróciła do siebie. Ekipa techniczna i patolog doskonale dawali sobie radę bez niej. Zresztą Wieczorek wyraźnie dał wszystkim do zrozumienia, że nie życzy sobie, by mu stali nad głową.

W pokoju zastała męża pochylonego nad otwartą torbą. Pakował swoje ubrania.

– Poprosiłem o drugi pokój – powiedział z tajoną pretensją w głosie i zaraz dodał bardziej obojętnie: – Pewnie przyjmiesz to z ulgą.

Zmierzyła go nieczułym wzrokiem. Widziała, że to ostatnie podrygi, końcowe pokazy siły, które pozwolą mu odejść w mniemaniu, że to on kończy. Czuła, że z ulgą przyjął jej decyzję, teraz zawsze będzie mógł zrzucić winę na złą, starą żonę. Uświadomiła sobie, że życie ukarze go wkrótce bardziej, niż się spodziewał. I nawet poczuła litość dla niego. Bo czym innym jest podbudowywać nadszarpnięte męskie ego w towarzystwie młodej kobiety i wracać do dobrze znanych domowych pieleszy, a czymś całkiem innym mierzyć się z pełną pretensji młodością i stawać na wysokości zadania każdego dnia.

– Po co ta pokazówka? Na jedną noc? Przecież zaraz wyjeżdżamy – powiedziała znużonym głosem. – Proszę, nie bądź żałosny.

– Staram się nie być. – Na chwilę w jego głosie zagościło zakłopotanie. Nagle wyprostował się i spytał z wyrzutem: – Dlaczego tak mówisz? Czy ty mnie w ogóle słuchasz?

Zabrzmiało to histerycznie i obco w jego ustach.

– Słyszę, ale nie słucham. Nie chcę już nic usłyszeć – odpowiedziała.

Usiadła na łóżku, odsuwając na bok skotłowaną pościel, i zaczęła składać rozrzucone ubrania.

– Właściwie to ten weekend trzeba uznać za zmarnowany. – Powiedział to, jakby stwierdzał oczywisty i wszystkim znany fakt, a potem dodał, rozjaśniając ewentualne wątpliwości co do swojej winy. – Ty go zmarnowałaś.

– Nie – odpowiedziała zajęta zbieraniem drobiazgów pozostawionych na nocnym stoliku. Nie chciała się kłócić, umysł miała zaabsorbowany tym, co się wydarzyło pół godziny temu. Skupienie nad piętrzącymi się domysłami i mnożącymi domniemaniami przynosiło ulgę, nie dopuszczając bolesnych rozważań nad własnym życiem.

– Spacerowałem, wiesz? I dużo rozmyślałem o nas. – Miał minę, jakby rzeczywiście myśl o ich małżeństwie należała do konkurencji siłowych. – A ty co robiłaś?

– Znalazłam nowe zwłoki – odpowiedziała zmęczonym głosem.

– Słucham?

– Tym razem będziesz usatysfakcjonowany. Kobieta – spojrzała mu w oczy. – Zbyt ładna i zbyt mądra, by żyć długo i szczęśliwie.

– O kim mówisz?

– O pięknej instruktorce fitness, której nie miałeś okazji poznać.

– Niemożliwe! – z impetem usiadł na łóżku.

Przez chwilę siedział z ustami otwartymi w niemym okrzyku grozy. Potem zdjął torbę i przysunął się do żony. Lewicka oparła łokcie na kolanach i opuściła głowę. Czuła się wypompowana, jakby uszło z niej całe życie. Zamiast energii wypełniała ją tylko bolesna pustka.

Poczuła dotknięcie i uniosła głowę.

– Zastanawiałem się... – Patrzył z natężeniem w oczy żony. – Zastanawiałem się – powtórzył – czy wiesz, kiedy umarła... nasza miłość?

Ostatnie słowo wypowiedział z lekkim wahaniem, jakby się wstydził tego wręcz nieprzyzwoitego po tylu wspólnie przeżytych latach uczucia. O miłości mówi się dużo, gdy się rodzi, potem kiedy trwa, niepotrzebne są słowa, a gdy umiera – są zbędne.

– Czy to teraz ważne? – Przymknęła powieki. – Nie chcę do tego wracać.

– To chyba powinna być moja kwestia – rzucił urażony.

– Możliwe, kochanie, ale wszystko się zmieniło. Nie ma już „nas" i nie będzie.

– Może jednak...?

– Nie będzie żadnego „może". Skończyłam tę farsę i oszczędź mi, proszę, rozdrapywania ran.

– Chciałbym tylko wiedzieć – zawahał się na moment, by zaraz szybko spytać: – Czy ty mnie kiedyś zdradziłaś?

Lewicka odwróciła powoli głowę i popatrzyła na niego z politowaniem. „Nigdy nie przestanie mnie zadziwiać" – podsumowała w myślach swojego męża.

– A co? Będzie ci lżej, gdy się dowiesz, że nie byłam ci dłużna? – spytała z ironicznym uśmieszkiem.

Zmieszał się na moment.

– Nie, no, nie chciałem, by tak to zabrzmiało – mówiły zakłopotane usta, ale zmrużone oczy wyrażały coś innego.

Objęła dłońmi jego twarz i spojrzała mu głęboko w ciemne źrenice.

– Nigdy cię nie zdradziłam. Miałam setki okazji, miałam ochotę, miałam możliwość, ale nigdy nie skorzystałam – puściła jego głowę i wzruszyła ramionami. – Nie mówię tego, by ci dokuczyć. Po prostu jestem inaczej skonstruowana. Kochałam cię, wypełniłeś moje serce, byłeś moim życiem, tylko to się liczyło.

Zastygli ramię w ramię jak podróżni na dworcowej ławce, udający obojętność, lecz bacznie obserwujący się spod przymkniętych powiek.

– Chcę zachować w pamięci tylko dobre chwile. Dałeś mi z siebie wszystko, co najlepsze, zawsze będę o tym pamiętać.

Objęła go ramieniem i przytuliła.

– Dziękuję ci, Marku, naprawdę dziękuję ci za wszystkie cudowne lata, jakie razem przeżyliśmy. – Pocałowała go w policzek. – Wcale nie było ich mało.

– To dlaczego chcesz to teraz skończyć? – W jego głosie wyczuwało się żal i smutek.

– Jestem zmęczona tobą. – Zasępiła się. – Zmęczona chorą miłością do ciebie. Muszę się ratować. Po prostu muszę.

Przycisnęła usta do szorstkiego policzka.

– Nie zatrzymuj mnie – wyszeptała.

– Nie będę – ucałował jej skroń. – Jutro wracam do Warszawy. A ty?

– Musiałam wezwać jednego z moich chłopaków. Wrócę razem z nim służbowym samochodem. Nie wiem, czy jutro, czy pojutrze. Wszystko zależy od wyników śledztwa. – Pogłaskała go po włosach. – Ale do naszego domu już nie wrócę.

– Co zrobisz? – Przytrzymał jej dłoń, obejrzał uważnie z bliska i stwierdził: – Skaleczyłaś się i to głęboko.

– Tak. Rzeczywiście. Zaraz opatrzę – spojrzała zdumiona na rozciętą dłoń.

Podniosła się i poszła do łazienki. Na dnie kosmetyczki znalazła plaster z opatrunkiem. Odkorkowała butelkę z wodą kolońską i polała ranę. Niewielkie pomieszczenie wypełnił świeży zapach korzeni i cierpkiej kory. Łapczywie wciągnęła w płuca czysty zapach, jak ktoś, kto zaraz się udusi.

W drzwiach stanął Marek.

– Ojciec wyniósł się na wieś, więc zamieszkam na Puławskiej. Później wpadnę do domu po swoje rzeczy. Umówię się z tobą – powiedziała do jego odbicia w lustrze.

– Masz już wszystko zaplanowane – westchnął ze smutkiem.

– W planie mam tylko fryzjera. W piątek – odpowiedziała spokojnie. – Zamknij drzwi, muszę wziąć prysznic.

Gotowa do wyjścia, stanęła przed lustrem i poprawiła spódnicę.

– Wychodzisz? – zainteresował się.

– Proszono mnie o pomoc.

Pokiwał głową, wymownie milcząc.

– Może zjemy razem kolację? – spytał.

Nie odpowiedziała i po raz pierwszy od bardzo dawna poczuła się wolna i bez winy.

Wróciła do gabinetu Marciniaka, gdzie nadal tkwił Adamczyk wygodnie rozparty w dyrektorskim fotelu. Na widok szefowej szybko zdjął nogi z biurka.

– Uważaj na meble – zwróciła mu uwagę i spytała: – Napijesz się kawy?

– Dziękuję, z przyjemnością. – Usiadł sztywno, a jego głos przybrał służbowy ton.

– To dobrze, bo już zamówiłam. Kolację też – dodała, nim zdążył zapytać.

Stanęła obok niego i spojrzała na przesuwające się w zawrotnym tempie szeregi znaków.

– Jak leci?

– Odzyskałem wszystko, co było do odzyskania. Może z małymi wyjątkami, ale to nieuniknione. Teraz to sortuję. – Odwrócił się do niej i powiedział z nieskrywaną satysfakcją: – Extrieve to bardzo sprytne narzędzie.

Lewicka wzięła do ręki jeden z albumów porzuconych przez Banasika podczas przeszukania i usiadła w klubowym fotelu naprzeciwko.

– A jak będzie z kamerą? – spytała, przerzucając barwne stronice.

– Mhm, to trochę dłuższa dłubanina, ale na dysku jest mnóstwo materiału filmowego, więc chciałem najpierw to uporządkować. – Wyprostował się i dodał ostrożnie: – Słyszałem, że są nowe zwłoki. Coś ten Banasik się nie popisał.

Nie odezwała się, jedynie podniosła wolno wzrok znad książki i spojrzała obojętnie na podwładnego.

– Stary piernik z niego – dodał pewny siebie.

Przekonanie Adamczyka o niedołęstwie mrukliwego komisarza rozbawiło ją. Wywołało przelotny uśmieszek, błąkający się na wargach. Zazwyczaj są dwa scenariusze stosunków między żółtodziobami i starymi wyjadaczami: albo sarkastyczne negowanie wszystkiego, albo pełne zachwytu uwielbienie. „Przywilej młodości – pomyślała – też taka byłam".

– Młodszy aspirancie Adamczyku – powiedziała swobodnie, wracając do przeglądania albumu – przywołuję pana do porządku. Nie wypada krytykować oficera ani podważać jego autorytetu w obecności własnego szefa, a w obecności szefowej szczególnie – uśmiechnęła się pod nosem.

– Nie, no ja nic takiego nie chciałem powiedzieć – wydukał zakłopotany. – Tylko policji tu od metra, a trup ściele się gęsto.

Odłożyła album i westchnęła.

– Oj, Bury, Bury, pożyjesz trochę, to nie takie rzeczy zobaczysz.

– Mam taką nadzieję. – Widząc rozbawioną minę szefowej, nabrał pewności siebie. – Bardzo się cieszę, że dostałem przydział do pani zespołu.

Lewicka obdarzyła go ciepłym uśmiechem. Z bolesnym zdziwieniem uświadomiła sobie, że traktuje go nie jak równego sobie partnera, ale jak dużo młodszego brata, za którego czuła się odpowiedzialna. Było w tym coś z macierzyńskich uczuć, za które zaraz skarciła się w myślach. Adamczyk nigdy nie powinien tego odczuć, zadecydowała. Mógłby źle odebrać protekcjonalne traktowanie.

Młodszy aspirant ponownie się zmieszał, zawstydzony przedłużającym się milczeniem szefowej. Nie śmiał spojrzeć jej w oczy, więc powiedział bardziej do monitora niż do Lewickiej:

– Widziałem panią w akcji i jestem pod wrażeniem. Jak pani to robi? – zwrócił się do niej. – Jak pani odgaduje te poszlaki, dowody, odnajduje ślady? Intuicja?

– Nie ma czegoś takiego jak intuicja – powiedziała z mocą.

– Jak to? Przecież jest pani kobietą!

– No to co?

– Szósty zmysł?

– Zmysł? Nie istnieje. Bo jak inaczej wytłumaczyć, że ludzie obdarzeni są słuchem, wzrokiem, węchem, smakiem i dotykiem, ale nie intuicją. Czyżby wszyscy byli głusi i ślepi na przeczucie, a tylko nieliczni zostali wybrani? Bzdura!

– Więc co to jest? – spytał.

– Wiedza i doświadczenie. Jakoś dziwnym trafem intuicją obdarzeni są zawsze ludzie dojrzali, którzy mają za sobą setki, jeśli nie tysiące podobnych doświadczeń. A młodym tak zwanej intuicji brakuje. Z czasem, jeśli są tylko dość bystrzy, nadrabiają zaległości. Wiem, rozczarowałam cię – dodała, widząc, jak w grymasie zawodu wydłuża mu się twarz. – Jeśli to prawda, co o tobie mówią, to wkrótce też będziesz posiadał intuicję.

– Doświadczenie – powtórzył jak echo. – Ale Wituła mówił, że pani zawsze taka była.

– Czesio ma skłonność do przesady. Wszystkiego uczyłam się krok po kroku. Także od niego.

Twarz Adamczyka wyrażała pomieszane z niewiarą zwątpienie w sens słów szefowej.

– Ludzki umysł ma skłonność do porządkowania, segregowania i systematyzowania wszelkich informacji – z westchnieniem podjęła Lewicka. – Lubimy schematy, nie ma w tym nic złego. Dzięki tym schematom możemy szybko szufladkować otrzymane informacje, przymierzyć je do zapamiętanych wzorców zachowania i zareagować adekwatnie do sytuacji.

Wstała, bo ktoś zapukał do drzwi sekretariatu, i po chwili wróciła z tacą nakrytą serwetą. Pod nią były talerze z wędliną, koszyczki z chlebem, filiżanki i termos kawy.

Postawiła tacę na stole i rozstawiła filiżanki.

– Ta szczególna cecha naszego umysłu bardzo się przydaje w procesie uczenia. Im szybciej twój umysł segreguje dane i przypisuje im odpowiednie znaczenie, tym więcej jesteś w stanie przyswoić i nauczyć się, a potem wykorzystać.

Rozlała kawę do filiżanek i zabrała się do smarowania chleba. Kromkę obłożyła wędliną i zaprosiła Adamczyka do stołu.

– Ludzie działają według wyuczonych schematów. Pierwsze wrażenie buduje ich podstawy. Potem na niepewny jeszcze szkielet schematu nakładają się następne doświadczenia. Z każdym nowym przeżyciem dochodzi do korekty schematu reakcji. Po którymś razie działasz już automatycznie, nie zastanawiając się, skąd to wiesz i jak do tego doszedłeś. Takie są skutki procesu uczenia.

Zamyśliła się na chwilę, by znowu podjąć temat. Adamczyk usiadł na brzeżku fotela i chłonął każde jej słowo.

– Jeśli coś się wyłamuje ze schematu, budzi niepokój. Możesz go nazwać również ciekawością – uśmiechnęła się. –

Uczyli cię przecież prowadzenia obserwacji. Co jest najważniejsze podczas śledzenia obiektu?

– Dostosować się do rytmu ulicy – szybko odpowiedział.

– Właśnie. Podążając za śledzonym, musisz dostosować swój krok do rytmu kroków ludzi obok ciebie. To ważniejsze niż kamuflaż, przebranie i ciemne okulary – mrugnęła znacząco.

– Obserwowanemu wystarczy jedno spojrzenie, by z tłumu wyłowić tych, co nie zachowują się tak jak wszyscy. Każdy przejaw odmienności odbierze jak sygnał alarmowy.

– Wracając do intuicji, najlepiej będzie wyjaśnić to na przykładzie. Wyobraź sobie, że przywożą do szpitala dziecko. Ma gorączkę i wysypkę. Zajmuje się nim dwóch lekarzy, jeden jest starym wyjadaczem, a drugi młodym i niedoświadczonym stażystą. Badają dziecko. Młody usiłuje dopasować uzyskane dane do tego, co wie o chorobach wieku dziecięcego. Gorączka wyklucza ileś tam chorób. Wysypka eliminuje kolejne. Ale zbyt krótki staż młodego lekarza nie pozwolił mu na własne oczy zobaczyć wszystkich rodzajów możliwych zmian skórnych. Niektóre choroby zakaźne występują teraz tak rzadko, że mógł nigdy się z nimi nie zetknąć. Ale drogą eliminacji i kolejnych przybliżeń nieśmiało stawia diagnozę. Patrzy na starszego lekarza, a ten bez żadnych wątpliwości mówi: „odra". Byłby w wielkim kłopocie, gdybyś go spytał, jak do tego doszedł. Wreszcie z trudem by ci wyjaśnił, że wystarczyło jedno spojrzenie, aby zyskać pewność, a badanie w tym kierunku tylko tę pewność potwierdziło. Mózg działa szybciej niż najszybszy komputer. W tempie, o jakim nie śniło się producentom procesorów. W tych ułamkach sekund między oceną obrazu a głośnym stwierdzeniem: „to odra", trwa intensywna praca mózgu. Obraz zarejestrowany okiem przyporządkowywany jest obrazom wcześniej zapamiętanym, można by je przyrównać do szablonów. Intuicja to po prostu doświadczenie, sygnał alarmowy, że coś odbiega od schematu – zakończyła.

Adamczyk siedział jak zaczarowany, nóż w jego dłoni zawisł w przestrzeni dzielącej go od talerza.

– Jeszcze jedną kanapkę? – spytała.

– Nie, dziękuję – z trudem otrząsnął się z zamyślenia. – Trzeba spojrzeć na monitor. Może już da się coś zobaczyć.

Odstawił talerz i szybko podszedł do biurka. Przysunął drugie krzesło. Zajął miejsce przed komputerem i stuknął w klawisze.

– O, jakiś chłam mi się tu trafił – mruknął zza ekranu. – Ale nie wszystko to śmieci. Ten programik jest koszmarnie trudny i potrzebuje czasu, ale rozwali każdą bazę danych Btrieve'a. Posortowałem to w dwóch porządkach, według dat utworzenia pliku i alfabetycznie. Wygląda to jak wielka kartoteka.

Lewicka dopiła kawę i usiadła obok niego.

– Są tu pliki tekstowe i sporo zdjęć, filmów oraz nagrań dźwiękowych. Przypomina to archiwum. Nazwy plików utworzono od nazwisk ludzi. Bo to wszystko dotyczy konkretnych osób – zawahał się. Tak mi się zdaje – dodał ostrożnie. – Uporządkowałem to w drzewa i teraz po kliknięciu, na przykład w Adamski, można przeglądać pliki zgromadzone pod tym nazwiskiem.

– Pokaż – powiedziała.

Na monitorze powoli przesuwał się szereg nazwisk. Bardzo długa lista osób, którymi interesował się Marciniak, a obok niej daty założenia pliku. Na widok niektórych nazwisk Lewicka uniosła brwi ze zdziwienia.

– Daj tego Adamskiego – poleciła.

Przed ich oczami rozwinął się krótki spis plików. Bury wybrał jeden z nich i w nowym oknie rozwinęło się wyraźne zdjęcie. Otyły mężczyzna z radosnym uśmiechem pozował nad wielkim łbem martwego łosia.

– Kto to? – spytał zaciekawiony.

– Działacz ruchu ekologicznego. Zagorzały zwolennik ochrony dziewiczej przyrody – powiedziała cicho. – Dawaj dalej.

Młody policjant posłusznie wklepał polecenie i kolejne zdjęcie wypełniło ekran. Na tle drewnianych ścian siedział łysy, prawie nagi facet w otoczeniu równie jak on roznegliżowanych kobiet.

– Nie wyglądają na jego córki – skomentował Bury.

– Bo nimi nie są. Znam go, to prezes dużego banku.

– Ładnie, ładnie – zagwizdał cicho.

– Dalej – poleciła Lewicka.

Tym razem zdjęcie wyparły ruchome obrazy. Młoda kobieta, wyraźnie pijana, uwieszona u ramienia partnera, usiłowała stawiać taneczne kroki w takt wolnej muzyki. Na następnym ujęciu ta sama roześmiana para śpiewała biesiadny przebój. Z głośników popłynęły wesołe takty piosenki opiewającej urodę majtek w kropki. Na kolejnym planie kobieta całowała się z mężczyzną, poczynając sobie bardzo śmiało z jego rozporkiem.

– Ja ją chyba gdzieś widziałem – bąknął Adamczyk.

– Już nie jest prokuratorem – powiedziała Lewicka przez zaciśnięte szczęki. – A jego znasz?

– Nie, ale wygląda na bandytę. Kto normalny ma trzy sygnety na dłoni? – Adamczyk zatrzymał film i powiększył kadr, na którym wyraźnie było widać upierścienione palce obejmujące obfite pośladki kobiety.

– To Baleron – wyjaśniła.

– Ten boss mafijny? – spytał. – Kim był ten Marciniak?! Domorosłym archiwistą?! – parsknął. – Hobbystą teczkowym? Na co mu to było?

– Lubił manipulować ludźmi. Myślał, że znając ich tajemnice, będzie miał nad nimi władzę. Pokaż, czy miał coś na Grzegorka.

Pod nazwiskiem specjalisty od reklamy był tylko jeden skromny plik tekstowy. Kilka nic niemówiących laikom zdań i dwa nazwiska.

– No, nie – powiedział zaskoczony Adamczyk.

– A jednak – potwierdziła.

Odetchnęła głęboko i wyłuskała z kieszeni telefon. Wstała zza biurka i podeszła do okien, za którymi zdążył już zgęstnieć mrok.

– Tu Ewa – odpowiedziała na mrukliwe „słucham". – Mam do ciebie bardzo ważne pytanie. Nie muszę znać szczegółów. Potwierdź tylko lub zaprzecz.

Ciszę w telefonie wypełniło pełne napięcia milczenie, żadnej reakcji, więc Lewicka spytała.

– Grzegorek. Do 1996 roku był twoim podwładnym. Chcę wiedzieć, czy został zwolniony ze służby, bo kogoś ochraniał?

Czuła, jak pod drugiej stronie gęstnieje cisza, wreszcie usłyszała:

– Zadzwonię do ciebie za piętnaście minut.

Schowała telefon i nalała sobie kawy. Adamczyk obserwował ją zza monitora, wreszcie się odezwał.

– To ktoś ważny, tak? – spytał zaintrygowany. – Z „firmy".

– Gorzej, stary znajomy – odpowiedziała. – Przyjaciel i niedoszły szef.

Uśmiechnęła się na widok zdziwionej miny Burego.

– Podam ci nazwiska podejrzanych, a ty poszukaj ich w tym archiwum, może Marciniak zgromadził coś na nich.

Adamczyk bez szemrania i zbędnych komentarzy zapisał sobie krótką listę, dopiero przy nazwisku Pomickiej podniósł na szefową zdziwiony wzrok.

– Chcę wiedzieć, czy miała więcej niż jeden powód, by życzyć mu śmierci.

– A jaki był ten pierwszy?

– Zazdrość – zawahała się. – I niepewność. Zaborcze uczucie, które nazywała miłością, nie pozwalało jej myśleć o nim inaczej jak o swej własności. I na pewno nie pogodziłaby się z myślą, że chce ją porzucić. Mógł tylko należeć do niej lub być martwy. Przy jej charakterze i braku pewności był to wystarczający motyw.

– Ale to nie ona go zabiła?

– Jestem pewna, że nie. Zresztą nie było jej tu w krytycznym momencie.

Rozmowę przerwał telefon. Oddzwaniał wcześniej, niż zapowiedział. Lewicka wyszła do sekretariatu i zamknęła za sobą drzwi.

– Teraz mogę rozmawiać. O co chodzi z tym Grzegorkiem? – głęboki, przepalony papierosami baryton zadudnił w słuchawce.

– Jest zamieszany w zabójstwo. Podejrzewam, że denat wiedział o nim coś, co Grzegorek wolałby ukryć. Chcę wiedzieć, dlaczego odszedł ze służby, jeśli odszedł.

– Odszedł ze względów zdrowotnych. Taka jest oficjalna wersja. Przychyliliśmy się do jego prośby. Podejrzewaliśmy go o kontakty, powiedzmy, z podziemiem gospodarczym. Prowadził kilka spraw dotyczących nielegalnego obrotu paliwami i mimo drobnych sukcesów nie posuwał się do przodu. Przez rok toczyło się wewnętrzne postępowanie, ale dostał postrzał i jakoś to się rozmyło. Prawdopodobnie kogoś chronił, ale nie mamy dowodów.

– Ja je mam – powiedziała i zapadła długa cisza.

– Słucham. – Baryton rozkaszlał się sucho.

– Mówi ci coś nazwisko Kowalski?

– Możliwe – powiedział ostrożnie.

– A Zielińska?

– Nie kojarzę.

– Jest archiwistką w waszej kartotece – padło wyjaśnienie.

Ciszę wypełnił odgłos wypuszczanego nosem dymu, cichym szelestem zderzającego się z mikrofonem słuchawki.

– Teraz wszystko jasne – mroczny głos przerwał milczenie. – Gratuluję. Marnujesz się – dodał z uznaniem. – Zawsze ci to powtarzam. Jakby co, to masz moje poparcie. Możesz liczyć na pełną współpracę.

Zamilkł, zaciągając się dymem. Ogrzane papierosowym żarem słowa zyskały cieplejszą barwę.

– A poza tym – głos namyślał się, nim spytał – co u ciebie?

– Dziękuję, wszystko dobrze.

– A jak Marek? Czy nadeszła pora, by go wykastrować? – padło pytanie przyprawione odrobiną ironii.

– To już nie będzie potrzebne.

– O – głos się zaciekawił. – Ktoś się tym zajął?

– Niestety nie. Rozstaliśmy się z Markiem – wyjaśniła i zakończyła szybko: – Jak będziesz w Warszawie, spotkamy się i wszystko ci opowiem. Dzięki i do zobaczenia.

– Do zobaczenia, Mała – zachrypiał miękko baryton.

ROZDZIAŁ 18

Nie zdążyła nawet schować telefonu do kieszeni, gdy ten znowu się rozświergotał. Uśmiechnęła się na widok znajomego numeru.

– Zdaje się, że mamy motyw – powiedziała raźno.

– Czy możesz przyjść na przystań? Chciałbym ci coś pokazać. – Zimny, obcy głos Banasika wzbudził w Lewickiej niepokój.

– Będę tam za chwilę – rzuciła do słuchawki.

Wybiegła tak jak stała, zostawiając w biurze zaskoczonego Adamczyka. Ominęła budynek kościoła i skręciła w prawo w dół, by szybko przeciąć dolny taras i dostać się do Wieży Schodowej. Mijając erem Sobieraja, kątem oka zauważyła światła w szczelnie zasłoniętym oknie. Z hukiem zatrzasnęła za sobą drzwi klatki schodowej łączącej klasztor z budynkami gospodarczymi na dole. Pod stopami zachrzęściła żwirowa alejka. Na wysokości kortów zobaczyła, że na przystani oświetlonej bladymi latarniami kręcą się ciemne postaci. Długie snopy światła z reflektorów śmigały po powierzchni wody. Zaczęła biec na przełaj przez wilgotną łąkę, potykając się na nierównościach.

Jednym tchem dopadła kładki, obcasy zadudniły o deski przystani. Banasik odwrócił się, słysząc te odgłosy; rozpoznał Lewicką i podszedł do niej.

Kilka metrów dalej, pod pomostem zalanym teraz jaskrawym światłem lamp, widać było podłużny zarys przedmiotu łagodnie dryfującego w ciemnej wodzie. Dwaj policjanci spróbowali ostrożnie zaczepić go bosakami i po chwili na otwartą wodę wypłynęło ciało mężczyzny. Jasnożółty sweter, mokry i brudny, przylgnął szczelnie do potężnych pleców właściciela. W sztucznym, zimnym świetle neonowych lamp widać było, jak połyskuje obmywany zielonkawą wodą kark mężczyzny. Zlepione ciemne włosy niknęły w mrocznej wodzie. Szeroko rozrzucone ramiona, jak w geście powitania, ginęły w głębinie.

Policjanci pochylili się i z trudem wciągnęli ciało na pomost. Głowa topielca zachwiała się i opadła pod nienaturalnym kątem. Nad zwłokami przyklęknął policyjny lekarz.

Podeszła z Banasikiem bliżej, stanęli kilka kroków od ciała. Zbutwiałe liście przylepiły się do wyrazistej twarzy Grzegorka, teraz zimnej i zastygłej. Przesunęła wzrokiem po asymetrycznych ustach i mocnym podbródku mężczyzny. Wzdrygnęła się na dźwięk wody uderzającej o pomost. Gniewny plusk zabrzmiał, jakby jezioro upominało się o swoją własność.

– O czym chciałaś mi powiedzieć? – spytał cicho komisarz.

– Później – odpowiedziała i znowu zadrżała. – Teraz nie ma to znaczenia.

– Dlaczego się nie ubrałaś? – spojrzał na ramiona okryte jedynie bluzką. – Jest zimno.

Zdjął kurtkę i podał jej bez słowa. Lewicką otoczyło miłe ciepło. Kołnierz pachniał zwietrzałą goryczą zielonej limony i inspektorka poczuła się dużo lepiej.

– Niesamowite – zdumiał się lekarz.

Policjanci wymienili zdziwione spojrzenia. W ich zgodnym mniemaniu pora i miejsce oraz towarzystwo martwego mężczyzny wystarczająco tworzyły atmosferę niesamowitości. Jeśli patologa coś tu zaciekawiło, oni także powinni tym się zainteresować. Banasik podszedł bliżej.

– Złamanie Le Forta, jak babcię kocham, drugie w tym miesiącu. Jeden cios w podbródek. O, tutaj, widzicie? – pokazał im ślad na brodzie mężczyzny. Niewielkie wgniecenie wyglądało jak brud. Lekarz obmacał drobiazgowo twarz denata, chwilę zatrzymując się przy szczęce. Spróbował poruszyć głową.

– W zależności od mocy ciosu mogą wystąpić trzy typy. Złamanie żuchwy – mówił, badając ciało mężczyzny. – Ale jestem prawie pewien, że tym razem nie. Złamanie przez kość jarzmową. Ale to też nie to. I trzeci, złamanie podstawy czaszki z praktyczną amputacją twarzoczaszki. Zdaje się, że właśnie z tym mamy do czynienia.

– Amputacja? – jęknął zaskoczony Banasik, patrząc na nienaruszoną twarz Grzegorka.

– Z zewnątrz tego nie widać. Dokładnie będę wiedział po autopsji. Ale na sto procent jest złamanie podstawy czaszki, na dodatek ze złamaniem zęba kręgu obrotowego. Myślę, że nie żyje od kilku godzin, ale pewnie wiecie to lepiej ode mnie. Co?!

– Cztery godziny temu jadłam z nim obiad – wyjaśniła ponuro Lewicka.

– No, to przynajmniej tyle wiadomo. Ale na wyniki sekcji jego i tej dziewczyny musicie zaczekać do jutra.

– Mówisz, że to był jeden cios – komisarz starał się nadać swym wątpliwościom jak najłagodniejszą formę, by nie urazić lekarza. – Ale jaki cios? Czym?

– Wystarczy kopniak. Mocny kopniak pod odpowiednim kątem. Niedawno zetknąłem się z podobnym przypadkiem w Białymstoku. Mówiłem wam, robię tam doktorat. Nielegalne walki bokserskie, chłopak dostał z wykopu, może by i przeżył, ale nim się zdecydowali odtransportować go do szpitala, zmarł na skutek szoku pourazowego. Ale... – rozejrzał się wokół siebie – to równie dobrze mógł być cios choćby wiosłem.

Banasik wymienił z Lewicką porozumiewawcze spojrzenia i komisarz bez słowa sięgnął po telefon.

– Dyżurny? Powiedzcie mi, co z tym Olejnikiem? Tak. Czekam. – Znowu był czujny i spięty. – Dzięki. – Rozejrzał się po obecnych i zakomunikował. – To nie on. Właśnie kończą spisywać zeznania. Jeszcze potrwa z pół godziny, nim go wypuszczą.

W słabym świetle latarni dostrzegł w oczach inspektorki błysk niedowierzania zmieszany ze szczerym zaciekawieniem.

– No co? – bąknął. – Powiedziałem chłopakom, żeby się nie spieszyli. Parę godzin na komisariacie dobrze mu zrobi.

Lewicka uniosła brwi i pokręciła głową w podziwie dla zmyślnej i skrytej natury Banasika.

– A to co? – przykucnął i dotknął mokrych spodni denata. Wsunął dłoń do kieszeni i wyciągnął stamtąd zwiniętą linkę. Przyświecił sobie latarką i przyjrzał się z bliska znalezisku.

– Skakanka – powiedział na głos.

– Nie wygląda, żeby chciał na niej poskakać – próbował zażartować lekarz.

– Bo nie chciał – komisarz włożył zwinięty przewód do foliowej torebki na dowody.

– Skąd wiesz, że to skakanka? Nie ma przecież tych, tych, jak im tam, rączek – zauważył Wieczorek.

– To prawda, ale to ta sama linka, zobacz – uniósł torebkę pod światło latarni. – Uciął kawałek i z każdej strony zawiązał pętle dla lepszego uchwytu. To profesjonalna garota, stary. Myślisz o tym samym co i ja? – zwrócił się do Lewickiej.

– Umówił się z kimś, ale niedoszła ofiara okazała się szybsza od niego. To, że tym razem przygotował sobie narzędzie, świadczy tylko o jego determinacji. Być może postanowił zrezygnować z poprzednich planów.

– Planów?

– Był długodystansowcem, nic nie pozostawiał przypadkowi. Do wszystkiego długo się przygotowywał. Co nie zmienia faktu, że umiał reagować szybko w skrajnych warunkach. A to były warunki skrajne. Czy możesz iść ze mną do jego mieszkania?

– Masz klucze i weź ze sobą posterunkowego. Zaraz tam dojdę.

Pożegnała się z rubasznym patologiem i w towarzystwie zasapanego policjanta ruszyła w drogę powrotną. Po kilku minutach otworzyli drzwi eremu Grzegorka.

Zapaliła światło i rozejrzała się uważnie po przedpokoju. Już wcześniej zwróciła uwagę, że nie było tu rzeczy zbędnych. Było sterylnie i oszczędnie, jak w szpitalu. Ze względu na sosnowe meble i nieliczne akcenty dekoratorskie pomyślała, że mieszkanie przypomina wnętrza pokojów sanatoryjnych.

Weszła do kuchni i bacznie przyjrzała się wyposażeniu. Oprócz elektrycznego czajnika była tu tylko kuchenka mikrofalowa. Widać pan od reklamy nie lubił gotować. Ograniczał się do robienia kawy i odgrzewania gotowych dań.

Zajrzała do lodówki. Nie było w niej nic oprócz owoców i wody mineralnej. Otworzyła górną szafkę i skrzywiła usta w gorzkim uśmiechu. Grzegorek miał słabość do czekolady deserowej z orzechami. Kilkanaście tabliczek leżało w równych stosikach. Pomyślała, że taka ilość zabiłaby Banasika, ale facetowi, który codziennie przebiegał kilka kilometrów, uchodziła bezkarnie. Obróciła w palcach jedno z opakowań. „Nie byle jaka – pomyślała – belgijska, w najlepszym gatunku".

Obok czajnika stała puszka z dobrą gatunkowo kawą rozpuszczalną. Na suszarce było tylko jedno nakrycie. Białą filiżankę z czarnym podwójnym pasem miękko otulał falisty uchwyt. Odwróciła naczynie dnem do góry, skrzyżowane szpady i korona nie budziły żadnych wątpliwości. Delikatnie odstawiła filiżankę i otworzyła kolejną szafkę. Stało tam drugie, identyczne naczynie i chiński komplet terakotowy do parzenia zielonej herbaty.

W przedpokoju ominęła przyglądającego się jej spode łba funkcjonariusza i weszła do pokoju, w którym dzisiaj po południu rozmawiali z Grzegorkiem. Nic się tam nie zmieniło. Podeszła do małego biurka w rogu i otworzyła szufladę. Na blacie był tylko czarny wazonik w roli pojemnika na długopisy, ale na widok zawartości szuflady Lewickiej zaświeciły się oczy.

Ostrożnie wyjęła pachnącego nowością laptopa z charakterystycznym jabłuszkiem na klapie. Uruchomiła sprzęt i odszukała „ostatnio otwierane aplikacje". Kliknęła w wyskakujące ikonki, ale komputer ogłosił, że pliku źródłowego brak, i zamilkł.

Zajrzała do poczty, wśród setek maili trudno byłoby jej teraz szukać tego właściwego. Większość maili z ostatnich dwóch dób przyszła od jakiegoś Rafała. „Pewnie to syn" – uznała w myślach. Tylko jeden mail był dzisiejszy, dotyczył kwestii alibi Grzegorka na wczorajszy wieczór, dla sprawy był teraz bez znaczenia. „Dziękuję za miłą kolację. Może spotkamy się w przyszłym tygodniu?" Podpisano: „Całuję, Monia".

Lewicka potarła czoło i wbiła nieobecny wzrok w literki składające się na imię obcej kobiety. Czuła, jak wzbierają w niej gniew i sprzeciw wobec wszystkich niegodziwości, z jakimi przyszło jej się zetknąć. Pomyślała, że nie powinna jednak ulegać zbędnym emocjom, rozpraszać niepotrzebnie energii, bo to nigdy nie pomagało. Poszła do łazienki. W drzwiach odwróciła się do towarzyszącego jej policjanta.

– Chciałabym skorzystać – powiedziała i zamknęła za sobą drzwi.

Usiadła na ubikacji i rozejrzała się po skromnej łazience. Nic tu się nie zmieniło od ostatniej wizyty z wyjątkiem ręcznika, który zdążył wyschnąć.

W myślach segregowała fakty i zdarzenia, szukając czegoś, co być może jej umknęło. „Trzeba będzie dokładnie wszystko przeszukać – stwierdziła – nie będzie dużo pracy, bo wiele to tu nie ma".

Zastanawiało ją, gdzie ktoś taki jak Grzegorek mógł chować swoje tajemnice. Była pewna, że coś takiego istniało i że nie powierzyłby tego żadnemu systemowi szyfrowania danych, żadnym nowoczesnym technikom, niczemu, co zostawiałoby jakikolwiek ślad ukrycia dowodów. Taki facet jak on albo nadałby tajemnicom znamiona prawdy i oczywistych faktów, albo ukrył tak, by nikomu nie przyszło do głowy tam szukać. Ale tu niczego takiego nie znajdowała. Podłoga była jednolita, żadnych ruchomych desek, tajnych skrytek. To był tylko pokój hotelowy odwiedzany przez sprzątaczki i Grzegorek nie zaryzykowałby ukrywania tutaj czegokolwiek.

Możliwe, że tajną skrytkę ma gdzieś w terenie. I na samą myśl o tym Lewickiej zrobiło się słabo, odtworzenie trasy jego codziennego biegu i przeszukiwanie lasu należało uznać za niewykonalne w tych warunkach.

Musiało jednak być coś, co rozwścieczyło niedoszłą ofiarę Grzegorka do tego stopnia, że posunęła się znów o krok za daleko.

Nagle Lewicka znieruchomiała zaskoczona. Właśnie zdała sobie sprawę, że przed chwilą przez jej głowę przemknęła bardzo ważna myśl, na którą w ogóle nie zwróciła uwagi. Mimo wysiłków nie mogła sobie jednak przypomnieć, o co jej chodziło. Westchnęła z rezygnacją, trudno, kiedyś to wróci, trzeba mu dać tylko szansę. „Może jego mieszkanie jest zimne, ale łazienkę ma dużo cieplejszą niż ta w moim eremie" – pomyślała. I nagle doznała olśnienia.

Zerwała się szybko, opuściła deskę i wskoczyła na ubikację. Nad nią był otwór wentylacyjny. Przyłożyła dłoń i stwierdziła, że nie odczuwa najmniejszego podmuchu. Przyjrzała się uważnie ramce z siatką zabezpieczającej otwór.

Wyjrzała z łazienki i zwróciła się do znudzonego już funkcjonariusza.

– Macie scyzoryk?

Policjant bez słowa sięgnął do kieszeni i wyjął składany nóż w solidnej drewnianej oprawie.

Wskoczyła z powrotem na ubikację i podważyła kratkę wentylacyjną, która lekko się odsunęła. Zdjęła ją i stając na palcach, zajrzała w otwór. W środku była paczka zawinięta w foliowy worek. Włożyła lateksową rękawiczkę i sięgnęła po pakunek. Zawierał kilkanaście okładek kompaktów. Otworzyła jedną. Na srebrnej płytce ktoś napisał „Boguś". Obejrzała pobieżnie resztę płyt opisanych równie lapidarnie imionami lub skrótami utworzonymi prawdopodobnie od nazwisk.

– Zaczekajcie na komisarza Banasika i powiedzcie mu, że poszłam do gabinetu denata obejrzeć znalezione tu płyty.

Oddała nóż policjantowi i szybko opuściła pustelnię Grzegorka, mocno zaciskając w dłoni drogocenny pakunek.

Adamczyk siedział jak zwykle z nogami na blacie i klawiaturą na brzuchu. Na widok szefowej zerwał się z miejsca, upuszczając z hukiem mysz przymocowaną przewodem do komputera. Spadający kabelek myszy zmiótł skutecznie całą resztę drobiazgów rozrzuconych na biurku.

– Rany, co ja tu wyszperałem! Ten popapraniec ma tu niezłe filmiki i bardzo fikuśne zdjątka.

Lewicka popatrzyła na niego z naganą. Głośno westchnęła z pełnym wyrzutu spojrzeniem i zrzuciła kurtkę Banasika, którą cały czas miała na sobie.

– A co się tam stało, szefowo? Tam gdzie pani pobiegła?

– Grzegorek nie żyje – oznajmiła krótko.

– O kurwa! – wyrwało się Adamczykowi. – No, ja nie mogę! Ktoś go załatwił?

– Na to wygląda.

– Niemożliwe! – powiedział osłupiały ze zdziwienia. – Takiego faceta załatwili?!

– A jednak.

Nalała sobie letniej kawy i powoli zamieszała cukier.

– Powiedz, co tam ustaliłeś.

– Nie wiem, czy to będzie potrzebne, ale ten sukinsynek miał kolekcję porno – zawiesił głos dla lepszego efektu, ale się przeliczył, bo na Lewickiej nie robiło to wrażenia, więc szybko dodał: – Ze sobą w roli głównej. Wygląda na to, że lubił powspominać. Narcyz taki...

– A z listy, którą ci podałam? – niecierpliwie przerwała dywagacje Burego.

– Też coś się znajdzie. Na każdego jest pokaźny zbiór ciekawych informacji, najczęściej, jak mi się zdaje, kompromitujących.

– Na Sobieraja?

Adamczyk spojrzał w swoje notatki.

– Tylko uwagi i jakieś zapiski.

– Fajnie. To na razie może poczekać – odsunęła zdecydowanym gestem zabazgrolone kartki i usiadła na krześle obok niego. – Zobacz, co jest na tych płytach. Zacznij od tej z napisem „Boguś".

– O, jeszcze jedno archiwum – zagwizdał przeciągle Bury.

– Bardzo możliwe... – przerwała, widząc, że Adamczyk przygląda się jej bezczynnie. – Na co czekasz? Na zachętę?

– Już się robi, szefowo – powiedział, rzucając się na przyniesione przez nią płytki.

Ekran najpierw zapełniły szeregi wyskakujących po sobie okienek, by po chwili ustąpić miejsca ziarnistemu i niewyraźnemu obrazowi.

– Coś kiepsko widać – powiedział Bury. – Nie mam tu odpowiednich narzędzi, ale w naszym laboratorium zrobią z tego gites filmik.

Chciał już zwinąć obraz, gdy Lewicka powstrzymała go, przytrzymując dłoń opartą o mysz.

– Zaczekaj – poleciła.

Wśród rozmywających się plam można było dostrzec dwa ruchome kształty.

– To chyba jakaś parka się migdali – skomentował Adamczyk, któremu zrobiło się głupio, że ogląda intymne sceny w towarzystwie obcej kobiety. Może nie odczuwałby tak silnie dyskomfortu, gdyby nie podległość służbowa.

Nagle mglista sylwetka wyciągnęła rękę i parę kochanków zalało światło z lampy zawieszonej nad kanapą. Jakość obrazu znacznie się poprawiła. Długowłosa postać powoli zsunęła się z siedzenia i uklękła między nogami partnera.

– Jakaś duża ta kobita, nie? – zauważył zażenowany chłopak.

– Bo to nie jest kobieta, tylko Marciniak, denat, na którego natknęłam się rano. Zatrzymaj i daj zbliżenie tego drugiego – poleciła Lewicka.

Na ekranie zagościła twarz dyrektora marketingu w ekstatycznym grymasie. Nawet brak okularów nie budził wątpliwości, do kogo należy pokaźna łysina.

– Zabezpiecz materiał, dość już widzieliśmy – rozkazała. – Zaczerwieniłeś się – zauważyła.

– Przepraszam – wybąkał.

– Nie przepraszaj – powiedziała. – Za mało ci płacą, żebyś miał przepraszać.

Adamczyk opuścił głowę i zaczął porządkować bałagan na biurku.

– Wstań na chwilę – zażądała.

Podniósł się posłusznie, ale minę miał niewyraźną. Lewicka zmierzyła go wzrokiem.

– Fotel pasuje do ciebie? To znaczy wysokość fotela ci odpowiada?

– Tak, idealnie, a co?

Jeszcze raz zmierzyła go wzrokiem od stóp do głów.

– Nic, tylko sprawdzam. Spróbujemy zrekonstruować zabójstwo. Siadaj – poleciła. – I przysuń się do biurka, pochyl głowę, jakbyś nad czymś pracował.

Dokładnie wypełnił instrukcje szefowej, oparł się łokciami o blat i zastygł w bezruchu.

Lewicka przez chwilę ważyła w dłoni świecznik z bibliotecznego pomocnika. Obróciła go i chwyciła cieńszy koniec tak, jak to robią tenisiści. Spróbowała się zamachnąć, ale ruch ograniczała szafka. Przesunęła się w stronę biurka, skorygowała uchwyt i powtórzyła zamach. Ciężka stopa świecznika raptownie wyhamowała kilka centymetrów przed potylicą Burego.

– Usiądź teraz w fotelu, tam przy stoliku – poleciła mu.

Bury bez słowa przesiadł się na kryty skórą fotel. Rozparł się wygodnie i znieruchomiał. Inspektorka powtórzyła swoje próby.

– Możesz się nieco pochylić – poprosiła.

Zdyscyplinowany policjant pochylił się do przodu, opierając łokcie o kościste kolana w pozie zaangażowanego w rozmowę człowieka. Lewicka kilka razy zamarkowała uderzenie.

– Dzięki, jesteś wolny – powiedziała, odstawiając świecznik na miejsce.

– I jak wypadłem? – ośmielił się spytać.

– Dobrze. To się stało tam, przy biurku – zawyrokowała.

Spojrzał na miejsce, gdzie jeszcze przed chwilą siedział, gdzie strawił całe popołudnie i wieczór nad tajnym archiwum denata. Na pustym teraz oparciu dyrektorskiego fotela właściciel pozostawił ślad – odcisk pleców w miękkiej skórze.

Młodszy aspirant Adamczyk z trudem przełknął ślinę.

ROZDZIAŁ 19

– I tak dzięki eliminacji mamy coraz mniej podejrzanych i świadków – warknął Banasik. Był wściekły, z rękami w kieszeniach miotał się między sekretariatem a gabinetem dyrektora. Po chwili dodał z sarkazmem. – Tylko to nie my dokonujemy skreśleń na tej liście.

To ostatnie zdanie rzucił w kierunku Adamczyka, który nadal trudził się nad uporządkowaniem archiwum.

Przy oknie w sekretariacie stała Lewicka. Nie odzywała się, dobrze wiedząc, że wybuch usprawiedliwionego gniewu należy przeczekać. Znała ludzi pokroju Banasika, nie gromadzili w sobie zbyt długo negatywnych emocji. Szybko rozprawiali się z nimi, a gdy opadło wzburzenie, z jeszcze większą energią przystępowali do dzieła. „Zaraz ochłonie i z determinacją podejmie śledztwo, które tylko pozornie utknęło w miejscu" – stwierdziła.

Wieczorna mgła ustąpiła i ściany kościoła znowu jaśniały w blasku reflektorów. Zmęczony Banasik oparł się o parapet obok Lewickiej i powiedział z cichą satysfakcją:

– Mnie się ten Grzegorek od początku nie podobał.

Na dźwięk jego głosu odwróciła głowę.

– Myślę, że bardzo by ci się spodobał. W innych okolicznościach – powiedziała z przekonaniem.

– Trudno polubić kogoś, kto tak otwarcie leci na ciebie – stwierdził niespodzianie.

Obdarzyła go przeciągłym spojrzeniem.

– Wbrew pozorom wiele was łączyło. Byliście bardzo podobni.

Uznając jej słowa za miłe pochlebstwo, uśmiechnął się pod nosem, by zaraz znowu się nachmurzyć.

– Grzegorek idealnie pasował do portretu mordercy. Miał motyw, miał fizyczne możliwości i zbyt dobre alibi. Właściwie to miał najlepsze alibi ze wszystkich – odezwał się z naganą w głosie.

– I to właśnie jest podejrzane. Mógł o to specjalnie zadbać. Zabezpieczyć się. Znał procedury, wiedział, jak zatrzeć ślady, by wszystko wskazywało na innych. Założę się, że gdyby nadal żył, w jakiś sprytny sposób podsunąłby nam informacje o Pomickiej, które jasno by wskazywały, że popełniła samobójstwo.

– Ale ten ślad na szyi...

– Wypadek przy pracy. Bez znaczenia. Na skakance na pewno nie znajdziesz jego odcisków palców.

– *À propos* odcisków. Mój technik stanął na wysokości zadania i sprawdził ten świecznik. Na powierzchni znalazł odciski Marciniaka i Sobieraja, pod spodem są jakieś zatarte, jeszcze niezidentyfikowane ślady. Należą pewnie do sprzątaczki.

– Spytaj go, czy można odtworzyć z odcisków sposób trzymania – zwróciła się do niego. – Grzegorek nie był maniakalnym zabójcą. Nie sprawiało mu przyjemności mordowanie.

– Masz o nim wysokie mniemanie – wycedził przez zęby Banasik.

Lewicka pominęła jego uwagę milczeniem i mówiła dalej.

– Myślę, że Pomicka mu groziła. A może powiedziała coś, co go zaniepokoiło, i dlatego ją usunął.

– Więc jednak skojarzyła ten tajemniczy zapach z Grzegorkiem – Banasik pokiwał głową na znak, że rozumie. – Jestem przekonany, że to on zabił dyrektora. Pytanie tylko, kto zabił Grzegorka.

– Uważasz, że zabicie Marciniaka było w jego stylu?

– Te zabójstwa są pod pewnymi względami podobne do siebie. Weźmy przypadek Marciniaka. Jedno celne uderzenie w głowę, może ciut przedobrzył, może kości czaszki denata były cieńsze, niż norma przewiduje, nieważne, śmiertelny cios i zrzucenie ciała z wieży dla upozorowania samobójstwa. Drugi przypadek – Pomicka. Dusi ją, a potem wiesza, znowu pozorując samobójstwo. Wszystko układa się w logiczną całość.

Lewicka bez słowa odwróciła głowę i zapatrzyła się przed siebie. Ściany kościoła, w dzień intensywnie różowe, nocą za sprawą sztucznego oświetlenia promieniowały tajemniczym blaskiem, załamującym się na licznych pilastrach i piętrzących się gzymsach. Elementy, których w starożytności i renesansie używano z umiarem, dążąc do harmonijnej, spokojnej kompozycji, tutaj wyrażały ruch i niepokój swojej epoki. Zmysłowy barok ani na chwilę nie pozwalał zapomnieć o szalejących w umyśle człowieka wichrach namiętności.

– Nie przesłuchaliśmy jeszcze jednej osoby – powiedziała. – Być może najważniejszej.

– Myślisz?

– Po naszej rozmowie z Grzegorkiem powiedziałam ci, że jego telefon zawierał jeszcze jedną interesującą informację.

– Mówiłaś, że zapisy rozmów świadczą o jego alibi – przerwał i spojrzał na nią z natężeniem. – Mówiłaś, że wyłącznie o jego alibi.

– Sprawdziłam nie tylko, kto do niego dzwonił, ale także do kogo dzwonił sam Grzegorek. Pamiętasz pierwszy telefon do Sobieraja, ten, który odebrał na schodach kościoła?

– Zaczynam rozumieć – nieokreślony uśmiech uniósł kąciki ust komisarza.

– To był Grzegorek. Ważniejsze jest jednak to, że tuż przed tym telefonem ktoś zaprogramował w aparacie Marciniaka trzy rozmowy. Dwie tuż po szóstej i trzecią na godzinę jedenastą. Myślę, że te trzy rozmowy, tak istotne dla alibi podejrzanych osób, nigdy się nie odbyły.

– Ale co to ma do rzeczy? – spytał Banasik, do którego powoli docierała waga słów inspektorki. – I dlaczego twierdzisz, że te rozmowy nigdy się nie odbyły? Przecież mógł je zaprogramować sam Marciniak.

– W ten zimny wieczór otwarte okna zostawił morderca lub ten, kto uprzątnął dokumenty i archiwum, albo to jedna i ta sama osoba. Wychłodzenie ciała, które opóźniło zmiany pośmiertne, przesuwa czas zgonu na okres między godziną siedemnastą a dziewiętnastą – wyjaśniła. – W tym czasie do biura weszły tylko dwie osoby, mamy na to świadków, Sobieraj i pół godziny po nim Grzegorek.

– Działali razem?

– Niewykluczone.

– Ale współpraca chyba nie najlepiej się układała i jeden sprzątnął drugiego? – spytał z przekąsem.

– Być może jeden ubiegł drugiego, Darku – powiedziała z naciskiem. – Widziałeś film. Widziałeś Sobieraja. Jestem pewna, że on go kochał. To stąd ta histeryczna rozpacz. Jeśli więc współpracował z Grzegorkiem, to na pewno nie z własnej woli, został do tego zmuszony. Jest ostatnią osobą, która może nam nieco rozjaśnić obraz sprawy.

– W takim razie nie ma na co czekać. Zaraz się okaże, że następny świadek zamilkł na zawsze. Bez względu na opinię lekarza Sobieraj odpowie mi na wszystkie pytania. Mam gdzieś jego fatalne samopoczucie – zgrzytnął zębami.

Lewicka przywołała Adamczyka, zamknęli biuro i we trójkę poszli prosto do eremu numer siedem.

W domku zastali profesora Zawadę i uprzejmie uśmiechniętą kobietę w bliżej nieokreślonym wieku. Nie miała na sobie uniformu, ale na podstawie protekcjonalnego sposobu, w jaki ich potraktowała, domyślili się, że jest pielęgniarką.

– Chcielibyśmy porozmawiać z Sobierajem – Banasik zwrócił się bezceremonialnie do Zawady.

– Pacjent jest bardzo pobudzony. Nie jest to najlepszy moment – zaoponował lekarz.

– To jest bardzo dobry moment, profesorze – wpadł mu w słowo komisarz. – Trzy kwadranse temu znaleźliśmy kolejne zwłoki. Tym razem to Grzegorek.

Twarz Zawady stężała, obrzucił przybyłych czujnym spojrzeniem, szukając w ich twarzach śladu zaprzeczenia.

– Rozumie pan, że nie stać nas na wyrozumiałość – komisarz dodał sucho. – Proszę jednak zostać, być może będzie pan potrzebny... – na moment zawahał się, szukając odpowiedniego słowa na określenie Sobieraja, lecz szybko dokończył: – Potrzebny pacjentowi.

– Będziemy z siostrą w kuchni. Zrobimy sobie przerwę na herbatę – powiedział smutno Zawada.

– Chwileczkę – zatrzymał go komisarz. – Chciałbym zadać jedno pytanie. Czy dzisiaj wieczorem Sobieraj opuszczał erem?

– Nie wiem. Nie było mnie tutaj. Przyszedłem dosłownie przed chwilą, po pana telefonie. Ale zaraz zapytam. Siostro – zwrócił się do kobiety. – Czy pacjent gdzieś wychodził?

– Wyszedł zaczerpnąć świeżego powietrza. Na patio – szybko wyjaśniła pielęgniarka. – Nie było przeciwwskazań, więc się zgodziłam – powiedziała z pełnym przekonaniem.

– Kiedy to było? – spytał Banasik.

– Z godzinę temu albo więcej.

– I cały czas tam był? – drążył.

– Był – odpowiedziała i zaraz dodała już mniej pewnym głosem: – Wyjrzałam raz czy dwa i widziałam, jak spaceruje w kółko.

Banasik zbierał się już do kolejnego pytania, gdy Lewicka z rozbrajającym uśmiechem spytała pielęgniarkę:

– A jak tam Leszek, ożeni się wreszcie z tą Anką?

Meżczyźni na moment zbaranieli. Twarz kobiety rozświetlił ten szczególny uśmiech zrozumienia dla wspólnoty doświadczeń, jakim mogą obdarzyć się tylko kobiety lub maniacy motoryzacji.

– Wcale nie ma zamiaru się żenić, ale Ewa go wygoniła i bardzo dobrze. A mi tej Anki nie żal. Widziała pani, jak ta Nowicka zaraz go przejrzała? Wiadomo, doświadczona kobieta.

– Przepraszam, o czym panie mówią? – pierwszy odezwał się Zawada.

– O perypetiach bohaterów serialu *M jak miłość*, profesorze – wyjaśniła Lewicka i ponownie zwróciła się do pielęgniarki, tym razem przybierając ton żalu w głosie. – Niestety, ominęła mnie ostatnia porcja wrażeń.

– Będą jeszcze powtarzać jutro rano, to pani zdąży obejrzeć – pocieszyła ją pielęgniarka.

Zawada przynaglił ją karcącym wzrokiem, kobieta uśmiechnęła się usprawiedliwiająco i zniknęła w kuchni obok. Po chwili szczęknęły filiżanki i zaszumiał czajnik.

– Coś takiego – Banasik wytrzeszczył na Lewicką oczy. – Jesteś zadziwiająco dobrze poinformowana.

– Skąd – zaśmiała się. – Podsłuchałam w pociągu, w drodze do Suwałk, rozmowę dwóch kobiet. W pierwszej chwili myślałam, że mówią o swoich bliskich. Dopiero za Białymstokiem wyjaśniło się, że rozprawiają o losach fikcyjnych bohaterów. To był strzał na oślep, ale trafiłam.

– Zdaje się, że jej świadectwa nie można brać zbyt dosłownie – Banasik pokręcił głową.

Zawada wszedł do sypialni Sobieraja, pozostawiając za sobą niezamknięte drzwi. W środku panował półmrok. Zastali gospodarza w rozmemłanej pościeli. Skrył się pod kołdrą, szczelnie okryty po czubek głowy wzorzystym nakryciem.

Lekarz nachylił się i dotknął ramienia mężczyzny. Spokojnym, cichym głosem tłumaczył, wskazując ruchem głowy przybyłych policjantów.

Sobieraj podniósł się powoli i ruszył na drżących nogach do pokoju. Bez słowa usiadł w fotelu pod oknem, mrużąc oczy porażone światłem lampy. Wbił wzrok w podłogę przed sobą. Wyglądał na przygnębionego. Spadziste ramiona były opuszczone jeszcze bardziej niż zwykle. Przygniecione ciężarem barki mocniej się pochyliły, pociągając za sobą i tak już zaokrąglone plecy. Ubrany był w te samo co rano sweter i spodnie.

– Słucham – powiedział głucho, nie podnosząc na nich wzroku.

– Wczoraj, kilkanaście minut po siedemnastej wszedł pan do biura dyrektora Marciniaka – stwierdził Banasik.

Minimalne skinienie głowy i zaciśnięcie powiek przez Sobieraja musiało wystarczyć komisarzowi za potwierdzenie jego słów.

– O czym pan z nim rozmawiał? – spytał komisarz.

– Już mówiłem. Rano wam mówiłem – odpowiedział znużonym głosem.

– Czy mógłby pan nam przypomnieć? – Banasik był nieustępliwy.

– O pracy, o remontach, o nadchodzącym sezonie – powiedział zrezygnowany.

– Czy rozmawialiście o tym, co zaszło podczas obiadu?

– Nie chciał mnie słuchać.

Na dźwięk tej stłumionej uwagi Banasik mimowolnie zastrzygł uszami. To było coś nowego w zeznaniach Sobieraja. Przedtem zapierał się, że jako człowiek dobrze wychowany nie poruszał tak delikatnego tematu.

– Czy o to się pokłóciliście? – spytał komisarz.

– O to? – zdziwił się i spojrzał na Banasika, jakby nie rozumiał pytania.

– A o co spierał się pan z Marciniakiem? – drążył dalej.

– O nic się nie spierałem, ja tylko prosiłem – zaszemrały wyschnięte wargi.

– Świadkowie mówią co innego. Panowie się kłócili. Doszło do awantury, tak?

– Awantury? – znowu się zdziwił.

– Skomentował pan wydarzenia w restauracji i to mu się nie spodobało? – dopytywał się Banasik.

– Nie spodobało – powtórzył jak echo.

Źle wyglądał, zmęczona twarz przybrała ziemisto-szary odcień, jakby miał zaraz zemdleć lub zwymiotować.

– Po co koło osiemnastej dzwonił do pana Grzegorek?

– Grzegorek – potwierdził mechanicznie.

– Tak, Grzegorek. Zadzwonił, gdy rozmawiał pan z proboszczem na progu kościoła. Czego od pana chciał? – Banasik ze wszystkich sił próbował nie stracić panowania nad sobą. Mimowolnie zacisnął szczęki, co przydało jego twarzy groźnego wyglądu.

– On... Nie... Nic nie chciał.

– Dlaczego pan mu pomagał?

– Komu?

– Niech pan przestanie się wygłupiać. Proszę odpowiadać na pytania. Zamordowano już trzy osoby – warknął zniecierpliwiony komisarz.

W odpowiedzi Sobieraj skulił się w sobie i wbił tępy wzrok w podłogę. Banasik poprawił się, odchrząknął i dodał nieco łagodniej:

– Dzisiaj po południu znaleźliśmy zwłoki Martyny Pomickiej i Marka Grzegorka. Proszę nam pomóc.

Sobieraj zignorował prośbę komisarza. Zapatrzony w jeden punkt zamarł w bezruchu. Zobojętniały na zewnętrzne bodźce, zasłuchany tylko w głosy spierające się w jego głowie.

– Dlaczego pan pomagał Grzegorkowi? Co takiego powiedział, że pan go krył?

– Pomagał... – Drgnął, jakby coś do niego dotarło. Ciągłe powtarzanie pojedynczych słów mogło każdego doprowadzić do szewskiej pasji.

– Dlaczego pan i Grzegorek udawaliście, że dyrektor Marciniak żyje, skoro nie żył od godziny szóstej. Po co ten cyrk z telefonami od niego? – naciskał Banasik.

Sobieraj, zapadł się w sobie, znowu pogrążając się w niemym odrętwieniu. Martwą ciszę przerwała Lewicka.

– Czy Grzegorek panu groził? – spytała cicho.

Sobieraj spojrzał na nią nieprzytomnie i apatycznie pokręcił przecząco głową.

– Nie, on mi pomógł. On chciał... Przynajmniej tak mi wtedy powiedział – wyszeptały zbielałe wargi.

Lewicka nabrała powietrza i spokojnym, kojącym głosem spytała:

– Dlaczego nie jest pan z nami szczery? Powiedział pan, że wczoraj w nocy wieża i placyk pod nią były oświetlone. Sprawdziliśmy to. Od dziesiątej wieczorem do samego rana reflektory nie działały. Skąd pan wiedział, że pod wieżą leży Marciniak? Był pan o tym przekonany, nim podszedł do zwłok. Skąd miał pan pewność, że to pański przyjaciel?

Sobieraj obrzucił ją szybkim spojrzeniem. W ciemnych źrenicach czaił się lęk.

– Czy Marciniak pana szantażował? – spytała łagodnie.

Poruszył się i w jałowym geście samoobrony objął ramionami ciało, przyciągając kolana do brzucha.

– Jurek? – wargi poruszyły się bezdźwięcznie. – Nie, Jurek nie. To Grzegorek.

– Grzegorek pana szantażował? – zadała pytanie.

– Można to tak nazwać – wyszeptał.

– Co miał na pana?

– On...

– Czy chodzi o ten film? – szybko wtrącił Banasik.

– Film? O czym wy mówicie? – Z przestrachem popatrzył na nich.

– Mówię o filmie, na którym jest pan z Marciniakiem – tłumaczył komisarz.

– Nie wiem nic o żadnym filmie. – Odrzekł zaskoczony, ale widząc nieustępliwą minę Banasika, prędko dodał: – Chciałbym wam pomóc, ale nie wiem, o czym mówicie.

Zakołysał się miarowo w fotelu, jak w kołysce.

– Mówię o filmie, na którym zarejestrowano intymne zbliżenie między panem i dyrektorem Marciniakiem – wyjaśnił cierpliwie policjant.

Sobieraj opuścił nagle ramiona, jakby w jednej chwili zwielokrotnił się ich ciężar. Wbił osłupiały wzrok w twarz Banasika i otworzył usta ze zdziwienia.

– Nie wnikamy w pańskie upodobania. Nie interesuje nas pańska orientacja seksualna. Musimy odkryć zabójcę trzech osób i tylko to się liczy. Czy pan mnie rozumie?

Nie odezwał się, wciąż tępo wpatrzony w twarz policjanta. Jednak wyraz jego twarzy powoli się zmieniał. Rysy rozluźniły się, zaskoczenie powoli ustępowało, torując drogę uldze.

– Czy o to chodziło? Tym pana szantażował? – ponowił pytanie komisarz.

Sobieraj nabrał powoli powietrza, wyprostował się i oparł dłonie o uda. Okulary starym zwyczajem zsunęły mu się z nosa, ale nie poprawił ich – widać, był do głębi poruszony tym, co usłyszał i co chciał powiedzieć.

– Nie, nie chodziło o szantaż. – Odetchnął głęboko. – Spotkaliśmy się dzisiaj na przystani.

Spojrzał z wyrzutem na Lewicką i dodał:

– A mieliśmy się przecież nie kontaktować, tak mówił.

Na powrót wbił wzrok w podłogę, przewiercając ją oczami na wylot. – Bałem się, ale poszedłem. Kazał mi – mówił monotonnym głosem. – Czekał tam na mnie. Zaczął coś bredzić o nieuniknionych ofiarach. O tym, że ja sam jestem ofiarą... To mnie... – zająknął się i dokończył z chrapliwym westchnieniem: – to mnie wytrąciło z równowagi. Nie lubię, jak się o mnie tak mówi. Powiedział, że jestem jak plastelina w jego dłoni... Szydził, że ma mnie w ręku i może zrobić z moim życiem, co zechce.

Przerwał, jakby oczekiwał ze strony policjantów zachęty do dalszych zwierzeń. Obrzucił ich uważnym spojrzeniem ciemnych oczu i szybko opuścił wzrok.

– Nikt nie ma takiego prawa, a jeśli już, to na pewno nie on. I tak głośno śmiał się... – Grymas odrazy wykrzywił jego usta. – Stał tam, taki duży i silny. I zanosił się od śmiechu. „Cudownie układają się sprawy" – powiedział.

Na moment przymknął oczy, zbierając w sobie siły, i kontynuował pozbawionym uczuć głosem.

– Latarnie nierówno oświetlają pomost. Gdy wyjdzie się z kręgu światła, wchodzi się w martwe pola, w których nic nie widać. Ja już dawno wyszedłem z kręgu... Nie wiem, kiedy podniosłem wiosło. Stał bokiem, trochę tyłem do mnie i nie zauważył, jak schylam się po nie.

Mimowolnie, odtwarzając w pamięci zdarzenie, napiął mięśnie. Mówił powoli, dokładnie wymawiając wszystkie głoski.

– Dobrze się bawił. Bardzo dobrze się bawił moim kosztem... Uderzyłem go. Dawno powinienem to zrobić. Od razu zamilkł... Zachwiał się i wpadł do wody. Przestraszyłem się, ale było już za późno. Uciekłem stamtąd, nie oglądając się za siebie.

Zapadła gęsta od emocji cisza. Policjanci siedzieli nieporuszeni, czekając na dalszy ciąg, który nie nastąpił. Sobieraj westchnął ciężko i utkwił błagalne spojrzenie w suficie. Pomoc jednak stamtąd nie nadchodziła.

– Jeśli nie o ten film, to o co chodziło? – spytał cicho Banasik. – Dlaczego powiedział, że ma pana w ręku?

– Bo on wiedział – przyznał zmęczonym głosem Sobieraj.

– O czym? O archiwum Marciniaka? – drążył komisarz.

– Archiwum? – głos nadal pozostał obojętny, ale brwi nieco się uniosły w bezsilnym zdziwieniu.

– Tak, archiwum, galeria fotografii i zajmująca filmoteka na wymiennym dysku komputera, a także kilkanaście luźnych płytek. Należały do Marciniaka. Były tam dokumenty dotyczące niechlubnej przeszłości wielu osób. W tym Grzegorka i pana.

– To niemożliwe... Ten film... To nieprawda... To sprawka Grzegorka.

Z niedowierzaniem pokręcił głową i obdarzył ich pełnym wyższości spojrzeniem. Lewicka pomyślała, że wszyscy działający w afekcie mordercy są do siebie podobni. Męczą się ze swoją zbrodnią nie dlatego, że żałują, ale dlatego, że nie mogą o tym powiedzieć. Jak się już przyznają, odczuwają ulgę i może nawet radość, że jednak udało im się zaskoczyć wszystkich. Nie spuszczając oczu z Sobieraja, spytała:

– Dlaczego pan broni Marciniaka? Nawet teraz? Przecież film, o którym mówimy, nagrał pański przyjaciel. Uwiódł pana i wykorzystał. Wszystko zarejestrował i trzymał na wszelki wypadek, gdyby zaczął pan podskakiwać. Grzegorek tylko przejął to archiwum po śmierci Marciniaka.

Oczy Sobieraja rozpaliły się wewnętrznym szaleństwem. Przez chwilę mierzył policjantkę nienawistnym wzrokiem, a potem wysyczał:

– Niech pani tak nie mówi. Niech pani nawet nie śmie tak o nim mówić. – Zacisnął powieki ze strachu, że natrętne myśli policjantów wedrą się do jego mózgu i zniszczą resztki godności. – Jurek nie mógł tego zrobić. Jurek był cudownym człowiekiem – powtarzał z zamkniętymi oczami jak w transie. – To nieprawda, to wszystko nieprawda.

Niespodziewanym gestem zasłonił uszy i skulił się na fotelu, osłaniając ramionami głowę.

Lewicka głosem, w którym czaił się jad, powiedziała:
– Jurek był podłym kłamcą i krętaczem. Bawił się pańskim kosztem. Chce pan wiedzieć, co napisał o panu w swoim archiwum? Za jakiego głupka i niedojdę pana uważał? Już pan nie pamięta, jak sobie okrutnie żartował z pana? Jak mało nie zrzucił z wieży?

Sobieraj zerwał się z fotela na równe nogi, dygocząc, wykrzyczał spieniony:

– Zamknij się! Nie waż się tak o nim mówić. Nie znałaś go tak, jak ja go znałem!

Komisarz Banasik podszedł do niego i zdecydowanym gestem usadził na powrót w fotelu. Stanął obok i spojrzał na mężczyznę z góry. Lewicka spokojnie mówiła dalej.

– Wczoraj wieczorem powiedział panu, że podpisał grecki kontrakt. Że zostawi tu pana. Że wszystko skończone, prawda?

Sobieraj chciał się poderwać, ale komisarz oparł ciężką dłoń na jego ramieniu i powstrzymał go. Łagodna perswazja Banasika odniosła skutek, mężczyzna opadł na fotel. Ściśnięta bólem i odrazą twarz Sobieraja ziała nienawiścią. Gdyby wzrok mógł zabijać, Lewicka byłaby już trupem.

– Czy to prawda? – powtórzyła twardo.

Pod naciskiem jej pytania zwiesił bezwładnie głowę i na powrót jego ciało przybrało zbolałą pozę. Znękanym głosem wyszeptał:

– Powiedział, że ma dość... Że jestem nudny... Że przestałem go bawić...

– A pan go przecież kochał... – dopowiedziała łagodnie.

Podniósł na nią wzrok, ale nie było już w nim żalu ani urazy. W jego oczach czaił się jedynie niewyobrażalny smutek.

– Czy ja go kochałem? – spytał żałośnie i zaraz sam sobie odpowiedział. – Tak, kochałem go. Kochałem, jak nikt nigdy dotąd nie kochał. Do bólu, do zatracenia, do końca.

Dwie ogromne łzy spłynęły po zszarzałych policzkach.

– Ubóstwiałem go, wielbiłem go, jak... Boga...

Zamilkł zawstydzony bluźnierstwem, które padło z jego ust.

– Był dla mnie wszystkim. Był światłem moich oczu. Żyłem tylko dla niego. Żyłem przez niego – mówił jednostajnie, obojętnym tonem, tylko mokre policzki świadczyły o udręczonej duszy. – Kochałem go miłością bezwarunkową i absolutną. Nic nie chciałem w zamian. Wystarczyło, że był. Nie wiecie, jak to jest płynąć pod prąd swoich pragnień. Nic nie wiecie o tym, ile trzeba odwagi, by tak żyć.

Otarł twarz gestem bezbronnego dziecka. Lewicka pomyślała, że nikt tak jak ona nie wie, ile odwagi trzeba, by żyć, i jak mało brakuje, by odwaga zamieniła się w pychę.

– Próbowałem się leczyć. Bez skutku. Ale czy istnieje lek na miłość, jakaś uniwersalna terapia? – rozejrzał się w poszukiwaniu potwierdzenia. – Nie miałem odwagi tego przerwać. Naprawdę starałem się, przecież chciałem, ale to mnie przerosło. Przerósł mnie chaos, który trawi mnie od środka.

Zakrył twarz dłońmi i trwał tak przez dłuższą chwilę, wreszcie powiedział:

– Pociechą była jego przyjaźń. I wtedy on... Ja... My... – z trudem przychodziło mu o tym mówić. – Nie zniósłbym rozstania. Nie po tym, co się stało między nami – wyszeptał, by dodać z mocą. – Brzydzę się sobą.

Wzdrygnął się, jakby chciał strząsnąć z siebie cały brud oblepiający ciało.

– Próbowałem czytać Pismo, próbowałem czytać brewiarz, próbowałem odmawiać litanię, ale Bóg wybrał sobie inną drogę na spotkanie ze mną. Wybrał to miejsce. Gdy Jurek zaproponował mi pracę w Wigrach, wiedziałem, że to znak od Niego. Tutaj w ciszy i skupieniu mogłem być bliżej źródła moich cierpień.

Znowu się zamyślił, twarz mu stężała w bólu, ściągnął brwi i powiedział:

– Jestem słaby, wiem, jestem obrzydliwy, myślałem. Ale te wszystkie upokorzenia są karą za moją skłonność. Moim odkupieniem. Znosiłem więc obelgi Jurka w pokorze, tolerowałem setki bab, wybaczałem mu męskie słabości, przecież on był inny, był doskonały. Przebolałem nawet tę całą Martynę, która mi go ukradła, a wtedy on... Nic mi nie mówiąc, podpisał kontrakt.

– I dlatego pan go zabił? – spytała Lewicka.

– Nie chciałem – jęknął. – Uwierzcie mi, nie chciałem. Od tamtej strasznej godziny żałuję tego w każdej sekundzie trwania. Nie chciałem, nie chciałem go zabić – zaprzeczał żarliwie, tłumacząc się. – Sprowokował mnie. Przestałem myśleć. A potem chciałem, by tylko przestał mówić te świństwa. Nie chciałem tego słyszeć. Nie, nie, nie – zajęczał niepokojąco, szarpiąc na sobie ubranie.

– Wtedy chwycił pan świecznik? – spytała.

Objął ją udręczonym wzrokiem pełnym bolesnego wyrzutu.

– To był moment. Powiedział, że po tym... Śmiał się ze mnie, że to był tylko żart, a ja dałem się nabrać – wystękał z trudem. – Tak, wiecznie dawałem się nabierać, miał rację. Złapałem za świecznik i uderzyłem. Upadł na biurko. Myślałem, że udaje. – Zacisnął powieki, jakby chciał oszczędzić sobie powracającego wciąż we wspomnieniach widoku martwego kochanka. – Wtedy zobaczyłem, że ma otwarte oczy. Wybiegłem.

– A potem zadzwonił do pana Grzegorek? Powiedział, że znalazł zwłoki Marciniaka i pomoże panu ukryć tę zbrodnię – stwierdziła beznamiętnie.

– Tak było – przyznał pokornie, potem spojrzał błagalnie na Banasika i spytał: – Co teraz ze mną będzie?

Komisarz przybrał oficjalną minę urzędnika w służbie państwa.

– Jest pan zatrzymany do dyspozycji prokuratora. Proszę się ubrać – powiedział sucho.

Sobieraj z trudem podniósł się z fotela. Był teraz znowu tylko śmiertelnie przerażonym człowiekiem. W powietrzu czuć było ten specyficzny zapach zwierzęcego strachu. Chwiejnym krokiem przeszedł do sypialni. Adamczyk zapobiegawczo stanął na drodze do wyjścia. Jednak niepotrzebnie, bo aresztant, szurając kapciami, szedł prosto do swojego pokoju.

– Drzwi muszą pozostać otwarte – powiedział młody policjant, przytrzymując dłoń Sobieraja opartą o klamkę.

Lewicka nie lubiła tych chwil, gdy sprawca przyznał się już do popełnionych przestępstw. Przez małą chwilę odczuwała satysfakcję z dobrze wykonanej roboty, ale potem przychodziło śmiertelne znużenie, którego chciała się jak najszybciej pozbyć. „Zwycięstwo w moim zawodzie zawsze ma smak goryczy" – pomyślała. Usiadła w fotelu i czuła, jak wolno, zbyt wolno, tętno wraca do normy.

Banasik usiadł naprzeciwko. Nadal był czujny, służbowo skrępowany obowiązkami. Dla niego dzień się jeszcze nie skończył. Czekała go rozmowa z prokuratorem, która pewnie nie będzie należała do przyjemnych. Jutro rano wezwie go na dywanik szef, a całe popołudnie i następne dni wypełni żmudna praca: opisywanie zdarzeń i sporządzanie protokołów.

Adamczyk stanął tyłem do sypialni, wymienił znużone spojrzenia z Lewicką i Banasikiem, ciężko opierając się o framugę drzwi.

Na dźwięk uderzających o siebie skrzydeł okna obrócił się pierwszy. Jednym szarpnięciem rzucił się w kierunku sypialni Sobieraja. Dopadł do otwartego okna i wychylił się w ciemność. Nie zastanawiając się, co robi, jednym susem przesadził parapet i spadł w czeluść nocy, potknął się i przekoziołkował po zboczu.

Banasik doskoczył do okna zaraz za nim. Wyjrzał w ciemność przesiąkniętą odgłosami jeziora. W świetle nielicznych latarni zobaczył, jak aleją u podnóża klasztoru biegnie Sobieraj, a za nim, szybko pokonując dzielący go od uciekiniera dystans, wielkimi susami gna Bury.

Komisarz chwycił się oburącz ramy okiennej i wyskoczył w mrok. Do szczytu skarpy nie było więcej niż trzy metry. Spadając na pochyłość wzgórza, był już przygotowany na zetknięcie z nim i zręcznie przekoziołkował. Szybko się podniósł i pobiegł w ślad za Burym w stronę przystani.

Lewicka dopadła drzwi, w trzech krokach minęła patio i szarpnęła za klamkę. Wybiegła na kocie łby śliskie od wilgoci naniesionej przez wiatr. Zadudniły kroki w Wieży Schodowej, odbijając się zwielokrotnionym echem od pustych ścian. Z hukiem otworzyła drzwi na dole i nie zważając na okrzyki, ruszyła w pościg.

Uciekinier przeciął błonia, minął przystań, na której wciąż kręcili się policjanci, i nadal gnał w kierunku czarnego olsu zamykającego łąkę. Mimo że potykał się i przewracał, zaraz podnosił się i biegł wciąż przed siebie. Kilka razy wydawało się, że Bury już, już go pochwyci, ale Sobieraj kluczył, zręcznie unikając długich rąk policjanta. Zresztą był u siebie, wiedział, gdzie przebiegają ścieżki ograniczone niskimi krawężnikami, a gdzie rozciągnięto druty dzielące łąkę na sektory. Jeden z takich płotków podciął nogi Burego, który rozpaczliwie zamachał w powietrzu ramionami i padł jak długi. Zaraz się poderwał i zataczając się, znów podążył za Sobierajem.

Banasik szybko ocenił sytuację. Zrozumiał, że zabójca nie ucieka w stronę szosy ani w stronę przystani, gdzie mógł skorzystać z łodzi. Sobieraj uciekał na bagna. Czarne pnie olch, stojące dość rzadko, sprawiały wrażenie, że pod ich konarami rozciąga się miękki i przyjazny podszyt, a duże odstępy między drzewami zachęcają do spacerów. Nic bardziej mylnego. Wiosną, gdy woda przybierała, ols zamieniał się w zdradziecką pułapkę, tak jak bagno, na którym wyrósł. Tutaj każdy krok mógł być tym ostatnim. Gdzieniegdzie w świetle księżyca widać było połyskujące zdradliwie lusterka wody.

Sobieraj z rozpędu wskoczył na kępę, z której wyrastało smukłe drzewo. Poruszone nagle rośliny zakołysały się i wokół zachlupotała woda. Przytrzymał się pnia i wysunął nogę, żeby ostrożnie stanąć na sąsiedniej, równie niepewnej wysepce. Obejrzał się i kątem oka zobaczył, że Bury dogania go i za moment złapie za kołnierz. Nadludzkim wysiłkiem rzucił się do przodu i bezpiecznie wylądował dwie kępy dalej.

Nie zważając na okrzyki Banasika, Bury skoczył do przodu i wylądował po kolana w wodzie. Z trudem wyciągnął nogi z grzęzawiska i stanął na jednej z kęp.

– Stój, idioto! – ryczał za nim Banasik. – Utopisz się!

Ale Bury już przymierzał się do kolejnego skoku.

Oszalały ze strachu Sobieraj na dźwięk głosów próbował po omacku wybadać stopą grunt, by stanąć na kolejnej kępie, oddalającej go od pogoni. Rozpaczliwie wyciągnął się cały, wyrzucił do przodu nogę i jednocześnie puścił pień drzewa. Przez moment wydawało się, że znowu udało mu się bezpiecznie stanąć na stałym gruncie, ale kępa powoli zaczęła się osuwać w dół. Nim zdążył złapać się cienkich gałązek krzaka wyrastającego opodal, zdradziecka kępa zabulgotała chciwie i zniknęła pod czarną wodą. Upadł twarzą w błoto, zachłysnął się i rozpaczliwie uderzył rękoma w poszukiwaniu oparcia.

Widząc to, Adamczyk opuścił chwiejącą się pod nim kępę i dwoma skokami znalazł się bliżej małego bajorka, z którego wystawała głowa zbiega. Objął jednym ramieniem pień, a drugie wyciągnął, by pochwycić dłoń mężczyzny. Nie sięgał, więc pochylił się jeszcze bardziej, prawie dotykając ciałem powierzchni bagna. Tego kępa nie wytrzymała i nagle poczuł, jak obejmuje go mroczny chłód.

– Połóż się płasko na wodzie – krzyknął Banasik. – Złap konar!

Komisarz zdążył już przywlec spod rozłożystej wierzby gałąź i próbował podać ją Buremu. Był jednak za daleko. Zwabieni ruchem i krzykami policjanci zbili się wokół Banasika w ciasną grupę. Bez słowa rzucili się na pomoc. Ktoś wrócił po linę, ktoś inny ciągnął za sobą kolejne gałęzie.

Każdy nierozważny, zbyt nagły ruch pogrążał Adamczyka coraz głębiej, więc policjant niemal przestał oddychać. Zrozumiał, że im bardziej się szarpie, tym bagno chętniej go wsysa. Nadal jednak zaciskał dłoń na zimnych palcach Sobieraja, który biernie poddawał się sile smolistego błocka.

Na pierwszej prowizorycznej macie szybko ułożonej z gałęzi położył się Banasik. Policjanci podawali mu kolejne, w pośpiechu łamane konary. Powoli, tworząc łańcuch z ciał, przesuwali się w stronę Adamczyka.

– Złap ten konar! – wysapał komisarz.

– Nie utrzymam go – jęknął Bury.

– Złap, mówię!

Adamczyk spojrzał rozpaczliwie za siebie, na czarną toń, gdzie jeszcze przed chwilą widać było czubek głowy Sobieraja. Krągłe bańki powietrza zabulgotały na powierzchni. Czuł, jak powoli nieubłagana siła wyrywa z jego skostniałej dłoni zimne palce mężczyzny.

ROZDZIAŁ 20

Słońce stało już wysoko, gdy usiedli we czwórkę przy stole w restauracji: Lewicka, komisarz Banasik, aspirant Adamczyk i kierownik administracyjny Genio Sołtysik, dawny znajomy inspektorki. Sołtysik, który właśnie wrócił z weekendu spędzonego w domu, bezmyślnie rozmazywał widelcem jajecznicę. Nadal nie mógł uwierzyć w wydarzenia ostatnich dwudziestu czterech godzin. Wyglądał na przygnębionego i prawdziwie zasmuconego tym, co zaszło w hotelu pod jego nieobecność.

Adamczyk również czuł się nieswojo, wolał jednak milczeć z nimi, aniżeli siedzieć teraz samotnie. Lewicka skubała bułeczkę, wpatrzona w przestrzeń za oknem. Jedynie Banasik, niczym niezrażony, zajadał śniadanie z ogromnym apetytem.

– Co powiedziałeś mamie, Bury? – przerwała ciszę Lewicka, zwracając się wprost do Adamczyka.

Młodszy aspirant otrząsnął się z odrętwienia i rozejrzał po twarzach obecnych przy stole.

– Ja? Nic, nie miała czasu. Rada pedagogiczna właśnie miała się zacząć, czy inne zebranie – odpowiedział zmieszany.

Lewicka uśmiechnęła się kącikiem ust. Adamczyk roztkliwił ją telefonem do matki, chciał jej pewnie wszystko opowiedzieć, a w każdym razie oswoić to, co było jego udziałem.

– Nie mogę, po prostu nie mogę w to uwierzyć. Jak do tego doszło? – Sołtysik nadal był w szoku. – Przecież to się w głowie nie mieści!

Banasik przełknął ogromny kęs maślanego rogalika i odchrząknął.

– Zapewniam pana, że dla mnie to też zaskoczenie. Nie przywykłem do hekatomby w niedzielne popołudnia. Suwalskie to nie angielskie hrabstwo Midsomer, tutaj za każdym krzakiem nie czają się mordercy.

Nałożył sobie porcję jajek w majonezie i skinął głową na Adamczyka.

– Niewiele brakowało, a wczoraj mielibyśmy jeszcze jedną ofiarę. Najedliśmy się strachu przez ciebie, Bury – pogroził mu palcem.

– Ale dlaczego? Powiedzcie mi dlaczego – dopytywał się z rozpaczą w głosie Sołtysik. – Pomóżcie, mnie staremu, ogarnąć to umysłem. Co tu się działo?

Jego wzrok wbity kolejno w twarze policjantów wyrażał troskę i zakłopotanie.

– Że też ja byłem taki ślepy – powiedział z wyrzutem. – Nic nie zauważyłem.

– Proszę nie mieć pretensji do siebie. – Banasik zdążył się rozprawić z jajkami i zabrać do grubych serdelków, które właśnie podano. Pod naciskiem noża z trzaskiem pękała na nich skórka, uwalniając apetyczne soki. Odkrawał grube plastry i starannie pokrywał je piekielnie ostrym chrzanowym sosem, nim zniknęły w jego ustach. – Nikt nie jest w stanie przeniknąć umysłu mordercy, bo nikt nie podejrzewa drugiego człowieka o zdolność do popełnienia tak strasznych czynów. Poprosimy panią inspektor, to zaraz nam wszystko wyjaśni. Czy widzieliście tu jakieś ciasto? – zakończył nieoczekiwanym pytaniem.

Adamczyk obejrzał się w stronę bufetu.

– Zdaje się, że coś tam widziałem. Chyba czekoladowe – wyjaśnił.

– Ktoś chce? – spytał Banasik w drodze do długiego stołu zastawionego śniadaniem. – Przyniosę – zaoferował się.

Wszyscy zaprzeczyli energicznie. Komisarz skwitował to pobłażliwym uśmiechem i nałożył sobie podwójną porcję lśniącego od polewy czarnego ciasta. Dobre jedzenie było jego sposobem radzenia sobie ze stresem. Słodycze – lekarstwem na niepokój.

– Pani Ewo, niech mnie pani oświeci, o co w tym wszystkim chodzi? – ponowił swoją prośbę Sołtysik.

Lewicka poprawiła się, dolała sobie kawy i głęboko odetchnęła.

– Odkrycie zabójstwa zawsze rodzi setki pytań, w tym tych kilka najważniejszych: kto, co, gdzie, w jaki sposób i dlaczego. Nie chodzi tu tylko i wyłącznie o odkrycie zabójcy, ale, co ważniejsze, o udowodnienie mu winy – zasępiła się, mieszając jednostajnie kawę. Po czym podjęła wątek na nowo. – Na samym wstępie zastanowiły nas dwie sprawy. Dlaczego martwe ciało denata zostało zrzucone z wieży? I druga kwestia: czemu porzucono w gabinecie narzędzie zbrodni, za to wyczyszczono starannie wszelkie dokumenty, tak jakby to w nich znajdował się ślad mogący zaprowadzić nas do sprawcy? Prowadząc śledztwo, nie skupialiśmy się wyłącznie na zabójstwie jako takim, czyli na tym, jak to technicznie zostało wykonane, ale również na jego przygotowaniu oraz tym, co nastąpiło później. Zastanawialiśmy się, czy morderstwo było planowane, a jeśli tak, to w jakim stopniu. Wiele wskazywało na to, że zabójca działał według ściśle określonego planu, ale wkradały się w to elementy zaskoczenia i nagłego działania. Rozważaliśmy, czy sprawca znał ofiarę. Może zrobił rozpoznanie miejsca zdarzenia? Może rozmawiał z osobami znającymi ofiarę? Czy zapewnił sobie alibi? Czym tu się dostał? Czy miał wspólników? – Lewicka upiła łyk kawy i spojrzała ze smutkiem na Sołtysika. Z westchnieniem kontynuowała. – Rozważaliśmy, jak zabójstwo zostało przeprowadzone. Braliśmy pod uwagę sposób dotarcia sprawcy na miejsce przestępstwa. Wbrew pozorom dostać się na teren klasztoru nie jest tak trudno. Mając klucz, można wejść przez Wieżę Schodową. Ale brak klucza nie przekreśla naszych szans i wcale nie musimy wyważać zamków, pracownicy bowiem blokują drzwi na dole zwykłym kamieniem. Tymczasem nikt obcy nie pytał w sobotę o Marciniaka, szukać więc należało wśród znajomych i współpracowników. Odkryte przez nas uszkodzenie instalacji elektrycznej zasilającej oświetlenie wieży i brak śladów włamania w biurze i mieszkaniu dyrektora jasno wskazywały, że zrobił to ktoś z jego otoczenia, ktoś, kto dobrze znał tutejsze obyczaje, no i teren.

Jeszcze wczoraj rano nie wiedzieliśmy, czy zabójca przyszedł uzbrojony. Wkrótce okazało się, że narzędziem zbrodni był świecznik z gabinetu denata. Przeszukując miejsce zabójstwa, zastanawialiśmy się, dlaczego część śladów została zatarta, a część nie, na przykład porzucony kandelabr ze śladami palców. Dlaczego morderca pozostawił go tak ostentacyjnie? Jeśli w ogóle zrobił to morderca. Usiłowaliśmy odpowiedzieć sobie na pytanie: jak zabójca reagował na niespodziewane sytuacje?

Musieliśmy też udzielić odpowiedzi na ważne pytanie: czemu chce nas zmylić, mistyfikując, i to nieudolnie, samobójstwo? I może najważniejsze ze wszystkich: czy wracał na miejsce zbrodni, a jeśli tak, to dlaczego? Wszystkie odpowiedzi na pytania dotyczące planowania i zachowania *post factum* miały ścisły związek z samym morderstwem. – Zatrzymała się na chwilę nad filiżanką kawy. W głębi duszy odczuwała jeśli nie radość, to chociaż ulgę po zakończeniu śledztwa. Przynajmniej dla niej ono się już skończyło. Przełknęła kawałek słodkiej bułeczki i mówiła dalej.

– Jak już powiedziałam wcześniej, zastanawiające było, czemu ciało zrzucono z wieży. Czyżby zacieranie śladów? Czy morderca był tak naiwny? Myślał, że uda mu się zamaskować zbrodnię? A może tylko chciał, byśmy uważali go za naiwnego? I wtedy po raz pierwszy pojawiła się myśl, że z jakichś nieokreślonych na razie powodów ktoś, być może morderca, chciał, by odkryto zwłoki, ale nie w miejscu zbrodni i nie o tej godzinie, kiedy została popełniona naprawdę.

Denat zginął od uderzenia w głowę. Patolog powiedział nam, że narzędzie było na tyle ciężkie, iż wystarczył szybki zamach pod odpowiednim kątem. Świecznik pasował do tego idealnie. Przy czym, trzeba zaznaczyć, było to dość nietypowe uderzenie. Wszelkie urazy poniżej tak zwanej linii kapelusza powstają na skutek nieszczęśliwego upadku. Istnieje jednak szansa, jedna na dziesięć, że morderca był wyjątkowo niski albo ofiara nadzwyczaj wysoka, i wtedy mogło dojść do tak niezwykłego urazu.

Ustaliliśmy, że prawdopodobnie denat spokojnie siedział za biurkiem, a zabójca zaszedł go od tyłu i zadał cios z backhandu. Analiza pozostawionych na uchwycie odcisków palców to potwierdziła. Ale to właśnie te pozostawione odciski palców na świeczniku były najbardziej zagadkowe, ponieważ wszystkie inne, jak już wspomniałam, starannie wytarto. Ktoś chciał, żebyśmy znaleźli te odciski. Czyżby morderca?

Gdybyśmy mieli do czynienia ze zwykłym zabójstwem pod wpływem silnego wzburzenia, zwłoki zapewne zostałyby porzucone. I w tej sytuacji mogły spokojnie czekać do następnego dnia, aż ktoś je odkryje, lub nawet do poniedziałku. Jednak nie. Ktoś postanowił, z dużym trudem i bardzo ryzykując, przenieść ciało na wieżę. Nie dość, że to po przeciwnej stronie klasztornego wzgórza, to jeszcze trzeba przejść dwa place, gdzie w każdej chwili można się natknąć na spóźnionych gości czy zbłąkanych turystów. Wreszcie trzeba dotrzeć z makabrycznym ciężarem na wysokość czwartego piętra i mieć dość siły, by ciało przerzucić przez barierkę, samemu przy tym nie wypadając. To było trudne, wymagało siły i zręczności.

No i trzecia sprawa: staranne uprzątnięcie jakichkolwiek dokumentów, wyczyszczenie dysku w komputerze denata, pozbycie się zapisów elektronicznych, z wyjątkiem ostatnich rozmów telefonicznych i pozornie nic nieznaczących zdjęć z kamery.

Wciąż kłóciły się ze sobą dwa modele zabójcy, z jednej strony impulsywne działanie, z drugiej przemyślane zacieranie śladów i mylenie tropów.

W pierwszym etapie śledztwa przyjęliśmy roboczo, że morderca musiał być dobrze znany Marciniakowi. Przecież ten zdrowy i sprawny mężczyzna nie dopuściłby nikogo obcego tak blisko. A już na pewno nie siedziałby spokojnie, gdy ktoś nieznajomy stoi mu za plecami. Hipotetycznie mógł zostać odurzony, ale patolog stanowczo to wykluczył. Tak więc sprawca musiał wywodzić się z kręgu bliskich współpracowników lub znajomych denata. Musiał także być dość silny, by po zabiciu przetaszczyć ciało taki kawał i wdrapać się z nim na wieżę.

– Zastanawialiśmy się, kto odpowiada takiemu rysopisowi. Były cztery osoby: Norbert Olejnik, Henryk Zawada, Marek Grzegorek i Martyna Pomicka. – Uprzedzając pytania mężczyzn, podniosła dłoń na znak ciszy i dodała: – Nie myślałam o tym, dopóki jej nie zobaczyłam. Była wystarczająco silna i wysoka, by sobie poradzić. Może sprawiłoby jej to trudność, ale nie było niemożliwe. Jednak nie pasowała do psychologicznego portretu zabójcy, który morduje pod wpływem silnego impulsu, a potem nosi zwłoki wokół klasztoru. Miała co prawda motyw: obłędna zazdrość momentami odbierała jej zdolność myślenia. Lecz mimo to uważałam, że zabójstwo tego typu nie było w jej stylu.

Wróćmy jednak do Norberta Olejnika. Warunki fizyczne miał, ale czy miał motyw? Owszem, Marciniak uwiódł jego narzeczoną, a nawet gorzej, był ojcem jej nienarodzonego dziecka. W zaślepieniu gniewem Olejnik, nie zważając na obecność innych ludzi, napadł na dyrektora tutaj, w biały dzień, podczas obiadu w restauracji. Czy ktoś taki mógł zaplanować upozorowanie samobójstwa? Wątpię. Czy zależało mu na usunięciu archiwum dyrektora? Czy w ogóle wiedział o jego istnieniu? Również wątpię. Jednak tamtego tragicznego wieczoru pojawił się tutaj. Widziano go, a on sam też się tego nie wyparł. Przyznał się szczerze, że chciał się ostatecznie, jak to sam określił, rozmówić z denatem.

Kolejnym podejrzanym był profesor Zawada. Nie jest już młody, ale nadal wystarczająco sprawny i co ważne, na tyle wysoki, by dać sobie radę ze zwłokami Marciniaka. Był tu w feralnym czasie, no i miał powód. Nasz psychiatra przedstawił mało wiarygodną, choć rozczulającą historię o przyjaźni i chorobie. Bardzo zależało mu na wynajęciu apartamentu papieskiego dla chorego przyjaciela. Jednak cena za tę przysługę, której zażądał od niego Marciniak, była dla profesora zbyt wygórowana. Ponieważ nie wierzyłam mu, przeprowadziłam na nim niezbyt przyjemny dla nas obojga, aczkolwiek bardzo pożyteczny test. Zrozumiałam, że ten facet naprawdę wierzy w ideały, które wyznaje, i – o dziwo – stosuje je nawet w życiu. Dzisiaj wiemy już, że Marciniak nie miał nic istotnego na profesora, dlatego kurczowo trzymał się sprawy apartamentu. Gdyby profesor uległ, dyrektor zawsze by go już trzymał w garści. Wiemy też, że krewki Zawada podczas swojej wieczornej wizyty nie mógł zamordować Marciniaka z tej prostej przyczyny, że ten już nie żył.

Grzegorek był niewątpliwie pierwszą osobą, która przychodziła nam na myśl. Miał odpowiednie warunki fizyczne, by przenieść zwłoki. Ale miał też alibi. O dwudziestej trzeciej odbył rozmowę telefoniczną z Marciniakiem. Mieliśmy na to dowód w postaci zarejestrowanego połączenia. Potem widziało go ze czterdzieści osób. Wychodził co prawda na krótko, ale miał zbyt mało czasu, by zabić, uprzątnąć archiwum i przenieść ciało. Był też szalenie uprzejmy i skory do współpracy, to zawsze wzbudza moją nieufność. Miał coś jeszcze, coś, co mnie zaintrygowało, a raczej powinnam powiedzieć, że nie miał tego czegoś. Nie odnosił się do nas z wyższością typową dla funkcjonariuszy tajnych służb.

– Mów za siebie – wymamrotał Banasik. – Dla mnie był typowym przedstawicielem tej... Tej służby – dokończył, zaciskając szczęki. – Był nią przesiąknięty, chociaż od dawna poza „firmą".

– Tak, oczywiście, mówię o moich osobistych odczuciach – zgodziła się Lewicka. – Nie znaleźliśmy jednak powodu, dla którego chciałby zabić Marciniaka. Motyw zrozumieliśmy dopiero wtedy, gdy odkryliśmy krótką notatkę na jego temat w archiwum dyrektora. Przy nazwisku Grzegorka przeczytaliśmy: „*krysza* dla Kowalskiego, paliwowego barona" oraz „potwierdzone przez Zielińską z kartoteki" i numer telefonu. Swoją drogą, w dyrektorskim archiwum były bardzo ciekawe dokumenty i nagrania na temat Kowalskiego. Nigdy nie przestanie mnie zadziwiać skłonność niektórych do manipulowania ludźmi i gromadzenia na ich temat informacji, których nie umieją wykorzystać, ale lubią je posiadać dla samej radości posiadania. Taki był Marciniak, przypominał kolekcjonera, który najcenniejsze eksponaty ma schowane głęboko w piwnicy, bo posiada je nielegalnie i nie może się nimi pochwalić wszystkim. – Przerwała, sięgając po dzbanek z kawą, ale ubiegł ją Adamczyk i napełnił filiżankę. – Wtedy zrozumiałam sens jego wcześniej wypowiedzianych słów. Powiedział mi to nawet dwa razy. – Spojrzała w zaciekawione twarze mężczyzn. – Grzegorek wyraźnie dał mi do zrozumienia, że hotel był dla niego azylem. Pierwszy raz przyznał się do tego podczas rozmowy w swoim eremie, za drugim razem opowiedział mi historię prawa azylu dla złoczyńców. Prawa, jakie przysługiwało im tak długo, jak długo przebywali na terenie kościoła, cmentarza lub klasztoru, na ziemi wyjętej spod prawa ziemskiego. Oczywiście prawo to nie ma już dzisiaj zastosowania, to była tylko przenośnia. Nie zwróciłam na to uwagi od razu, ale po odczytaniu archiwum stało się jasne, że chował się przed odpowiedzialnością, a może i przed mafią paliwową...

– Nie bardzo rozumiem... Co to znaczy *krysza*? – wtrącił nieśmiało Sołtysik.

– *Krysza* po rosyjsku znaczy tyle co klosz, czyli ochrona. Grzegorek chronił przestępcę. A jak to robił? Od kilkudziesięciu lat działa wciąż ten sam system i on go wykorzystał. Zarejestrował Kowalskiego jako tajnego współpracownika, potocznie nazywa się to TW. Jeśli przeciwko komukolwiek i gdziekolwiek toczy się śledztwo, to zgodnie z procedurą oficer prowadzący sprawę wysyła zapytanie do centralnego rejestru, czy taki a taki nie jest tam ewidencjonowany. Jeśli jest, w odpowiedzi przychodzi informacja, że „należy się kontaktować z... pod numerem telefonu...". Robiąc z Kowalskiego współpracownika, wiedział wcześniej o każdym toczącym się przeciwko niemu postępowaniu, miał wgląd w akta sprawy, w ważnych kwestiach mógł interweniować i nawet żądać przeciągnięcia postępowania, szczególnie jeśli TW groziło więzienie. Pozbawienie tajnego współpracownika wolności wyklucza go przecież z gry. Cenny agent zawsze jest ochraniany. Tylko że Kowalski nie był cennym agentem, był przestępcą.

Myślę, że Marciniak szachował Grzegorka tymi danymi, a Grzegorek pozwalał wierzyć dyrektorowi, że daje się prowadzić na pasku. Póki był mu potrzebny, mógł spać spokojnie, gorzej, gdy Marciniak znienacka opuścił nasz padół łez, tego Grzegorek nie przewidział i musiał działać szybko. Nasuwa się od razu pytanie, po co Marciniakowi był potrzebny Grzegorek. Myślę, że zwolniony ze służby funkcjonariusz był dla niego końcowym argumentem w rozmowach z ludźmi. Kimś w rodzaju straszaka, ostatnią instancją odwoławczą.

Sobieraj od początku budził najwięcej kontrowersji. Wyglądał na osobę, która niedawno przeżyła jakiś wstrząs i to w nim narastało. Był wystarczająco niezrównoważony, by zabić „pod wpływem silnego wzburzenia usprawiedliwionego okolicznościami". Ale nie znaliśmy tych okoliczności. Długo nie dopuszczaliśmy do siebie myśli, że ktoś tak otwarcie wyrażający swoje uwielbienie dla Marciniaka jest zdolny zabić. Raczej podejrzewaliśmy Sobieraja o współudział... Dopiero film rozwiał wszelkie wątpliwości. W tym związku nie chodziło o przyjaźń ani o przywiązanie, Boguś kochał Jurka namiętnie i zachłannie miłością absolutnie beznadziejną, bo nieodwzajemnioną. – Przerwała, by po chwili dodać ze smutkiem: – Zdarza się w związkach opartych na relacji kat–ofiara, że któregoś dnia ofiara nie wytrzymuje i dochodzi do tragedii. Chociaż najczęściej to kat jest górą. Niewątpliwie tutaj mieliśmy do czynienia z takim układem.

„Ofiara rzadko ma w sobie tyle mocy, by się sprzeciwić swojemu oprawcy, szczególnie gdy jest z nim w silnym związku emocjonalnym" – pomyślała Lewicka.

– Spróbujmy zrekonstruować wydarzenia weekendu – podjęła po dłuższej chwili w przypływie nowej energii. – W sobotę kwadrans po siedemnastej z Suwałk wraca Marciniak. Jest jak najbardziej żywy, świadkowie widzą go wchodzącego do biura. Zaraz za nim podąża Sobieraj, który jest mocno przejęty sytuacją. Troska coraz bardziej uciążliwego Bogusia zaczyna drażnić Marciniaka. Do tego ma rozbity nos i obolałą twarz. Ze złośliwą satysfakcją oznajmia przyjacielowi, że ma go serdecznie dość i że podjął już decyzję o wyjeździe. Kpi sobie z jego uczuć. Wcale nie obawia się reakcji Sobieraja, wydaje mu się, że wciąż kontroluje sytuację. Od dawna przecież igra sobie z jego uczuciami i przywykł, że Boguś daje sobie ciosać kołki na głowie.

Sobieraj staje za jego plecami, może chciał go dotknąć lub objąć, gdy pada jedno słowo za dużo. W złości chwyta świecznik, jest dobrym tenisistą, więc cios jest precyzyjny i odpowiednio silny. Możliwe, że nie do końca zdawał sobie sprawę z tego, co robi. Marciniak pada na biurko. Jednak Sobieraj myśli, że tylko udaje. Szarpie go za ramię. Zagląda w oczy i wtedy prawda do niego dociera. Opuszcza biuro przerażony. Możliwe, że nawet nie zamknął za sobą drzwi. Nie ma to jednak znaczenia, bo obok jest Grzegorek, a on ma klucz do gabinetu szefa.

Zaintrygowany hałasami, a potem nagłą ciszą, Grzegorek idzie do gabinetu. Zastaje martwego szefa. I zaczyna myśleć. Ta śmierć nie jest mu na rękę. Na pewno nie teraz. Wie, że Marciniak ma tu gdzieś tajne archiwum. Musi je odnaleźć, nim ktoś odkryje zwłoki, i zniszczyć zawartość. Domyśla się, co się stało. Ani przez chwilę nie ma zamiaru chronić Sobieraja. Jest mu potrzebny tylko do pewnego czasu. Programuje fikcyjne połączenia. Otwiera okna, zakręca grzejniki, zapala światło, pozostawia włączone radio, szybko zamyka biuro na klucz i wychodzi. Jest sobotni wieczór i nikt nie ośmieli się niepokoić pana dyrektora. Sekretarka i sprzątaczka dotrą tu dopiero w poniedziałek. Dzwoni więc do Sobieraja i uprzedza go. Mówi mu, co się stało, i zapewnia, że będzie go chronił. Zleca mu organizację alibi do dwudziestej trzeciej. Już wtedy wszystko ma zaplanowane. Spokojnie odjeżdża na spotkanie w Suwałkach.

Sobieraj wywiązuje się doskonale ze swojej roli. Organizuje sobie partię brydża, ale jest niespokojny, co zauważają jego partnerzy. Kładą to jednak na karb niskich umiejętności szefa marketingu.

W czasie gdy Sobieraj gra w karty, a Grzegorek je kolację w Suwałkach, do drzwi Marciniaka dobijają się recepcjonistka i profesor Zawada. Oboje czują się obrażeni brakiem reakcji, ale nie wzbudza to w nich najmniejszego niepokoju.

Dlaczego? Ponieważ niejeden raz dyrektor zamykał się wieczorami w gabinecie i nie reagował na pukanie. Recepcjonistka uznaje, że jest tam z kobietą, tak jak to bywało wcześniej. Czym prędzej informuje o tym narzeczoną dyrektora. Zawada zaś odbiera to jako kolejny afront i odjeżdża jak niepyszny.

Kilka minut po dwudziestej pierwszej wraca Grzegorek. Idzie do magazynu technicznego po foliowe worki na śmieci. Zauważa go kelnerka wychylona przez drzwi kawiarni.

Grzegorek idzie do biura. Korzystając z kluczy denata, otwiera kasę i pakuje wszystkie dokumenty, czyści dysk. Nie wie, że Marciniak się zabezpieczył i ukrył dysk wymienny. Zabiera worki do eremu, tam pakuje resztę papierów. Robi to sumiennie i metodycznie, nie pozostawiając najmniejszego papierka. Nie ma przecież czasu na przeglądanie, woli zabezpieczyć się i pozbyć wszystkiego, co mogłoby go obciążać. Zachowuje tylko kilka płyt, które znalazł w biurku Marciniaka. Jeszcze nie wie, co na nich jest i do czego będą mu przydatne. Cały pakunek dobrze obciążony ląduje w jeziorze. To ostatnie jest hipotezą, ale bardzo prawdopodobną, tak byłoby najprościej. Wraca do gabinetu po raz ostatni. Ziąb na zewnątrz i nieczynne grzejniki zrobiły swoje, wszelkie zmiany pośmiertne zostały spowolnione, przez co trudno będzie patologowi ustalić czas śmierci dyrektora. Pakuje wychłodzone ciało Marciniaka do wielkiego worka na śmieci. Doskonale wie, że zdradzić go może najmniejszy pyłek z ubrania. Jest ostrożny. Wynosi zwłoki. W sumie ryzykował tylko wtedy, gdy przechodził głównym tarasem, obok kościoła. Ktoś mógł iść do restauracji lub z niej wyjść i go zauważyć. Gdy znalazł się na dolnym tarasie i szedł wzdłuż eremów, był już spokojny. Jedyni goście, którzy go mogli niepokoić, siedzieli przy karcianym stole. Stróż był w recepcji. Na tarasie pod Wieżą Zegarową nikt mu nie przeszkadzał. Uszkodził przełączniki reflektorów oświetlających wieżę i latarni na placyku pod nią. W jednej chwili wszystko ogarnął mrok. Wspiął się po schodach na sam szczyt bez żadnych utrudnień. I tu się zbliżamy do kulminacyjnego pytania, dlaczego Grzegorek chciał zrzucić ciało z wieży. Po pierwsze, zależało mu na odkryciu zwłok przed poniedziałkiem. Po drugie, wieża miała ścisły związek z osobą Sobieraja. Z okrutnym żartem, na jaki pozwolił sobie wobec niego dyrektor Marciniak. Specjalista od reklamy i budowania wizerunku postanowił więc naprowadzić policję na ślad Bogusia. I robił to konsekwentnie. Wiedział, że następny obchód stróża wypada koło północy. Liczył, że stróż znajdzie ciało i go zaalarmuje. Wdrapał się więc na wieżę i złożył zwłoki Marciniaka na tarasie widokowym. Widziałam tam nikłą smugę zgarniętego kurzu. Zastanawiało mnie, czemu to zrobił, przecież łatwiej byłoby od razu podejść do barierki i przerzucić ciało. Musiał jednak najpierw zdjąć worki, dlatego buty i ubranie denata nie były zakurzone. Zrzuca martwego Marciniaka z wieży i spokojnie idzie do restauracji. To właśnie wtedy zobaczył go Olejnik.

O dwudziestej trzeciej Grzegorek jakby nigdy nic udaje, że rozmawia z Marciniakiem przez telefon. Jest pewien, że ciało wkrótce zostanie odkryte. Potem przyjeżdża Pomicka. Grzegorek w napięciu czeka na wieści o zwłokach, ale nadal nic się nie dzieje. Nie wie, że stróż po raz pierwszy, odkąd jest tu zatrudniony, po prostu zasnął ze zmęczenia. Jednak Grzegorek nie przejmuje się tym, ma świetne alibi. Po pierwszej idzie do siebie, wie, że może spać spokojnie. Podczas gdy prawdziwy sprawca siedzi właśnie w swoim eremie i nie wie, co ze sobą począć.

Jednak Grzegorek nie przewidział paru rzeczy. Na przykład przybycia Pomickiej, która zaalarmowana telefonem recepcjonistki przyjechała gnana zazdrością. Ta wizyta nie była mu na rękę. Początkowo nie przejął się tym bardzo. Ale Pomicka coś zauważyła w mieszkaniu Marciniaka lub rzeczywiście poczuła zapach pozostawiony przez Grzegorka, który dosłownie kilkanaście minut wcześniej odwiedził erem dyrektora. Nie skojarzyła tego od razu, ale przecież rozmawiała z naszym ironmanem tamtej nocy. Dopiero na drugi dzień, już po śmierci narzeczonego, kojarzy ten fakt z Grzegorkiem. Wyznacza mu spotkanie, być może coś sugeruje. Sama nie może uwierzyć w to, co podpowiada jej wyobraźnia. Uważała go za zrównoważonego faceta, nigdy nie dostrzegła wrogości w jego zachowaniu, była więc zaskoczona.

Grzegorek od razu pojął, jakie zagrożenie stanowi dla niego Pomicka. Nie waha się nawet przez moment. Zdejmuje skakankę z wieszaka i dusi kobietę. Potem martwe ciało wiesza na ramie jednego z tych urządzeń treningowych. Przyszedł i wyszedł, korzystając z wewnętrznego przejścia między częścią hotelową tego budynku a piwnicami, w których mieściła się siłownia. Świadkowie zeznaliby co najwyżej, że był u siebie w biurze.

Postanawia zmienić nieco plan. Nie ma zbyt wiele czasu. Wzywa Sobieraja na spotkanie na przystani. Zabiera ze sobą skakankę, ma zamiar zabić marketingowca i upozorować jego samobójstwo... A może tylko obciążyć zwłoki i utopić w jeziorze...

Nieważne. Zamiar się nie udaje. Sobieraj już się nie kontroluje, jest przerażony jak zwierzę i tak też reaguje. Uderza Grzegorka wiosłem. Dalej już wiecie sami...

Przerwała swoją opowieść i sięgnęła po kawałek sękacza. Adamczyk zwiesił głowę i kręcił nią miarowo w głuchym sprzeciwie.

– Nie, nie popisałem się – powiedział. – Postawiono mnie na straży prawa, a ja zawiodłem. Zawiodłem na całej linii. Jestem zły na siebie. Powinienem nie dać mu uciec, złapać, doprowadzić, osadzić. Niechby go potem sądzili i skazali. Za taką zbrodnię musi być kara.

Nikt się nie odezwał. Banasik w milczeniu kontemplował widok za oknem. Tylko Sołtysik westchnął ciężko:

– Dostałby piętnaście lat...

– Kto zabija człowieka, podlega karze pozbawienia wolności na czas nie krótszy od lat ośmiu, karze dwudziestu pięciu lat pozbawienia wolności albo karze dożywotniego więzienia – wyrecytował Bury. – A jeśli uznano by to za zabójstwo w afekcie, to od roku do dziesięciu lat więzienia.

– Nie zapominaj, że zabił dwie osoby. I nie więzienia, Bury, tylko katorgi. Każdego ranka i każdej nocy umierałby tam na nowo i to po kilka razy na dobę, dobrze o tym wiesz. Taki facet nie dałby sobie rady za kratami – zauważył Banasik.

– A co mnie to obchodzi – powiedział agresywnie Bury – prawo mówi wyraźnie: kto zabija, ten... I w ogóle – zaperzył się. – Niechby i umierał tysiąc razy za to, co zrobił.

– Bury, nie unoś się – uspokajała go Lewicka. – To już się stało, nie zmienisz tego. To nauka, jaką dostałeś od życia, wykorzystaj ją dobrze.

– Ale wściekły na siebie chyba mogę być? – spytał zaczepnie i zaraz dodał spokojniej: – Po prostu mnie wkurza, że dałem plamę, że nie wypełniłem mojego obowiązku. Nikogo nie ochroniłem.

Lewicka zmarszczyła brwi, chciała coś powiedzieć, ale szybko zamknęła usta. Ciszę wypełniło szczękanie sztućców i odgłosy mieszania kolejnej kawy. Wreszcie się odezwała.

– Musisz spojrzeć na to z innej perspektywy albo przyjdzie ci zwariować. Policja nie jest w stanie chronić każdego życia. Nie postawisz przy każdej potencjalnej ofierze strażnika. Nie skontrolujesz każdego potencjalnego zabójcy. Codziennie rodzą się mordercze myśli, ale nie wszystkie przekuwane są w czyny. Jesteśmy po to, by tych, którzy urzeczywistnią swoje zabójcze fantazje, było jak najmniej. Istniejemy po to, by nikt nie myślał, że może stać ponad prawem, że właśnie jemu się upiecze. Gdyby ludzie mieli pewność, że kara za ich złe uczynki jest nieuchronna, niespodziewana i adekwatna do ich winy, nie czyniliby tyle zła. Jestem tego pewna. Bury, jesteśmy strażnikami prawa, a nie życia. Nie obwiniaj się za rzeczy, na które nie masz wpływu.

Adamczyk wbił w nią bolesne spojrzenie, ale się nie odezwał.

– Panowie, było miło, ale my musimy się zbierać – Lewicka odstawiła filiżankę.

Mężczyźni z ociąganiem podnieśli się zza stołu. Banasik chciał płacić za śniadanie, ale Sołtysik zaoponował.

– Wszystko na mój koszt. Zapraszamy, panie komisarzu, częściej. Widzę, że jest pan prawdziwym smakoszem. Właśnie dla takich jak pan stara się nasza kuchnia – uśmiechnął się ciepło.

Wyszli na zewnątrz i spacerowym krokiem udali się na parking. Sołtysik szedł przodem, pokazując Adamczykowi co ciekawsze detale architektoniczne.

– Skąd znasz Sołtysika? – spytał Banasik, nachylając się do ucha Lewickiej. – Adamczyk mówił mi, że kierownik administracyjny też ma swój mały kącik w dyrektorskim archiwum. Był zamieszany w jakąś sprawę? Chyba nic nie ma na sumieniu?

Lewicka spojrzała badawczo na komisarza, ale dostrzegła w oliwkowych oczach tylko złote błyski rozbawienia.

– Był ofiarą – powiedziała ze spokojem.

– On? – Banasik uniósł brwi ze zdziwienia.

– Właśnie on, to dawne dzieje. Zresztą – zawahała się – zbrodnia zatacza o wiele szerszy krąg, niż nam się wydaje. Dotyka boleśnie wielu osób, zmienia ich życie raz na zawsze. Po śmierci denatowi jest już wszystko jedno, ale żywym nigdy.

Lewicka nagle objęła Banasika i mocno się przytuliła. Stał przez chwilę niezdecydowany i zaskoczony jej spontanicznością, a potem z mocą odwzajemnił uścisk.

– Odezwij się, jak będziesz w Warszawie – wyszeptała mu w klapę.

Nie patrząc mu w oczy, wsiadła do samochodu i odjechała, pozostawiając komisarza z wyrazem kompletnego zaskoczenia na twarzy.

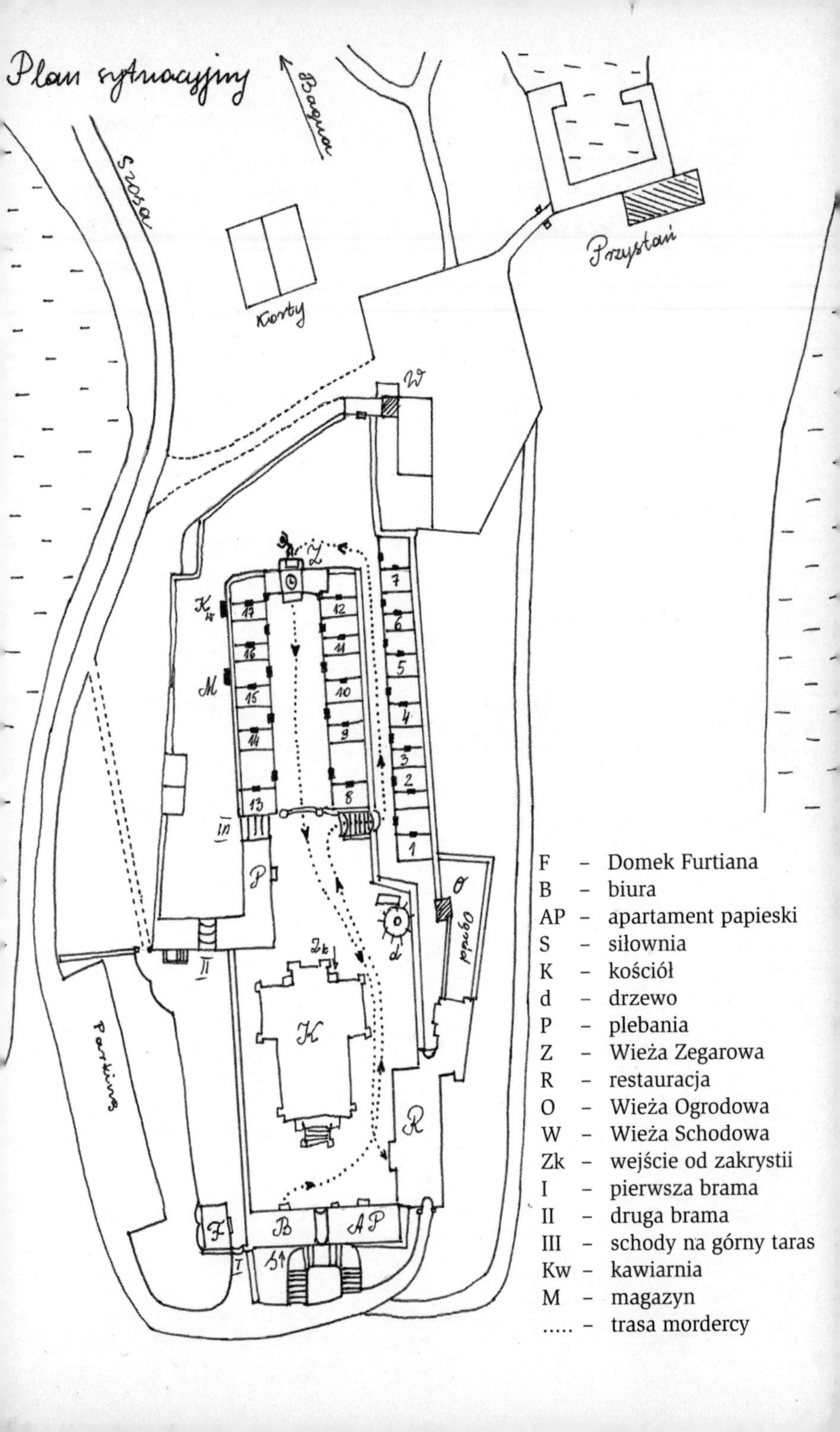
Plan sytuacyjny
Szosa
Korty
Przystań
Parking
Ogród
F – Domek Furtiana
B – biura
AP – apartament papieski
S – siłownia
K – kościół
d – drzewo
P – plebania
Z – Wieża Zegarowa
R – restauracja
O – Wieża Ogrodowa
W – Wieża Schodowa
Zk – wejście od zakrystii
I – pierwsza brama
II – druga brama
III – schody na górny taras
Kw – kawiarnia
M – magazyn
..... – trasa mordercy

Wydawnictwo Otwarte sp. z o.o.,
ul. Kościuszki 37, 30-105 Kraków. Wydanie I, 2007.
Druk: Colonel, ul. Dąbrowskiego 16, Kraków.